Marcel Beyer

Spione

Marcel Beyer
Spione

Roman · Büchergilde Gutenberg

www.buechergilde.de
Lizenzausgabe für die Büchergilde Gutenberg,
Frankfurt am Main, Wien, Zürich,
mit freundlicher Genehmigung
des DuMont Buchverlags, Köln

Gesetzt aus der DTL Haarlemmer und der News Gothic
Satz: Greiner & Reichel, Köln
Druck und Bindung: Wiener Verlag, Himberg
Printed in Austria 2001
ISBN 3 7632 5135 9

»Alle Kinder wünschen mich einmal zu sehn.
Doch nachts, wenn ich komme, schlafen sie fest.
Immer werden sie träumen von mir,
doch wenn sie erwachen, bin ich schon fort.«

Astrid Lindgren, Harald Wiberg: Tomte Tummetott

Manchmal stehe ich eine Weile am Spion und sehe in den Flur, auch wenn ich weiß, ich werde keinen Menschen zu Gesicht bekommen. Ich stehe am Spion und warte. Ich warte nicht einmal, ich schaue nur, die Tür ist zu. So habe ich als Kind gestanden, auf einem Hocker, einer Kiste, dann auf Zehenspitzen. Und so stehe ich nun. Ich höre Atmen.

Zu Hause oder in einer fremden Wohnung, in einem Neubaublock mit niedrigen Decken, Teppichfliesen, Zusatzschlössern an der Tür. Bei Freunden oder zu Besuch bei Leuten, wo es riecht, wo es für mich kein Spielzeug gab. Stimmen im Hintergrund, die Eltern und ein unbekanntes Paar im Wohnzimmer, oder nur eine Wanduhr, Kühlschrankbrummen, nichts.

Ich darf die Linse nicht berühren. Das Treppenhaus liegt keinen Schritt entfernt, nur diese Tür trennt mich von ihm. Das Bild aber erreicht mich von weither. Hält mein Auge dem Ausblick stand, rücken die Gegenstände langsam näher, dann auch die Schatten an den Rändern. Die unscheinbarsten Einzelheiten draußen treffen das geschliffene Glas, als wollten sie die Netzhaut gleich durchdringen.

Durch den Spion steht alles nah und zugleich ungreifbar vor meinem Auge. Flucht ist unmöglich. Flucht ist ausgeschlossen, doch immerhin läßt sich der Fluchtweg überblicken.

So stehe ich. Ich sehe niemanden. Ich werde eine Weile stehenbleiben.

Sporen

Er hat sich gleich an sie erinnert. Ihren Namen hat er durch bloßen Zufall auf einem Plakat entdeckt, an einer Litfaßsäule. Ein Operngastspiel in der Heimatstadt. Sie waren Nachbarn und haben zusammen gespielt, meist nur sie beide, weil die Nachbarskinder das Mädchen oft geärgert haben. Wegen der Augen, diesem Blick an ihr. Erst wurde sie, dann auch er ausgelacht. Doch ihm haben die Italieneraugen immer gefallen. Sie ist in ihrer Familie die einzige mit solchen Augen, die Eltern und Geschwister haben eine andere Augenfarbe, soweit er sich erinnert. Das alles ist mehr als zehn Jahre her.

Als er am Vormittag in der Stadt ihren Namen gelesen hat, ist es ihm gleich so vorgekommen, als hätte er immer nur nach diesen Augen gesucht. Der Vormittag war warm, die ersten Frühlingstage, er hat nicht lange überlegt, er ist ins nächste Blumengeschäft gelaufen und hat einen Strauß bestellt, noch ehe er wußte, ob er überhaupt eine Eintrittskarte bekommen würde.

Er wird sie nach der Vorstellung in ihrer Garderobe überraschen. Die Blumen werden dort schon stehen, wenn er kommt. Er ist auf der Suche nach ihren Augen. Am Abend wird er sie gefunden haben.

Vor einem Jahr noch hätte er das nicht getan. Der Arbeitslose, dann Gelegenheitsarbeiter wäre nicht in die Oper gegangen. Nicht der Hausierer über Land, der mit seinem Musterkoffer von Hof zu Hof gezogen ist, in ausgetretenen Schuhen. Nicht der Propagandist, der vor dem Kaufhaus Zauberputzmittel und Gemüseschäler angepriesen hat, neuartige Lockenwickler für die Wasserwelle daheim. Noch als Elektrohilfe wäre er seiner Kindheits- und Jugendfreundin nicht unter die Augen getreten, ein halbes Jahr lang hat er in einer neuen Siedlung Leitungen gelegt, oben hinter der Schanze, wo der Schießstand ist.

Dieser Geruch, der frische Putz, die Kabelschächte. Je weiter er mit seiner Arbeit kommt, desto langsamer wird er, fünf Häuser stehen aus, dann drei, und immer noch keine Vorstellung, wie er danach sein Geld verdienen soll. Nur eine obere Etage bleibt, nur die Steckdosen und Lichtschalter im Schlafzimmer, dann ist er wieder arbeitslos. Als er das letzte Kabel abgeklemmt hat, als er die Sachen zusammenpackt, kommt ihm der Gedanke, er könnte sich zur Wehrmacht melden. Wer elektrische Leitungen zu ziehen weiß, der steht vielleicht nicht ohne Aussichten da, der kann sich schnell mit Nachrichtenkabeln vertraut machen.

Sie haben ihn sofort genommen. Im Tausch für seine löchrigen Schuhe, mit denen er sich immer schämen mußte, hat er ein Paar Lederstiefel bekommen. Die Elektrokenntnisse haben tatsächlich geholfen. Auch seine guten Augen. Am meisten aber hat es ihm genützt, von seinen Flugerfahrungen zu berichten. Mit sechzehn zog es ihn zur Segelfliegerei, als Fünfundzwanzigjähriger ist er begeistert wie am ersten Tag, das sanfte, oftmals unbemerkte Gleiten über eine Landschaft hat ihn nicht mehr losgelassen. Und in der Kanzel eine Stille, die kein Flugwind, rauscht er auch noch so laut, zerstören kann.

Er sieht sich um. Unten im Parkett sitzen Soldaten, auch in den Logen Offiziere. Wie gerne wäre er in Uniform gekommen. Aber so befremdlich es ihm mitunter selbst erscheint: Sie dürfen nicht wissen, daß er einer von ihnen ist. Kein Sterbenswort über die Luftwaffe, nicht der leiseste Hinweis ist erlaubt, weil es noch siebzehn Jahre nach dem Weltkrieg in Deutschland keine Luftwaffe geben darf.

Er war erst kurz beim Heer, als er im Januar mit einer Handvoll Kameraden zum Kompaniechef befohlen wurde, ausschließlich

Techniker, darunter er als einziger mit Flugerfahrung. Man hat ihnen eröffnet, die Gründung einer neuen Luftwaffe stehe bevor, und sie seien für deren Aufbau ausgesucht worden. Der Reichsluftfahrtminister will sich dem Diktat der Sieger nicht länger fügen, doch vorerst ist es ratsam, im Verborgenen zu arbeiten. Zum ersten Februar haben sie die Wehrmacht offiziell verlassen, die Uniform abgeben müssen. Seitdem geht er wieder in Zivil, er hat sich noch nicht ganz daran gewöhnt.

Er hört noch seinen Kompaniechef, Geduld, nur ein wenig Geduld, der Umbau vom Getarnten zum Offiziellen wird früh genug erfolgen. Er ist einer der ersten, der von der neuen Luftwaffe erfahren hat. Der Kompaniechef und der Reichsluftfahrtminister können sich auf seine absolute Verschwiegenheit verlassen. Kein Kamerad, kein unbekannter Offizier, niemand auf dieser Welt wird auch nur den leisesten Schimmer haben.

Was wäre er denn für ein Mensch, wenn Geheimnisse bei ihm nicht sicher aufgehoben wären. Wer nicht die Kraft hat, ein Geheimnis zu bewahren, erweist sich auch in jeder anderen Hinsicht als schwach. Wer das Vertrauen bricht, wer eines Geheimnisses nicht würdig ist, dem geht zuerst die Achtung der anderen, dann seine Selbstachtung verloren. Man muß sich selber im Spiegel in die Augen sehen können. Geheimnis bleibt Geheimnis.

Seit Frühjahrsanfang fliegen sie nun Schleifen über der Stadt, Zierschleifen, unverdächtig. Sie lernen Gleitflug, Formationsflug, Ausbrechen, Verfolgen. Die Menschen schauen in den Himmel, wenn die Maschinen ihre Kreise drehen, eine weiße Schrift erscheint. Der erste Buchstabe entsteht im Sturzflug, es folgen Haken, Punkte, Schlaufen, mit einem Tiefflug wird der Werbeschriftzug unterstrichen. Die Zivilisten wissen nichts.

Auch seine Jugendfreundin steht vielleicht manchmal mit Kolleginnen aus dem Ensemble da und sieht zu ihm hinauf. Ihre Italieneraugen schirmt sie mit der Hand gegen das Sonnenlicht, ihr

Zeigefinger zeichnet die Schönschrift nach. Die Freundinnen rätseln noch, aber sie hat es längst erraten.

»Heute schreibt er: Persil.«

Man muß aufmerksam hinschauen, zum Lesen bleibt nicht sehr viel Zeit, es ist nur Wasserdampf. Er wird die Form verlieren, sich in der Luft verteilen, in leichte Nebelstreifen auflösen. Und bald wird er verschwunden sein. Oben im Flugzeug sitzt ihr Jugendfreund, das ahnt sie nicht einmal. Sie weiß nichts vom Piloten, zu dem er geworden ist. Als er mit der Segelfliegerei begann, hatten sie einander schon aus den Augen verloren.

Er hat ein ordentliches Einkommen, er trägt den neuen Abendanzug und ein frisches Hemd, er kann sich in der Oper sehen lassen. Und er besitzt etwas, das hier im Publikum sicherlich nicht viele haben: ein Geheimnis.

Die Offiziere drüben in der Loge. Wie sitzen sie, wie reden sie, wie blicken sie ins Publikum, ehe im Raum das Licht ausgeht. Wie spielen sie sich gegenüber den Zivilisten auf, wie tun sie sich hervor in ihrer abweisenden Art. Geduld. Die steifen Kragen, die polierten Knöpfe. Nur noch etwas Geduld. Bald wird auch er in Uniform ausgehen können. Und es wird eine Uniform sein, wie sie kein Mensch bislang gesehen hat. Nicht grau, das immer gleiche Grau, stellt er sich vor. Blau wie die Luft soll diese Uniform sein, und dunkel wie sein Luftwaffengeheimnis.

Es klingelt. Er nimmt sein Programmheft hervor. Es klingelt wieder. Er hat ein Bild entdeckt, auf dem eindeutig seine Jugendfreundin abgebildet ist. Es hat zum letztenmal geklingelt, es wird dunkel, er holt sein Opernglas aus der Hülle. Er kennt die klassische Musik sehr gut, von Platte und aus dem Radio, die Oper auf dem Spielplan heute abend kennt er Ton für Ton, in einem Opernhaus allerdings ist er noch nie gewesen. Dennoch hat er auf Anhieb das Gefühl, hier kann er sich bewegen. Der Umgang mit dem Opernglas scheint ihm vertraut, selbst wenn der Feldstecher viel schwerer, größer ist.

Schon während der Ouvertüre will er nach den Italieneraugen Ausschau halten, er kann es nicht erwarten. Die Leute in der Reihe vor ihm räuspern sich. Er dreht am Schärfenregler, wischt die Linsen noch einmal. Die Nachbarn werfen ihm auffällige Blicke zu. Sie wissen ja nicht, wer er ist. Er wird sich schon zurechtfinden, er wird schon lernen, nicht mehr aufzufallen, still zu sein. Der Vorhang wird gelüftet. Eine Frau erscheint. Das muß sie sein.

Den Weg zu den Künstlergarderoben kennt er nicht. Er hätte in der Pause nicht auf seinem Platz sitzenbleiben dürfen, er hätte sich im Haus umsehen sollen. Zwischen den Rängen steht er auf der Treppe, die Offiziere ziehen an ihm vorbei, sie werden wissen, wie man sich hinter der Bühne bewegt, er könnte sie nach den Garderoben fragen.

Er sieht die Offiziere im Foyer durch eine Nebentür verschwinden. Er hätte sie ansprechen sollen, aber wie. Ein unsicherer Zivilist will nach der Vorstellung einer gefeierten Sopranistin seine Aufwartung machen. Was immer er gesagt hätte, vor diesen Offizieren hätte es lächerlich geklungen.

Er weiß, nun stehen sie im Garderobenflur, sie rauchen eine Zigarette, werden warten, daß die Sopranistin abgeschminkt und umgezogen ist, bereit, Verehrer zu empfangen. Sie ist nicht mehr das Nachbarsmädchen. Kein Mensch, kein Offizier würde es wagen, eine abschätzige Bemerkung über ihre Italieneraugen zu machen.

Er hat sie überraschen wollen. Vielleicht würde sie ihn nicht einmal mehr erkennen. Er geht schon über den Opernplatz. Keinen Moment hat er vorher daran gedacht, daß sie mit jemand anderem verabredet sein könnte. Er macht sich auf den Weg zur

Straßenbahn. Da fällt ihm ein, der Blumenstrauß steht in ihrer Garderobe. Und sie weiß nicht, von wem er ist.

°

Zum Abend hin wird es am Hügel still. Die Sonne sinkt auf die Fabrikschlote im Tal, und nur noch wenige Kinder rufen, als würde sie am Ende eines Tages ihr eigener Lärm erschrecken. Kein Kampfgeschrei und keine lauten Namen mehr, auf die vereinzelten Rufe kommt keine Antwort, sie verhallen. Bald bleiben nur die Haubenlerchen und die Amseln, die Schritte auf dem Schotter und im Gras.

Der Abend bringt die Kinder vom Hügel zusammen. Die einen waren in den Feldern und haben den jungen Mais zertreten, die anderen sind bis ins Tal oder sogar bis auf den nächsten Hügel vorgedrungen. Alle aber nehmen denselben Weg nach Hause, gleich, ob sie miteinander auskommen oder nicht. Manche gehen in Gruppen, trödeln, die Köpfe beieinander, andere laufen allein zum Abendbrot, ohne sich dabei umzusehen.

Wenn die Kinder die Behelfsstraße entlangziehen, schimmert der Boden überall. Die Sonne fängt sich rot auf Glassplittern im Schotter, auch in den Wiesen gibt es leuchtende Stellen, Motorenöl oder am Vormittag zertretene Spiegelscherben, dazu das Flaschengrün.

Um diese Zeit kommen die Sporen. Sporen nennen wir sie, weil es sich um Schimmelsporen handeln muß, denn Mücken sind es nicht, auch keine Falter, Pflanzensamen oder Spinnweben. Der Schimmel muß sich so am Hügel verbreiten, in Form von hellen, leichten Flocken, die in der Hand zu nichts zerfallen, wenn wir sie einfangen, um sie genauer zu betrachten. Zu nichts als einem zähen, etwas rauhen Film, der haftenbleibt. Niemand kann sagen, ob die Sporen wirklich erst bei Sonnenuntergang erscheinen, oder ob sie nicht doch den ganzen Tag in der Luft sind und erst das Abendlicht sie sichtbar werden läßt.

Nie haben wir gehört, die Sporen hätten auch den anderen Hügel und das Tal erreicht. Zuerst sind es nur einzelne milchige Punkte, doch wenn die Sonne den letzten Fabrikschornstein berührt, sind die Telegraphenmasten am Hang von den Sporen eingehüllt. Wie Bodennebel ziehen sie über die Brache, über die Landmaschinen und den Weidezaun in unsere Richtung, und manchmal werden diese trüben Streifen innerhalb weniger Augenblicke so dicht, daß wir die anderen Kinder kaum mehr voneinander unterscheiden können.

In den Häusern gehen die Lampen an. Die Tage werden länger, bald wird die Sonne die Schornsteine nicht einmal mehr berühren. Wir knöpfen unsere Jacken zu, wir stecken die Hände in die Taschen. Von allen Kindern bleiben wir am längsten draußen, und wenn die anderen beim Abendessen sitzen, warten wir noch.

An manchen Abenden, während die Sporen nach und nach wieder verschwinden, bildet sich ein süßlicher Geruch. Er weht ihnen über die Felder hinterher, doch seine Herkunft haben wir noch nicht ausgemacht. Nicht eine warme, unangenehme Süße, nichts Unentschiedenes zwischen Gestank und Duft, sondern eher etwas Beruhigendes in der Abendkühle, als sollte uns dieser Geruch die Aufregung und Hitze des zurückliegenden Tages nehmen, ehe wir nach Hause gehen. Den Nachbarskindern haben wir kein Wort davon verraten. Das mag ich an den anderen: Auch sie können Geheimnisse für sich behalten. Kein Mensch außer uns vieren hat dies je in der Nase gespürt, den Duft, von fernher über die Felder hin zu uns, unerklärlich und roh.

°

Das Bild zeigt unsere Großeltern, als sie noch jung sind. Mittlerweile ist unsere Großmutter lange tot, sie starb, bevor wir vier geboren wurden. Unser Großvater lebt noch immer, doch kennen wir ihn bislang ausschließlich von Photographien, alle schwarzweiß, im Unterschied zu jenen Farbbildern, auf denen wir selber zu sehen sind.

Aus Filmen wissen wir, in den dreißiger Jahren sahen junge Menschen älter aus als heute. Vor vierzig Jahren hatten alle Männer ausrasierte Nacken, sie trugen Hemden und Krawatten, man sah die Stoppeln über dem weißen Kragen. Niemand wäre etwa im Rollkragenpullover in die Oper gegangen. Wir sind nie dort gewesen, und weder meine Eltern noch die von Paulina, Carl und Nora hören sich zu Hause Opern an.

Auf diesem Bild hält unser Großvater ein Programmheft auf den Knien, den Kopf gesenkt, ohne die leiseste Regung ins Dunkel starrend. Vielleicht ist eine Doppelseite mit Photographien aufgeschlagen, sämtliche Sänger sind nach einer Probe einzeln abgelichtet worden, Kostüme, Maske, Bühnenbild, und kein Gesang.

Er sucht etwas. Er nimmt das Opernglas und schaut zur Bühne hinunter, er dreht am Schärfenregler, läßt das Glas dann wieder sinken. Noch einmal betrachtet er die Probenphotos genau und kneift dabei die Augen zusammen, als fehlte ihm die Brille. Er hebt das Opernglas erneut, die Rolle kennt er, das Kostüm, die Maske, trotzdem erkennt er die junge Frau dort vorne nicht. Er darf nicht einfach auf die Bühne rufen:

»Bist du es?«

Er muß still bleiben. Wenn es eine Umbesetzung gegeben hätte, läge ein Zettel im Programm. Vielleicht sind falsche Photos abgedruckt. Sie muß es sein, er will sie nach der Vorstellung in ihrer Garderobe überraschen. Vielleicht liegt es am Licht, am Lidschatten, an einer Reflexion, er kann die Augen nicht wiedererkennen.

 Nun ist er still. Für einen Moment schweift er vom Anblick auf der Bühne ab, diesen Gesangspart kennt er Ton für Ton, und jetzt hat er den Eindruck, die Worte der Sängerin seien direkt an ihn gerichtet. Vielleicht kann er nicht so viel Italienisch, er weiß nicht, ob er sie richtig versteht. Eine langgezogene Phrase, als hätte sie ihn schon die ganze Zeit auf sich aufmerksam machen wollen. Die Wörter unnatürlich akzentuiert, als wäre sie ungeduldig, weil er sie immer noch nicht erkennt.

»Versuche, dich an mich zu erinnern.«

In diesem langen Augenblick scheint es, als wendete die Sängerin sich nur an ihn, als hätte sie diese Gestalt im Publikum fixiert, den jungen Mann mit seinem Opernglas vor den Augen und dem Programmheft auf den Knien.

°

Die Schaumzuckerfabrik entdecken wir nur durch Zufall. Sogar die Arbeiterinnen bekommen wir zu Gesicht, am Förderband, wo sie die Mohrenköpfe in Schachteln einsortieren. Sie tragen Schürzen und Plastikhauben, leicht durchsichtig, die Haarsträhnen, die Schatten an den Schläfen. In den Arbeitshandschuhen aus Gummi haben die Finger etwas Unechtes, sie wirken wäßrig, und selbst noch im Gesicht scheint die Haut zu verschwimmen, die Augen auf das Förderband gerichtet, ohne Schimmer.

Mitunter gerät die Produktionsanlage aus dem Takt und Mohrenköpfe nähern sich in Schüben, die bleichen Hände flattern, aber die Arbeiterinnen kommen mit dem Verpacken nicht mehr nach. Das Band läuft ruhig, ein Mohrenkopf zieht vorbei, er hat die Qualitätskontrolle einwandfrei passiert, doch gleich wird er herunterfallen, wo das Band zu Ende ist. Sieht man ihn am Boden aufplatzen, meint man fast, man könnte auch ein dumpfes Knacken hören.

Niemand außer dem Werksleiter sagt ein Wort. Er führt uns durch die Halle und herrscht von Zeit zu Zeit die Arbeiterinnen an, ohne daß ein Anlaß erkennbar wäre. Er spricht mit uns, dabei aber geht es ihm nur darum, daß wir dem Förderband, dem Tank mit Fettglasur oder dem Portionierer nicht zu nahe kommen. Die Produktion wechselt im Wochenrhythmus zwischen Mohrenköpfen und Zuckerwaffeln, einmal braucht man Kakaogemisch, dann wieder Lebensmittelfarbe, die runden Waffelstanzen werden gegen eckige ausgetauscht. Wir hören dem Werksleiter kaum zu, die Schokoladenflecken auf seinem weißen Kittel interessieren uns mehr.

Es sieht so aus, als müßte das Gemisch aus Zuckerwasser, Luft und Eiweiß vom Schokoladenüberzug in eine Form gezwungen werden, man muß es von der Luftzufuhr abschneiden, sonst breitet es sich immer weiter aus. Die weiße Masse dringt noch durch den kleinsten Sprung ans Licht, darauf deuten die verunstalteten Mohrenköpfe hin, die abseits auf einem Tablett gesammelt werden.

Die Arbeiterinnen waten in ihren Gummistiefeln durch Mohrenkopfmasse. Morgens gibt es nur an wenigen Stellen auf den Kacheln zähe Flecken, am späten Nachmittag dann wird der Boden über die ganze Halle hin mit Eischaum, Waffelbrocken und Splittern dunkler Fettglasur verschmiert sein. Der Werksleiter weist mit dem Finger auf Maschinen, verfolgt die fallenden Mohrenköpfe aus den Augenwinkeln, doch unseren Blicken weicht er aus. Er wendet nicht einmal den Kopf zu uns, er ist darauf bedacht, uns nicht in die Augen zu sehen, und das scheint ihn viel Kraft zu kosten. Als wäre er uns ausgeliefert.

Wir vier haben dieselben Augen. Schon als wir Babys waren, müssen die Leute über unsere Augen gesprochen haben. Sie konnten nicht anders, als Bemerkungen zu machen, noch als wir in die Schule kamen.

»Ihr habt alle dieselben Augen.«

 Der schwarze Punkt, der braune Rand, das Weiße. Als ob wir

Spanier wären. Sie haben uns fortwährend angestarrt. Wir wollten wegsehen, aber das war nicht möglich, wir mußten ihren Blick immer erwidern.

Andere Leute meinten: »Eher Italiener.«

Die drei und ich haben diese Italieneraugen, daneben nur ihr Vater und meine Mutter, die Geschwister sind. Gehen die anderen mit ihrer Mutter oder ich mit meinem Vater in die Stadt, glauben die Leute wahrscheinlich, wir wären adoptiert. Unsere Eltern sind weder Spanier noch Italiener. Woher haben wir dann alle vier die gleichen Italieneraugen.

Die Leute mustern uns verstohlen, aber niemand sieht uns mehr offen in die Augen, kein Werksleiter, kein Lehrer und keine Verkäuferin. Als hätten sie Angst, mit unseren Augen könnte man nichts anderes tun, als alle Dinge, jeden Menschen unter Beobachtung zu halten. Als würden wir den Leuten etwas stehlen, sobald sie ihre Sachen unbeaufsichtigt lassen. Als würden wir Menschen verfolgen. Als könnte man uns nicht trauen.

Vielleicht zieht es uns nur darum zu verlassenen Höfen und Schaumzuckerfabriken hin, weil wir dort alles ungestört erkunden können. Auf diesen Ausflügen über die Felder sind unsere Augen nur zum Sehen da, wir müssen nicht befürchten, daß uns jemand verfolgt und in die Enge treibt. In menschenleeren Gegenden können die Italieneraugen ganz einfach niemanden dazu herausfordern, uns aufzuziehen.

Wenn mir zu Hause Nachbarskinder Wörter nachrufen, die sie im Urlaub in Italien aufgeschnappt haben, wenn sie mich wegen meiner Augen in die Zange nehmen, gibt es keine Rettung.

»Was stierst du uns immer so an?«

Ich kann meine Augen nicht einfach schließen, ich muß Gefahren rechtzeitig erkennen können. Die Nachbarskinder habe ich mir genau angeschaut, sogar Sprüche zurechtgelegt, die Segelohren und die immer roten Backen, die Pickel auf der Stirn des

Anführers. Ich sage mir, bald wird er auf eine andere Schule gehen und ist dann vielleicht nicht mehr so oft dabei. Ich sage mir, die Nachbarskinder wissen es nicht besser. Meine Eltern sind der Ansicht, die Nachbarskinder reden nur dummes Zeug, das sie bei ihren Eltern aufschnappen. Würden sich die Erwachsenen nicht das Maul zerreißen, wären auch ihre Kinder still.

Kein Mensch wird diese Nachbarn je zum Schweigen bringen. Den Kindern werden die Sprüche nie langweilig, nichts ändert sich an ihrer Überzahl. Ihr Anführer muß das Schuljahr noch einmal wiederholen, ein ganzes Jahr bleibt alles wie es war.

Bin ich aber mit Nora, Carl und Paulina zusammen, sehen die Dinge anders aus. Dann gibt es keine Wut und kein Erschrecken, keinen ausweichenden Blick. Wenn wir einander anschauen, sehen wir immer nur in Augen, die wir auch aus dem Spiegel kennen. Dabei ist es nicht so, daß wir vier gleich aussähen, vielleicht bemerkt man das erst, wenn man uns besser kennt. Wie sehr unsere Gesichter sich voneinander unterscheiden, wird besonders deutlich, wenn wir außer uns geraten, dann sind auch unsere Augen verschieden, entsteht ein anderer Zug.

Wird Carl wütend, verengen sich seine Augen, als rückte ein bestimmter Gegenstand, eine Person ins Ziel, als wollte Carl mit diesem Blick zerstören. Im nächsten Moment jedoch beginnt er, wahllos um sich zu schlagen, er brüllt mit aufgerissenen Augen, die Lider sind kaum mehr zu sehen.

Das habe ich an Paulina nie erlebt. Paulinas Augen hören auf, sich zu bewegen, sie zwinkert nicht mehr, die Lider stehen still. Kein Zucken mehr, ich weiß, sie ist schon außer sich geraten. Ich habe das genau beobachtet, die Muskeln in den Augenwinkeln, um die Nasenwurzel sind erstarrt, die Wimpern stecken einen dunklen Rahmen ab, als hätte sich Paulina aus ihren eigenen Augen zurückgezogen. Als wären sie und ich nicht fast gleich alt, als wäre sie auch nicht die Jüngste von den dreien.

Aus Noras Augen bin ich noch nicht richtig klug geworden, und das beschäftigt mich, denn es kann doch durchaus passieren, daß ich in vier Jahren aus irgendeinem unbekannten Grund den gleichen Ausdruck in den Augen habe, Carl und Paulina vielleicht ebenso, wenn sie erst einmal sechzehn sind.

Nora ist weniger wütend als vielmehr sofort tief enttäuscht. Es steckt sogar ein Anflug von Verbitterung in ihrem Blick, wenn sie sich ärgert. Solch einen Ausdruck, scheint mir, kann jemand eigentlich erst haben, wenn er ein Leben lang etwas gesucht hat, ohne es je zu finden.

Wir kennen nun die Herkunft des süßlichen Geruchs, der abends im Nachzug der Sporen kommt. Wir haben immer schon geahnt, daß er nicht aus dem Tal heraufweht, er breitet sich nicht vom Bach oder der Hauptstraße her aus, er nähert sich dem Hügel von hinten, aus der Ebene. Aber von einer Schaumzuckerfabrik, fernab, jenseits der Felder, hatten wir bisher nichts gewußt.

Und doch hat uns nicht der Geruch bis zur Fabrik geführt, er liegt um diese Tageszeit nicht einmal in der Luft. Der Wechsel von kalten Nächten und warmen Frühjahrstagen läßt zwar Gerüche überdeutlich werden, morgens das Gras, der Tau, am Mittag dann die Blüten und gelegentlich Benzin, aber das Süße, Rohe spürt man immer erst am Abend.

Am Morgen sind wir früher als sonst aufgebrochen, mit einer Picknicktasche und mit Taschengeld, das uns mittags den Zutritt zur Fabrik verschafft. Unsere Ausflüge unternehmen wir auf drei Fahrrädern und einem geliehenen Mofa, mit dem jeder von uns abwechselnd fahren darf, doch dann haben mir die anderen das Mofa lange nicht gegeben. Ich zog die ganze Zeit auf dem schlechtesten Fahrrad hinterher, erst als ich sauer wurde, auf dem Feldweg stehenblieb, hat Paulina endlich mit mir getauscht.

Vor Wut bin ich den anderen davongefahren. Ich wollte aus ihrem Blickfeld verschwinden, ich wollte von niemandem mehr gesehen werden, ich heulte fast. Meine Hand hielt den Griff nur immer starr auf voller Kraft, mir war egal, ob das dem Mofa schaden könnte. Vor mir die Ebene, der Staub, die Steine flogen, ich hielt auf den Endpunkt unserer früheren Ausflüge zu. Und so habe ich die unsichtbare Grenze überschritten.

Ich habe mich nicht nach den anderen umgedreht. Kann sein, von hinten sah es wie eine Flucht aus, nur eine Staubwolke über das Feld hinweg. Ich wollte fliehen, aber ich hätte um nichts in der Welt wieder nach Hause gewollt. Die Ferien haben gerade erst begonnen, es ist unsere erste längere gemeinsame Zeit, und ich habe schon vor meiner Ankunft gewußt, diese drei Wochen werden alle früheren Ferien in den Schatten stellen.

Im Grunde war ich auch ein wenig froh, als das Mofa zu spukken begann und schließlich der Motor versagte, als der Sprit ausgegangen war. Ich hatte vielleicht nur eine gewisse Weile für mich allein gebraucht, die drei sind daran gewöhnt, stets Geschwister um sich zu haben, ich bin es nicht, ich bin allein. Nun konnte ich mich mit staubigem Haar und staubigem Gesicht an den Wegrand setzen, um auf die anderen zu warten. Zwischen den Feldern waren die drei Köpfe kaum auszumachen, meine Cousinen, mein Cousin, sie lagen weit zurück. Bald würden sie wieder bei mir sein.

Auf der Suche nach einer Tankstelle sind wir dann immer weiter in die unbekannte Gegend vorgedrungen, und so haben wir die Schaumzuckerfabrik gefunden.

Wir kaufen Tüten mit Mohrenköpfen und Zuckerwaffeln, billiger als im Geschäft, weil sie beschädigt sind, die dunkelbraune, fast schwarze Hülle, das weiße, aufgeschlagene Innere. Als wir die Fabrik wieder verlassen, verstecken wir das Mofa neben der Halle in den Sträuchern, unser Geld ist ausgegeben.

Die Schaumzuckerfabrik ist nicht unsere erste gemeinsame Entdeckung, sie ist vielleicht nicht einmal die wichtigste. Wir wollen morgen wiederkommen, um das Mofa abzuholen, wir werden in den nächsten Tagen vielleicht noch häufiger Bruch kaufen, doch irgendwann werden wir die Fabrik vergessen haben. Neue Entdeckungen lassen vorherige verblassen, später kommen wir vielleicht zufällig darauf zurück, warum sind wir so lange nicht zur Schaumzuckerfabrik gefahren.

Es gibt Entdeckungen, die uns auf Anhieb begeistern, die wir auch sofort gemeinsam auskosten wollen, und andere, mit denen wir erst mal gar nichts anzufangen wissen. Wir erkunden einen verlassenen Hof, weit abgeschieden in den Feldern, wir brechen Vorhängeschlösser auf und sehen Wachstuchdecken noch mit Brotkrümeln darauf, es riecht wie bei alten Leuten, nirgendwo ist etwas Außergewöhnliches zu entdecken, obwohl wir mit vier Augenpaaren suchen. Und doch müssen wir diesen Hof im Hinterkopf behalten, wir ahnen, er könnte uns irgendwann einmal nützen.

Es gibt Entdeckungen, über die wir uns jeden Abend vor dem Einschlafen lange unterhalten können, und andere, über die wir vorerst nichts zu reden wissen, die wir gar nicht besprechen und darum fast wie Geheimnisse behandeln.

°

Manchmal gehen wir zur Schanze, so wird ein Gelände in unserem Viertel genannt, dessen richtiger Name Alte Schanze ist. Ein Rasenplatz inmitten eines Birkenwäldchens, mit wild gewachsenen Sträuchern an den Rändern. Wir kommen gern hierhin, denn auf der Schanze können wir uns zugleich verbergen und dabei das gesamte Areal unter Beobachtung halten, wir können uns wie kaum an einem anderen Ort vor Nachbarskindern verschanzen.

Der Name aber geht auf etwas anderes zurück, die Schanze war ein Übungsplatz für Scharfschützen der Wehrmacht. Daß hier einmal geschossen wurde, ist allerdings schwer vorstellbar, es hätte leicht gefährlich werden können, denn am hinteren Ende liegt eine Siedlung Einfamilienhäuser, die vor dem Zweiten Weltkrieg entstanden ist, und nach vorne öffnet sich der Blick über das Tal, wo immer schon eine Fabrik für schwere Geschütze, für Panzer und Munition gestanden hat. Dort haben sogar einmal unsere Eltern gearbeitet, nicht lang nachdem unsere Großmutter gestorben war, Anfang der sechziger Jahre vielleicht, wir waren noch nicht geboren, wir haben nie genauer danach gefragt.

Es gibt auch keine Hinweise mehr, daß hier einmal ein Schießstand gewesen ist, keinen Kugelfang aus Beton irgendwo im Gestrüpp, und Patronenhülsen müssen verrostet sein, im Verlauf von vierzig Jahren sind sie längst zu Staub zerfallen. Wenn wir Patronenhülsen finden, dann sind sie jüngeren Datums, Schreckschuß- und Gaspistolenmunition. Es muß tatsächlich jemand aus der Gegend hier Schießübungen machen, vielleicht besitzt er sogar eine wirklich scharfe Feuerwaffe. Wir würden ihn gern einmal beobachten, aber er sucht sich offenbar verregnete Tage aus, vermuten wir, denn oft stecken Patronenhülsen im trockenen Lehm.

Sobald es regnet, bleiben wir mit unseren Gummistiefeln auf der Schanze im Matsch hängen, und später, wenn der Boden wieder fest ist, sind überall Abdrücke zu sehen, tiefe Löcher mit verschwommener Zeichnung, wo Pfützen waren, und klare Muster, jede Rille unserer Sohlen dort, wo wir endlich in Sicherheit gewesen sind.

Wer kommt bei Regen heimlich auf die Schanze, um mit der Waffe zu üben, und worauf wird geschossen. Wir suchen das Gelände ab, wir halten die Köpfe gesenkt, wir sammeln lehmverkrustete Patronenhülsen auf, ohne eigentlich zu wissen, was wir damit anfangen sollen. Ein unbekannter Schütze zieht uns an.

Ein alter Mann vielleicht, der hier schon in den dreißiger Jahren geschossen hat, und heute kommt er immer noch, er hat die frühere Zeit nicht vergessen können. Er schießt auf Birken, er schießt in die Luft, wenn niemand in der Nähe ist. Er möchte nicht beobachtet werden, denn seinen Schießübungen haftet auch etwas Lächerliches an, er lädt die Waffe, zielt, drückt ab, als wollte er tatsächlich jemanden beseitigen, er muß sich eines bedrohlichen Feindes erwehren, es geht um Leben oder Tod. Aber kein Mensch hat diesen Gegner je gesehen, bislang unbesiegt, ein Unsichtbarer, es bleiben nicht einmal Fußspuren nach dem Regen.

Doch was beschäftigt uns daran, warum vermuten wir hier ein Geheimnis, wir könnten es nicht sagen. Vielleicht sind es nur ein paar ältere Jungen, die mit einer gestohlenen Gaspistole vor ihren Kameraden angeben wollen. Ich habe mich nie besonders für Waffen interessiert, auch mit Soldaten spiele ich nicht mehr, das habe ich als Kind getan, das ist vorbei. Auf dem Jahrmarkt lasse ich die Schießbuden aus, ich würde bei dem Knall erschrecken und doch nur danebenschießen.

Welche Entdeckung ist hier oben auf der Schanze zu erwarten, wo jeden Mittag das Sirenenheulen aus dem Tal zu hören ist, wenn die Arbeiter in der Waffenfabrik Pause haben.

Vor gar nicht langer Zeit wären uns andere Geheimnisse wichtig gewesen, das Unheimliche an diesem unbekannten Schützen hätte uns nicht fesseln können, wir hätten es vielleicht nicht einmal wahrgenommen. Wäre ich letztes Jahr in den Ferien hier gewesen, hätte eine Entdeckung wie die Schaumzuckerfabrik unsere ganze Aufmerksamkeit in Anspruch genommen. Wir hätten uns gefragt, ob die Schokoladenflecken auf dem Kittel des Werksleiters auf ein Geheimnis hindeuten könnten. Tagelang wären die Mohrenkopfspuren auf dem Hallenboden der Mittelpunkt unserer Überlegungen gewesen. Und vor den Eltern hätten wir ein großes Geheimnis daraus gemacht, daß wir auch nach dem Zähneputzen noch vom Bruch essen, wohingegen es mittlerweile fast egal ist, ob sie das irgendwann herausfinden.

Dafür hätten wir vielleicht nicht in den Papierkörben auf der Schanze gewühlt und uns kaum für die zerknüllten, aus dem Zusammenhang gerissenen Blätter interessiert, die wir wieder glatt streichen, gespannt und widerwillig, wenn unsere Hände das Papier berühren. Wir fügen die Doppelseiten zusammen, auch wenn die einzelnen Papierfetzen aufschlußreich genug wären, Farbphotos, Nahaufnahmen, wenig Schrift.

Wir schauen mit angehaltenem Atem, blättern die Seiten halber Heftchen hastig um, zu viert auf einer Parkbank nebeneinander, wir lachen nicht, wir sprechen nicht, wir schauen schnell. Höchstens, daß wir die Lippen stumm bewegen, wenn uns ein unbekannter Ausdruck unterkommt, meist aber sind es nichtssagende Sprechblasen, »Vorwärts«, »Fester«, »Ja, ja, o ja«, »Wir kommen«, oder die Frauen und Männer sprechen eine andere Sprache.

Wir haben keine Vorstellung, wer außer uns sich solche Hefte anschaut, Männer mit ausgebeulten Taschen, rotem Kopf vielleicht, die sich als Dauerläufer tarnen, und nur darum im Trainingsanzug auf die Schanze kommen, um hier in Ruhe ihre Heftchen durchzublättern, atemlos vom ungewohnten Laufen. Man weiß bei diesen Bildern nie, wie lange das Geschehen gedauert hat, waren es nur wenige Minuten, war es eine Stunde, und man kann auch nicht wissen, wann der nächste Dauerläufer kommt, ob sich nun übermorgen oder erst in einer Woche wieder zerknüllte Seiten finden, stets auf mehrere Papierkörbe verteilt.

Einer ist immer noch dabei, der nicht in den Blick gerät. Man könnte glauben, er stehe im Hintergrund. Man erschrickt: Tatsächlich befindet er sich ganz im Vordergrund. Er hat außerhalb der Photographie gestanden, genau an der Stelle, von wo aus man die Szenerie beobachtet. Wenn wir die Heftchen anschauen, stehen wir auf der Seite eines Unsichtbaren, der bei Liebespaaren in die Wohnung eindringt und sie mit seiner Kamera überrascht.

Das wichtigste Geheimnis aber im Moment sind unsere Augen, und wir werden keine Ruhe haben, bevor wir nicht wissen, was dahintersteckt. Alles andere muß bis dahin warten, auf unbekannte alte Soldaten mit ihren Schießübungen werden wir erst zurückkommen können, wenn wir uns die Nachbarskinder vom Hals geschafft haben.

Als ich das erste Mal miterlebe, wie uns die anderen Kinder vom Hügel auflauern, bekomme ich Angst. Es ist nicht die gleiche Angst wie zu Hause, ich fürchte mich nicht einfach nur vor Schlägen und zerrissenen Kleidern, es kommt noch etwas anderes hinzu, ein unbekanntes Gefühl im Magen. Als wäre die Prügelei schon längst im Gange, als hätte ich bereits den entscheidenden Schlag in den Bauch bekommen, der mich im nächsten Augenblick zu Boden gehen läßt.

»Wir haben euch schon tausendmal erklärt, woher wir diese Augen haben.«

Es kommt heraus, alle außer mir wissen Bescheid. Nicht nur Carl, Nora und Paulina, sondern auch sämtliche Nachbarskinder, jeder hier im Viertel. Nora beschimpft den Anführer der anderen, er sei schlichtweg zu dumm, um endlich zu begreifen, daß wir die Augen von unserer Großmutter geerbt haben, die heute als Opernsängerin in Rom lebt. Er hält dagegen, wir hätten bislang keinen Beweis gebracht, wir wären auch in Zukunft dazu nicht in der Lage, weil die ganze Geschichte nur erlogen sei. Doch Nora bleibt dabei, unsere Großmutter ist so berühmt, daß alle Welt sie kennt, nur die beschränkten Nachbarskinder nicht.

Es wird bald dunkel werden, und von der Schanze bis zum Hügel ist es ein ganzes Stück, alle wollen nun langsam nach Hause.

Nachdem der Anführer unserer Feinde das Zeichen zum Aufbruch gegeben hat, dreht er sich noch mal um, er will das letzte Wort behalten.

»Und denkt daran, uns rechtzeitig Bescheid zu sagen, wenn eure Oma wieder mal im Fernsehen kommt.«

Auch wir machen uns auf den Weg. Ich habe nicht gewußt, daß wir noch eine Großmutter haben, die in Italien lebt. Ich dachte immer, unsere Großmutter sei lange tot.

»Natürlich lebt unsere Oma nicht mehr, das haben wir erfunden.«

Also stimmt es doch, was meine Eltern gesagt haben: Unsere Großmutter ist gestorben, als sie kaum erwachsen waren, meine Mutter ging noch zur Schule, mein Onkel hatte seine Lehre hinter sich und verließ bald das Haus. Ich bin unsicher, was ich glauben soll, ich habe schon befürchtet, es sei alles ganz anders gewesen.

»Und sie war Opernsängerin? Das habe ich nicht gewußt.«

Ja, sie ist Opernsängerin gewesen. Nora bleibt stehen. Wir haben schon die Einfamilienhaussiedlung hinter uns, wir sind beim Supermarkt. Bald wird es nur noch bergauf gehen, die Schotterstraße und kein Fußweg mehr. Ich weiß nicht, ob ich weiter fragen kann.

»Und Italienerin?«

Nein, das haben sie nur erzählt, damit die Nachbarskinder uns in Ruhe lassen. Ich kann Noras Blick dabei nicht mehr genau erkennen, unsere Augen scheinen zu verschwinden, wenn die Sonne untergeht. Auf einmal fängt Nora beinahe an zu lachen.

»Wir haben ihnen gesagt, daß du bei unserer Oma in Italien wohnst, in Rom ins Internat gehst. Ich glaube, sie haben uns das sogar abgenommen. Sie müssen sich vorhin ganz schön gewundert haben, daß du so gut Deutsch gesprochen hast.«

Carl findet das nicht lustig, denn nun müssen wir langsam eine überzeugende Erklärung dafür finden, daß ich keine Beweise aus

Italien mitgebracht habe, keine Schallplatte oder ein Opernprogramm, in dem der Name unserer Großmutter aufgeführt ist. Probenphotos hätten auch genügt. Ein einziges Bild von unserer Großmutter im Kostüm. Von ihren Augen.

Vor uns sehen wir die Silhouetten der Nachbarskinder, die Häuser am Hügel oben. Die meisten außer unserem sind im Grunde eher Baracken, vielleicht haben es die Nachbarskinder auch darum auf uns abgesehen. Früher lagen am Hügel ausschließlich Gärten, mit Sommerhäuschen und Geräteschuppen, die dann erst Stück für Stück weiter ausgebaut worden sind. Doch kaum jemand hat sich eine Genehmigung dafür eingeholt, und so müssen manche Häuser vielleicht irgendwann wieder abgerissen werden.

»Aber nur unsere Oma ist gestorben, oder?«

Ja, unser Großvater lebt noch, und er wohnt gar nicht weit von uns entfernt, gleich bei der Schanze.

»Gehen wir deshalb so oft dahin?«

Ein Achselzucken ist alles, was ich zur Antwort bekomme. Vielleicht sind wir auf unserem Weg sogar an seinem Haus vorbeigelaufen.

»Nein.«

Carl schaut mich an, ich sehe schnell wieder nach vorne auf den Weg. Der Schotter knirscht. Bevor die anderen mich noch für einen Idioten halten, höre ich auf zu fragen.

Ich bin noch nie in Rom gewesen, überhaupt nie in Italien. Und in ein Internat möchte ich auch nicht. Die erfundene Geschichte unserer Großmutter in Rom ist nicht schlecht, auf so etwas kann man vielleicht nur kommen, wenn man zu mehreren ist. Auch ich habe immer wieder versucht, den Nachbarskindern bei mir zu Hause Lügengeschichten vorzusetzen. Einmal habe ich sogar erzählt, ich sei gar kein Einzelkind, hätte in Wirklichkeit noch einen kleinen Bruder. Sie wollten ihn natürlich sehen, sie wollten wissen, ob er die gleichen Augen hat. Er sei im Bad, er werde gerade gebadet, da dürfe niemand zu ihm hinein. Ich hatte sie schon fast so weit, daß sie mir glaubten, aber dann merkten sie, im Spalt unter der Badezimmertür war kein Licht. Meine Geschichte hat nur ein paar Minuten lang gehalten, schon war ich wieder allein, die anderen machten sich darüber lustig, was das denn für ein Bruder sei, der nur im Dunkeln badet.

Ab jetzt muß ich achtgeben, daß ich immer mit den dreien zusammenbleibe, ich darf sie nicht mehr aus dem Blick verlieren. Was, wenn die Nachbarskinder mich irgendwann abfangen und nach Italien fragen. Ich hätte den anderen schon nicht mit dem Mofa davonfahren dürfen. Was, wenn unsere Feinde auf dem Feld erschienen wären, und ich ohne die geringste Ahnung von unserer Großmutter.

Warum haben mir das die drei nicht gleich erzählt. Die Nachbarskinder hätten mich erledigt, jede Hilfe von den anderen wäre zu spät gekommen. Aber von unseren Ausflügen über die Felder, von der Schaumzuckerfabrik wissen die Nachbarskinder nichts. Ich will auch nicht mit Nora, Carl und Paulina streiten, ich wurde noch rechtzeitig in diese Geschichte eingeweiht.

Ich habe immer gewußt, daß unsere Großmutter lange tot ist. Ich habe immer gewußt, daß unser Großvater noch lebt. Ich kann mich nicht erinnern, ob ich vorher schon mal gehört habe, daß unsere Großmutter Opernsängerin gewesen ist. Da gibt es noch eine ganze Reihe unklarer Dinge.

»Aber das mit den Augen stimmt? Hatte unsere Oma solche braunen Augen, wie wir sie haben?«

Unsere Großmutter muß Italieneraugen gehabt haben. Als sie noch jung ist, sucht unser Großvater mit dem Opernglas nach ihren Italieneraugen auf der Bühne. Möglich sogar, daß es ihr schon als Kind ähnlich ergangen ist wie uns.

»Woher hat sie nur diese dunklen Augen?«

Es ist nicht mehr weit bis nach Hause, und gleich müssen wir die Nachbarskinder überholen. Langsam werden jetzt auch die Sporen kommen. Ehrlich gesagt mag ich den Geruch nicht besonders gern, der mit den Sporen über die Felder kommt. Eigentlich wünsche ich mir diesen Geruch nach Sonnenuntergang am Hügel weg, so süßlich und dicht, als könnte man bald nicht mehr atmen.

°

An einem sonnigen Nachmittag, als niemand außer uns im Haus ist, finden wir etwas, das kein Mensch vor uns angeschaut hat, zumindest seit langem nicht mehr. Nora hat im Bücherschrank nach dem Telefonbuch gesucht, statt dessen aber zieht sie von hinten ein Photoalbum hervor.

Nicht eines der üblichen quadratischen Bücher aus aufgeschwemmtem Kunststoff und mit selbstklebenden Seiten, auf denen die Bilder von einer durchsichtigen Folie gehalten werden sollen. In diesem querformatigen schwarzen Band aus starkem Karton werden wir keine Aufnahmen von uns finden, keine von den Eltern gemachten Urlaubsbilder oder Schnappschüsse, auf denen wir uns selber erblicken, in Haltungen, die wir an uns nicht kennen, mit Gesichtern, die kaum unsere eigenen sind.

Wir sehen uns nur ungern auf Bildern, aber nicht selten werden wir hinterrücks abgelichtet, wir drehen den Kopf nicht rechtzeitig zur Seite, die Hände werden zu spät hochgerissen, oder wir stehen wie gelähmt. Seit den Baby- und Kleinkindbildern unterscheiden sich die Aufnahmen kaum voneinander. Wir vier, verwackelt, mit laufenden Nasen und offenen Anoraks, als wir von der Straße ins Haus kommen, die Hände auf dem Rücken, man soll nicht sehen, daß der Ärmel bei einer Prügelei mit Nachbarskindern eingerissen ist. Staub oder Ruß klebt in unseren Gesichtern, wir lächeln nicht, die Augen weit offen, im Blitzlicht leuchten unsere Pupillen rot.

Paulina und ich, noch zu Grundschulzeiten, wie wir im geparkten Wagen sitzen, mit einem Ausdruck, als hätte man uns bei irgendwas ertappt. Vielleicht haben wir schon gespürt, daß sich jemand mit einem Photoapparat genähert hat. Nora und Carl bei einem Lagerfeuer, wahrscheinlich aus der Zeit, als sie kurz bei den Pfadfindern waren, mit offenen, verzerrten Mündern, weil sie singen müssen. Man sieht schon hier, daß sie die Jugendorganisation so bald wie möglich wieder verlassen werden. Fänden sich derartige Aufnahmen nicht in unseren Familienalben, würde kein Mensch diese Gestalten mit uns in Verbindung bringen.

Auf der Terrasse hätten wir mehr Licht, trotzdem ziehen wir uns in die Couchecke zurück, um die unbekannten Photographien zu betrachten. Wir sitzen eng zusammen, Nora hält das aufgeschlagene Album auf den Knien, sie ist die Entdeckerin. Die Bildoberflächen werden von Pergamentpapier geschützt, in das ein Muster von Spinnweben geprägt ist. Dadurch bekommen wir die Photographien zunächst wie von einer Patina gedämpft, von einem Schleier verwischt, undeutlich zu Gesicht, bis dann, wenn wir das Zwischenblatt beiseite schieben, Konturen und Kontraste scharf erscheinen. Die Bilder sind so alt wie das Album, gezackte weiße Ränder, und es gibt Kommentare, die selbst Nora nur schwer entziffern kann.

Anfangs sagen uns die Aufnahmen nichts, es sind zumeist die üblichen Motive, die in Familien festgehalten werden. Eine Figur aber sticht gleich heraus, ein junger, unbekannter Mann, von dem es auffällig viele Porträts gibt, vor wechselnden Hintergründen, aus verschiedenen Weltengegenden, aber stets in Uniform.

Im Urlaub, das Gesicht ist unscharf, der Mann steht auf einem Sandweg, dahinter Sträucher und ein Lattenzaun, wo mag das sein. Wenige Seiten weiter ein verschneiter Tannenwald, ein abgelichtetes Ausflugsziel wahrscheinlich, Nora ist sich nicht sicher. Im Schnee entdecke ich Streifen, und am äußeren Rand, entfernt, bewegt sich eine Skipatrouille. Carl weist uns auf Abzeichen an den Schneeanzügen hin, dies kann kein Ausflug sein.

Neben dem jungen Mann rücken auch andere Soldaten in den Bildausschnitt. Eine Photoserie vom Nürburgring zeigt außer den Zieleinläufen der Wagen die gesamte, für das Gruppenbild zusammengedrängte Mannschaft. Dann Pelztierfarm Maria Laach, Deutsches Eck, Achte Kompanie, Nora entziffert Buchstabe für Buchstabe, und langsam kommen wir dahinter, daß sie offenbar auch ihre Ausflüge noch in Uniform unternommen haben.

Ein Kasernenhof, auf beiden Seiten die Soldaten zum Appell, im Mittelpunkt fünf Mann, vier stehen bequem, einer salutiert, die Hacken zusammen. Es ist, auch wenn wir ihn hier nur von ferne sehen, derselbe, den wir von anderen Photos kennen. Wer kommt auf die Idee, solch eine Szenerie zu photographieren. Der Uniformierte selbst muß um eine Erinnerungsaufnahme gebeten haben.

Über die Jahre erhöht sich die Zahl der Abzeichen und Orden auf seiner Brust. Wären die Bilder durcheinander geraten, könnten wir sie in die richtige Reihenfolge bringen, allein anhand der Auszeichnungen, dem polierten minderwertigen Metall, das Sonne und Magnesiumlicht reflektiert.

Dann bricht, es sind noch viele Seiten leer, auf denen sogar Photoecken kleben, nach einem ersten Porträt mit Stahlhelm das Album ab.

Der junge Mann, so schätzen wir, muß mittlerweile ungefähr das gleiche Alter erreicht haben wie jene alten Leute, die hier am Hügel wohnen. Vor allem ein Nachbar kommt uns in den Sinn, wir nennen ihn den Taubenmann, weil sein Haus im Dach einen Taubenschlag hat. Er spricht mit niemandem, vielleicht redet er nur mit den Tauben, wenn er sie alle paar Wochen einsammelt, um zu einer Brieftaubenveranstaltung zu fahren. Sonst steht er wortlos an seinem Gartenzaun und hat dabei gelegentlich sogar ein Gewehr untergehakt, als hätten wir es auf seine Tauben abgesehen.

Der Mann im Photoalbum trägt auf keinem Bild eine Waffe. Er ist jemand, den wir noch nie gesehen haben, und dennoch haben wir gleich begriffen: das muß unser Großvater sein.

Sein Gesicht ist nur schlecht zu erkennen, wir haben keine Züge ausgemacht, höchstens ein zurückhaltendes Lächeln, vielleicht auch nur ein Blinzeln, ein Zucken der Mundwinkel im Gegenlicht. Auf vielen Bildern wirft der Mützenschirm einen Schatten über die Augen, und doch ist uns trotz aller Undeutlichkeit klar, daß dieser junge Offizier keine Italieneraugen hat. Wir müssen sie tatsächlich von unserer Großmutter geerbt haben.

Nach dem Stahlhelmporträt finden sich nur noch verstreute Einzelbilder, unsortiert in das Album gelegt, als hätten sie zu einem späteren Zeitpunkt eingeklebt werden sollen. Weiter hinten in diesem schwarzen Pappband das Pergamentpapier mit Spinnwebmuster über leeren Seiten, die Zeit zum Einkleben ist nicht mehr gekommen.

Auf diesen Einzelaufnahmen ist von unserem Großvater als jungem Mann nichts übrig, nicht einmal der Schatten seines Oberkörpers reicht ins Bild. Er, den wir vorher betrachtet haben, ist nun selbst der Photograph, jetzt schauen wir mit seinen Augen, sehen mit ihm gemeinsam durch den Sucher.

Und hier erst zeigt sich, daß er die eigene Kamera immer bei sich hat, um jedes Motiv von möglicher Bedeutung gewissenhaft festhalten zu können, ganz gleich in welcher Situation. Er trägt die Kamera noch nachts bei Luftalarm mit in den Keller. Sobald die Sonne wieder aufgegangen ist, sucht er einen geeigneten Bildausschnitt, in der Mitte eine eingebrochene Flügeltür, zu beiden Seiten leere Fensterlöcher, dahinter hoher Schutt, der aus den oberen Etagen herunterkommt.

Der junge Mann steht auf der Straße, wir sitzen zusammengedrängt auf der Couch, und doch schauen wir mit ihm gemeinsam. Die Lichtverhältnisse sind nicht zufriedenstellend, es ist eben noch sehr früh am Tag. Oder es liegt am Trümmerstaub in der Luft. Zudem erscheint das Bild ein wenig verschwommen, ein weiterer Hinweis auf Staub. Hinten trägt die Aufnahme den Vermerk: »22./23. Oktober, nach Bombenangriff«, mit anderem Stift daneben: »Parterre links unsere Wohnung«.

Vielleicht hat er beim Auslösen nicht stillgehalten. Der Nachttisch, auf dem der Photoapparat sonst immer bereit gelegen hat, ist unter den Trümmern begraben. Wie aber kommt man, wenn alles zerstört ist, noch darauf, ein Bild zu machen. Wie stellt man sich, will vor allem Paulina wissen, am Morgen nach dem Bombenangriff vor das eigene Haus und knipst, was übrig ist. Es ist nicht unser Blick, wir schauen nicht mit diesen Augen.

Bei einem Bild bleibt uns unklar, welches Motiv hier eingefangen werden soll. Es ist das Jahr 1944, der Kommentar lautet »Bekannte zu Besuch«, doch Menschen gibt es darauf nicht zu sehen. Nur die Sitzecke in der leeren Stube, ein Dolch hängt an der Wand, eine Zierwaffe vielleicht, vom gemusterten Stehlampenschirm baumelt ein Modellflugzeug an einem Zwirn. Wir können nicht entscheiden, ob es dem Photographen hier um den Gesamteindruck der Stubenatmosphäre gegangen ist, um diesen Zierdolch oder nur um das Modell.

Wir kennen diesen Flugzeugtyp aus dem Spielzeugladen, vielleicht haben wir selbst einmal dieses Modell besessen, wir könnten nachschauen, die Sachen liegen immer noch im Keller. Früher haben wir ganze Winternachmittage damit verbracht, die Einzelteile in der richtigen Reihenfolge zusammenzukleben. Morgens haben wir schon vor dem Frühstück mit spitzen Pinseln über die Plastikeinzelheiten gestrichen, als hätten wir ein Leben lang dafür Zeit. Als würde uns so etwas in alle Zukunft interessieren.

Vom einen auf den anderen Tag aber war es vorbei, war alles nur noch ferne Vergangenheit, von der kein Mensch erfahren sollte. Wir räumten die halbfertigen Modelle mitsamt den Farben und dem Kleber in Kartons, um sie so schnell wie möglich zu vergessen.

Kinderspielzeug. Aber auf keinem einzigen Bild haben wir ein Kind gesehen. Der Photograph muß dieses Flugzeug selbst gebastelt haben, begeistert hat er Wochen über dem Bausatz verbracht, an jedem freien Abend hat er gleich nach der Verdunkelung die Arbeit wieder aufgenommen, die Vorhänge geschlossen, mit Nagelfeile und Pinzette hantiert er unter einer kleinen Lampe, bis er endlich das fertige Flugzeugmodell in seine Stube hängen konnte.

Mitten im Luftkrieg kreist dieser Bomber pausenlos über der Sitzecke, dem Salz- und Pfefferstreuer und dem Häkeldeckchen. Das Haus ist heil, man sitzt gemeinsam um den Tisch, und jedesmal, wenn man den Kopf auch nur ein wenig hebt, hat man vor Augen, was schon in der nächsten Nacht bevorstehen kann. Haus, Häkeldeckchen und Modellflugzeug wird es hier morgen vielleicht nicht mehr geben.

Vielleicht kämen wir diesem Bild auf den Grund, wenn wir es eine Weile länger betrachten könnten, doch als wir Schritte auf der Terrasse hören, stecken wir es zwischen die schwarzen Kartonblätter zurück und lassen das Photoalbum gerade noch rechtzeitig an seinem Platz im Bücherschrank verschwinden, dort, wo ein Telefonbuch hätte stehen sollen.

°

Die Augen haben wir im ganzen Album nicht gefunden, unsere Großmutter hat kein eigenes Gesicht. Wir hätten nur ein einziges Bild unserer Großmutter mit unseren Italieneraugen im

Kostüm gebraucht, aber sie ist nicht da. Es gibt im Photoalbum auch keine Aufnahme, auf der sie ganz allein zu sehen wäre, kein Porträt. Sie lächelt wie die anderen auf einem Gruppenbild, aber kein eigenes Gesicht, alle zusammen in der Stube oder auf dem Land, sie halten einander an den Händen oder einen kleinen Abstand, so klein, daß niemand ihn bemerkt.

Nirgendwo ihre Augen so wie unsere, das Licht ist schlecht, sie blinzelt oder sie schaut weg, genau wie wir. Auch unsere Italieneraugen kann man auf Photos schlecht erkennen, kein Dunkelbraun, nur dieses Rot im Blitzlicht.

Das ist nicht ihr Gesicht, das sind nicht ihre Augen auf den Gruppenphotos, nicht auf den Bildern mit ihrem Verlobten, dann mit ihrem Mann, unserem Großvater in seiner Uniform. Das Paar auf einem Flugplatz, die beiden sind gerade erst gelandet, sie sitzt noch in der offenen Kanzel, er steht auf der Tragfläche, beugt sich zu ihr hinunter, sie sehen einander nicht an, sie schauen in die Kamera.

Unsere Großmutter weiß auf jedem Bild, sie wird beobachtet. Nicht nur vom Photographen, auch von anderen Menschen, später, wenn sie die Aufnahme betrachten. Menschen, die unsere Großmutter nie gesehen hat. Wie wir.

Vielleicht hat sie mit ihren Italieneraugen keinen Fremden anschauen wollen, und darum gibt es kein Porträt. Aber das kann nicht sein, sie hat, als Opernsängerin, genau gewußt, wie man Fremden in die Augen sehen muß, wie man im Dunkeln ihre Augen findet.

Hat unser Großvater keine Aufnahme von ihr allein gemacht? Auf einem Ausflug, nur sie beide, und er stellt sie vor einen Hintergrund aus frischen Sträuchern, damit ihr Augenpaar zur Geltung kommt. Auf jenem Flugplatz, eben erst gelandet, mit wachem Blick, die Augen haben eine weite Landschaft überflogen. Unser Großvater in der Luftwaffenuniform wird doch seine

Kamera hervorgenommen haben, ihr Mann, der ständig photographiert, der auch keine Gelegenheit ausläßt, Porträts von sich selbst machen zu lassen.

Möglich, unsere Großmutter hat sich geziert, sie ist der Kamera ausgewichen. Die junge Frau, der junge Mann, er wird sie überredet haben, oder überlistet, es sei ja ohnehin kein Film im Apparat. Er wird sie vor die Kamera bekommen haben, sie achtet einen Augenblick nicht auf ihn, schon hat er den Auslöser gedrückt.

Wenn es unserem Großvater gelingt, bei einer Familienfeier alle Gäste für ein Gruppenbild zusammenzubringen, auch wenn die einen ins Gespräch versunken unter Bäumen stehen, der andere lieber allein am Tisch mit Kuchen bliebe, wenn sich also am späten Nachmittag die längst verstreuten Gäste noch einmal versammeln, weil unser Großvater sie ruft und winkt und jeden mit gekonnten Worten auf den Rasen lockt, dann muß er auch unsere Großmutter überreden können, nach dem Erinnerungsphoto noch einen Moment für ihn Modell zu stehen.

Er weiß doch, wie man Bilder macht, er weiß, wie man Objekte vor die Linse holt. Er ist Pilot, er weiß auch um den Photoapparat an jedem Flugzeugrumpf, er weiß seine Maschine so zu lenken, daß es ansehnliche Luftbilder gibt, er kennt den Rhythmus des automatischen Auslösers genau, er zählt die Bilder in der Kanzel mit.

Oder unsere Großmutter ist aus dem Photoalbum erst später verschwunden, die Lücken, leeren Seiten und die losen Bilder haben mit ihr zu tun.

Vielleicht hat jemand alle Photographien herausgenommen, auf denen sie wiederzuerkennen ist, wo sie den Mund nicht zu einem bloß höflichen Lächeln verzieht, wo ihre Augen nicht im Schatten liegen. Sämtliche Bilder, auf denen man die Italieneraugen sehen kann. Vielleicht hat der direkte Blick unserer Großmutter einen Betrachter dieser Bilder so beunruhigt, wie unser Blick die Menschen zu beunruhigen scheint.

Unsere seit langem tote Großmutter in einem Garten, jung, mit Freunden. Unsere Großmutter auf demselben Fest, mit ihrem zukünftigen Mann. Reihenweise Erinnerungsbilder von ihren Auftritten, die Blumen, Luftküsse, Verehrer. Unsere Großmutter in unglaublichen Kostümen, ganz anders als die ewige Uniform. Gewänder, Schmuck, Perücken, manchmal auch unsere Großmutter mit offenem Mund, während sie singt. Und immer diese Augen.

Möglich, irgendein Betrachter hat das alles nicht ertragen. Vielleicht hat er zunächst versucht, diese Figur aus Gruppenbildern herauszuschneiden, mit einer Nagelschere, langsam, mit zusammengebissenen Lippen. Oder sogar mit einem Nagelknipser, das ist schwierig. Jemand hat die Figur aus einer Gartenaufnahme herausgenommen, nur ein paar Moospolster und Stiefmütterchen bleiben stehen, der Baum im Hintergrund vor dem Schlafzimmer hat schon keinen Stamm mehr, die restlichen Personen auf dem Bild sind völlig unbekannt.

Man schneidet eine weitere Figur, mit ihr gibt es ja ohnehin keine Verbindung, man schneidet noch eine Partie, den Schatten und den trüben Blick, schließlich sind nur die Wolken oben übrig, nicht mal das.

Doch irgendwo bleibt eine Hand zurück, die Hand eindeutig einer Sängerin liegt auf dem Unterarm des dunklen Herrenanzugs. Ein Faltenwurf des aufwendigen Kostüms, falls sie es auf der nächtlichen Premierenfeier anbehalten haben sollte. Ein angeschnittener Schuh im Gras, am Rand des Himmels ein paar feine Striche, mit bloßem Auge fast nicht zu erkennen, vielleicht nichts weiter als Staubflocken auf der Linse, aber genausogut könnten es Wimpern sein, die aus der fehlenden Gesichtspartie heraus nur einen Millimeter in die Landschaft reichen.

Man mag die Lupe nehmen, es nützt nichts, man kann sich nie endgültig sicher sein, daß die Figur getilgt ist. Von dieser Opernsängerin dürfen keine Spuren bleiben. Die Photographie ist leer, trotzdem aber ist noch etwas geblieben, dieser beunruhigende Blick läßt sich einfach nicht abschütteln. Er ist an allem ablesbar, er hat die Schatten und den Baum berührt, er liegt, die Italieneraugen sind schon lange fort, noch immer auf dem Betrachter.

Nicht einmal Probenphotos sind im Album, aus einem alten Programmheft ausgeschnitten und zur Erinnerung eingeklebt, wie wir es uns gewünscht, erfunden haben. Unsere Großmutter ist verschwunden. Alles aus dem Familienalbum herausgenommen. Wir haben nichts, um es den Nachbarskindern zu zeigen. Keinen Beweis für eine Opernsängerin, und sei er noch so alt oder auch schwer erkennbar oder sogar unglaubwürdig. Wir haben, was viel wichtiger gewesen wäre, kein Bild von unserer Großmutter für uns.

Soweit wir erkennen können, hat unser Großvater das Album angelegt. Sämtliche Schriftzüge stammen von derselben Hand, anfangs noch Schönschriftkommentare vielleicht bei Frühjahrslicht in Ruhe überlegt. Am ersten warmen Nachmittag sitzt unser Großvater im Garten, der lange Winter ist vorüber, und keine Flugzeugbastelei mehr bei Verdunkelung, damit wird er nun bis zum nächsten Herbst warten. Auf dem schwarzen Karton werden die Photoecken sorgsam angebracht, ein Bild wird eingesetzt, die hellen Vierecke auf dunklen Doppelseiten, und dann gleitet der Stift neben den Aufnahmen entlang, man muß ihn fest und sicher führen, sonst sieht man kaum etwas von weißen Strichen, Schleifen, Unterstreichungen.

Zum Ende hin wird die Schrift hastiger und blasser, ein wenig krakelig, sogar der eine oder andere Ausrutscher, Weiß läßt sich auch nur schlecht radieren. Die Einzelbilder tragen keine besonnen formulierten Kommentare mehr, nur Ort, Datum und Anlaß sind auf der Rückseite notiert. Kaum hat unser Großvater ein Photo geschossen, kaum hält er den Abzug in der Hand, steckt er die Aufnahme schon irgendwo zwischen die Kartonseiten. Erst nach dem Krieg wird er einen genaueren Blick darauf werfen können.

Es wäre unbegreiflich, wenn unser Großvater derjenige gewesen sein sollte, der später alle Bilder seiner Frau aus dem Familienalbum genommen hat. Wir wollen das nicht glauben. So war es nicht. Er hat doch an den Augen unserer Großmutter gehangen, sie haben ihn nie losgelassen, das ist ihm spätestens in dem Moment aufgegangen, als er den Namen seiner Jugendfreundin auf einem Plakat geschrieben sah. Durchs Opernglas hat er immer nur nach diesen Augen gesucht.

Anrufe

Die Augen hat er nicht wiedererkannt, er hat sie auf der Bühne nicht entdecken können. Durchs Opernglas hat er eine fremde Figur gesehen, und doch muß dies die Frau gewesen sein, die er vor vielen Jahren gegen die Nachbarskinder verteidigt hat. Mit allem Mut, den er aufbringen konnte. Ohne sich um Gefahr und Hinterhältigkeit und Übermacht der anderen zu kümmern. Ohne daß seine Unterlegenheit ihn auch nur einen Moment gehindert hätte. Er hat dem eigenen Untergang stets mit offenen Augen entgegengesehen. Die Kratzer im Gesicht und die zerrissenen Hosen. Die Schelte seiner Mutter hinterher, die Ohrfeigen von seinem Vater abends.

Durchs Opernglas hat er verfolgt, wie die Figur mit ihrem ersten Ton die Szene eingenommen hat. Der Birkenwald wurde zu ihrem Wald, die Gasse war schon immer ihre Gasse. Von Anfang an gehörte auch der männliche Gegenpart allein zu ihr, nie hätte der Tenor einer anderen Frau verfallen dürfen, so wie die Sängerin ihm verfallen war. Er aber hat seine Geliebte von Anfang an hintergangen, hat ihr verheimlicht, was vor den Augen des Publikums geschah, sobald die Sängerin die Bühne verlassen hatte. Sie hätte es dennoch ahnen müssen. Die Sängerin ist blind gewesen. Kein Zuruf aus dem Publikum hätte sie zur Vernunft gebracht.

Er hätte mit den Nachbarskindern paktieren können. Sein Sonntagsanzug wäre zu retten gewesen. Es hätte keiner Anstrengung bedurft, auf der Seite der Sieger zu stehen. Aber er hat sich nicht gescheut, gegen alle Vernunft die Italieneraugen dieses Mädchens zu verteidigen.

Durchs Opernglas hat er die Sängerin verzweifeln sehen. Sie stand, in Tränen, schwach, an einen Baum gelehnt, von ihrem Geliebten verraten und verlassen. Und trotzdem konnte sie ihn nicht vergessen, in jedem Ton, in jedem Wort dasselbe Verlangen wie zuvor. In jedem Pflasterstein, in jedem Blatt, in jeder Wolke sah sie noch immer seinen Schritt, seine Berührung, seinen Blick. Das war ihr Untergang. Sie wußte es. Das ganze Publikum hat es gewußt.

Er hat beobachtet, wie die Sängerin in ihrer letzten Arie das Gesicht in die Hände legte, damit sie Boden, Baum und Wolke nicht länger sehen mußte. Ihre verweinten Augen hat er auch als Kind gekannt. Durchs Opernglas hat er verfolgt, wie sie die Hände dann zum Himmel hob, weil sie vom Bild ihres Geliebten nicht ablassen konnte, auch am Ende nicht.

Vielleicht hat er sich da an ihre Hände erinnert, die Mädchenhände auf der Straße, als sie zu zweit einen Spaziergang machten, in einem Frühling wie diesem, und einmal waren keine Nachbarskinder in der Nähe, er blieb für einen Tag verschont, mußte die Hände nicht zu Fäusten ballen. Doch wollte er sie auch nicht in die Hosentaschen stecken, er schaute von der Seite ihre Hände an, es waren Hände, die in keinen Sandhaufen und keinen Baum zu passen schienen. Er wollte etwas über ihre schmalen Hände, ihre langen Finger sagen, er hat nichts gesagt, und beide haben sie nicht recht gewußt, ob sie einander für ein Stück des Weges bei der Hand nehmen sollten.

Man sagt, am kleinen Finger kann man erkennen, ob ein Mensch eine künstlerische Begabung hat. Nora behauptet, man liest es an der Länge ab. Die kleinen Finger von Nora und Paulina reichen fast bis an das Nagelbett des Ringfingers heran. Demnach haben die beiden Mädchen eine überdurchschnittliche Begabung.

Bei Carl und mir endet der kleine Finger schon unterhalb des dritten Gelenks am Ringfinger. Vielleicht sind unsere kleinen Finger für jede Kunst von vornherein zu kurz. Carl stört das nicht, mir aber ist es nicht sehr angenehm, meine kleinen Finger werden auch nicht mehr wachsen. Sie werden nur noch krumm in Zukunft, das wird sie zusätzlich kürzer erscheinen lassen, als sie sind.

An unseren Augen mag man uns erkennen, an unseren Händen aber nicht. Unsere Hände sind völlig verschieden. Carl hat zum Beispiel Warzen an den Fingern und auf dem Handrücken, sie wachsen immer wieder nach. Darum gebe ich ihm nicht so gern die Hand, doch manchmal läßt sich das nicht vermeiden, etwa wenn er mich auf den Heuboden hinaufzieht, weil ich auf dem letzten Stück der Leiter nicht mehr weiterkomme.

Carls Hände passen auf den Bauernhof, man sieht ihnen an, daß er die Pferde pflegt, Stroh wendet und mit aufs Feld geht. Im Herbst hilft er Kartoffeln klauben, er freut sich immer schon darauf, in aller Frühe dann mit den Bauernkindern auf dem Traktor hinaus zu fahren, selbst wenn es regnet und der Boden matschig ist. Zuhause wird er in den Herbstferien kaum gesehen, weil er abends so müde ist, daß er beim Bauern übernachtet.

Paulinas Hände sind natürlich kleiner, und Warzen hat sie zum Glück nicht. Auch sie ist häufig bei den Pferden, sie muß die Hände immer eincremen, vielleicht hat sie vom Stroh oder vom Pferdehaar zu trockene Haut. Es kommt einem vor, als seien ihre schmalen Hände dieser Arbeit nicht gewachsen. Paulina muß auch sehr auf ihre Fingernägel achten, sie reißen leicht ein am Rand, genau wie meine.

Nora hat von uns vieren vielleicht die schönsten Hände. Nicht nur der lange kleine Finger, auch ihre Haut ist fein, und Nora kann die Hände gut bewegen, elegant. Wenn sie in der Couchecke sitzt und liest, hält sie das aufgeschlagene Buch, daß man nur ihre Finger sieht. Wenn sie am Tisch an ihren Brieffreund schreibt und ihren Füller mit Daumen und Zeigefinger führt, denkt man, sie wäre älter, als sie ist. Nora hat von uns vieren am ehesten die Hände, die wir bei unserer Großmutter vor Augen haben.

Die Hände unserer Großmutter sind nicht alt geworden. Die Haut kann nicht faltig gewesen sein, schon gar nicht schlaff, die Adern sind nicht stark hervorgetreten, für Altersflecken war die Zeit noch lange nicht gekommen.

Die Hände auf der weißen Bettdecke, als unsere Großmutter nicht mehr aufstehen kann, als die Krankheit schon ihren Blick verändert hat. Vielleicht sind die wachen Italieneraugen kaum mehr wieder zu erkennen, aber die Hände sind noch jung. Sie liegen da, als würden sie sich schon im nächsten Augenblick bewegen, als würden sie die Bettdecke greifen, durchschütteln und zum Auslüften ins Fenster hängen.

Aber es ist unser Großvater, der seiner Frau die Daunendecke ausschüttelt und richtet, es sind die beiden Kinder, die beim Wechseln des Bettlakens helfen. Sie lehnen das Fenster an, greifen zur Saftflasche, zu den Medikamenten, gießen den Tee am Nachttisch in den Becher und führen ihn der Sängerin an die Lippen.

Dann sitzen sie wieder zu dritt und still beim Bett, um auf die nächsten Handgriffe zu warten. Oder den Hausarzt, der kommt seit einigen Wochen täglich, gegen sechs. Nur kein Krankenhaus, sie ist zu oft im Krankenhaus gewesen. Die Kinder werden dem Arzt die Tür öffnen, sie werden ihm bei seinen Untersuchungen behilflich sein, sie haben alles oft genug schon miterlebt. Sie werden warmes Wasser holen und ein Tuch, die Decke werden sie ein Stück zurückschlagen und ihre Mutter stützen, wenn sie ihr Kissen in den Rücken legen.

Hinterher werden sie bei der Kranken bleiben, sie werden die Vorhänge zuziehen und eine Delle in das Oberbett drücken, damit die jungen Hände bequemer liegen können, während der Vater mit dem Arzt nach draußen geht. Er wird ihn bis zur Tür begleiten, die beiden werden leise ein paar Worte wechseln, die gleichen Worte wie seit Wochen.

»Und vor dem Einschlafen die doppelte Dosis?«

»Ja.«

»Bis morgen also.«

»Gute Nacht.«

»Falls etwas sein sollte, auch in der Nacht, Sie wissen, wie Sie mich erreichen.«

Schon lange hat niemand mehr »gute Besserung« gesagt.

Dann wird der Arzt verschwunden sein, und die Kinder werden hören, wie ihr Vater langsam in die Küche geht, um das Abendessen zu bereiten.

Bis dahin, es ist erst halb fünf, beobachten sie die schwachen, jungen Hände, die Hände auf dem weißen Überzug. Der Vater und die beiden Kinder schauen angestrengt, ob diese Hände sich bewegen, ob sich der Zeigefinger rührt, weil er doch etwas greifen soll.

Sie wären schon beruhigt, wenn nur ein Muskel sich zusammenziehen würde, zwischen dem linken Daumen und dem Zeigefinger.

Es wäre schon die Rettung, wenn sie die Monde unter den Fingernägeln ein wenig deutlicher erkennen könnten.

Vor über zwanzig Jahren hat er zum erstenmal sein Opernglas auf ihre Hände gerichtet. Er ging noch nicht uniformiert an jenem Abend. Im nachhinein weiß er, die Sängerin hätte ihn in Uniform vielleicht keines Blickes gewürdigt, sie hat die Uniform an ihm auch später nie gemocht.

Kostüme haben ihr gefallen, die wechselnden Verkleidungen für ihre Rollen hat sie immer wieder von neuem bewundern können, und jeden Abend hat sie sehr darauf geachtet, daß nichts fehlt und alles sitzt. Diesen genauen Blick hat sie niemals ihrer Garderobiere überlassen. Bei Uniformen war es anders, ihr Blick ist nur darüber hinweg gehuscht, für sie hat es keine Unterschiede gegeben. Auf einen Augenaufschlag konnte man nicht hoffen, weder bei den grauen Uniformen jener Heeresoffiziere, die sich vor der Garderobe versammelten, um in der Reihenfolge der Dienstränge feuchte Handküsse zu geben, noch bei der dunkelblauen, in der er eines Abends stolz vor ihr erschienen ist.

°

Abseits des Feldwegs nun, wo die frischen Zweige bis ins Gesicht herunterreichen, abgeschieden von der restlichen Welt, wo der Lerchengesang, die Bauernrufe und endlich auch das Brüllen der Rinder nur von fern an ihre Ohren dringen.

Sie haben sich von der Gartengesellschaft abgesetzt, um einen Spaziergang durch die Felder zu machen, Arm in Arm, von der Anhöhe hinunter in die Ebene, ein Blick, wie wenn man auf der Schanze liegt, es ist ein wenig diesig. Das Licht hat den Boden und alle Gegenstände erfaßt, die sanften Hügel am Fluß, und Laub noch aus dem letzten Jahr, Staubfelder auch, sie sehen eine Schar Hühner hinter Maschendraht, der sandige Boden ist zerfurcht, fruchtlos, uneben wie auf einem Truppenübungsplatz.

Sie sind inzwischen nicht mehr weit vom Teich, dem Waldrand nah, wohin die Landjugend vielleicht nächtliche Ausflüge unternimmt, und so haben sie die Kaffeetafel, den aufgefahrenen Bienenstich, Quarktorte, Bohnenkaffee, sogar Schaumzuckerwaren hinter sich gelassen. Sie haben das Geplauder unter Bäumen hinter sich, und damit den höflichen Abstand, den man bei solchen Sonntagsbesuchen an den Tag zu legen pflegt.

Nein, das spielt alles keine Rolle, als sie sich auf dem schmalen Trampelpfad nun dichter aneinander schmiegen, um nicht über die Grasnarben zu stolpern, sie wollen hier nicht hintereinander gehen.

 Die zwei haben ihre Verwandten hinter sich gelassen, die werden immer noch im Garten sitzen, die beiden Elternpaare, ihre Tante und ihr Onkel, der Molkereibesitzer hier am Ort. Kann sein, die Tante hat inzwischen ganz dezent damit begonnen, die Eltern nach dem Verhältnis ihrer Kinder auszufragen. Alle werden der Überzeugung sein, sie hätten diese Begegnung heimlich eingefädelt.

Ein lang geplanter Landausflug der Elternpaare, die seit vielen Jahren miteinander befreundet sind, und kurz entschlossen fährt sogar die Tochter mit, singt sie an diesem Sommertag weder in Frankfurt noch in München. Zufällig kommt dann noch der Sohn der anderen Familie vorzeitig von einem seiner Lehrgänge zurück und steigt vor dem Molkereigarten aus seinem neuen Wagen. Alle werden glauben, daß sie sich schon seit längerem treffen, einmal in einer Opern-, dann in einer Fliegerstadt. Niemandem könnten sie weismachen, daß alles nur ein Zufall ist. Keinem Menschen, kaum mehr sich selber könnten sie erklären, daß sie einander beinahe endgültig aus dem Blick verloren hätten. Am späteren Nachmittag, soviel steht für die Tante fest, kann mit einer Eröffnung gerechnet werden.

Sie reden leiser nun, nachdem er ihr am Rand der Weide eben noch erzählt hat, wie er mit seiner Segelfliegerei begann. Mit fester, lauter Stimme hat er gesprochen, und sogar Fluggeräusche hat er in seinen Bericht geflochten, der Wind über die Kanzel und die Tragflächen, dazu hat er die Arme ausgebreitet.

Jetzt aber zitternd, und sie bleiben stehen, er streicht ihr mit den Fingern über den freien Nacken, die beiden Münder treffen sich zu einem Kuß, der länger dauert als alle früheren Küsse, der weiter reicht, noch über Wangen, Stirn und Hals.

Ja, es ist alles anders nun, das Zerraufen des am Morgen erst gebügelten Sonntagsanzugs spielt keine Rolle, die Grasflecken auf Knien und Rücken spielen keine Rolle, die leichte Schminke nicht, so akkurat am Mittag aufgetragen, wie sie nun Schlieren über die Wangen zieht, und der verschmierte Lippenstift, die Spuren auch auf seinem Gesicht spielen keine Rolle nun, die Wimperntusche nicht, da er ihr beide Augen küßt, und auch die Steckfrisur spielt keine Rolle, das offene Haar nicht, wie es sich ausbreitet in Wellen zwischen den zerdrückten Blüten.

Nein, es ist alles anders als an anderen Orten, wo bestimmte Phrasen nicht Ausdruck gegenseitigen Verlangens sind, so wenig wie Berührungen und Küsse, wo solche Worte nur die stillschweigende Übereinkunft signalisieren, es handelt sich um eine Konvention, und keiner der Beteiligten würde je darauf verfallen, Worte und Laute seien wirklich an die andere Person gerichtet. So nah, so mit geschlossenen Augen in den Kissen, die Seufzer, leisen Schreie, das tiefe Atmen, aber es ist nichts anderes als höfliches Geplauder unter Bäumen.

Ja, es ist alles anders hier, das Flüstern angelernter, aus Filmen und Romanen aufgegriffener Worte facht die zwei nur stärker an, und selbst das ganz gewöhnliche »Nein« und »Ja« sind von besonderer Bedeutung hier in diesem Augenblick. Die Abgegriffenheit spielt keine Rolle, es kommt den beiden gar nicht in den Sinn, wie oft dieselben Worte, Laute aus den Mündern wie vieler Menschen zu hören gewesen sein müssen schon vorher, vor diesem Moment.

Sie, die Sopranistin mit Engagements an wechselnden Opernbühnen, und er, der Offiziersanwärter und begeisterte Pilot, und nun doch wie zwei Kinder, da sie die Schuhe abstreifen, ohne hinzusehen, da die bestrumpften Füße im sandigen Boden wühlen.

Sie, hier im hohen Gras, das Kleid bald soweit hochgerutscht, daß ihre Unterhose sichtbar wird, und er, noch an den Ärmeln nestelnd, dann seine Arme frei bis über die Ellbogen, und dann liegen die glänzenden Manschettenknöpfe irgendwo, zwischen den trockenen, harten Lehmbrocken vielleicht.

Die verlorenen Haarnadeln spielen keine Rolle nun, die Kratzer an den Beinen nicht, von scharfen Rispen, Kieselkanten, und auch das umständliche Öffnen der Knöpfe spielt hier keine Rolle, die Knopfleiste, der umgeknickte, fortgeschobene Blusenkragen, der mühsam aufgehakte Büstenhalter nicht, die Körbchen liegen eingeklemmt unter der Achsel. Die zitternden Hände jetzt wieder, die halboffenen Münder und die Zungen, die unbeholfenen Bewegungen auch nicht, das Nesteln und das Krempeln, das aus dem Ärmel Fahren und das Netzen nicht.

Und Handgelenke, Armbeugen, die Schultern und behaarte Brust, behaarter Bauch und Nabel, zwei Oberschenkel mit dunklen Locken, dazu zwei Oberschenkel nur mit feinem, hellen Haar, kaum sichtbar, nur zu spüren, und Bauch und Brust und Hals und Nabel.

Kein feuchtes Gras mehr, keine Erdbrocken, kein knirschender Sand, Insekten gibt es keine mehr und keine Rispen. Nicht mehr das Viehgebrüll, nicht Hühnergackern oder Rufe Jugendlicher, fern, im Wald, am Teich. Kein Stoff reibt nun und kratzt, jetzt nur noch Haar, ineinander verfilzt, und Wimpernschlag, nur Atem.

Es ist, als wäre es schon immer so gewesen, der Atem ist im Gras, in beiden Mündern. So ist es schon von Anfang an.

Erst nach und nach hören sie beide wieder, wie die Blätter rauschen, die fernen Bäume rücken näher, sie hören auch wieder die Vögel singen, zaghaft zunächst, dann immer lauter, am Himmel einen Punkt, die Lerche ist über ihnen angekommen. Sie hören es so überdeutlich, ihnen wird klar, sie haben für eine längere Zeitspanne von den Geräuschen der Umgebung gar nichts mehr vernommen, mag auch das Vieh an ihrem Versteck vorbeigetrieben worden sein, der Bauer hat gerufen und geschlagen.

Es ist, als hätten sie Stunden hier auf dem Feld verbracht, und sie sind so erschöpft, als hätten sie vom Morgengrauen bis zum Sonnenuntergang als Erntehelfer gearbeitet, müde und menschenfern sind sie, aber zugleich erholt und wach, da ihre Körper nun in eine Ruhe gleiten, in eine Ruhe ohne jeden Widerstand.

Möglich, es regnet nun, ein warmer Niesel, der die beiden wer weiß wie lange schon benetzt. Möglich, es ist noch immer Hitze, die Sonne steht viel tiefer als noch eben, die Ähren werfen Schatten aufs Gesicht.

°

Sie blinzeln. Die Sonne wird bald untergehen. Man wird sie schon vermissen, sie haben nur einen kurzen Spaziergang machen wollen. Aber das alles spielt noch immer keine Rolle, spielt nun keine Rolle mehr. Es kommt ihnen vor, als wäre es immer schon so gewesen.

Bauchnabel, Brüste, Schweiß, behaarte Stellen sind noch da. Der Büstenhalter, das zerdrückte Kleid, der Anzug und das Hemd mit grünen Flecken. Seine Manschettenknöpfe, Erbstücke, sind weg. Die beiden hören einander atmen, wie die ganze Zeit, als hätten sie den Atem immer schon gehört. Sie reden nicht.

Sie ziehen sich an, der Büstenhalter klemmt, die Hemdsärmel bleiben hochgekrempelt, so sieht man nichts, es ist auch Sommer, sie werden neue Manschettenknöpfe kaufen. Sie machen sich auf den Rückweg und sprechen nicht, vielleicht sind sie sogar verlegen. Vielleicht wird ihnen nun, nach ihrem Wiesenlager und dem Blätterrauschen etwas klar, aber sie können es noch nicht sagen.

Sie knöpft die Bluse noch einmal im Gehen, ihr fällt es nicht auf, sie knöpft sie wieder schief. Vielleicht ist sie noch beim wortlosen Flüstern, beim Knurren und beim Seufzen, vielleicht konzentriert sie sich so sehr auf die Frage, wie die geteilten Laute nun zu Worten werden können, daß sie die Knopfleiste nicht sieht.

Er strauchelt auf dem Trampelpfad, er rutscht beinahe ab, er hat auf seine Schritte nicht geachtet. Möglich, er überlegt, wie ihre gegenseitigen Bekundungen nun vor den anderen zu formulieren wären, nachdem sie bislang nur fernab der Welt gesprochen und vernommen worden sind, fast taub.

Sie greift nach seinem Arm, er findet wieder Halt. Dann stützt sie ihn, als er aus seinem Schuh ein Steinchen schüttelt. Sie sieht, die Ledersohlen sind noch frisch, wie auch sein Anzug, die Krawatte und sogar die Unterwäsche, weiß sie nun, ganz neu erscheinen. So fein wird sich kein Mann am Sonntag nur für seine Eltern kleiden. Hat er tatsächlich vorher nicht gewußt, daß sie zu ihrem Onkel aufs Land mitgefahren ist? Er hat ihr doch gestanden, er habe niemals aufgehört, nach ihr, nach ihrem Augenpaar zu suchen.

Er achtet jetzt genau auf seine Schritte, vielleicht versucht er, vom Bild der fassungslosen Gartengesellschaft abzukommen, indem er sich die Nachtmärsche vor Augen führt, mit Sturmgepäck und ohne Schlaf seit achtundvierzig Stunden, stur, einen festen Schritt nach dem anderen, ganz ohne Sicht.

Sie hat nach Proben, in Kantinen und vor allem bei Premierenfeiern schon manche Szene miterlebt, die ihre Eltern und vielleicht auch er, den sie nun wieder an der Hand genommen hat, niemals für möglich halten würden. Sie beide aber, wie sie in weniger als einer Viertelstunde vor den Eltern stehen werden, geben auch kein schlechtes Bild, sofern sie den Kolleginnen einmal davon erzählen sollte.

Er hofft, niemand wird mehr im Garten sitzen. Alle werden sich ins Kaminzimmer zurückgezogen haben, die Abendkühle ist schon nah, so können sie unbemerkt durch den Hintereingang schleichen und ins Haus hinauf, um sich zu waschen. Sie können die Kleider ausbürsten und sich noch einmal kämmen, bevor sie jemandem unter die Augen treten.

Doch als sie ankommen, sind die Kuchenreste nicht abgeräumt, nur der Kaffee ist mittlerweile durch Schnittchen, Obstbrand und Likör ersetzt. Die Hand seiner Mutter liegt auf dem Unterarm der Tante, die Tante starrt, der Mund ihres Vaters steht offen, als hätte er zu heiß gegessen, der Onkel schaut beiseite, da ist nichts im Gras. Sie spüren, das Tischgespräch ist mitten in einer Frage abgebrochen.

Sie stehen da wie Kinder, die vom Spielen kommen, sie halten einander nicht mehr an der Hand, sie sind auch keine Kinder, beide sind sie schon Mitte Zwanzig, und das macht es nur um so schlimmer, mit ihren zerrauften Haaren, Kleidern, die immer wieder schief geknöpfte Bluse, der Schlips beult seine Hosentasche aus.

Sie stehen gemeinsam vor versammelter Familie, sie müssen sich zusammenreißen, sie haben auf dem Weg zurück zur Villa immer lachen müssen, weil sie sich diese unmögliche Situation ausgemalt haben, und nun macht er, beherrscht, er will nicht grinsen angesichts der Worte, die sie sich zurechtgelegt haben, macht er einen Schritt nach vorn an den gedeckten Tisch, er stützt sogar die Hände auf, daß die Likörgläser klirren, und sieht den Eltern offen ins Gesicht.

»Wir haben uns besprochen.«

Die Tante nickt. Die eine Mutter runzelt die Stirn, der Blick der anderen Mutter hellt sich auf, der eine Vater schließt den Mund, der andere beginnt zu grinsen. Der Onkel prüft noch immer seine Wiese.

Sie schaut ihn von der Seite an, er hält die Schultern straff, er hat die Knie durchgedrückt, auch seine Arme bilden eine gerade Linie, obwohl er sich zwischen die Schnapsflaschen und Schnittchenteller stemmt. Es scheint, er hat in diesem Augenblick sein mit der Hand gekämmtes Haar völlig vergessen, sogar vom Heu an seinem linken Ohr weiß er nichts mehr.

Sie hört ihn von einer Entscheidung sprechen, sie hört die

Worte »endlich einmal sagen«, sie hört »Geheimnis« und »ganz offen« und »Ihr könnt uns hoffentlich verstehen«.

Sie haben nichts besprochen, dazu sind sie am Ende ihres Weges dann nicht mehr gekommen, sie haben nur gemeinsam überlegt, ab welchem Punkt man sie vom Garten aus zwischen den Bäumen auf der Straße sehen könnte.

Sie schaut ihn an, sie hört ihm zu, sie wundert sich. Es sind nicht seine Worte, über die sie sich wundert, es ist sie selbst. In jeder anderen Situation würde sie sofort widersprechen, wenn jemand ungefragt an ihrer Stelle das Wort ergreift, wenn ein Kollege »wir« sagt, wo er nur »ich« sagen dürfte, wenn eine Freundin in ihrer Gegenwart ohne ein Wimpernzucken andere belügt. Hier aber, jetzt, stört sie das alles nicht, sie merkt, es ist ihr sogar angenehm, wie er die Rede vor den Eltern führt.

Die Tante sagt: »Ich hatte recht: Die beiden haben sich verlobt.«

Sie sind nicht einmal umgezogen und gewaschen, sie haben nur mit einem Taschentuch den Lehm von ihren Händen geschrubbt, einander die Gesichter behutsam abgetupft, um Gras- und Blütenflecken zu entfernen, bevor sie ohne die Eltern nach Hause fahren in die Stadt.

Noch immer wundert sie sich ein wenig über sich selber. Noch immer hat sie ihm nicht widersprochen. Dabei lachen sie schon lange wieder über die Gartenszene von vorhin, die Tante hatte recht gehabt, sie haben alle miteinander angestoßen, dann sind die beiden aufgebrochen.

Die Sonne geht nun unter, die Wiesen haben einen roten Schimmer, kein Heuwagen, kein Vieh, sie sind auf der weiten Landstraße ganz allein. Sie hält das schmutzige Taschentuch noch immer in der Hand, sie läßt es aus dem offenen Fenster flattern.

»Du weißt, daß deine zukünftige Schwiegermutter das immer ganz genauso macht?«

Er schaut sie an, er kann sich kaum mehr halten, beinahe verliert er die Kontrolle über den Wagen, und nein, sie hat es selbstverständlich nicht gewußt, das Winken mit dem Taschentuch gehört zu seiner Familie, sämtliche Frauen lassen Taschentücher flattern, wann immer jemand sich verabschiedet, auf bald.

Sein Lachen steckt sie an, sie ahmt die Abschiedsgeste übertrieben nach, und dann ist ihr das Taschentuch entglitten. Sie sehen es, ein weißer Fleck, vom Fahrtwind mitgerissen, im Rückspiegel über die Straße ziehen. Aber wovon verabschieden die beiden sich, nach Wiesenlager, Blätterrauschen, Überschwang, in voller Fahrt auf einer Landstraße, während es langsam dunkel wird, die Luft ist lau, auf bald oder für immer.

°

Jetzt weiß er, wer sie ist. Als er das nächste Mal durchs Opernglas hinunter auf die Bühne schaut, beunruhigt es ihn schon nicht mehr so sehr, daß man ihre Italieneraugen an diesem Ort nicht auf Anhieb erkennen kann, bei diesem Licht, und wenn sie in das Dunkel singt vor lauter Fremden.

»Versuche, dich an mich zu erinnern.«

Er hält das Opernglas an diesem Abend ruhiger, die Nachbarn sehen nicht zu ihm herüber, dabei flüstert er während der Vorstellung immer von neuem vor sich hin.

»Ich weiß, daß du es bist.«

Und hinterher wird er die Augen wieder aus der Nähe sehen. Nach Ende der Vorstellung wird er nicht den Ausgang auf die Straße nehmen wie der Rest des Publikums, sondern auf schnellstem Weg in Richtung der Künstlergarderoben gehen. Sie hat ihm den geheimen Eingang erst am Nachmittag beschrieben, er darf sich nur hier im Gebäude nicht verlaufen.

 Falls sie vorhin doch etwas ungenau gewesen sein sollte, falls sie am Telefon nicht ganz bei der Sache war, wird er sich einfach an die Offiziere halten, er wird ihnen in sicherer Entfernung folgen. Er wird die Garderobe finden.

Noch sitzen diese Offiziere da in ihren Logen, und ihr blasierter Blick streift durch die Menge, als säßen auf den Plätzen keine Menschen. Sie ahnen nicht, daß ihnen dieser Blick vergehen wird, wenn er nachher im Korridor zwischen ihnen hindurch geradewegs zur Garderobe der umschwärmten Sopranistin läuft und klopft und umgehend Einlaß erhält, während die Offiziere draußen stehen bleiben müssen. Sie werden ihre angerauchten Zigaretten mit dem Stiefel auf dem Boden austreten, sie werden hinter seinem Rücken murmeln, doch das hört er schon nicht mehr, die Tür wird hinter ihm geschlossen und die Sängerin fällt ihm in die Arme.

Wer ist er denn, werden sie denken, ein Zivilist, der jeden Tag mit Wasserdampf Reklame in den Himmel schreibt. Er weiß nicht, ob diese Offiziere, deren Dienstgrad er so bald nicht erreichen wird, ihm in irgendeiner Weise schaden könnten, eine Bemerkung irgendwo, sei es bei der Opernleitung oder, wenn sie es herausbekämen, bei seiner Fliegerschule. Ein wenig Neid genügt, Bloßstellungen, Verletzungen und gar Gesichtsverlust werden diese Männer ebenso wenig ertragen wie er. Und wer ein Offizier ist, der läßt niemals locker, der verfolgt seine Rivalen bis aufs Blut, der kommt nicht mehr zur Ruhe, bis der Gegner für alle Zeit geschlagen am Boden liegt.

Geduld, nur ein wenig Geduld, hat der Kompaniechef Anfang des Jahres zu ihm gemeint. Nun kommt der Winter, und nichts erwartet er sehnlicher als seine dunkelblaue Uniform, dann, hat der Kompaniechef auch gesagt, wird unsere Waffengattung im Ansehen wieder über den anderen stehen.

Nach zwanzig Jahren ist von alldem nichts mehr übrig. Unser Großvater, der am geheimen Aufbau einer Luftwaffe beteiligt gewesen ist, in deren Uniform er sich im Frühjahr 1936 endlich zeigen durfte, verliert sein Interesse mit einem Schlag, als er sich bei Kriegsende die Abzeichen herunterreißen muß. Die Luftwaffe wird aufgelöst, die Uniform hätte noch lange gehalten. Zugleich nimmt unser Großvater auch seinen Abschied von der Fliegerei, er mag gelegentlich zum Himmel schauen, doch einem Flugplatz nähert er sich nicht.

Als erneut eine Wiederbewaffnung ansteht, nimmt er das nur von ferne wahr, er kann die Auseinandersetzungen im Radio und in der Zeitung verfolgen, die Leute sprechen auch darüber, doch er sagt kein Wort dazu, diesmal hat der Luftwaffenaufbau nichts geheimnisvolles.

Vielleicht hätte er als Ausbilder zurück in die Armee gehen können, er hat sich nicht darum gekümmert. Die ersten Rekruten werden vereidigt, doch er nimmt nicht einmal die Zigarrenkiste aus dem Schreibtisch, wirft keinen Blick auf die geretteten Orden. Vielleicht kennt er den einen oder anderen Namen unter den neuen Offizieren, frühere Kameraden haben ihre neue Truppe schnell herangebildet, sind schon wieder in alter Form. Er aber läßt die Zeit verstreichen.

Eben noch hat der Krieg genau ein Jahrzehnt zurückgelegen, nun gibt es schon seit zwei Jahren die Bundeswehr. Unser Großvater hätte die Zeit längst angehalten, wenn er könnte, aber er kann sie nur verstreichen lassen. Er sieht die Augen seiner Frau, der Schimmer geht verloren, von Anfang an hat es keine Rettung gegeben.

Sie hat noch vor dem Krieg ihren Bühnenabschied genommen, aber wer weiß, vielleicht hat sie immer daran gedacht, später einmal ihre Gesangskarriere wieder aufzunehmen, vielleicht war das ein Wunschbild, das ihr fern vor Augen stand. Doch mit dem Einsetzen ihrer Krankheit vor einigen Jahren ist noch das unwirklichste Bild zerstoben. Mittlerweile hat sie nicht einmal mehr die Kraft, im Haus zu singen, sie bringt kaum mehr ein geflüstertes Wort hervor.

Unser Großvater sitzt mit den beiden Kindern am Bett unserer Großmutter, und keiner spricht darüber, aber sie wissen es doch alle vier: Es wird die Stimme dieser Opernsängerin bald nicht mehr geben.

Anfangs hat es manchmal geheißen, sie gingen als ungleiches Paar, die Sopranistin und ihr Pilot. Lange hat er nicht gewußt, was die Kollegen seiner Verlobten von ihm gedacht haben, wenn er nach der Vorstellung noch mit ins Gasthaus ging. Dann ging er nicht mehr mit, die Lehrgänge, der unruhige Schlaf. Dann ist auch sie nach den Vorstellungen nicht mehr mitgegangen. Vielleicht hat er auf ihre Kollegen auch gar nicht lächerlich, vielleicht hat er immer geheimnisvoll gewirkt.

Er wird unsere Großmutter nicht mehr danach fragen. Es ist schon lange still im Haus, es wird kaum noch ein Wort gewechselt, nicht in der Küche, in der Stube nicht, nicht vor dem Schlafengehen im Kinderzimmer, und bei der Kranken ohnehin nicht mehr. Die Eltern haben ihren Kindern nie gesagt, wie ernst es um die Mutter steht, sie haben immer verheimlichen wollen, daß es bei dieser Krankheit nur das eine Ende gibt.

An einem Februartag, als das ganze Land tief verschneit liegt und die Flüsse zugefroren sind, ist sie schon nicht mehr wach. Am frühen Abend, es ist den ganzen Tag nicht richtig hell geworden, rühren sich die zwei jungen Hände auf dem weißen Bettbezug nicht mehr.

Wir wissen nicht, ob die Hände unserer Großmutter am Ende, ob sie jemals so ausgesehen haben, wie wir sie uns vorstellen.

Zu viert setzen wir uns an den Küchentisch und legen unsere Hände aufeinander, so wie auch unser Großvater mit seinen beiden Kindern nach dem Tod unserer Großmutter in der Küche gesessen hat, die Tischplatte, das Holz, und stumpf im Licht, der Rest des Zimmers blieb im Dunkeln. Sie haben dagesessen, die Hände zusammengelegt, einander in die Augen gesehen und geschworen, daß keiner je die anderen verlassen wird.

Anders als unser Großvater wollen wir uns immer an diesen Schwur erinnern. Er, der den Geheimnissen zugetan ist, wird sein Leben lang das Geheimnis bei sich behalten, was ihn dazu bewegt, nach kaum neun Monaten ein zweites Mal zu heiraten. Auch seine zweite Frau wird immer ein Geheimnis bleiben. Kein Mensch wird jemals das Geheimnis lüften, warum er dieser Frau erlaubt, die Kinder aus dem Haus zu treiben. Nie werden wir erfahren, warum er ihr nicht widerspricht, als sie gleich nach der Hochzeit jeden Kontakt zwischen ihm und seinen Kindern untersagt. Warum er einverstanden ist, als sie über alle Familienmitglieder ein Erinnerungsverbot verhängt.

Wir werden niemals wissen, wie die Hände unserer Großmutter tatsächlich ausgesehen haben.

°

Als er an einem Abend nach der Vorstellung uniformiert in die Garderobe kommt, wartet er nicht ab, bis er herein gerufen wird, vielleicht hat er sogar nicht einmal an der Tür geklopft. Die dunkelblaue Fliegeruniform, genau ein Jahr, nachdem es ihm mißlungen ist, sie erstmals in der Garderobe zu überraschen. Sie hat den Blumenstrauß noch in Erinnerung, die Glückwunschkarte mit verschmierter Schrift, unleserlich, das Blumenwasser. Der Name des Verehrers war nicht zu entziffern, aber trotzdem wußte sie gleich, von wem die Sendung kam.

Da steht er vor ihr, schaut sie an, er hat sich sehr verändert. Es muß schon in der Zeitung gestanden haben, die Deutsche Luftwaffe ist offiziell gegründet worden, aber sie hat noch keine Zeitung lesen können heute. Bei seinem Anblick ahnt sie, ab jetzt wird er keinen Tag mehr in Zivil gehen.

Sonst ist er immer gekommen, um ihr nach der Vorstellung zu gratulieren, er hat jedesmal den ganzen Abend genau zugehört, hat die eine Arie, das andere Duett hervorgehoben. Doch heute tritt die Garderobiere auf ihn zu und gratuliert ihm. Sie mustert seinen Aufzug fachmännisch, sie lobt die Nähte und den Zwirn, den guten Schnitt, besonders seine Stiefel, er hat sie anscheinend den ganzen Nachmittag lang poliert.

Natürlich gratuliert auch sie ihrem Verlobten, sie gibt ihm einen Kuß, sie fährt ihm über den Kragen und nimmt seine Krawatte zwischen die Fingerspitzen, die Garderobiere zieht sich zurück, dabei sind sie mit Abschminken und Umziehen noch gar nicht fertig. Er setzt sich hin, er läßt sich langsam auf den freien Hocker sinken, er hat noch kaum ein Wort gesagt, vielleicht ist ihm die Uniform entgegen seiner Erwartung doch nicht bequem, möglicherweise muß die eine oder andere Naht geändert werden.

Vielleicht ist er erschöpft, die Anspannung des Wartens fällt nun von ihm ab, eine ganz andere Erschöpfung, als wenn er ausgelaugt von einem Lehrgang kommt, eine ganz andere Erschöpfung auch als ihre, wenn sie gesungen hat, wenn sie nach der Vorstellung auf dem Hocker dort zusammensinkt und sich aus eigener Kraft nicht mehr aus dem Kostüm befreien könnte.

Er hat einen ungläubigen, einen vielleicht verwirrten Blick, wie er da vor ihr sitzt und lange in die Kleiderecke starrt, wo die Kostüme hängen, die Gewänder, Hüte, Stolen, Masken. Er schaut, als wäre er verwundert, daß es in der Garderobe nicht vor Heeresoffizieren wimmelt, die auf ihn neidisch sind in ihrem immer gleichen Grau. Er schaut, als meinte er, da müsse sich doch jemand unten zwischen den Kostümen verstecken und ihn beobachten seit dem Moment, als er hereingekommen ist.

Er dreht den Kopf und schaut zum Spiegel hin, er sieht die Schminktöpfe und Wattetupfer und die Creme für das Gesicht, als sähe er dies alles zum erstenmal.

Dabei hat er sich doch im Laufe des vergangenen Jahres an die Gegenstände hier, an diese Welt gewöhnt, hat sich Schritt für Schritt mit ihrem Leben vertraut gemacht. Hinter den Kulissen und im Umgang mit ihren Kollegen bewegt er sich so unbefangen, als hätte er schon lange Zeit in solch einem Betrieb verbracht. Er hört aufmerksam zu, er hat Verständnis für die kleinsten Sorgen und gibt Ratschläge, als übte er selbst eine künstlerische Tätigkeit aus, als wäre er nicht bloß ein Opernhörer, sondern ein Sänger, ein Beleuchter, ein Kulissenschieber oder Regisseur.

Auch Rückschläge hat er stets mit Fassung getragen. Sie erinnert sich noch gut daran, wie sie einmal gemeinsam das Bühnenhaus besichtigt haben, und alle seine kindlichen Vorstellungen von einer Opernszenerie sind ihm zerbrochen. Das Kastenlicht und die Zwischenhimmel mag er noch hingenommen haben, sie können ihn an seine Fliegerei erinnert haben, die Nachtscheinwerfer und die Wolkenfelder in bestimmten Höhen.

Die Kulissenteile und Versatzstücke haben ihn schon stärker verunsichert, er hat die Kreppverkleidungen, das ganze Pappmaché mit seinen Händen berühren müssen, um sich zu vergegenwärtigen, daß alles künstlich ist, der Gassenboden und der Birkenwald. Er hat erkennen müssen, daß alles bloß Gerümpel ist, so lange es nicht zum Einsatz kommt, ein Gartentisch bei einer Trauerweide auf der Seite, vom Zuschauerraum her nicht zu sehen, scheinbar achtlos abgeladen und bedeutungslos. Er hat nicht begriffen, daß sie inmitten dieser ganzen Dinge, in diesem weiten, düsteren Raum Abend für Abend singt. Als ginge es um ihr Leben.

Sie haben auf der Bühne nicht darüber gesprochen, aber sie hat ihm die tiefe Enttäuschung angemerkt, er wurde still, und erst, als sie noch essen gingen, fand er zu seiner Form zurück und erkundigte sich genauer. Er fragte nach der Wärme der Bühnenscheinwerfer, es müsse ihr doch heiß werden sehr bald schon nach Beginn der Vorstellung.

Tatsächlich, ja, dazu die schweren Kleider, die Perücken und die Schminke. Er fragte nach der Helligkeit des Lichts, ob sie vom Publikumsraum überhaupt etwas erkennen könne. Nein. Ob sie nicht doch von Zeit zu Zeit ein Gesicht aus der Menge hervorstechen sehe.

Nein. Jenseits der Rampe existiert nichts, liegt nur Dunkelheit. Und wenn es einem Zuhörer so scheint, als schaute sie ihm in die Augen, ist das ein bloßer Zufall, eine Täuschung.

Vielleicht kommt er sich hier in seiner Uniform auch etwas seltsam vor, in der Garderobe neben den Kostümen, an einem Ort, wo ein Kostüm allein noch nichts bedeutet. Vielleicht überlegt er sich zum erstenmal, daß eine Sängerin durchaus in Alltagskleidern auf die Bühne treten könnte, und trotzdem würde sie das Publikum in ihren Bann ziehen.

Sogar die Worte spielen bei ihrem Gesang am Ende keine große Rolle. Sie muß noch die belanglosesten, die albernsten, unmöglichsten Worte so zu formen wissen, daß die Zuhörer eine Gänsehaut bekommen. Abend für Abend legt sie ihre Kraft in den Versuch, das Publikum zu erreichen, ganz gleich, wer ihre Zuhörer sein mögen, nur Unbekannte, die mit nichts anderem im Sinn gekommen sind, als sich von dieser Stimme ergreifen zu lassen.

Vielleicht ahnt er langsam, sein dunkelblauer Zwirn allein hat nicht die geringste Bedeutung, so wenig wie ihre Liebesbekenntnisse für sich allein genommen von Bedeutung sind, ihre Bekundungen der Verschwiegenheit und die Geheimnisse, von denen sie für alle hörbar singt.

Wenn er nicht so enttäuscht gewesen wäre, als sie einmal die Räumlichkeiten hinter dem Vorhang angeschaut haben, hätte sie ihm dort noch ein Geheimnis gezeigt. Er hätte dieses Geheimnis vielleicht sogar allein entdeckt, da es ihn immer zu Geheimnissen hinzieht, da es doch scheint, als wäre dort, wo ein Geheimnis zu erwarten ist, im nächsten Augenblick auch er.

Es ist nicht wahr, daß sie bei einer Vorstellung nicht die geringste Ahnung von den Gesichtern ihrer Zuhörer hat. Es stimmt, beim Auftritt ist das Licht zu hell, und selbst bei schwächerer Beleuchtung würde ihr jedes Bild vor den Augen verschwimmen, weil sie sich so sehr auf das Singen konzentriert.

Aber es gibt einen Spion. Bevor der Zuschauerraum abgedunkelt wird, wenn die Zuhörer ihre Plätze suchen, wenn im Orchestergraben nach und nach die Instrumente gestimmt werden, wenn noch getuschelt und gehüstelt wird, wenn es die Bühne überhaupt noch nicht zu geben scheint, dann können die Sänger durch ein Loch im geschlossenen Vorhang hinaussehen ins Publikum.

Jedesmal hat sie ihn sofort erkannt, so aufgeregt, wie er mit dem Programmheft und dem Opernglas herumhantiert hat, wie sein Blick immer wieder auf den Offizieren lag. Von Vorstellung zu Vorstellung hat seine Unruhe ein wenig nachgelassen, dann geht das Licht aus, der Applaus beginnt, und alle werden vom Vorhang weggewunken, sie kann ihn jeden Abend sehr genau beobachten durch den Spion, nur einen kurzen Augenblick. Doch der genügt.

Seit über einem halben Jahr erkennt sie ihn nun schon an seiner Uniform, sie weiß, er sitzt immer im ersten Rang, rechts, in der zweiten Reihe. Doch eines Abends ist an der gewohnten Stelle kein Dunkelblau zu sehen. Es sitzt auch niemand anderes dort. Der Platz ist leer. Und ihr Verlobter ist verschwunden.

Verschwiegene

Die Dunkelheit vor dem Spion, nachdem im Hausflur die Lampen ausgegangen sind, mag sich zwar wieder lichten, wenn jemand auf den Schalter drückt, doch die ursprüngliche Szenerie bleibt verschwunden: Vom schnellen Kuß des Liebespaares auf der Treppe, der, gerade als das Licht erlosch, in eine Umarmung zu münden versprach, ist nichts geblieben. Nur leere Treppenstufen, eine rauh verputzte Wand. Allein der Anblick, den ich in der dunklen Zwischenzeit erfunden habe, steht mir noch immer vor Augen, wenn ich die Lider schließe.

Was ich nicht sehen kann, muß ich erfinden. Ich muß mir Bilder selbst ausmalen, wenn ich etwas vor Augen haben will. Es bleibt keine andere Möglichkeit, jeder erwachsene Mensch ist sich dessen bewußt, hat gelernt, daß die ausgedachten Bilder unersetzlich sind. Vielleicht kann man an dieser Einsicht den Erwachsenen erkennen. Als Kind, noch als Jugendlicher erscheinen einem die eigenen Erfindungen als Möglichkeiten, hinter denen sich eine Wirklichkeit verbirgt, und diese Wirklichkeit, glaubt man, wird irgendwann zum Vorschein kommen, sie wird die erfundenen Bilder nach und nach zurück ins Dunkel sinken lassen.

Wenn ich heute am Spion stehe, stehe ich nicht mehr da als Kind. Früher wollte ich draußen unbedingt etwas entdecken und wurde ungeduldig, falls dort nichts geschah, selbst wenn ich eine ganze Weile schaute. So ungeduldig, wie man wird, wenn man beim Telefon auf einen Anruf wartet, ungewiß, ob er je kommt. Ich hätte gegen die Tür schlagen können, damit der dumpfe Lärm die Nachbarn in den Hausflur lockt.

Im Lauf der Zeit ist die Ungeduld schwächer geworden, langsam begreife ich, die Bilder und Geschichten, deren Zeuge ich werden kann, unterscheiden sich am Ende in nichts von denen, die keine Zeugen haben. Als Kind habe ich das nicht erkennen können, selbst noch mit Anfang Zwanzig hätte ich dem widersprochen, ich mußte die Dreißig überschreiten, damit ich einsah, was es heißt, erwachsen zu sein, selbst wenn ich es bislang nicht bin. Denn manchmal möchte ich, als wäre ich ein Kind, noch heute den Finger durch das Guckloch stecken, um das Dahinter zu berühren.

Dabei könnte ich es im Rückblick so sehen, als hätte mit der Entdeckung des Spions auch das Erwachsenwerden eingesetzt. Im verzweifelten Wunsch, die Wirklichkeit vor meinen Augen zu berühren, hat meine Fingerspitze seinerzeit zum erstenmal die kühle, glatte Linse wahrgenommen. Man mag das Glas noch so oft wischen und behauchen, der Fingerabdruck läßt sich nicht mehr zum Verschwinden bringen. Während man diesen trüben Film entfernen will, wehrt man sich heftig gegen eine Ahnung, die dem Erwachsenen zur Gewißheit werden muß: Ich habe längst damit begonnen, die unklaren, die blinden Stellen nach meiner eigenen Vorstellung zu ergänzen.

Ich habe kein Familienalbum. Heute käme ich nie auf die Idee, etwas zu photographieren. Ich hänge nicht mehr ängstlich in der Luft, wenn keine Aussicht auf wirkliche Bilder besteht. So könnte man jenes alte Photoalbum, das wir an einem Frühjahrsnachmittag vor über zwanzig Jahren aus dem Schrank gezogen haben, als unsere Schule betrachten. Auch wenn beim Anschauen des Albums zunächst nur Enttäuschung, fast schon ein Schmerz zu spüren war, weil wir darin keine Aufnahme unserer Großmutter mit ihren Italieneraugen finden konnten.

Wir haben uns ein Bild ersehnt und immerzu gehofft, eines Tages die Augen unserer Großmutter zu erblicken, sei es auch zufällig, kaum mehr erwartet: Irgendwann in der Zukunft werden wir mit einer Mischung aus leisem Erschrecken und bedingungslosem Vertrauen in diese Augen sehen.

Die Eltern der drei hören keine Opern, trotzdem wühlen wir ihren Plattenstapel durch. Denn auch das alte Photoalbum hatten wir nicht erwartet, möglicherweise findet sich unter den Schallplatten nun sein Gegenstück, eine Aufnahme unserer Großmutter, stockfleckig, staubig, nach ihrem Tod nie wieder abgespielt. Zum ersten Mal schauen wir uns die Plattenhüllen genauer an: Ein Mann mit hochgeschlagenem Mantelkragen, Regentropfen schimmern auf seinem Haar, ein anderer trägt Sonnenbrille, hat eine Goldkette über die bloße Brust gehängt. Wir sehen mehrere Männer mit Pistolen in den Händen, alle haben sie Italieneraugen, doch nirgendwo tritt eine Frau in Erscheinung, die auch nur annähernd Ähnlichkeit mit unserer Großmutter haben könnte.

Im Plattenladen lassen wir uns die Klassikfächer zeigen. Der Verkäufer reagiert mißtrauisch, als wir den Namen unserer Großmutter nennen, wahrscheinlich kennt er sich nicht aus: Derzeit sei leider keine ihrer Aufnahmen lieferbar. Wir lassen uns nicht abwimmeln, studieren Interpreten, Dirigenten, Aufnahmedaten, die Einspielungen sind viel zu neu, dennoch glauben wir fest daran: Spätestens auf dem letzten Opernalbum wird uns ihr Blick begegnen.

Kein Bild, nicht einmal ihr Name, sei er noch so klein gedruckt. Die Geschichte unserer italienischen Opernsängerin wird nie eine glaubwürdige Grundlage erhalten, es gibt keine Beweise, mit denen wir die Nachbarskinder zum Schweigen bringen könnten. Paulina, Carl und Nora wollen von unserer Großmutter Abschied nehmen.

Ich bin nie so recht davon überzeugt gewesen, daß wir mit den unbeschreiblichen Erfolgen einer Sopranistin in Italien durchkämen. Als mir die anderen davon erzählten, spürte ich unwillkürlich eine gewisse Gefahr, ich wurde in eine Sache hineingezogen, aus der es kaum ein Entrinnen geben würde. Unsere Großmutter, ahnte ich, könnte mir noch Schwierigkeiten machen, wenn die anderen drei sich schon lange nicht mehr an sie erinnerten.

Nun aber, da sie sich auf Anhieb einig sind, wir sollten die Geschichte unserer Großmutter nicht weiter verfolgen, sperrt sich etwas in mir dagegen. Ein so heftiger Widerstand, als wäre die Idee dazu ursprünglich von mir gewesen. Eine Enttäuschung, ich spüre ein Gefühl im Magen, als fiele ich ins Bodenlose, wie ich es schon empfunden habe, als mir die Erfindungen um unsere Großmutter zu Gehör gekommen sind. Und zu meiner eigenen Verwunderung setze ich alles daran, die drei von ihren Plänen abzubringen. Auch sie sind überrascht, denn bei früheren Entscheidungen habe ich kaum das Wort ergriffen, nie vorher ist es mir darum gegangen, sie zu überreden.

Warum sollten wir uns der Forderung nach Beweisen beugen. Wir dürfen die Opernsängerin nicht den Nachbarskindern zuliebe fallenlassen, das käme einer Kapitulation gleich. Es ist unsere eigene Großmutter, unsere eigene Erfindung, wir brauchen sie mit niemandem zu teilen. Wir haben uns diese Gestalt schon zu weit ausgemalt, als daß wir die Konturen wieder ausradieren könnten.

Wenn wir den Anblick unserer eigenen Gesichter auf Photographien immer als Zerrbild empfunden haben, wenn wir diesen Gesichtern nicht trauen, wie können wir uns dann bei unserer Großmutter auf Photographien verlassen wollen.

Im Grunde war es überhaupt nicht nötig, ein Bild ihrer Italieneraugen zu finden, längst kannten wir sie so gut wie keine anderen Augen, weil wir ihrem Anblick von klein auf jeden Tag begegnet sind. Wir sehen sie bis heute an uns selber.

°

Wir waren keine Kinder mehr, und der Besuch im Plattenladen stellt vielleicht die letzte, beinahe verzweifelte Anstrengung dar, noch einmal etwas zu entdecken wie ein Kind: Ich wühle, grabe, lüfte einen Schleier, um plötzlich etwas Überraschendes in der Hand zu halten. Wir wollten eine Opernsängerin finden, wie wir die Schaumzuckerfabrik gefunden hatten, dabei gehörte unsere Großmutter schon zu einer neuen, völlig anderen Art von Entdeckungen, wie ich sie auch noch heute machen kann: Wir wurden nur darum auf sie aufmerksam, weil sie unsichtbar war.

Eine Großmutter, deren Porträts in den Familienalben aufbewahrt werden, wäre uns wahrscheinlich niemals aufgefallen. Vielleicht hätten die Eltern versucht, unser Interesse an dieser Opernsängerin zu wecken, regelmäßig mit uns die Bilder angeschaut und immer wieder die gleichen Episoden aus dem Leben ihrer Eltern erzählt. Jede noch so belanglos wirkende Photographie verweist auf ein Ereignis, nach dem zu fragen uns nie in den Sinn gekommen wäre. Die Geschichte unserer Großeltern ist lückenlos abgelichtet worden, und wir erfahren, wie die zwei sich kennenlernten, wie das Opernglas in die Familie kam, auf welche Weise es im Krieg verschwand. Wir hören nur mit einem Ohr, zu welcher Rolle dieses oder jenes aufwendige Kostüm gehört, das unsere Großmutter zur Zeit der Olympischen Spiele in Berlin getragen hat.

Wir kennen die Anekdoten um unseren Großvater, dessen Luftwaffeneinheit im eben fertiggestellten Olympiastadion auf einen Auslandseinsatz vorbereitet wurde, ehe die Sportler kamen. Längst staunen wir nicht mehr, daß unsere Großeltern gemeinsam vor dem Fernseher saßen, um die Übertragung der Wettkämpfe anzuschauen. Der heimliche Treffpunkt der frisch Verlobten in der Stadt war eine Fernsehstube, für uns ein Ort wie jeder andere, die Spannung ist verflogen, wir warten auf das Ende, das Abschiedsfest unseres Großvaters am Vorabend seiner Abreise mit unbekanntem Ziel.

Die Eltern verlieren sich so tief in Einzelheiten, die sie selbst nur vom Hörensagen kennen können, daß wir bald unruhig werden und die ganze Geschichte unserer Großeltern zu kennen glauben. Wir kämen nie auf die Idee, daß jedes dieser Bilder ein Geheimnis birgt, daß jede Auskunft eine andere verdecken kann.

Großeltern, die wir wie andere Kinder in den Ferien hätten besuchen können, wären uns kaum in anderem Licht erschienen als unsere restliche Verwandtschaft auf den seltenen Familienfeiern. Wäre unsere Großmutter nicht so früh gestorben, oder gäbe es wenigstens Kontakt zu unserem Großvater, dann wären wir nicht auf die Suche nach der Opernsängerin gegangen, und sie hätte uns nicht zu weiteren Entdeckungen führen können.

Vielleicht ist es auch einfach schon zu spät, als wir die Eltern der drei nach unserer Großmutter fragen. Längst haben wir ein eigenes Bild vor Augen, wir wollen es von niemandem verwischen, gar zerstören lassen. Und so fragen wir halbherzig, hören kaum aufmerksam zu, erwarten im Grunde nichts außer der Bestätigung, daß die Eltern uns nicht weiterhelfen können.

Und dabei geben sie sich alle Mühe. Es bleibt ihnen nicht verborgen, wie sehr uns die Großeltern beschäftigen, unser Geflüster bringt sie auf die Spur, der eine oder andere abgebrochene Satz, wenn ein Erwachsener in die Nähe kommt. Sie drängen uns nicht, etwas zu verraten, machen sich ihren eigenen Reim, und suchen währenddessen nach einer unauffälligen Möglichkeit, um uns bei unseren Erkundungen Hilfe zu leisten. Das wird beim Osterausflug klar, der einen zwiespältigen Eindruck hinterläßt: Zum einen hilft er uns tatsächlich weiter, zum anderen aber verstärkt er das Gefühl, den Eltern sei nicht recht zu trauen, weil sie uns spätestens seit der Entdeckung des alten Photoalbums ausspioniert haben müssen.

Der Ausflug soll für alle eine Überraschung werden, wir fahren über Land, beinahe ziellos, scheint es, und wir vier sind noch immer nicht dahintergekommen, auf was die Heimlichtuerei hinausläuft, als uns die Eltern in einem kaum bemerkenswerten Dorf ein großes, im Vergleich zu den umliegenden Bauernhöfen fast monströses Gebäude zeigen. Es ist von oben bis unten weiß getüncht, manche Partien sind gekachelt, die ganze Anlage sticht schon aus der Ferne von den Backsteinhäusern des restlichen Dorfes ab.

Hier hat der Vater der anderen einen Teil seiner Kindheit verbracht, vielleicht waren es nur knapp zwei Jahre, doch jene Zeit bis an das Kriegsende heran ist ihm immer in Erinnerung geblieben, weit stärker noch als manches, was später kommen sollte. Ein Onkel unserer Großmutter hat diese Molkerei vor unseren Augen betrieben, auch andere Verwandte der mütterlichen Linie lebten auf dem Anwesen und in den umliegenden Häusern. Das schönste Haus, die Molkereivilla mit ihrem Garten weiter oben an der Straße, denn dort kam er mit seiner Mutter unter, nachdem die Wohnung in der Stadt bei einem Nachtangriff zerstört worden war.

Zu Hause hätte mein Onkel bald in die Schule gehen müssen, hier aber kümmerte sich niemand darum, er konnte die Arbeiterinnen in der Käserei beobachten und bei den Kühen sein. Auch die Volieren voller Singvögel auf einem Bauernhof hat es damals schon gegeben. Mein Onkel hat die Zeit in diesem Dorf genossen, auch wenn die Bauern ihn und seine Mutter mißtrauisch beäugten. Eine junge Offiziersgattin, die vor dem Krieg Opernsängerin gewesen ist, quartiert sich mit ihrem Sohn bei der reichsten Familie des ganzen Landstrichs ein. In Zeiten, da alle Menschen nur mehr gestreckte Margarine aufs Brot schmieren, gibt es für die Flüchtlinge aus der Stadt jeden Tag Butter.

Das eingestürzte Stadthaus voller Schutt kennen wir aus dem Photoalbum. Jenes Modellflugzeug auf einem später entstandenen Bild wird demnach hier in der Molkereivilla über dem Stubentisch gehangen haben, und vielleicht kreist der Bomber noch heute hinter den Gardinen.

Den Anblick dieser Molkerei, des Gartens mit seinen alten Bäumen, die das Dach der Villa überragen, und, als wir weiterfahren, die Felder am jenseitigen Flußufer prägen wir uns ein. Als wir abends im Bett liegen und sicher sind, daß niemand uns belauscht, lassen wir daraus ein Bild entstehen. Und das, wir wissen es von Anfang an, wollen wir mit niemandem teilen, nicht mit demjenigen, der uns die Molkerei gezeigt hat, nicht mit den Nachbarskindern.

In jenem Dorf, in jenen Feldern sehen wir unsere Großeltern vor uns, als sie sich lange Zeit nach ihrer Jugendfreundschaft wieder treffen. Ein Zufall, beide sind sie überrascht, aber im selben Moment kommt es ihnen so vor, als wären sie seit jeher miteinander vertraut. Es ist ein Sommertag Mitte der dreißiger Jahre, kein Mensch wird je etwas davon erfahren, niemand schaut zu, mein Onkel kommt erst einige Jahre später auf die Welt, bis zur Geburt meiner Mutter wird noch ein Jahrzehnt vergehen.

So sind wir vier die einzigen, die von der heimlichen Begegnung wissen, denn unsere Großmutter kann die Erinnerung mit niemandem mehr teilen, und unser Großvater hat sich ins Schweigen zurückgezogen.

Im Umkreis dieser Molkereivilla haben sich unsere Großeltern ineinander verliebt, haben erkannt, daß sie schon immer ineinander verliebt gewesen sind. Hier hat die Geschichte unserer Familie ihren Anfang genommen.

°

Die Schaumzuckerfabrik und das alte Photoalbum entdecken wir bald nach Beginn der Osterferien 1977, ich bin fast zwölf Jahre alt. Die Zeit, da Jungen und Mädchen Hand in Hand gehen, liegt hinter mir. Auch Paulina, die nur wenig älter ist als ich, gibt sich nicht mehr mit gleichaltrigen Jungen ab. Ich bin die Ausnahme, und es könnte sein, daß sie das vor ihren Freundinnen niemals zugeben würde. Nora ist längst über dieses Alter hinaus, vielleicht hat sie im Gegenteil mit Händehalten schon wieder begonnen, wenn auch nicht so offen, daß wir sie einmal dabei beobachten könnten. Carl und Paulina wissen vom Schulhof, wie sehr Nora selbst den Jungen aus dem Abiturjahrgang auffällt. Unzählige Gerüchte kursieren, aber noch keines hat sich als zutreffend erwiesen. Nora gibt sich verschlossen, niemand weiß, was das für Briefe sind, die sie mit ihrem Brieffreund in Frankreich wechselt. Carl steht alleine zwischen uns, weder mit alten noch mit neuen Händen, er zankt sich nicht mehr mit Mädchen, genauso wenig aber würde er es wagen, einem Mädchen über das Haar zu streichen.

Es gibt gravierende Unterschiede zwischen uns, es wäre nicht verwunderlich, wenn wir einander kaum etwas zu sagen hätten. Vielleicht ist es nur unseren Großeltern zu verdanken, daß wir vier eine verschworene Bande werden: Ohne die Hilfe der anderen hätte sich keiner von uns die Begegnung zwischen der jungen Opernsängerin und dem angehenden Luftwaffenoffizier ausmalen können.

Das gemeinsame Erfinden schweißt uns zusammen, im Rückblick aber scheint es so, als setze mit der ausgedachten Großelterngeschichte zugleich auch schon das langsame Auseinanderbrechen unserer Gruppe ein. Als liege hier der Ursprung unserer zunehmenden Vereinzelung.

Wir gehören zur Familie der Versprengten und Verschwiegenen, außer unseren Eltern und uns selbst gibt es niemanden, an den wir uns wenden könnten. Und nun beginnen wir, uns von den Eltern zu entfernen, indem wir uns zurückziehen, niemanden an unseren Erfindungen teilhaben lassen wollen. Auch die gemeinsamen Sommerferien verbringen wir vier dann über zum Teil verschwundenen, zum Teil nie aufgenommenen Familienbildern, und als ich aus den Herbstferien von meinem letzten Besuch bei den anderen nach Hause komme, hat sich bis auf unsere Augen alles verändert.

Als erstes stoßen wir uns von den Eltern ab. Kurz darauf bricht Nora mit ihnen auf alle Zeit. Dann trennen sich die Eltern der drei, nachdem dies länger in der Luft gelegen hat, mit Mißverständnissen, Verdächtigungen, und mit einem Schweigen, das zu dem Vorwurf führt, mein Onkel benehme sich genauso wie sein Vater. Schließlich fällt unsere Gruppe auseinander, von Carl und Nora habe ich seit Ende jener Herbstferien nie wieder gehört. Allein mit Paulina stehe ich heute noch in Verbindung, wir sind die einzigen in der Familie, die einander nicht aus dem Blick verloren haben. Wir halten an der Geschichte unserer Großeltern fest, vielleicht ist sie das einzige, das uns hält.

Es ist nicht immer einfach, Bilder zu entwerfen, mit denen wir alle einverstanden sind. Unstimmigkeiten, Auseinandersetzungen gibt es von Anfang an.

Schon das Wiesenlager unserer Großeltern hat einen schwerwiegenden Fehler, erklärt uns Carl. Er stört sich an der Darstellung des Großvaters, doch wir drei anderen mögen ihn so, wie er ist. Carl schüttelt nur den Kopf: Es mag weitgehend so gewesen sein, wie wir es uns vorstellen, der Landausflug, das Feld, der Weg zurück zur Molkerei. Doch ein Soldat, und unser Großvater ist nun einmal Soldat, wird niemals soviel plaudern, ausführlich erzählen, und dann auch noch spontane Reden halten. Ein Soldat sieht sich der Verschwiegenheit verpflichtet, das ist schon immer so gewesen, unser Großvater wird keine Ausnahme sein. Im Gegenteil, es paßt zu ihm. Das Schweigen, die Verschwiegenheit sind schließlich bis heute sein auffälligster Zug.

Auch sind unsere Großeltern an jenem Nachmittag nicht verlegen. Es geht allein um eine Vorstellung von Ehre und Gelöbnis, die unserem Großvater entspricht. Für ihn sieht es so aus, daß er am Nachmittag im Feld vor unserer Großmutter einen Schwur geleistet hat, den er nicht wiederholen muß. Mehr noch, die Wiederholung dieses Schwures würde seinen Wert in Zweifel ziehen. Damit hätte unser Großvater im Grunde alles widerrufen.

Als die beiden am Abend in die Stadt zurückfahren, reden sie nicht mehr viel, einige Worte über den Sonnenuntergang, die bevorstehende Woche. Und langsam kommt das Schweigen, als sie die Arbeit, die Wohnungen vor Augen haben, jeder für sich, nur ab und zu den andern musternd, die fleckigen, zerknitterten Kleider. Wortlos setzt er sie an ihrem Haus ab. Sie sprechen nicht beim Abschied. Sie sehen einander kaum mehr in die Augen.

Mit dieser Vorstellung entgeht nun aber Carl eine grundlegende Schwierigkeit: Ist es ein einmaliger Schwur, so findet die Geschichte unserer Großeltern an diesem Nachmittag bereits ihr Ende. Unser Großvater ist gezwungen, seine Liebeserklärung zu wiederholen, sonst kommt es nicht zur Hochzeit, wird es niemals Kinder geben, bleiben am Ende auch die Enkel nur Erfindung.

Und andererseits wäre nicht alles aus gewesen, als unsere Großmutter gestorben ist. Wenn ihm Schwüre tatsächlich so wichtig wären, dann hätte er mit seinen Kindern zusammengehalten, statt seine zweite Frau ins Haus zu holen, die ihm jede Verbindung zu seiner Familie verbot. Dann gäbe es noch heute den Kontakt, unser Großvater würde uns von der Opernsängerin erzählen, wir müßten nicht in Photoalben ohne Glück nach unserer Großmutter suchen.

Dennoch bleibt Carl dabei: Verschwiegenheit prägt unsere Familie, von Anfang an. Er hängt so sehr an dieser Vorstellung, daß er auch strikt dagegen ist, die Eltern nach weiteren Einzelheiten zu fragen. Es erfordere höchste Geschicklichkeit, jemandem

Informationen zu entlocken, ohne dabei selbst etwas preisgeben zu müssen. Zu diesem Kunststück seien wir gegenwärtig einfach noch nicht in der Lage.

Nora hingegen ist unser Versteckspielen nicht geheuer, sie hat ein ungutes Gefühl dabei. Wir sollten mit den Eltern offen reden, dann müßten auch sie mit uns offen sein, auf diese Weise könnten wir am leichtesten herausbekommen, was hinter dem Verschwinden der Porträtaufnahmen unserer Großmutter steckt. Carl ist der Ansicht, unsere Offenheit würde nur zu endlosen Diskussionen führen, die unser Bild kaum klarer, eher noch zusätzlich verschleiert zurückließen. Nora selbst kenne die Taktik der Eltern von uns allen am besten, weil sie an manchen Abenden länger mit im Wohnzimmer sitzen darf als wir anderen drei. Die Erwachsenen diskutieren eine Frage, ohne sich aber einigen zu können, und schließlich wird Nora um Rat gefragt. Alle warten gespannt auf ihren Kommentar, jeder erhofft sich Beistand, um in die Runde nicken zu können: »Siehst du, das habe ich auch gesagt«, oder: »Dies ist zur Abwechslung mal eine unvoreingenommene Haltung«. Sofort geraten sie sich wieder in die Haare, niemand hört Nora weiter zu, am Ende geht sie schlafen, ohne daß sie etwas neues erfahren hat.

Unauffälliges Zuhören aber, während man selber Schweigen wahrt, kann einen nicht nur weiter bringen, sondern stellt sich zudem als sicherer dar. Auch Nora will ihre Geheimnisse haben, sonst könnte sie uns die Briefe an ihren unbekannten Brieffreund offen lesen lassen.

Bevor die beiden anfangen zu streiten, schlagen Paulina und ich einen Kompromiß vor, den nach einigem Zögern auch Carl und Nora akzeptabel finden: Weil ich der Jüngste von uns vieren bin und hier nur zu Besuch, so daß die Eltern der anderen mir kaum etwas abschlagen werden, übernehme ich die Aufgabe, meine Tante und meinen Onkel auszuhorchen.

In den folgenden Tagen gelingt es mir jedoch nicht, mehr über unsere Großmutter in Erfahrung zu bringen, als wir uns ohnehin selbst ausgemalt haben. Ich habe nicht den Eindruck, daß mir die Eltern etwas verheimlichen wollen, aber mit jeder Erinnerung an unsere Großmutter gerät eine weitere Figur in den Blick, eine namenlose Frau, die unsere Familie auseinandergetrieben hat: die Alte.

°

Keine erfundene Gestalt. Ein lebendiges Wesen. Nicht aus der Unterwelt, nicht aus den Wäldern oder aus dem Nichts. Nur wenige Straßen von uns entfernt. Von jenem bis auf den Spion nicht weiter auffälligen Haus am anderen Ende des Viertels aus beherrscht sie alles. Sie herrscht über den Vorgarten, den Weg zum Haus, den ganzen Stadtrand bis herauf zu unserem Hügel. Sie herrscht über unseren Großvater, sie herrscht durch ihn auch über alle seine Nachkommen und damit in letzter Linie noch über uns, sie herrscht seit Urzeiten, seit unbekannter Zeit, denn ihre Herrschaft hat an einem Punkt eingesetzt, als noch keiner von uns vieren auf der Welt gewesen ist.

Wo Nachbarskinder den Butzemann oder die schwarze Köchin haben, haben wir die Alte. Furchtbarer noch als alle anderen Gestalten, kein Vitzliputzli reicht an sie heran. Sogar die Eltern fürchten sich vor ihr. Vielleicht haben sie uns aus diesem Grund den Namen der Alten nie genannt: Als könnte, wie bei einem Geist, das Aussprechen ihres Namens zur Folge haben, daß sie vor uns erscheint.

Unser Großvater ist noch nicht lange mit ihr verheiratet, seine beiden Kinder haben den Tod ihrer Mutter noch vor Augen, da geht die Alte mit der Axt auf die drei los.

»Ich bringe euch alle um.«

Die Kinder flüchten auf die Straße, die Nachbarn stehen am Vorgartenzaun, sie sind durch das Geschrei im Haus aufmerksam geworden. Der Lärm kommt von der Treppe oder aus dem Flur, dann wird er leiser, dumpfer, als die Alte sich ins Wohnzimmer bewegt. Die Splittergeräusche lassen darauf schließen, daß sie die Axt auf das Büfett oder die Schrankwand ansetzt. Die Nachbarn fragen sich, wo unser Großvater sein mag, im Schlafzimmer, in der Gästetoilette eingeschlossen.

»Ich bringe euch alle um.«

Der Satz wird überdeckt, geht unter, eine Nachbarin hat die Polizei gerufen. Die Kinder sind in Sicherheit, wo ist der Mann, die Polizisten zögern, sie könnten Opfer eines Axthiebs werden. Sie könnten ihre Waffen entsichern und auf die Alte zielen, sobald die Axt erscheint. Statt dessen funken sie nach einem Arzt.

Als die Ambulanz eintrifft, haben die Polizisten alle Nachbarn schon in ihre Häuser zurückgeschickt, auch die zwei Kinder stehen nicht mehr da. Es wird geflüstert, es ist still, kein Krach mehr aus dem Haus. Weil es schon dunkel wird, kann man nicht viel erkennen, nur was vom Blaulicht der Einsatzwagen erfaßt wird, verfremdet, zuckend, kurz. Stirnen, Nasenrücken. Ein Arztkittel. Handfeuerwaffen. Am Ende gibt es eine Zwangsjacke zu sehen.

In den darauf folgenden Tagen wird geputzt und alles wieder hergerichtet. Die Kinder sammeln Holzsplitter vom Wohnzimmerteppich auf, der Staubsauger greift sie nicht, ihn kann man nur für die Tapetenfetzen und den abgeschlagenen Putz gebrauchen.

Unser Großvater vergipst das Loch beim Türrahmen, holt den Tapeziertisch aus dem Keller. Er hält das Ende der Tapetenbahn, die Kinder achten darauf, daß das Muster stimmt. Zu dritt stellen sie Möbel für den Sperrmüll vor die Tür. Zu dritt kaufen sie nach, was sie an gleichen Möbeln finden können.

Wenn die Alte aus der medizinischen Beobachtung entlassen wird, soll sie ein vollständig wiederhergestelltes Haus vorfinden. Sie soll den Eindruck haben, nichts hätte sich verändert seit jenem frühen Nachmittag, nie hätte es ihren Ausbruch gegeben. Keine Axt.

Das Bild der Alten, wie sie mit einer Axt durchs Haus läuft und immer wieder schreiend den Satz wiederholt, hat sich unserem Großvater, meinem Onkel und meiner Mutter so tief eingeprägt, daß sogar wir vier meinen, wir hätten es mit eigenen Augen gesehen.

Unsere Großmutter hat meine Tante nicht mehr kennengelernt, und die Alte hat von Anbeginn der Ehe dafür gesorgt, daß keine Erinnerungsstücke an sie blieben. Selbst von ihrem Schwiegervater weiß meine Tante wenig, obwohl er in der Nähe lebt. Sie hat ihn nur bei einigen heimlichen Treffen in der Stadt gesehen, diesen gehetzten, beinahe im Flüsterton redenden Mann, der Höllenangst vor seiner Alten hat. Zur Hochzeit, dann zu den Taufen der drei Kinder ließ er sich nicht blicken, sein Platz am Tisch blieb leer.

Nach jenen Axthieben verließ mein Onkel bald das Haus. Nicht einmal meiner Tante erzählt er Genaueres über die Zeit davor, der Tod seiner Mutter macht ihm noch heute zu schaffen, das Auftauchen der Alten im Leben unseres Großvaters, in der Familie. Obwohl es bald zwanzig Jahre zurückliegt, erscheinen meinem Onkel die Erlebnisse so frisch, als wäre keine Zeit vergangen.

Mehr kann mir meine Tante nicht erzählen, die Alte hat sich unauslöschbar in den Blick geschoben. Die Eltern sind dem Bild der Alten mit der Axt ausgeliefert, so wie unser Großvater der Alten selbst ausgeliefert ist.

Ich frage meinen Onkel nach unserem Großvater, den er im Molkereidorf mit keinem Wort erwähnt hat. Sein Vater ist im Krieg gewesen und kam nur selten zu Besuch, als kleines Kind hat er ihn kaum gesehen. Er war bei der Luftwaffe, mehr weiß mein Onkel nicht. Später, als er seinen Vater hätte fragen wollen, galt alle Aufmerksamkeit in der Familie schon der Krankheit unserer Großmutter, es ging nur noch um sie und ihre Zukunft, nicht um die Vergangenheit des Vaters. Als unsere Großmutter gestorben war, wurde in der Familie bald überhaupt nur noch das Allernötigste geredet. Und heute hat er keinen Vater mehr.

Wieder schiebt sich die Alte in den Blick, sie will unsere Großmutter vollständig verdecken. Mein Onkel kann sich heute nicht einmal mehr an die Augenfarbe seiner Mutter erinnern.

Soweit ich aus den Schilderungen heraushöre, hat es bald nach Erscheinen der Alten erste Mordpläne gegeben, bis auf unseren Großvater vielleicht wünschte sich jeder die Alte aus der Welt. Niemand wäre seinerzeit auf die Idee gekommen, diesen Mord als Verbrechen anzusehen. Verschiedene Möglichkeiten wurden durchgespielt und wieder verworfen, die Aufmerksamkeit richtete sich vor allem auf Fragen der Durchführung, eine Rechtfertigung der Tat schien nicht vonnöten: Wollte man den Familienzerfall rückgängig machen oder zumindest aufhalten, mußte der Tod der Alten herbeigeführt werden. Wie unwohl sie sich auch in der Familie fühlen mochte, in die sie eingeheiratet hatte, so wenig dachte sie daran, sich wieder zu verabschieden.

Zu einer Umsetzung der Pläne ist es nicht gekommen, sei es, daß sie nicht ausgereift genug waren oder daß unsere Eltern nicht den Mut aufbringen konnten. Vielleicht lasten die alten Mordpläne noch heute auf ihnen, haben sie ein schlechtes Gewissen: Was, wenn es ihnen seinerzeit gelungen wäre, die Alte aus der Familie, aus dem Leben, aus der Welt zu schaffen?

Als ich noch kleiner war, wäre ich der Alten beinahe einmal begegnet. Ich muß ungefähr drei Jahre alt sein, mein Großvater soll seinen Enkel endlich einmal sehen, bislang kennt er ihn nur von Photographien. Meine Eltern haben ein heimliches Treffen ausgemacht, bei meinem Großvater im Büro. In einem Amtsgebäude suchen wir nach dem richtigen Flur, nach seiner Zimmertür. Aber noch ehe uns das verabredete Klopfzeichen Einlaß gewähren könnte, halten meine Eltern ein: Sie haben Schritte auf der Treppe hinter uns gehört. Im selben Augenblick werde ich wortlos in das nächstbeste Versteck gezerrt, ein Winkel zwischen ausgedienten Büromöbeln. Der Blick, mit dem ich hier zu absoluter Stille ermahnt werde, verrät mir eine Angst, die ich an meinen Eltern nie zuvor gesehen habe. Erst hinterher, als wir auf die Straße geflüchtet sind, ohne unseren Großvater besucht zu haben, begreife ich langsam, was auf dem Amtsflur vorgefallen ist: Meine Eltern können die Alte an ihrem Schritt erkennen. Nur um ein Haar sind wir ihr entgangen.

Eine Bedrohung, eine tödliche Gefahr geht von der Alten aus. Und doch ist mir nicht klar, was uns hätte passieren können, wenn wir ihr dort im Amt begegnet wären.

Vielleicht zwei oder drei Jahre später nehmen die Eltern uns vier mit in die Nähe der Schanze, wir sollen das Haus sehen, in dem die Alte mit unserem Großvater wohnt. Diesmal hat sich die Angst mit einem Gefühl von Herausforderung verbunden, wir stehen mit dem Wagen auf der anderen Straßenseite eingeparkt, der Motor läuft, die Alte muß uns hier bemerken. Ganz offenbar soll sie sich in diesem Moment belauert fühlen, wird auf Anhieb wissen, wer wir sind, selbst wenn sie durch den Spion in ihrer Haustür das Autokennzeichen nicht erkennen kann. Mit unseren Gesichtern verbindet sie nichts, denn es ist lange her, daß unsere Eltern ihrem Vater über gemeinsame Bekannte Photos haben zukommen lassen. Die Alte hat diesen Geheimkanal bald aufgedeckt und jeden weiteren Informationsaustausch vereitelt.

Die Eltern sind von der Furcht beherrscht, die Alte könnte tatsächlich einmal erscheinen. Gleichwohl aber wird immer wieder von ihr gesprochen, als müßte man sich ihrer Existenz vergewissern. Kaum kommt die Rede auf den Tod unserer Großmutter und den einsetzenden Zerfall dieser Familie, muß auch die Alte erwähnt werden, denn sie ist es, die durch ihre bloße Anwesenheit die Zerstörung eingeleitet hat. Um sich nun aber zu beweisen, daß die Mordpläne gescheitert sind, muß man sich die Alte vor Augen halten: Es gibt sie immer noch, sie lebt nicht weit entfernt, sie behauptet ihre Macht. Sie kann nicht tot sein.

Wir vier auf der Rückbank, wie wir abwechselnd aus dem Seitenfenster spähen: Der Anlaß war zwischenzeitlich aus meiner Erinnerung getilgt, aber die Stimmung spüre ich bis heute. Wahrscheinlich wußten wir damals gar nicht genau, nach wem wir Ausschau hielten. Die zweite Frau unseres Großvaters, das sagte uns nicht viel, zumal wir weder sie noch unseren Großvater je gesehen hatten. Unsere Angst, die Angst unserer Eltern hätte sich vielleicht in Nichts auflösen können, wenn einer von uns ausgestiegen wäre und bei unserem Großvater geklingelt hätte: Die Tür geht auf, dahinter ein älteres Ehepaar, kein Wort, skeptische Blicke, nichts Besonderes.

Der Alten aber, dieser unergründlichen Gestalt, ist mit solch einfachen Mitteln nicht beizukommen. Sie hat sich damals nicht gezeigt, sie ist bis heute nicht vor unseren Augen erschienen.

Wir müssen unsere Großmutter gegen diese Gestalt verteidigen. Sie hat kein eigenes Gesicht, besteht im Grunde nur aus einem dunklen, verwaschenen Fleck, der anderen Figuren die Gesichter nimmt.

Nicht einmal an die Augenfarbe unserer Großmutter kann sich jemand erinnern. Wir können froh sein, daß wir uns nicht gleich an die Eltern gewandt haben. Als wir nach der Wirklichkeit fragten, wäre an den erfundenen Italieneraugen wahrscheinlich schon nichts mehr zu ändern gewesen. Wässriges Blau hätte das Braun nicht überlagern können.

Doch nichts, keine noch so schwache Andeutung einer Farbe, die aus dem blaß gewordenen Bild hervorschimmert. Sähen wir diese tiefen, dunklen Augen nicht längst im Gesicht unserer Großmutter, behielte sie auf alle Zeit einen leeren Blick.

Wenn die Rede davon ist, ein Mensch besitze magische Fähigkeiten oder eigne sich als Medium, dann hat man stets absonderliche Rituale vor Augen: mit Püppchen, Nadeln, Blut und Fingernägeln. Bilder von spiritistischen Sitzungen, das Zimmer abgedunkelt, das Medium in Trance, alles nur fauler Zauber. Aber vielleicht sind allein die Worte ausschlaggebend. Wer sich darauf versteht, Untote vom Bann zu befreien, wer die Fähigkeit hat, Geister von Verstorbenen zu rufen, ist darauf angewiesen, daß alle Beteiligten seinen Worten Glauben schenken. Rauch, Hühnerfedern oder Ahnenpüppchen sollen möglicherweise nur dafür sorgen, daß es nicht zu einer verstörenden, in ihrer Konsequenz schwer erträglichen Erkenntnis kommt: Wer Tote wecken oder Lebende verschwinden lassen will, braucht nichts anderes als Worte.

Um unsere Großmutter nach ihrem Tod auch noch aus der Vorstellung der Eltern zu verbannen, hat ein einziger Satz genügt: »Ich bringe euch alle um.«

°

Ich besitze kein Familienalbum. Kein Photo könnte anschaulich machen, wie die Alte versucht, das Gesicht unserer Großmutter zu verdecken, wie wir im Gegenzug unsere ganze Kraft aufbieten müssen, um diesen dunklen Fleck aus dem Bild zu drängen, die Alte aus dem Weg zu räumen. Und wie die Alte in der Folgezeit, statt zu verschwinden, noch auf die anderen, die wirklichen Figuren übergreift, von denen wir umgeben sind: auf die Zahnlose, die sich als Aufseherin betätigt, Beschwerdebriefe schreibt und die Erwachsenen abfängt, um sich über die Kinder zu beklagen. Ein Schatten huscht über ihr Gesicht, während wir sie aus unserem Versteck beobachten, die Züge scheinen zu verwischen, die eingefallenen Lippen, tiefen Furchen um den Mund, und je länger wir diese Frau durchs Laub betrachten, desto deutlicher bekommt sie etwas von der Alten.

Oder die geisteskranke Frau, die am Rand des Viertels in einem Karavan haust. Sie muß noch ein Kind gewesen sein, als ihr Vater einmal die Polizei vertrieben haben soll, die angerückt war, um das Mädchen zur Schule abzuholen. Andere sagen, man hätte sie ins Heim bringen wollen. Seit vielleicht zwanzig Jahren ist sie nicht mehr gesehen worden, den Karavan verläßt sie nur im Schutz der Nacht. Sie könnte Ähnlichkeiten mit der Alten haben.

Die eigenartigste Figur am Hügel ist der Taubenmann, unser direkter Nachbar, der die Gegend länger kennt als jeder andere Anwohner. Ursprünglich, heißt es, gab es hier gar keine Erhebung in der Landschaft, sondern nichts weiter als eine Mülldeponie, die auf den Feldern vor der Stadt betrieben wurde. Heute ist der Hügel nur darum der höchste Punkt des ganzen Viertels, weil sich die Abfälle irgendwann so hoch aufgetürmt hatten, daß aus der Grube eine Anhöhe geworden war. Der erste Mensch, der sich hier oben niederließ, soll der Taubenmann gewesen sein, kurz nach dem Krieg, als die Müllhalde für den Schutt aus der zerstörten Stadt gebraucht wurde. Jeden Tag steht er da hinter seinem Gartenzaun mit einem Ausdruck, als wollte auch er sagen: »Ich bringe euch alle um.«

Was ich besitze, ist ein Gegenstand, den wir zum erstenmal in jenem alten Photoalbum gesehen haben: Eine kleine Figur aus Keramik, sie stellt offensichtlich eine Tänzerin dar, mit halb geschlossenen Augen, die Arme über dem Kopf, eine elegante Erscheinung, nur ihr Tanzdreß wird langsam unansehnlich, brüchig, gelb. Eine Figur, wie sie Touristen zur Erinnerung nach Hause bringen, wir nannten sie die Spanienpuppe. Doch dieses Exemplar ist nicht dasselbe wie auf den Photographien, stammt nicht von unserem Großvater. Es hat dem Taubenmann gehört.

Es gibt keine Bilder unserer Gruppe aus dem gemeinsamen Ferienjahr, und keine Aufnahmen der einsetzenden Versprengung: Auf denen hätte man jeden von uns allein gesehen, nach und nach undeutlicher, verwischt, bis die Namen von Carl und Nora schließlich unter leeren Bildern stünden, als hätte der Photograph vergessen, den Schutz vom Objektiv zu nehmen. Die beiden haben in der Jugend häufig miteinander gestritten, man mußte sie für grundverschieden halten, doch kaum sind sie erwachsen, verlieren ihre Wege sich auf ganz ähnliche Weise im dunkeln.

Ich weiß nicht mehr genau, ob Carl verschwand, weil er sich dem Kriegsdienst entziehen wollte, oder ob er schon vorher nach Skandinavien ging, um seine restliche Schulzeit auf einer Pferdefarm in Dänemark oder Norwegen zu verbringen. Er hat immer so wenig von sich preisgegeben, ich wäre nicht weiter überrascht, wenn jemand mir erzählte, Carl habe sich mit sechzehn freiwillig zur Armee gemeldet und sei noch heute Berufssoldat.

Nora hat ihre ersten Ausbruchsversuche aus der Familie offenbar schon in den Herbstferien unternommen, die Pläne scheiterten, ohne daß wir anderen oder ihre Eltern etwas mitbekommen hätten. Zu Hause ließ sie sich nach den Ferien kaum mehr blicken, aber die Eltern wurden erst aufmerksam, als es auch aus der Schule hieß, sie sei bereits seit Wochen nicht mehr aufgetaucht. Dann muß sie eines Abends von der Polizei nach Hause gebracht worden sein, um Weihnachten herum. Sie hatte mit ihrem Freund nach Frankreich durchbrennen wollen, doch waren sie schon an der Grenze aufgefallen. Die Briefe haben immer nur zur Ablenkung gedient, der Freund war kein Franzose, er wohnte unten in der Stadt. Nora wartete bis zu ihrem achtzehnten Geburtstag, am selben Morgen noch setzte sie sich endgültig ab.

Vor ein paar Jahren kam es mir bei einem Opernbesuch einmal so vor, als hätte ich Nora im Publikum entdeckt. Ein Hinterkopf unten im Parkett, die Hände dieser Frau, und wie sie das Programmheft hielt, das Opernglas an ihre Augen führte. Alles deutete auf Nora hin, aber ich hätte ihre Augen sehen müssen, um ganz sicher zu sein. Gleich zu Beginn der Pause lief ich hinunter, die Frau saß nicht mehr auf ihrem Platz, war auch nicht in der Nähe des Seiteneingangs. Ich suchte im Gedränge, am Büfett, rempelte andere Besucher an, aber Nora blieb verschwunden. Vielleicht war sie in der Pause gegangen, ich hätte draußen bei den Taxis suchen sollen.

Im Rückblick könnte ich glauben, Nora sei damals richtiggehend untergetaucht. Im selben Jahr, als sich ihr quälendes Bedürfnis entwickelte, die Dinge hinter den Dingen zu ergründen, stets wach zu sein, wachsam, hat sie im Verborgenen daran gearbeitet, unsichtbar zu werden. Nora hielt es für unabdingbar, alles zu hinterfragen, keinem vordergründigen Bild zu trauen, doch diesem Anspruch hat sie in ihren eigenen Augen nie genügen können. Sie trieb die Wahrheitssuche bis zu ihrem Zusammenbruch voran. Niemandem wollte sie mehr Glauben schenken, alle Menschen in ihrer Umgebung schienen ihr verblendet, unfaßbaren Lügen aufgesessen. Vielleicht haben ihre Eltern damals befürchtet, beim Gang zur Bank oder in der Warteschlange vor dem Postschalter könnten sie eines Tages Noras Blick begegnen, aus einem groben Paßbild, und ihr abweisender, gehetzter Ausdruck würde sich in nichts von dem der anderen Gesuchten auf dem Plakat unterscheiden.

 Paulina hat mir von den dreien immer am nächsten gestanden,

noch heute vertraue ich ihr wie keinem anderen Menschen. Gemeinsam stellten wir uns vor, wir wären Schwester und Bruder, oder unsere Eltern hätten uns nur adoptiert. In dieser Vorstellung mischten sich Angst und aufregende Spannung, wir gingen unseren erfundenen Eltern, unserem erfundenen Leben nach, bis uns der Anblick unserer Italieneraugen wieder in die Wirklichkeit zurückwarf.

Ich habe meinen Cousin und meine Cousinen immer als völlig verschieden erlebt. Sie waren zwar Geschwister, aber jeder hatte eine so ausgeprägte eigene Art, daß sie sich gegenseitig auszuschließen schienen. Trotzdem bildeten sie selbstverständlich eine Gruppe, zwei Schwestern und ein Bruder. Der Gruppenzusammenhalt mußte nicht ausdrücklich hergestellt werden, das wurde vielleicht erst nötig, sobald ich hinzustieß. Ich war mit ihnen verwandt, aber als Einzelkind das Zusammenleben mit anderen Kindern nicht gewohnt. Ich unterschied mich deutlich von den dreien, und wie sehr ich mir auch immer gewünscht hätte, in dieser Gruppe aufzugehen, begreife ich es im Rückblick doch als Gewinn, daß mir keine andere Möglichkeit blieb, als Nora, Carl und Paulina stets von einer Außenposition her zu betrachten.

Damals erschienen mir die Züge der drei unvereinbar, aber inzwischen weiß ich, daß sie in ihrer Widersprüchlichkeit durchaus nebeneinander bestehen können. Ich sehe es an mir: Als Nora suche ich die Dinge hinter den Dingen. Als Paulina male ich mir Bilder aus. Als Carl behalte ich Geheimnisse für mich.

Am Spion kann man nur allein stehen. Wir haben es zu viert versucht, bei irgendwelchen Leuten zu Besuch. Wir schauten abwechselnd in den Hausflur hinaus, während die anderen nach hinten Deckung gaben. Aber es führte regelmäßig zu Auseinandersetzungen, der eine beobachtete etwas, das der nächste nicht mehr zu sehen bekam, und mit den ersten gezischten Verwünschungen stand auch schon ein Erwachsener im dunklen Flur, waren wir aufgeflogen.

Von uns vieren bin ich als einziger übriggeblieben. Ich stehe am Spion und sehe Dinge, die kein Mensch je gesehen hat. Ich schaue nicht nur in das Treppenhaus, sondern auch in die gegenüberliegende Wohnung. Durch den Spion beobachte ich mehr als das, was sich im gegenwärtigen Moment vor meinen Augen abspielt, mitunter kann ich deutlich erkennen, was vorgefallen ist, bevor ich am Spion gestanden habe. Dabei bin ich mir nicht einmal sicher, ob ich alle diese Bilder wirklich sehen möchte.

Die Frau hat die Photoalben fortgeworfen. Die Spielsachen, die Zeichnungen und Hefte. Sie hat die Opernprogramme genommen, alle Gegenstände, die sie finden konnte, in den Müll geworfen, oder in den Ofen, sofern das Haus seinerzeit mit Öfen beheizt wird, man müßte unseren Großvater fragen, er hat beim Bau der Siedlung mitgeholfen. Ich weiß nicht, wie sie an die Axt gekommen sind, vielleicht wird sie gebraucht zum Kleinholzmachen im Keller oder Garten, dann gibt es tatsächlich einen Ofen, in den man auch die Photos, Hefte und Programme werfen kann.

Die Alte läßt die Photos und die Briefe nicht hinter dem Rükken unseres Großvaters verschwinden, die Gegenstände, die sich nicht verbrennen lassen, wirft die Frau draußen in den Müll, und er schaut zu. Sie, die in ihrem Leben keine Oper anhören oder sehen will, nimmt ein Programmheft nach dem anderen. Wenn im Fernsehen eine Oper läuft, schaltet unser Großvater den Apparat höchstens heimlich an oder geht zu Bekannten. Er hat alle Programme aufbewahrt, in der Abfolge der Erstaufführungen oder der Besuche, vielleicht datiert, mit einem Band zusammengeschnürt. Und sie, die Alte, zieht nun Heft für Heft aus dem gebundenen Stapel, wirft sie durch die Ofenklappe, einzeln, weil das Feuer sonst ersticken könnte, Papier brennt schlecht.

Programmhefte mit Photos seiner ersten Frau, aber das überprüft die Alte nicht, sie kann sich sicher sein, diese Programme haben etwas mit der Opernsängerin zu tun, und auch die Probenphotos schaut die Alte sich nicht an. Er steht dabei, am Küchenofen, sie geht mit dem Schürhaken durch das Feuer, die Funken da, die Ofenplatte glüht, es ist kein anderes Licht in der Küche, der Winter kommt, sie sprechen nicht, die Kinder, seine Kinder, sind ins Bett geschickt.

Vielleicht aber stehen die Kinder am Fuß der Treppe, in Nachthemden, im Dunkeln, und schauen zur Küchentür, vielleicht nur angelehnt oder doch fest geschlossen, sie sehen nur den roten Schimmer, einen Streifen unten, am Fuß der Treppe ist es kalt, sie merken nichts davon. Sie hören, wie Papier zerrissen wird, gestopft, sie hören Eisen, aber nicht, ob da gesprochen wird, sie wissen, beide sind in der Küche.

Es ist vielleicht noch gar nicht lange her, daß unser Großvater zum letztenmal die Probenphotos betrachtet hat, die Alte nimmt die Hefte unbesehen, das Licht des Feuers fällt auf ihre Hände, sie nimmt Familienalben und Einzelbilder, und dann wird doch gesprochen in der warmen Küche, die Kinder schleichen sich so schnell es geht hinauf ins Zimmer. Wo sind die Negative?

Die Luft, die Flocken, Ruß, Funken am Ofenschirm, ein roter Schimmer unter der Tür, nein, bloß ein heller Schimmer, weil ich nicht weiß, ob man in der Erinnerung farbig sehen kann.

Dieses Bild habe ich vor Augen, als ich bei Nacht am Fenster stehe, es ist eine der Nächte, da sich kein Schlaf einstellt und ich mich damit begnüge, ins Dunkel zu starren, dann in die ersten Schattierungen, dann in das Morgengrauen, wenn die Farben kommen. Karton, nicht aufgeschwemmter Kunststoff, solche Alben hätte man nur schlecht zerreißen und nicht im Haus verbrennen können. Ich stehe am Fenster, es ist still, es schneit, ich sehe dieses Bild. Der ganze Haß der Alten richtet sich gegen die Toten.

Die Kinder immer noch am Fuß der Treppe draußen, und in der Küchentür, natürlich, kein Spion. Ich weiß nicht, ob die Alte in ihrem Haß Bilder vor Augen hat. Vielleicht Schwarzweißbilder, zu schwach, als daß die Farben zur Erscheinung kämen, oder zu schnell wieder verblichen und zerfallen. Möglicherweise Farben, lebendig aber nicht.

Bei der Verfeuerung der Photoalben fehlt mindestens eins, ein ganzer Zeitraum ist nicht abgedeckt, natürlich hat sie sich die Bilder vorher genau angeschaut. Der Schneefall wird dichter, ich gehe hinaus, der Schnee fällt weich, ich sehe die Kuppen meiner Schuhe, ich sehe, es wird Schneeränder geben. Hat er die Negative ausgehändigt?

Papier fängt Feuer, Photos schrumpeln in der Glut, nur einen Augenblick noch glatt, dann werfen sie Blasen, und dazu eine Hand, die Finger um den Schürhaken geschlossen, oder, unruhig, ungeduldig, um weitere, vielleicht zerrissene Papiere nachzuschieben, rasch. Ein Bild, das niemand sich in sein Familienalbum kleben könnte. Im Wohnzimmer, im Hausflur, bis in die obere Etage, demnach auch in der Küche nun ein eigenartiger Geruch, die Negative. Der Ruß, der Rauch und der Gestank, unser Großvater hat dies alles ausgehalten.

Ich weiß nicht, ob man in der Erinnerung farbig sehen kann, im Dunkeln aber sieht man nur schwarzweiß. Ich sehe mich nachts in den Straßen, ich sehe die Alte in der Küche, bleibe stehen, schaue in den Himmel, aus dem die Flocken auf mich niederfallen. Die Hand am Ofen, nachts, das Licht, oder steckt diese Hand, die Hitze und die Funken, in einem Ofenhandschuh, hitzefestem Fäustling. Das Opernglas?

Meine Hand, wie sie sich in den Schnee senkt, den frisch gefallenen, darunter Eis, was über Tag geschmolzen und zur Nacht wieder gefroren ist. Meine gespreizte rechte Hand, auf ihrem Rücken sind zwei dunkle Punkte schwach erkennbar, Warzen vielleicht, beim ersten Glied des Zeigefingers eine kurze Narbe, von einem Biß her, ungefähr mit elf, der breite Handrücken ist nur an der Seite leicht behaart, und keine Adern, keine Flecken.

Ich nähere mich dem Boden langsam, meine fünf Finger geben einen Abdruck im Schnee vor meinen Schuhen. Immer sind meine Fingernägel empfindlich gewesen, nie hat die Alte meine Hand gesehen, so wie ich nie die Hand der Alten gesehen habe, nicht ihre Hand, wie sie sich um den Griff der Axt schließt, nicht einmal ihre Hand an der Gardine, wie sie den Ausblick einen Spalt weit öffnet.

Ebensowenig habe ich beobachtet, wie diese Hand in die Gardinenborte greift, die Finger sich im Gardinenstoff zusammenkrampfen. Nie habe ich gesehen, wie diese Hand nach unten rutscht und die Gardine aus der Leiste mit sich reißt. Wie beide, Hand, Gardine, dazu vielleicht sogar die Leiste, unter dem Fensterrand verschwinden.

Ich weiß nicht, ob die Alte und unser Großvater jemals ein eigenes Familienalbum besessen haben. Ich sehe die Photographien brennen.

Boten

Sie kann nicht sehen, ob ihr Mann in der Nähe ist, als sie das Telefon klingeln hört. Von ihrem Platz im Wohnzimmer aus hat sie den Flur nicht gut im Blick, sie sieht nicht, ob ihr Mann dort vor dem Apparat steht. Vielleicht schaut er oben im Haus aus dem Schlafzimmerfenster. Vielleicht ist er in der Garage, bei seinem Wagen. Sie müßte es wissen. Sonst weiß sie es. Es klingelt immer noch, sie wird nicht an den Apparat gehen.

Vielleicht ist ihr Mann leise die Treppe heruntergestiegen, jetzt steht er vor dem Telefon, hält die Luft an, damit sie ihn nicht atmen hört, hat die Wählscheibe, den Telefonhörer vor Augen, und kann sich nicht entscheiden, ob er abheben soll. Er weiß, sie sitzt hier im Wohnzimmer in ihrem Sessel. Er wird nicht wagen, ans Telefon zu gehen.

Sie hätte damit rechnen müssen, daß es an diesem Vormittag klingeln wird, daß irgendwer versucht, sie zu erreichen. Sie hätte sich nicht ins Wohnzimmer setzen, sie hätte nach dem Frühstück in der Küche bleiben sollen, von dort kann sie das Treppenhaus besser überblicken, und sei es nur der Schatten einer menschlichen Gestalt am Telefon.

Der Flur in diesem Haus ist unübersichtlich, das Telefon steht in einem Winkel neben der Wohnzimmertür. Sie hat schon unzählige Male überlegt, sie hat den Sessel umgestellt, sich mit der Zeitung an den Eßtisch vorn gesetzt, doch es hat nichts genützt, das Telefon bleibt immer im Dunkeln. Eine längere Schnur. Aber dann klingelte der Apparat in ihrer nächsten Nähe. Und von der Küche aus sähe sie gar nichts mehr.

Das Telefon hat endlich aufgehört. Vielleicht ist ihr Mann nicht im Flur gewesen, vielleicht hat er das Klingeln nicht einmal gehört. Sie müßte einen dieser Spiegel haben, mit denen man um die Ecke sehen kann. Wie Rückspiegel am Auto, bei Mietshäusern sind sie am Küchen- oder Schlafzimmerfenster angebracht, der Mann liegt nach der Nachtschicht noch im Bett, die Frau steht an der Spüle, beide haben den Hauseingang im Blick.

Sie will nicht angerufen werden. Manchmal klingelt das Telefon, niemand ist dran. Sie weiß nicht, was das zu bedeuten hat, Kinder vielleicht, die zusammen in eine Zelle gehen, um ihr Taschengeld für anonyme Anrufe zu verschwenden. Schulkinder nur, und doch bedrohlich, wenn sie kein einziges Wort sagen, wenn sie nur hören wollen, wie die Fremden sprechen, Angst bekommen, sich verraten. Manchmal ein Tuscheln oder Kichern, halb verschluckt und fern, im Hintergrund, als hätten diese Kinder ein Taschentuch über die Sprechmuschel gezogen. Oder nur Rauschen in der Leitung.

Vielleicht hat ihr Mann doch im Flur gestanden, vielleicht steht er noch immer dort, das Telefon hat nur zu klingeln aufgehört, weil er den Hörer jetzt ans Ohr hält. Sie hört niemanden sprechen. Kann sein, er horcht, kann sein, er hört einem Anrufer zu. Nichts, kein Geräusch im Flur, kein Atmen. Sie ist sich nicht ganz sicher. Sie steht nicht auf, geht nicht nachschauen. Sie wird es später ohnehin erfahren.

Sie hört die Haustür, hört die Schuhe ihres Mannes, wie er die Sohlen auf der Matte sauberkratzt. So laut, als wollte er sie auf eine falsche Fährte locken. Er ist gar nicht hereingekommen, hat nur die Tür von innen aufgerissen und wieder ins Schloß fallen lassen, er weiß, wie empfindlich sie ist, den Luftzug hat sie gespürt. Von ihrem Platz aus kann sie nicht bis zur Garderobe sehen, vielleicht hat seine Jacke dort vor wenigen Augenblicken noch gehangen.

Sie wird nicht fragen: »Wer war denn dran?«

Er würde nur zur Antwort geben: »Niemand.«

 In der Küche läßt sie das Radio laufen, leise genug, daß sie die

Schritte ihres Mannes auf dem Teppich hören kann, es könnte sein, daß heute vormittag noch einmal solch ein Anruf kommt. Und selbst, wenn es nur Schulkinder wären. Im Supermarkt hat sie gehört, wie die Kassiererinnen sich unterhielten, auf dem gegenüberliegenden Hügel soll es eine Kinderbande geben, sie treiben ihr Unwesen in der ganzen Gegend, manchmal sollen sie bis zur Schanze kommen. Die Leute auf der Straße umklammern ihre Handtaschen, wenn sie ein Mofa hören, von hinten nähert sich ein Knattern, die Einkaufsbeutel fallen auf den Boden. Nachts gibt es Feuerschein am Hügel oben, plötzliches Jalousienklappern, Schreie, Jaulen, möglicherweise nur ein Hund. Auch Schüsse hat man schon gehört.

Sie steht im Schlafzimmer am Fenster, zieht die Gardine ein Stück zur Seite, schaut hinaus, die Sonnenstrahlen fallen in den Garten, schräg, doch es ist kühl. Es gibt noch Nachtfrost, aber keinen Schnee, ein später Frühling dieses Jahr. Sie sieht vor dem Fenster den Baum, und ihre Hand hält die Gardine. Sie spürt, nah an der Fensterscheibe, das Glas ist kalt, im Schlafzimmer wird nie geheizt, sie sollte die Hand von der Gardine nehmen.

Beim Frühstück saß ihr Mann in Straßenschuhen, zur Arbeit fertig, seine volle Aktentasche ans Tischbein gelehnt, sie weiß nicht, welche Dinge und Unterlagen er jeden Tag ins Büro schleppt. Er hielt die Zeitung aufgeschlagen, es war schon hell, seit einigen Wochen ist es am Morgen hell, wenn er zur Arbeit geht, wenn sie in der noch kalten Küche sitzen, das Radio ist angeschaltet. Er legte die Zeitung auf den Tisch, die Seite mit den Todesanzeigen, und meinte, heute komme er etwas später, am Nachmittag habe er einen Termin beim Arzt.

Nach und nach wird die Erde auf den Friedhöfen locker werden, sie weiß nicht, ob ihr Mann am späten Nachmittag zum Friedhof gehen wird, weiß nicht, ob er noch ab und zu heimlich das Grab seiner ersten Frau besucht. Einmal hat sie ihn danach gefragt, ein einziges Mal, am Anfang war das, da lebten seine Kinder noch im Haus, und er hat mit »Nein« geantwortet. Mehr hat er nicht gesagt, keine Erklärungen, keine Ausflüchte, nicht einmal ein gespielt verwundertes »Wie kommst du denn darauf?« ans »Nein« gehängt. Kein ganzer Satz. Nur dieses eine Wort. Das »Nein«, und umgehend auf ein anderes Thema hingelenkt. Oder sie haben beide nichts gesagt.

Die Tage werden länger und das Licht am Vormittag ist hell, sie sollte die Hand von der Gardine nehmen, die Fensterscheibe ist zu kalt, sie sollte mit der Vormittagsarbeit beginnen, der Müll muß vor die Tür, sie sollte langsam mit dem Mop durchs Haus gehen, sie sieht das Spinnennetz an der Gardinenleiste, im Frühjahr sind die Spinnen nicht mehr fett, sind ausgelaugt, verkümmert, sofern sie denn den Winter überlebt haben und nicht tot, vertrocknet in den staubigen Netzen hängen.

Er hat nur »Nein« gesagt, sie weiß nicht mehr, ob seine Kinder dabei waren, und danach hat sie nicht noch einmal gefragt, bis heute nicht. Und außerdem vermutet sie, daß er ein Lügner ist, er windet sich, verfälscht, verschweigt mit Rücksicht auf die Tote. Obwohl sie das Recht hätte, davon zu wissen, wenn er um den Friedhof streicht, durch das gefrorene Laub, wenn er sich dem offenen Tor nähert, sobald die Straße leer ist, sobald ihn niemand sieht und auch kein Mensch die Friedhofsallee herunterkommt.

Das Tor muß offen sein, niemals würde er es selbst öffnen, aus Furcht, der eingerostete Riegel könnte ein Geräusch machen, das ihn verrät, ihn, der mit seiner Toten sprechen will. Wäre das Tor geschlossen, liefe er vorbei, als wäre dieser Friedhof nicht sein Ziel, und noch einmal zurück, nach einer halben Stunde, in der er fürchten muß, bald werde das Tor abgeschlossen, am späten Nachmittag, es wird schon dunkel, in den Wintermonaten sind die Öffnungszeiten kürzer.

Sobald er den Friedhof betreten hat, nimmt er den immer gleichen, umständlichen Weg bis ans Grab seiner ersten Frau, die Schritte ohne aufzuschauen, und erst wenn die Grabkante in sein Blickfeld kommt, hebt er den Kopf zum Stein. Er streift den einen Handschuh ab und hält die Hand bereit, er weiß, die Toten fordern einen Gruß, und man muß immer damit rechnen, daß sie einen berühren. Er wünscht sich die Erwiderung, er bettelt, fleht, beginnt die Lippen zu bewegen, die Hand hängt in der kalten Luft, verlangt nach einem Griff, während er seine unsichtbare Tote ins Gespräch zu ziehen sucht.

Es bleiben nicht mehr viele Jahre, knapp sechs, falls Gräber immer noch nach fünfundzwanzig Jahren aufgegeben werden, sie weiß es nicht genau. Sie will es auch nicht wissen, niemand wird die Ruhezeit verlängern. Oder sind es nur zwanzig Jahre, dann bliebe für das Grab oder für ihren Mann ein letztes Jahr. Sie weiß nicht, ob er wirklich spricht, ob er die Tote stets nur stumm in ein Gespräch zu ziehen versucht. Besser, diese Zeit wäre bereits abgelaufen. Oder es hätte nie ein Grab gegeben. Aber was dann.

Ihre Hand hält noch immer die Gardine, läßt sie los, die Gardinen müssen endlich einmal gewaschen werden. Wenn alle Dinge grau sind und die Tage kurz, ist der Schmutz kaum zu sehen, doch jetzt im Frühjahr. Sie wird den Müll nach draußen bringen, sie hat das Bild bereits vor Augen, vom Rand der offenen Mülltonne löst sich ein Stück Papier, die Käserinde, Abendessen gestern, fällt heraus, weht hin über die Bodenplatten, der Blumenkittel flattert in der Brise, und starr, den leeren Eimer in der Hand, den Blick auf Waschbeton.

°

Die Zweige wiegen sich, das dichte Grün, wir sind im Laub verborgen und müssen uns mit einem unvollständigen Bild begnügen, es käme nicht in Frage, die Zweige aus dem Blick zu schieben. Ein Teil des Hosenbeins, ein Schuh, der Hinterkopf, wir können nicht einmal genau erkennen, ob jener matte Streifen auf der Schulter zu einem Hosenträger gehört oder zum Riemen des Gewehrs. Der ganze Baum ist voller Tauben, sie haben ihren Schlag verlassen, um sich auf den Nachbarästen zu sammeln, als wollten sie uns belauern, so wie wir ihren Besitzer im Auge halten. Als wollten sie uns jeden Moment verraten.

Der Taubenmann steht unten auf seinem Gelände, seit einer halben Stunde haben wir ihn im Visier. Er ist aus dem Haus gekommen, an den Gartenzaun getreten, und seitdem hat er sich nicht mehr bewegt. Er steht da wie ein Toter. Irgendwann wird er seine Tiere füttern müssen. Vielleicht aber fällt er am Abend einfach steif ins Gras.

Während ich mich bemühe, nicht an das Ende unserer gemeinsamen Osterferien zu denken, erwarte ich bereits den kommenden Herbst. Wir werden über den Hügel ziehen und in den Häusern Schimmel suchen, wenn der Boden noch einen Rest von Sommerwärme hat, die Regenfälle ihn aber tagelang durchtränken, ohne daß diese Wassermassen in tieferes Erdreich sickern könnten, weil die frühere Müllhalde mit einer Plastikplane abgedichtet worden ist. Die Feuchtigkeit wird durch die Mauern dringen, und wo es Keller gibt, zeigt sich der Schimmel beinahe über Nacht.

Dann steigen wir geduckt hinunter in die dunklen Lagerräume, mit Taschenlampen leuchten wir zwischen Regalen, abgewetzten Polstermöbeln und Kartons herum, in denen sich möglicherweise alte Photoalben finden ließen. Vorsichtig nehmen wir das Einmachglas mit Gurken noch vom letzten Jahr, die frische Erdbeermarmelade, nach einem feuchten Sofapolster greifen wir mit angehaltenem Atem, damit die Schimmelsporen sich nicht durch unser Zutun überall im Raum verbreiten.

In hoffnungslosen Fällen bleiben wir schon am Treppenabsatz stehen, unser Lichtkegel fährt die schillernden Muster ab, grünblaue Polster auf den Gegenständen, daneben ganze Wandpartien mit schwefelgelbem Stich, ins Schwarz, dann Blau hinübergleitend. Hier gibt es nichts zu retten, wir werden uns kein zusätzliches Taschengeld verdienen können.

Wichtiger ist aber ohnehin, daß dieses eine Mal im Jahr die fremden Häuser offenstehen. Die anderen haben mir erzählt, wie sie im letzten Herbst vor aller Augen spionieren konnten, in Badezimmern, Kleiderschränken, unterm Bett. Mit geübtem Blick sind Schimmelspuren ohne Schwierigkeiten zu erkennen, für andere Funde bleibt da noch genügend Zeit. Ich warte schon darauf, daß die Blätter am Boden faulen werden, dabei ist das Laub erst seit kurzem wieder dicht genug, um nachts im Frühjahrswind zu rauschen.

Nur einer hier am Hügel läßt keinen Menschen in sein Haus, hat weder uns noch andere Nachbarskinder je zum Schimmelsuchen kommen lassen: der Taubenmann. Als blieben seine Vorräte im Herbst wie durch ein Wunder vom Befall verschont.

Keiner von uns hat je ein Wort mit ihm gewechselt, nicht einmal »guten Tag«. Nicht daß er wegschaute, als hätte er einen nicht bemerkt, im Gegenteil, er starrt den Menschen mitten ins Gesicht. Wenn ich den Pfad heraufkomme, möchte ich auf den Boden schauen, weil ich den Blick des Taubenmanns von weitem spüre. Doch auf den letzten Metern vor dem Haus merke ich jedesmal, gleich werde ich den Kopf heben müssen, dem Taubenmann kurz in die Augen sehen. Sein Blick so scharf und ohne Zeichen einer Regung, als knipste er mit jedem Zwinkern ein Beweisphoto, als lichtete er alles ab, was ihm unter die Augen kommt. Er braucht nicht einmal eine Kamera, um jede Einzelheit in seiner Umgebung festzuhalten, ich weiß, dem Taubenmann wird nie etwas entgehen.

Vielleicht ist dies genau der Grund, warum wir uns ihm gegenüber lieber still verhalten. Wir kämen nicht auf die Idee, ihn auf das Schimmelsuchen anzusprechen, ihn gar zu überreden, er solle uns Zugang zu seinem Haus gewähren. Bei keinem anderen Menschen haben wir so deutlich das Gefühl, wir könnten ihm nichts vormachen, er käme jeder Lüge auf die Schliche, rückte die Übertreibungen zurecht, fiele auf keine unserer Erfindungen herein. Mehr noch: Der Taubenmann würde uns mühelos alle Gerüchte entlocken, die wir am Hügel über ihn verbreitet haben.

Wie auf ein unsichtbares Zeichen hin fährt Leben in den Taubenmann, er dreht sich um und geht zu dem Verschlag hinüber, wo er das Futter für seine Vögel verwahrt. Dies ist auch für die Tauben das Signal, sich in Bewegung zu setzen, vom einen auf den anderen Augenblick sind wir allein im Baum, die Tauben scharen sich im Gras um ihren Herrn. Aber der Taubenmann ist nicht mit der Futtertüte wieder herausgekommen, er hat die Käfige geholt, in denen er seine besten Brieftauben zu den Wettbewerben transportiert.

Es hat den Anschein, als ergäbe sich für uns hier eine Möglichkeit, mit der wir nie gerechnet hätten. Tatsächlich lädt der Taubenmann einige Tiere in seinen Wagen, und während wir noch überlegen, ob wir über das Dach zur offenen Luke klettern sollen oder ob nicht ein Fenster auf der Rückseite des Hauses besser wäre, hat der Taubenmann längst seine Utensilien zusammengepackt. Zur Sicherheit warten wir weitere zehn Minuten, nachdem sein Wagen unten am Hügel verschwunden ist, dann klettern wir vom Baum.

Wie oft haben wir die Tauben mit Fußtritten von unserem Grundstück vertrieben, wenn ihr Besitzer nicht zu sehen war, wie oft geplant, uns eine Luftpistole zu besorgen und die Vögel nachts vom Dach zu schießen. Manchmal entdecken wir an der

Terrassenscheibe einen roten Fleck, dann wissen wir, im Garten liegt ein Vogel, der vielleicht noch ein wenig mit den Flügeln zuckt. Wie oft haben wir den Taubenmann verwünscht, und nun begeben wir uns unverhofft auf einen Rundgang durch sein Haus. Wir sind noch nie bei jemandem eingebrochen. Bis auf die Küche ist das ganze Erdgeschoß mit Teppichfliesen ausgelegt, unsere Schritte machen kein Geräusch. Die Stille kommt uns nicht geheuer vor, der muffige Geruch, das Dämmerlicht.

Hier wohnt der Mann, dem die andern drei eine Geschichte angedichtet haben, bei der selbst älteren Kindern in der Nachbarschaft unheimlich geworden ist. Der Taubenmann kam nach dem Krieg auf diesen damals menschenleeren Hügel, weil er sich geschworen hatte, in seinem Leben niemandem mehr zu begegnen. Er dachte nicht daran, daß die Mülldeponie einmal geschlossen werden könnte und andere Menschen sich in seiner Nähe niederlassen würden. Der Taubenmann hat sich endgültig zurückziehen wollen, behaupten wir, um hier in Ruhe, unbeobachtet zu sterben.

Nun lebt er schon seit dreißig Jahren in diesem Haus mit seinen Tauben. Wir werfen einen Blick in die Küche, sie ist penibel aufgeräumt, nicht einmal Brotkrumen vom Frühstück liegen auf der Wachstuchdecke. Das Telefon befindet sich im Flur in einem dunklen Winkel, unter seiner Verkleidung aus rötlichem Samt erkennen wir es zuerst nicht. Der Schutzbezug ist an der Stelle, wo die Hand den Hörer hält, schon speckig, abgewetzt, wir hätten nicht gedacht, daß der Taubenmann so häufig telefoniert. Im Wohnzimmer die Sesselgarnitur, der Fernseher, ein Schrank, ganz wie wir sie bei alten Leuten erwarten. Nichts Aufschlußreiches in den Schubladen, keine Papiere, Dokumente, kein Geheimnis. Einige Bücher über Taubenzucht, eine Geschichte des Meldewesens, daneben Kriegserinnerungen und Biographien, deren Umschläge sich allerdings als billige Tarnung erweisen, die Sammelausgaben solcher Hefte verbergen soll, wie wir sie auf der

Schanze finden. Das ganze Haus wirkt, als wohnte hier schon lange niemand mehr.

Der Taubenmann, so das Gerücht, hat mehrere Menschenleben auf dem Gewissen. Es bleibt unklar, wie es dazu gekommen ist, das mag sich jeder selbst ausmalen, dem wir vom Taubenmann erzählen. Im Krieg könnte er ein Erschießungskommando befehligt haben, genauso ist es möglich, daß er in einem fernen Dorf im Osten wehrlosen Zivilisten seine Pistole eigenhändig an die Schläfe gesetzt hat. Vielleicht ist er auf den Hügel hinausgezogen, weil seine Geschichte in der Stadt aufgeflogen war, schon früh mögen Gerüchte in Umlauf gewesen sein. Mit der Zeit allerdings sind sämtliche Spuren des Taubenmanns verwischt, heute ist er der einzige, der sich an jede Einzelheit erinnert. Nicht daß man ihn je hätte zur Verantwortung ziehen wollen, er aber sieht die Toten jede Nacht vor sich. Sie lassen sich nicht verscheuchen, und der Taubenmann fürchtet um seinen Verstand, falls ihre Schar noch größer werden sollte. Es darf keine weiteren Toten geben, darum geht er den Menschen aus dem Weg.

Das Bett im ersten Stock ist ordentlich gemacht, weder im Bad noch im Schlafzimmer liegt alte Wäsche. Nirgendwo Hinweise auf ein geheimes Leben des Taubenmanns. Von seinem Schlafzimmerfenster aus können wir fast bis zur Schanze sehen, nur eine letzte Reihe Häuser verstellt den Blick, es muß die Straße sein, in der auch unser Großvater und die Alte wohnen. Wir stehen eine Weile, ohne ihr Haus erkennen zu können, wir sprechen nicht, über uns hören wir ein Trappeln, Schaben auf dem Dach.

Der starre Blick des Taubenmanns, das unterdrückte Beben in den Gliedern, sobald sich jemand dem Gelände nähert, sind Zeichen eines inneren Kampfes. Er möchte nichts dergleichen tun, aber der Lauf seines Gewehrs richtet sich unwillkürlich auf den Eindringling, und falls das zur Abschreckung nicht reichen sollte, wird er wieder einen Menschen erschießen müssen.

Durch das offene Fenster neben der Kellertreppe steigen wir in den Garten zurück. Paulina ist die einzige, die etwas mitgenommen hat, sie zeigt uns eine Figur aus Keramik, eher eine Puppe, offenbar eine Tänzerin. Es kommt uns allen vor, als hätten wir sie schon einmal gesehen. Paulina weiß genau, woher wir diese Figur kennen: Auf einem Bild in jenem alten Photoalbum steht haargenau die gleiche Tänzerin oben im Wohnzimmerschrank unserer Großeltern.

°

Ehe er in die Straßenbahn nach Hause steigt, will er noch ein paar Schritte gehen. Die Aktentasche hält er unter den Arm geklemmt, als transportierte er geheime Aufzeichnungen. Es sind aber die üblichen Unterlagen, die Listen, Formulare, dazu seine Dose für den Tagesproviant und Hefte, vielleicht mit Spionageabenteuern, die er während der Pausen im Büro aufschlägt.

Im Park schaut er auf den Boden vor seinen Füßen, sieht niemandem ins Gesicht, und doch kann er im Gehen die Leute gut beobachten. Ein Mädchen und drei Jungen sitzen auf der Wiese dort am Teich, wenige Augenblicke später auf der Lehne einer Bank, und es wird langsam dunkel, still, man weiß nicht, ob sie reden. Er würde sich mit seiner schweren Aktentasche gern einen Moment hinsetzen, wenn da nicht diese Jugendlichen wären. Nicht, daß er sich vor ihnen fürchtet, und auch den Dreck, den ihre Schuhe auf der Parkbank hinterlassen, könnte er von der Hose klopfen.

Der Straßenstaub ließe sich irgendwie erklären. Es ist vielmehr die Uhrzeit, die ihn weitergehen läßt, seine Umwege nach dem Dienst sind präzise abgesteckt, es kommt hier auf Minuten an. Verliert er sich im Park, wird seine Frau sich nach dem Grund der ungewöhnlichen Verspätung erkundigen. Sie bräuchte keine Andeutungen zu machen, diese Zeiten sind vorbei. Er weiß, sie hätte einen Verdacht. Vielleicht spricht er auch von allein. Vielleicht muß er nichts sagen.

Sie würde ihn verdächtigen, er hätte nach der Arbeit eine heimliche Verabredung gehabt. Er könnte sagen, was er wollte, könnte schweigen, sie würde ihm keinen Glauben schenken. Sie wäre überzeugt, er habe sich in der Stadt mit seinen Kindern aus erster Ehe getroffen. Das traut sie ihm tatsächlich zu. Aber Verabredungen gibt es nicht, auch seine Kinder hat er lange nicht gesehen. Diese Zeiten sind vorbei.

Heute würde er sie auf Anhieb vielleicht gar nicht wiedererkennen, nicht auf der Straße, nicht einmal an einem ausgemachten Treffpunkt, hier im Park, geheim. Auch seine Enkel hat er zuletzt gesehen, als sie noch Kleinkinder waren, heute haben sie längst das Alter der Jugendlichen dort erreicht, im Halbdunkel, auf der Rückenlehne einer Bank.

Vielleicht hat einer dieser Jungen mit einem Enkel Ähnlichkeit. Doch selbst falls die Anführerin der Gruppe eine seiner Enkelinnen wäre, könnte er das nicht mit Bestimmtheit sagen. Er hat sie seit zwölf, vierzehn, vielleicht sechzehn Jahren nicht gesehen. Es gibt auch keine Bilder.

Mittags packt er den mitgebrachten Proviant auf seinem Schreibtisch aus, geht nicht hinunter in die Kantine, weil er sich mit niemandem unterhalten mag, sondern liest in seinem Spionageheft weiter. Jedes der Hefte ist im gleichen Ton geschrieben, Ausdrücke, ganze Sätze wiederholen sich, der Aufbau und der Fortgang der Geschichte bieten keine Überraschungen. Im Grunde unterscheiden sich die meisten Hefte gar nicht voneinander, darum liest er die Spionagegeschichten nicht immer von der ersten bis zur letzten Seite, sondern schlägt manches Heft zunächst ungefähr in der Mitte, dann weiter vorn, schließlich im letzten Viertel auf.

 Auf welcher Seite hat es den ersten Toten gegeben, Verbindungsmänner horchen aus, geraten in zunehmend gefährlichere Situationen, wann wurden die Gefangenen gemacht, wann fiel der erste Schuß, was stand am Anfang. Verbindungsmänner bewegen sich wie selbstverständlich auf der einen Seite, während sie doch im Dienst der anderen stehen. Verhandlungen, Verschärfung, Drohungen, ein weiterer Toter. Die eine Seite sieht im nächsten Schritt die entscheidende Befreiung, die Gegenseite spricht von uneingestandener Kapitulation. Erst wird geschossen, dann werden Gefangene gemacht.

Das Lesen solcher Heftchen ermüdet ihn nicht weiter, wie ihn auch die Arbeit im Büro kaum ermüden kann. Morgens holt er die Aktenordner vor, Anträge müssen nach klaren Vorschriften genehmigt oder abgelehnt werden, dazu der Stempel, Unterschrift, so geht der Vormittag zu Ende. Nach der Pause das Lochen, Abheften, Verräumen, das Rouleau am Schrank wird zugezogen. Er packt die Aktentasche wieder ein, schließt seinen Schreibtisch ab, tritt auf den Flur. Er wird niemandem einen schönen Feierabend wünschen müssen, von den Kollegen ist schon keiner mehr im Haus.

Bei Nacht aber sitzt der Verbindungsmann über seinen Geheimberichten, er schreibt im Dunkeln, sieht kaum mehr den Stift. Die zahlreichen Toten darf er nicht durcheinanderbringen, niemanden auf der falschen Seite in ein Grab legen, das könnte einen weiteren Toten zur Folge haben. Als völlig frei erfundene Geschichte wird der Bericht getarnt, dazu im Stile einer Totenrede abgefaßt. Trotzdem kann der Verbindungsmann bis zum Morgengrauen nicht einschlafen, seine Gedanken kreisen immer wieder um die Frage, wie er seinen Bericht am nächsten Tag gefahrlos durch die Linien bringen soll.

Im Park hat er die Geschichte vom Mittag noch im Kopf, niemand erkennt einen Spion als Verbündeten an, einem Spion kann niemand Glauben schenken, soweit hat er begriffen. Er klemmt die Tasche fester unter den Arm, als könnte sie gestohlen werden, und mit jedem Schritt wird er langsamer, als wollte er die nächste, sogar die übernächste Straßenbahn absichtlich verpassen.

Er sieht vier Jugendliche, setzt sich in die Nähe auf eine Bank und schaut dem Mädchen, den drei Jungen eine Weile zu. Er will bei den Geheimberichten bleiben, bei Lichtsignalen nachts von einem Fenster aus, bei Morsezeichen und Kassibern, bei Funksprüchen, die anonym in ein Gerät geflüstert werden. Er will sich mit den tödlichen Gefahren aus seinen Heften befassen, merkt aber, daß er längst bei der Opernsängerin und seinen Kindern ist.

Wenn er sich vorstellt, er könnte zufällig einem Mitglied seiner früheren Familie begegnen, fühlt er sich selbst wie ein Spion, kommt es ihm vor, als liefe er zwischen den Linien. Er will den Mantelkragen hochschlagen, im Schatten gehen. Ist er in Gedanken bei der Opernsängerin, verrät er seine zweite Frau. Ist er bei seiner zweiten Frau, verrät er seine frühere Familie. Doch eine frühere, vergangene Familie kann es überhaupt nicht geben. Versuche, seiner Frau dies zu erklären, haben zu nichts geführt. Sie hat ihn immer angeschaut, als sei sie überzeugt, bei seinen Worten wende er eine Verschlüsselungstechnik an, die niemand je hat knacken können.

Im Dunkeln hält er Ausschau nach den Jugendlichen, aber sie sind wahrscheinlich schon verschwunden. Wie ein Spion bewegt er sich noch immer zwischen seiner lebenden und seiner toten Frau. Kein Lichtsignal und keine Morsezeichen. Gerade noch die Zeiger seiner Armbanduhr kann er in diesem schwachen Licht erkennen, der Leuchtstoff blättert langsam ab. Er hätte längst an der Haltestelle sein müssen, springt von der Parkbank auf und wendet sich in Richtung Ausgang, rennt durch den Park, obwohl ihm beide Beine eingeschlafen sind.

Er spürt, daß er verfolgt wird. Die Schritte kommen näher,

seine Beine schmerzen jetzt, mitten auf dem Weg bleibt er stehen. Die Jugendlichen können ihn die ganze Zeit aus einem Hinterhalt beobachtet haben. Er hört den Atem hinter seinem Rücken, dreht sich um, und jemand spricht.

»Ihre Tasche.«

Eine Gestalt taucht aus dem Dunkeln auf, es ist das Mädchen, mit der Aktentasche in der Hand. Er greift danach, läuft wieder los, die Haltestelle schon vor Augen. Er hat kein Wort gesagt. Sobald er in der Straßenbahn sitzt, wird er den Inhalt seiner Tasche überprüfen, es könnte sein, daß etwas fehlt, vielleicht das Heft vom Mittag. Er wollte es auf dem Nachhauseweg zu Ende lesen.

Keinem Menschen darf man voreilig Glauben schenken, auch diesen Jugendlichen traut er nicht. Immerhin haben sie nicht sofort gerufen, als er von der Parkbank aufgestanden ist. Sie wollten abwarten, bis er außer Sichtweite war, um schnell die Tasche zu durchstöbern. Doch außer einem Heft ist ihnen nichts Brauchbares aufgefallen.

Nun sitzen sie auf ihrer Bank, der alte Mann ist endlich fort, die Anführerin zieht unter ihrer Jacke ein Spionageheft hervor. Mit Ungeduld warten die vier darauf, daß die Laternen angeschaltet werden. Im Dunkeln können sie kein Wort entziffern.

°

Nachts sieht sie einen Schattenriß am Fenster. Sie ruft ihn nicht ins Bett zurück, er glaubt, sie schlafe fest. Beim erstenmal hat sie gemeint, er komme von der Toilette und werfe auf dem Weg kurz einen Blick nach draußen. Doch er blieb unbeweglich stehen. Sie hat ihn ansprechen wollen, gezögert, nichts gesagt. Seitdem beobachtet sie ihn manche Nacht. Sind es die Sternbilder, die Wolkenfelder, ist es der klare Himmel, Schnee, nur der rötliche

Schein über der Stadt. Bis sie begriff, ihr Mann sucht gar nicht in der Ferne, sein Blick ist auf den Baum gerichtet. Dort sieht er seine erste Frau.

Die Toten sind geübt darin, die Aufmerksamkeit der Lebenden auf sich zu ziehen, sie fordern einen Gruß, so steht er da, ihr Mann, er hebt die Hand, er wartet, hält die Hand erhoben, und läßt sie im Verlauf der Nacht nur widerwillig sinken, aufs Fensterbrett, erschöpft, doch nach wie vor bereit. Die Toten werden die Lebenden nicht in Ruhe lassen, bis diese selbst an ihrem Lebensende angekommen sind, und was für alle Toten gilt, gilt auch für seine erste Frau. Wenn du einmal in ihre Nähe kommst, werden sie dich nie wieder gehen lassen. Aus ihrem Grab heraus werden sie dir alles nehmen, das ist es, was die Toten sagen.

Die Toten rühren einen an, man sieht es nicht, man spürt es nur, wenn es mitunter juckt an einer Stelle, wo keine Wunde ist, kein Ungeziefer krabbelt. Man zweifelt erst, beschaut den Unterarm, im Spiegel auch den Nacken, es zeigt sich aber nichts. Eine Ameise kann es nicht gewesen sein, denn hier sind keine Ameisen im Zimmer. Nicht eine Fliege, kurz gelandet und schon wieder fort, man geht täglich mit Fliegenspray durchs Haus. Nicht die Berührung einer Brennessel, man hält sich nicht im Grünen auf. Kein Schweißtropfen, es ist nicht warm, im Gegenteil, ein Frösteln.

Man will es noch nicht glauben, aber es ist klar: Soeben bin ich angerührt worden von einem Toten. Er wollte mich betasten, doch er hat mich nur gestreift, von meinem Widerwillen abgeschreckt. Hat nicht vorhergesehen, daß ich ihn so schnell bemerken würde. Für heute bleiben keine Spuren, aber der Tote wird es wieder versuchen. Später, im Alter, viel später kommen die Punkte der unzähligen Berührungen zum Vorschein, zeigen sich Flecken auf der Haut, vor allem an den Händen, auch im Gesicht und auf der Brust.

 Sie steht am Fenster, so wie er manchmal dasteht, reglos und ohne einen Laut ins Dunkel starrend. Ein Baum versperrt die Sicht, seine Krone nimmt fast das ganze Blickfeld ein, die äußersten Zweige reichen weit über das Dach hinaus. Wer weiß, ob nicht die Wurzeln sich so tief ins Erdreich bohren, daß schon der Keller untergraben ist. Er hätte längst gefällt werden sollen. Bei Nacht erblickt ihr Mann im Laub die Tote, sie dreht den Kopf und schaut ihm ins Gesicht, er hört sie flüstern, sieht, vorsichtig rückt die Tote näher, um ihn in ein Gespräch zu ziehen, wenn sich die Zweige wiegen, beinah an der Scheibe kratzen.

Sie sieht die Tote nicht, nur einen Baum. Kein anderes Gewächs macht ihr derart zu schaffen, die Tote sitzt nicht in den Moospolstern beim Kompost, nicht in den Stiefmütterchen vor dem Haus, sie kauert nicht im ungeschnittenen Gras, im frostgeschädigten oder verbrannten. Kein Anblick macht ihr mehr zu schaffen als dieser Baum vor dem Schlafzimmerfenster, nichts.

Sie ist sich nicht ganz sicher, ob er heute noch heimlich mit seinen Kindern aus erster Ehe spricht, sie fragt ihn nicht danach, er würde es ihr nicht verraten. Früher hat sie ihn manchmal ertappt, er telefonierte mit seinen Kindern, wenn er glaubte, sie höre nichts, sie sei nicht in der Nähe, im Keller, draußen, oder oben, noch beim Bettenmachen. Dann ist sie unerwartet aus der Küche in den Flur gekommen, und ihrem Mann fiel bei dem Schreck nichts anderes ein, als mit der Hand die Sprechmuschel abzuschirmen, vom einen auf den nächsten Augenblick nur mehr zu flüstern. Weil ihm aber sofort bewußt geworden ist, daß dies vielleicht im Frontverkehr, bei Feindkontakt, in einem Hinterhalt von Nutzen wäre, doch kaum vor seiner eigenen Frau, hat er den Anrufer blitzartig unterbrochen, mit falscher Stimme übertönt, ein »Falsch verbunden« in die Sprechmuschel gebellt und im selben Moment den Hörer auf die Gabel fallen lassen, so daß die Lüge nicht mehr in die Muschel, bloß in die Luft gesprochen war.

Dann nur noch Schweigen. Sie wußte ohnehin Bescheid, und er war jedesmal zu feige, um nach Erklärungen zu suchen, einer Entschuldigung, ihr gar die Wahrheit ins Gesicht zu sagen. So haben sie im dunklen Flur gestanden, er vor dem Telefon, sie in der Küchentür, und nichts gesagt. Sie hat die Hände am Geschirrtuch abgewischt, er hat sich die Garderobenhaken einzeln angeschaut. Er, der wahrscheinlich noch die Stirn gehabt hätte, anderen gegenüber zu behaupten, in solchen Situationen habe er einfach nicht gewagt, ein weiteres Wort mit ihr zu sprechen, für Stunden, Tage, eine ganze Woche.

Seit einigen Jahren hat es keinen derartigen Vorfall beim Telefon mehr gegeben. Nicht, weil ihr Mann geschickter geworden wäre, nicht, weil ihr Gespür für solche Dinge über die Zeit gelitten hätte. Ganz im Gegenteil, es ist bis heute nur immer feiner geworden, sie kann schon an der leisesten Andeutung, an Schritten auf dem Teppich und am Stiefelkratzen erkennen, etwas soll ihr verheimlicht werden.

Anfangs hat sie noch überlegt, ob seine Kinder ihn aufgegeben haben könnten. Dann aber ist ihr klargeworden, daß er mit seinen Kinder einfach nicht mehr von zu Hause telefoniert, sondern aus einer Zelle, einem Postamt, dem Büro. Vielleicht hat er sich mittlerweile angewöhnt, beim Telefonieren überhaupt nur noch zu flüstern, selbst wenn sie gar nicht in der Nähe ist. Sie weiß es nicht, sie rufen einander schließlich auch nicht an, da müßten sie sich schon ein Haustelefon installieren lassen. Nur über ihre Leiche.

Was werden sie wohl reden, er und seine Kinder, was für Gespräche mögen das sein, in denen er sie, seine Frau, immer »meine Alte« nennt, schlimmer sogar, einfach nur »die Alte«.

»Die Alte«, niemals ihren Namen oder »meine Frau«, das weiß sie sicher, seitdem sie einmal bei Bekannten mitgehört hat, wie sich die Männer nach dem Essen im Nebenzimmer unterhielten.

»Fast hätten wir von deiner ersten Frau und deinen Kindern angefangen. Da hat mir meine Frau unter dem Tisch einen Stoß versetzt, und ich konnte mir gerade noch rechtzeitig auf die Zunge beißen. Ich hoffe, die Alte hat davon nichts gemerkt.«

»Ihr glaubt nicht, welche Anstrengungen es mich wieder gekostet hat, bis die Alte endlich überredet war, heute abend herzukommen.«

»Du hast wirklich kein leichtes Leben mit der Alten.«

Schlagartig ist ihr aufgegangen, wen die Männer meinten.

Sie hat ihn nie zur Rede gestellt. Sie wird ihn nie zur Rede stellen. Sie weiß, er würde standhaft leugnen. Standhaft, so würde er es sehen, standhaft, wie er sich Fremden gegenüber darstellen mag, tatsächlich aber schwankend, halblaut und geduckt, mit eingezogenen Schultern und ausweichendem Blick, oder, wenn er ihr gegenüber sitzt am Frühstückstisch, die offene Zuckerdose anstarrend, die Würfel, unverwandt, wie ohne Augen.

Seitdem sie miteinander verheiratet sind, glaubt er, sie spioniere ihm hinterher. Schon seit dem Tag, als sie einander kennenlernten, lebt er in der Furcht, sie wolle etwas in Erfahrung bringen, das er ihr gegenüber nicht preisgeben möchte. Da ist nichts, sie weiß alles. Seit nun bald zwanzig Jahren gibt er ihr ständig zu verstehen, er sei der Überzeugung, sie werde um alles in der Welt versuchen, hinter seine Geheimnisse zu kommen, die sie, wenn sie das Wissen nicht erpressen könne, notfalls durch ewiges Spionieren hinter seinem Rücken in Erfahrung bringen wolle. Diesem Wahn hat sie immer hilflos gegenübergestanden, hat ihn nie begreifen können. Auch ist es ihr nicht gelungen, ihren Mann von seiner Wahnvorstellung abzubringen.

Vermutlich hat der Spionagewahn nicht das geringste mit ihr zu tun, ist nicht auf ihre Person fixiert, hatte sich längst entwickelt, bevor sie in das Leben ihres Mannes trat. Sie redet sich das nur immer wieder ein, läßt sich das einreden, nur weil sie sich für diesen Menschen interessiert, mit dem sie zusammenlebt, zusammenleben wird bis zum Ende.

In den ganzen Jahren ist ihr doch nicht verborgen geblieben, welche fast kindliche Freude er an Geheimnissen, an falschen Namen, am Verschweigen hat. Es gab genügend Andeutungen von seiner Seite, sie ist nicht darauf eingegangen. Er hat sie immerzu herausfordern wollen, bei seinen Spielen mitzumachen, wenn sie zusammen im Garten arbeiteten, wenn sie, am Anfang hier im Haus, Kartoffeln gruben, und er beinahe flüsterte: »Der Deckname Kartoffeln.«

Sie weiß, sie hätte ihn mit fragendem Gesicht ansehen sollen, sich erkundigen, aber sie nickte nur, grub weiter in der Erde. Er zwinkerte, dazu das Lächeln eines Jungen, der etwas Verbotenes sagt: »Die Winterübung Hansa. Unter solchen Bezeichnungen waren wir unterwegs. Wir waren sowieso nichts anderes als eine Reisegesellschaft, offiziell.«

Sie weiß, er hätte ihr doch nicht viel mehr verraten, den Finger an die Lippen gelegt und auf Geheimnisse verwiesen. Wenn sie an Sommernachmittagen im Garten saßen und die Bienen um den Kuchen kreisten, dann zeigte er mit dem Finger in die Luft, beugte sich zu ihr herüber, als wollte er sie zu einer Mitverschwörerin machen: »Drohne, Imkerverbände.«

Sie reagierte nicht darauf, fragte nicht nach, versuchte nur, die Bienen mit dem Küchentuch zu verjagen. Sie hat genau gespürt, daß er sie nie zu seiner Mitverschwörerin gemacht hätte.

Er gibt sich gern etwas Geheimnisumwittertes, er braucht Geheimnisse um sich, schon immer, und hat bei seiner zweiten Heirat nicht bedacht, daß er an eine Frau geraten ist, die solchen Bedürfnissen ratlos gegenübersteht. Vielleicht hat seine erste Frau sich von Geheimnissen angezogen gefühlt, aber die Neugier seiner zweiten Frau kann er damit nicht wecken. Sie mag das

Dunkle nicht, will Klarheit haben. Das bringt ihn dazu, sie wie eine Spionin zu behandeln. Er hat ihr sogar einen Decknamen gegeben.

Wenn er sie anderen gegenüber nie bei ihrem Namen nennt, wenn sie »die Alte« heißt, dann hat er möglicherweise für seine erste Frau genauso einen Decknamen geprägt. Den kennt sie nicht. Weiß nicht, mit welchem Namen er die Tote anspricht. Will ihn auch niemals hören müssen.

°

Unser Großvater weiß sich aus der Welt zu stehlen, unsichtbar zu werden, indem er einfach nicht mehr spricht. Wir haben versucht, bei ihm anzurufen, von der Telefonzelle aus. Es war nicht schwierig, die Nummer herauszufinden, seine Straße wissen wir, außerdem tragen Paulina, Carl und Nora denselben Nachnamen wie er.

War es sein Atem oder unserer, als wir den Hörer herumgehen ließen. Wir gaben keinen Ton von uns. Die Stimme eines alten Menschen, wie aus weiter Ferne, als wäre es kein Ortsgespräch. Meldete sich nicht mit Namen, nur mit: »Ja?«

Hervorgepreßt, gezischt, den Atem in die Sprechmuschel hineingedrückt, als litte der Teilnehmer am anderen Ende unter sauerstoffarmer Höhenluft. Auf beiden Seiten angestrengtes Horchen. Wir hätten nicht mit Sicherheit sagen können, ob es tatsächlich eine Männerstimme war. Noch einmal: »Ja?«

Im nächsten Augenblick wurde schon aufgelegt. Wir zögern, es noch einmal zu probieren. Vielleicht müssen wir immer wieder anrufen, hartnäckig bleiben, um unserem Großvater mehr als das schwache »Ja« und lautes Atmen zu entlocken.

Das Bild von einem Mann, der sich an das von seiner zweiten Frau vor langen Jahren ausgesprochene Kontaktverbot mit einer

Strenge hält, als handelte es sich um einen militärischen Befehl, auf dessen Verweigerung die Todesstrafe steht. Die Alte hat bisher von jedem heimlichen Treffen mit seinen Kindern aus erster Ehe erfahren, sie muß ein Netz von Informanten haben, über das Viertel, die ganze Stadt gespannt. Einzelne Nachbarn werden es sein, die sich vor anderen nicht dazu bekennen, Kollegen unseres Großvaters vielleicht. Dabei können wir uns nicht vorstellen, daß die Spione freiwillig Bericht erstatten, die Alte kann gar keine Freunde haben, sie wird gemieden, jeder kennt die Geschichte mit der Axt.

Unter dem Bann geht unserem Großvater die Sprache Stück für Stück verloren, er wagt kaum mehr ein Wort zu sagen in der Furcht, er könnte sich verraten, weil er natürlich doch von Zeit zu Zeit an seine Kinder denkt.

Er redet überhaupt nicht mehr, sitzt heute schweigend vor dem Fernseher, während die Alte neben ihm die Nachrichten kommentiert, wütend, entsetzt, ganz einfach fassungslos angesichts dieses Attentats. Ein hinterhältiger Mord, den die Mörder als Hinrichtung bezeichnen, als einen weiteren Eintrag in das Verbrecheralbum. Die Szenerie ähnelt dem Schauplatz eines Bürgerkriegs, die Alte müht sich, das Vorgefallene in Worte zu fassen. Doch unser Großvater regt sich nicht auf, zeigt keine Angst, er läßt das Bild der Leiche mitten auf der Kreuzung schweigend an sich vorüberziehen.

Auf dem Zeitungsphoto am Tag darauf betrachtet er vor allem die geschwungenen Kreidelinien um den zerschossenen Wagen, die vielen numerierten Marken überall im Bild, wo bei der Spurensicherung leere Patronenhülsen gefunden worden sind. Die Alte wird nicht klug aus ihm, er solle endlich auch etwas zu diesem Anschlag sagen, sie nennt ihn kaltblütig, er habe einen kaltblütigen Blick, doch unser Großvater schüttelt nur leicht den Kopf.

Er hält sich still. So lange er nichts sagt, ist er in Sicherheit. Vor seiner Frau, vor seinen Kindern. Er ahnt nicht, daß ihm längst jemand auf die Schliche gekommen ist. Mit seinen Enkeln hat er nicht gerechnet.

Die Tänzerin bringt uns auf die richtige Spur. Sie fällt nicht weiter auf, ein unbedeutendes Souvenir. Man ist bei älteren Leuten zu Besuch, der Blick streicht über die Kitschvitrine, die Porzellanhündchen und Schnapsgläser mit Urlaubsgrüßen, getrocknete Enzianblüten vielleicht, daneben eine spanische Figur. Solch eine Tänzerin könnte überall stehen, denkt man schulterzuckend, wer weiß, wie viele es davon gibt, ganz ähnliche, oder sogar aus gleicher Produktion. In ihrer Unscheinbarkeit erfüllt die Puppe aus dem Haus des Taubenmanns die besten Voraussetzungen, um ein geheimes Erkennungszeichen abzugeben.

Auch auf dem alten Photo, an das Paulina sich sofort erinnert hat, steht die spanische Tänzerin im Wohnzimmerschrank, als hätte sie nichts weiter zu bedeuten. Wir schauen noch einmal das Album durch, blättern vom Puppenbild Seite um Seite zurück, halten uns an die Ortsangaben, an die Daten, versuchen fieberhaft, den Weg dieser Figur nachzuvollziehen. Wann taucht sie erstmals auf, wer hat sie mitgebracht, stammt sie wirklich aus Spanien, und wo wurde sie gekauft.

Und obwohl keiner von uns vieren in militärischen Angelegenheiten so beschlagen ist wie Carl, haben wir es Nora zu verdanken, daß wir auf die geheime Geschichte unseres Großvaters stoßen. Die Puppe verschwindet irgendwo in der Vergangenheit im dunkeln, doch Nora entziffert einen handgeschriebenen Kommentar, an dem wir hängenbleiben, auch wenn sich das dazugehörige Bild eines jungen Mannes in Uniform kaum von den anderen unterscheidet: »Rückkehr aus Spanien, Sommer 1937.«

Carl hätte es sofort erkennen müssen, die Orden an der Brust des jungen Mannes, das billige Metall im Gegenlicht, möglicherweise sind sie ihm tatsächlich sofort aufgefallen, aber gesagt hat er beim erstenmal noch nichts. Hat er etwa geglaubt, unser Großvater habe eine Urlaubsreise unternommen, eine unverdächtige Städtetour durch Spanien. Ein Mann in Uniform, Pilot, Berufssoldat, und dann liegt er mitten im Bürgerkrieg den ganzen Tag am Strand. Hat Carl noch nie davon gehört, daß die Aufständischen gegen die spanische Republik ohne geheime Unterstützung durch die deutsche Luftwaffe niemals den Sieg davongetragen hätten. Ist ihm die Legion Condor kein Begriff?

Nora macht sich Vorwürfe, nicht gleich darauf gekommen zu sein. Hätten wir anderen jemals ein Buch von einem ihrer Lieblingsschriftsteller gelesen, wüßten wir über den Spanischen Bürgerkrieg Bescheid, aber wir kennen nicht einmal die Namen der Autoren. Auch gegen sie ist unser Großvater damals freiwillig in den Krieg gezogen.

°

Das Telefon wird heute wieder klingeln, wie jeden Vormittag in der vergangenen Woche, ganz gleich, ob ihr Mann da war oder nicht. Bislang hat sie nicht abgehoben. Sie erwartet keinen Anruf.

Warum versuchen seine Kinder, ein Telefongespräch zu erzwingen. Wie kommen sie dazu. Was wollen sie wissen. Genügt es nicht, daß er sich bei ihnen meldet, heimlich, aus der Zelle, dem Büro. Genügt es nicht, daß sie mit ansehen muß, wie ihr Mann Kleingeld hortet und dabei glaubt, sie merke nichts. Wenn er mit seinem fürsorglichen Blick den Vorschlag macht, sie sollten alle kleinen Münzen an der Garderobe auf einem Teller sammeln, weil das unnütze Wechselgeld doch nur das Portemonnaie ausbeult. Genügt es nicht, daß sie manchmal das Klimpern hört und weiß, ihr Mann steht da im Flur vor diesem Teller, im Dunkeln sucht er sich die Groschen aus dem Haufen Pfennigstücke, und wenn sie vor dem Schlafengehen in seine Manteltaschen greift, kann sie sich ausmalen, er wird am nächsten Tag mit seinen Kindern sprechen.

Genügt es nicht, daß sie errät, warum er manchmal übermäßig freundlich zu ihr ist, beim Abwasch hilft, ungeschickt mit dem Staubsauger durchs Wohnzimmer fährt und ihr die Wolldecke über die Beine legt, wenn sie am Abend vor dem Fernseher sitzt. Müssen seine Kindern nun zusätzlich auch noch dieses Telefon klingeln lassen?

Wenn sie im Haus saubermacht, wischt sie immer auch das Telefon. Sie legt den Hörer neben den Apparat, das Freizeichen kommt aus der Ferne, nur unterbrochen, wenn sie mit dem Lappen über die Gabel fährt, wenn sie die Wählscheibe berührt, das feuchte Tuch um den Zeigefinger gewickelt. Sie wischt den Handschweiß ihres Mannes fort, von ihr stammen die Fingerabdrücke nicht, sie telefoniert so gut wie nie. Das Freizeichen ist einmal nah, dann wird es wieder durch das Tuch gedämpft. Am längsten braucht sie mit der Sprechmuschel, in den kleinen Löchern lauert der gefährlichste Schmutz, unsichtbar nisten dort die Keime.

Einmal hatte sie den Hörer eben wieder eingehängt, als es auch schon zu klingeln anfing. Als hätte jemand genau gewußt, daß sie in diesem Augenblick beim Telefon stand. Als hätte jemand sie zu Tode erschrecken wollen.

Am besten wäre es, den Anschluß abzumelden. Sie braucht das Telefon nicht mehr, hat nie ein Telefon gebraucht. Der Anschluß war bereits gelegt, als sie das Haus gekauft haben, vielleicht wurde der Apparat nur darum angeschafft. Die ganze Siedlung wurde schon beim Bau mit Telefonanschlüssen ausgestattet, am anderen Hügel sind die Leitungen erst viel später verlegt worden, und manche Häuser dort, heißt es, haben bis heute kein Telefon.

Auf dem anderen Hügel ist sie seit Jahren nicht gewesen, mittlerweile soll auf ihm ein neues Viertel entstanden sein. Seinerzeit waren es nur ein paar Häuser, eher Baracken, Kleingärten mit Geräteschuppen, in denen irgendwelche Leute hausten. Sogar die Müllhalde gab es noch. Heute würde sie wahrscheinlich nichts wiedererkennen. Aber in der Gegend hat sie auch nichts zu suchen, dort wohnt sein Sohn aus erster Ehe. Seit seinem Auszug hat sie ihn nicht mehr gesehen, ist ihm auch nie zufällig auf der Straße begegnet. Sie wird sich hüten, das herauszufordern.

Alles, was sie heute über jene Gegend weiß, sind die Gerüchte, ist der Klatsch, das dumme Zeug, das sie im Supermarkt zu hören bekommt, wenn Kundschaft und Verkäuferinnen sich gegenseitig mit Geschichten überbieten, eine weniger glaubhaft als die andere, und hinter vorgehaltener Hand, im Flüsterton, aber doch immer laut genug, daß es jeder hören muß. Das Mofaknattern, Jalousienklappern, Feuerschein bei Nacht. Was soll denn das für eine Kinderbande sein am Hügel? Auf wen sollten es diese Kinder abgesehen haben?

Ein Bild hat sie vor Augen, mit Splittern, Holz, mit Möbeltrümmern. Das muß am Anfang ihrer Ehe gewesen sein, nicht lang, nachdem sie dieses Haus bezogen haben. Sie hört das Bersten noch, den Bruch, vermutlich waren es Lehne, Sitzfläche und Beine eines alten Stuhls, den sie mit der Axt zerlegte. Sie sieht es nicht genau, weiß auch nicht mehr, ob es vielleicht bei Nacht geschah, das wäre jedoch eigenartig, der Krach, und seine Kinder schliefen schon. Sie sieht die Splitter, nicht das Licht, und warum sollte sie den Stuhl im Haus zertrümmert haben, die Splinte, Späne überall und auf dem Teppich.

Anfangs gab es noch Öfen hier im Haus, an kalten Abenden hat sie die Küche eingeheizt, damit die Glut blieb über Nacht. Sie stand allein und ohne Licht, ihr Mann ließ sich nur selten blicken, und wenn, dann hatte er sich schon gewaschen, half ihr nicht. Das muß im ersten, zweiten, höchstens noch im dritten Winter so gewesen sein, danach wurde die Heizung eingebaut.

Manchmal gab es nicht genügend Brennstoff, und sie mußte sich etwas einfallen lassen, allein. Wenn Eierkohlen und Briketts zu Ende gingen, wenn auch der letzte Scheit aus dem Verschlag im Garten geholt war, dann mußte sie durchs Haus ziehen und überlegen, wie sie die Eisblumen wenigstens vom Küchenfenster vertreiben könnte. Sie sieht sich noch da auf der Kellertreppe, die eine Hand hält eine Axt, sie sieht sich im Wohnzimmer stehen, sie schaut, sie zögert, das Licht ist aus, sie sieht sich in die obere Etage steigen, und auf den Dachboden, in Eiseskälte. Sie haben alles mögliche verfeuern müssen seinerzeit, mitunter sogar Dinge, die ihnen lieb waren, vor allem ihrem Mann und seinen Kindern.

Hatten sie hier tatsächlich Ofenheizung, gab es tatsächlich eine Axt? Mitunter verschwimmen die Bilder, schieben sich andere Figuren hinein. In manchen Dingen ist sie sich heute nicht mehr sicher, obwohl sie weiß, sie hat es mit eigenen Augen gesehen. Sie könnte wütend werden, wenn sie daran denkt, daß sie sich immer viel zu viel hat einreden lassen. Ihr Mann mit seinem Spionagewahn, den ihm niemand ausreden kann, seien die Gegenbeweise noch so stichhaltig. Sie hätte ihrem Mann von Anfang an widersprechen müssen, denn nimmt man solche Verdächtigungen hin und geht stillschweigend über sie hinweg, kann es noch soweit kommen, daß man sie selbst für möglich hält.

Was hat sie sich nicht alles einreden lassen. Nun zweifelt sie bald an ihrer eigenen Erinnerung. Wer hielt die Axt, und was geschah? Die eigenen Erinnerungen müssen mit aller Kraft gegen die Erinnerungen der anderen verteidigt werden. Sie sieht die Axt auf den Schreibtisch ihres Mannes niedergehen, unaufhörlich wird auf diese Holzplatte eingehackt, die Büroablage bewegt sich ruckweise auf die Kante zu, Stifte, Briefklammern und Radiergummis springen heraus, der Briefbeschwerer fällt zu Boden, sie sieht ein Löschblatt unter einem Axthieb zerreißen, aber je genauer sie hinschauen will, desto unklarer wird ihr, wer die Axt gehalten hat.

Nicht Kleinholzmachen für den Küchenofen. Es muß blinde Zerstörungswut gewesen sein. Vier Personen sieht sie im Zimmer stehen, sich selbst, ihren Mann, die Tochter und den Sohn. Langsam gewinnt das Bild Konturen, lösen sich auch die Schatten auf, ihr dämmert endlich, was passierte. Zugleich wird klar, warum sich diese Erinnerung so tief eingegraben hat, daß sie nur stückweise und unter größter Anstrengung wieder hervorzuholen ist: Es handelt sich um jenen Vorfall, der dazu führte, daß die Kinder ihres Mannes das Haus verließen. Zuerst der Sohn, möglicherweise noch am selben Tag, wenig später dann auch die Tochter.

Nun erkennt sie die Kinder wieder, die mit der Axt auf den Schreibtisch ihres Vaters einschlagen. Der Sohn muß die Axt gehalten haben, die Schwester schaut ihm zu, schirmt ihren Bruder ab, niemand soll der Zertrümmerung, der blanken Wut ein Ende setzen dürfen. Der Vater drückt sich tatenlos in eine Ecke, läßt seinen Schreibtisch von den eigenen Kindern auseinanderschlagen. Vielleicht hat er die Hände in den Taschen oder hält sie vors Gesicht. Sie sieht es nicht genau, auch sie muß ihre Augen mit der Hand vor Splittern schützen, so stehen sie zu viert im Zimmer. Keiner spricht.

Sie hat die Situation sofort erfaßt, es bleibt ihr keine andere Wahl als einzuschreiten. In seiner Raserei wäre der Sohn imstande, auf die restlichen Familienmitglieder loszugehen. Sie spürt, sie muß ihm diese Axt entwinden, gegen alle Vernunft muß sie es tun, auch wenn er ihr an Körperkraft bei weitem überlegen ist.

Dann geht alles so schnell, daß sie den Ablauf selbst kaum mehr vor Augen hat. Von hinten nähert sie sich den erhobenen

Armen, der Sohn will eben wieder zuschlagen, da ergreift sie im richtigen Moment die Axt, sie zerrt daran, der Sohn hat nicht damit gerechnet, jetzt sind seine Arme schon zurückgebogen, im nächsten Augenblick wird er das Gleichgewicht verlieren, droht auf den Hinterkopf zu fallen. Da endlich läßt er los.

Ihr Mann noch immer in der Zimmerecke, sein Sohn am Boden, ohne sich zu rühren, die Tochter irgendwo dazwischen, und alle drei starren sie an. Sie hält die Axt in Händen. Mit diesem Anblick sinkt das Bild zurück ins Dunkel.

°

Die kleinen Falten um die Augen, um den Mund erscheinen durch die tiefe Bräune wie verstärkt, das intensive Sonnenlicht mehrere Monate lang hat Spuren hinterlassen, Andeutungen, in welcher Weise sich das Gesicht mit zunehmendem Alter verändern wird. Wir konzentrieren uns auf die Porträts unseres Großvaters, die kurz nach seiner Rückkehr aus dem Spanischen Bürgerkrieg aufgenommen wurden, um eine ungefähre Vorstellung davon zu bekommen, wie er als alter Mann aussehen könnte, heute.

Möglich, daß Furchen entstanden sind, die von den Nasenflügeln bis zum Kinn hinunter reichen. Oder bekommt dieses junge Gesicht im Alter etwas Weiches, und sei es nur, weil es ein wenig aufgeschwemmter ist? Zeigen sich auf der Stirn zwei tiefe senkrechte Falten, die den Nasenrücken zu verlängern scheinen, oder kommen unzählige horizontale Linien zum Vorschein, sobald unser Großvater lacht, einen Menschen wiedererkennt, ins Staunen gerät. Und welcher Zug um die Augen wird sich auf Dauer durchsetzen, die Wachsamkeit, der immerzu gehetzte Blick, die Fähigkeit, alles aus einer sicheren Entfernung zu betrachten, die schuldbewußte Neugier oder die grenzenlose Aufgeschlossenheit den Dingen gegenüber.

Wir fahren mit dem Finger über das Gesicht, ergänzen in Gedanken ein paar schwache Punkte auf der Wange miteinander, so daß sich eine scharfe Linie ergibt. Doch je nachdem, welchen Ansatz wir über vierzig Jahre hin bis in die Gegenwart verlängern, entsteht ein völlig anderer Mensch.

Wir suchen nach einem wortkargen Mann, das ist alles, was wir sicher wissen. Ein alter Herr zum Beispiel auf dem Parkplatz vor dem Supermarkt, wie er in seinen offenen Kofferraum starrt, beinahe verloren, als hätte er neben dem Erstehilfekoffer, einem Ersatzreifen und einer zusätzlichen Wolldecke etwas Unfaßbares entdeckt. Ein anderer, der an einer Telefonzelle wartet, schon ungeduldig, obwohl die Frau drinnen den Finger erst vor wenigen Augenblicken von der Wählscheibe genommen hat. Er schaut sich um, als wollte er nach einem Polizisten rufen, die Frau spricht hastig, knappe Sätze nur, sie kommt ihm offenbar verdächtig vor.

Doch je genauer wir achtgeben, desto ähnlicher erscheinen uns die meisten alten Männer: Sie reden wenig. Der Glatzköpfige, dem wir in die Straßenbahn helfen, genauso wie der Mann mit Schlips und Anzug, der vor uns sitzt, still aus dem Fenster schaut und schmatzt, als säße sein Gebiß nicht richtig. Um unseren Großvater in ihrer Mitte zu erkennen, müßten wir miterleben, wie sie in unvorhergesehenen Situationen reagieren, bei einer Polizeikontrolle etwa: Wer ist kurz angebunden, wer bringt vor Angst kein Wort heraus, wer unterhält sich plötzlich aufgeregt mit den Uniformierten.

Die Bahn hält zwischen zwei Stationen an, es gibt Gemurmel, fragende Blicke, dann eine Durchsage des Fahrers, sämtliche Passagiere sollen die Waggons verlassen und sich draußen an der Straßensperre sammeln. Nun sehen wir die Blinklichter auf dem Asphalt, die Nagelbänder, am Gehsteig liegen Sandsäcke hoch aufgetürmt, ein Gewehrlauf ragt heraus. Überall stehen Bewaffnete, sie tragen schwarze Lederjacken, darunter höchstwahrscheinlich kugelsichere Westen, sie halten ihre Waffen ruhig. Doch als wir zwei von ihnen aus nächster Nähe beobachten, während wir an der Sperre warten, bemerken wir in ihren Augen ein angespanntes Flackern.

Ähnliches muß unser Großvater im Bürgerkrieg erlebt haben, heute erinnert er sich daran, und damit kommen ihm auch die entsprechenden Verhaltensregeln wieder in den Sinn. Eine bestimmte Mischung aus Überheblichkeit und Angst kann leicht gefährlich werden, und deshalb darf man einen Uniformierten nie Verachtung spüren lassen. Vielleicht würde unser Großvater am liebsten eine abfällige Bemerkung machen, die jungen Männer sollten nicht so tun, als blickten sie die ganze Zeit dem Tod ins Auge, sie hätten keine Ahnung, was das heißt. Aber er weiß, man muß gelassen bleiben, selbst wenn man wütend werden möchte.

Nicht weit vor uns in der Schlange steht ein älterer Mann, dessen Ruhe uns schon beim Aussteigen aus der Straßenbahn aufgefallen ist. Er hält seinen Personalausweis in der Hand, reicht ihn dem Polizisten ohne ein Wort hinüber. Als er schon glaubt, er dürfe weitergehen, faßt ihn der Polizist am Arm und deutet auf die Aktentasche. Er soll die Tasche öffnen und den Inhalt vorsichtig auf dem Boden ausschütten, doch es ist nichts Verdächtiges dabei, eine Agenda, Kugelschreiber, Büroklammern, ein Photo. Die Polizisten wollen ihn schon wieder einräumen lassen, der alte Mann aber klopft noch einmal gegen die Tasche, als wollte er beweisen, daß er ehrlich ist.

Da fällt eine kleine Plastikdose heraus, springt ein Stück weit über das Straßenpflaster, bei jedem Aufschlag gibt es einen hohlen Klang, der zwischen den Häusern nachzuhallen scheint. Alle haben sofort den Atem angehalten.

Die Polizisten sind zur Seite gesprungen und halten ihre entsicherten Schnellfeuergewehre auf den weißen Behälter gerichtet. Nichts weiter als eine leere Gebißdose. Aber wozu braucht jemand eine solche Dose im Büro. Der Mann trägt seine künstlichen Zähne im Mund, er wird sie während der Arbeit kaum herausnehmen können, nur über Nacht.

Der alte Mann bleibt ruhig, räuspert sich, zuckt mit den Schultern. Die Polizisten spüren, daß sie von ihm keine weiteren Auskünfte erwarten können. Sie schwenken die Gewehre zur Seite und lassen den Mann zusammenräumen, wir wagen nicht, ihm dabei zu helfen. Ein paar Büroklammern schimmern noch auf dem Pflaster, als er die Straßensperre endlich passiert, auch wir werden gleich durchgewunken, wir wollen ihn nicht aus den Augen verlieren. Nichts kann diesen alten Mann aus der Ruhe bringen, er reagiert noch in der gefährlichsten Situation beherrscht, wir glauben fast, unseren Großvater vor uns zu sehen.

Bis wir ihn sprechen hören. Wir folgen ihm bis zu einem Café, wo er von einer jungen Frau erwartet wird, möglicherweise seiner Freundin, denn zur Begrüßung umarmen sich die beiden, und noch bevor er sich gesetzt hat, beginnt der Mann aufgeregt zu erzählen. Die ausladenden Gesten, mit der er die junge Frau zum Lachen bringt, er bückt sich fast, als suchte er etwas unter dem Tisch, dazu sein breites Lächeln mit den falschen Zähnen, wir hätten gleich erkennen müssen, wie wenig Ähnlichkeit dieser Mann mit unserem Großvater hat. Wir sind enttäuscht.

Aus schwarzer Klebefolie schneiden wir lebensgroße Raubvögel zurecht, die Schwingen ausgebreitet und die Schnäbel scharf, dann verteilen wir sie gleichmäßig auf den Terrassenscheiben, damit in Zukunft keine Tauben mehr dagegen fliegen. Wir haben keine Ahnung, ob dem Taubenmann schon aufgefallen ist, daß die spanische Tänzerin verschwunden ist, anmerken läßt er sich uns gegenüber nichts.

Nun fehlt ihm das geheime Erkennungszeichen aller Condor Legionäre, untereinander müssen sie kein Wort über ihre Teilnahme am Spanischen Bürgerkrieg verlieren, denn wenn ein altes Ehepaar ein anderes besucht, genügt ein schneller Blick in den Wohnzimmerschrank. Während ihre Frauen sich noch wundern, daß in beiden Häusern die gleiche Spanienpuppe steht, eine ganz außergewöhnliche Figur, viel schöner als die Hündchen und die Eselskarren, gehen die Männer vor die Tür, um gemeinsam eine Zigarette zu rauchen und sich über die Einsatzorte, Flugzeugtypen, Treffer auszutauschen.

Aber zum Taubenmann kommt kein Besuch. Auch unser Großvater hat niemals Gäste, anders können wir uns sein Leben gar nicht vorstellen, und außerdem wissen wir nicht, ob in seinem Wohnzimmer noch heute eine Keramikfigur mit geschwungenen Armen darauf wartet, daß ein früherer Kamerad sie erkennt. Wir dürfen uns nichts vormachen: Selbst wenn unser Großvater im selben Supermarkt einkaufen sollte wie wir, wären wir doch nicht in der Lage, ihn dort von den anderen alten Männern zu unterscheiden.

Nora spielt mit dem Gedanken, einfach zum Haus der Alten zu gehen und an der Tür zu klingeln, bis unser Großvater öffnet. Soll doch die Alte mit der Axt hinterherkommen, wenigstens hätte Nora ihn dann einmal in ihrem Leben gesehen. Möglicherweise, überlegt sie, ist die Geschichte mit der Axt auch nur erfunden worden, um unseren Großvater zu schützen. Alles wird auf die Alte geschoben, damit niemand auf die Idee kommt, ihn nach seiner geheimen Geschichte zu fragen.

Doch Nora hat eines nicht bedacht: In der Haustür unseres Großvaters befindet sich ein Spion. Sie wird sich niemals öffnen, wenn ein Mensch mit Italieneraugen draußen steht.

Der einzige Mensch, der uns unauffällig und sicher zu unserem Großvater führen könnte, ist der Taubenmann. Natürlich wird unser Großvater niemals zum Taubenmann kommen, er müßte an unserem Haus vorbei, die Alte würde zwangsläufig davon erfahren und Ärger machen. Er meidet diese Gegend, wagt sich nicht auf den Hügel herauf, fürchtet noch den entferntesten Blickkontakt mit einem Mitglied seiner Familie. Wenn wir uns aber dem Taubenmann an die Fersen heften, werden wir irgendwann in die Nähe unseres Großvaters gelangen. Wir brauchen nur Geduld.

Eines Tages wird der Taubenmann wieder seine besten Tauben in die kleinen Käfige stecken und das Haus verlassen, als wollte er zu einem der üblichen Brieftaubenwettbewerbe fahren. Keinem anderen Bewohner am Hügel wird etwas auffallen, doch wir lassen uns nicht täuschen: Der Wettbewerb findet an diesem Wochenende ohne den Taubenmann statt, niemand wird das außergewöhnliche Orientierungsvermögen seiner Vögel bestaunen können, niemand eine per Brieftaube übermittelte Nachricht entgegennehmen.

Der Taubenmann fährt nur bis zu einer geschützten Stelle in den Feldern, parkt seinen Wagen zwischen Sträuchern, damit die Tiere nicht verenden, falls die Sonne herauskommt. Daraufhin läuft er allein hinunter in die Stadt, betritt eine bestimmte Gaststätte, verschwindet durch die Tür ins Hinterzimmer. Der Kellner wird uns den Weg verstellen, aus der Kneipe jagen, wir aber wehren uns nicht, können genausogut auf der Straße warten. Irgendwann muß das Veteranentreffen enden, irgendwann sind die alten Männer müde vom Erzählen, haben sie ihre Kriegserinnerungen soweit aufgefrischt, daß sie wieder in schillernden Farben vor Augen stehen, haben sie auch ihre Lieder alle noch einmal gesungen, am lautesten vielleicht unser eigener Großvater.

Schließlich kommt er mit seinen wenigen noch lebenden Kameraden aus dem Hinterzimmer, die Hosentaschen sind von Orden ausgebeult, dann machen sie sich einzeln auf den Heimweg, als wären sie nur angetrunkene Rentner. Beim Abschied ist einer von ihnen so heiser wie kein zweiter in der Runde, das viele Reden ist er offenbar nicht mehr gewohnt, er preßt den Atem hervor, sagt nichts mehr außer einem »Ja«.

Wir werden ihn erkennen, wir müssen nur Geduld aufbringen. Irgendwann zeigt uns der Taubenmann den Weg.

°

Wenn sie die Todesanzeigen gelesen hat, blättert sie nach und nach zurück zur ersten Seite. Auch dort gibt es in letzter Zeit nichts anderes als Tote, am frühen Morgen schon ein weiterer Toter, die Toten lassen einen nicht mehr aus den Augen. Die Flecken auf der Straße, das Blut auf dem Asphalt, dem Waschbeton, die Totenflecken kann sich niemand ins Familienalbum kleben.

Angesichts solcher Bilder möchte man sich krümmen vor Schmerz, mehrere Wagen stehen mitten auf der Kreuzung, nicht weit von einer aufgerissenen Fahrertür die Wolldecke am Boden, die einen Toten vor fremden Blicken schützen soll. Man möchte sich krümmen und selbst zu Boden gehen, der Tote bleibt dem Betrachter doch nicht verborgen, die Hand, ein Schuh, der blutige Schädel, als sollte man sich die Gestalt des Toten aus den Einzelheiten selbst zusammenfügen.

Man will sich ablenken und eine eingeschossene Windschutzscheibe betrachten, die Reste hängen noch im Rahmen, das Netz von klaren Linien auf klarem Grund, trotzdem aber kann man nicht ins Innere des Wagens sehen. Das Sonnenlicht wird von den Glassplittern am Boden aufgefangen, auch im Grünstreifen neben der Fahrbahn gibt es leuchtende Stellen, Motorenöl, oder ist es Blut, von dem die Sonnenstrahlen zurückgeworfen werden. Man folgt der Scherbenspur und ist schon wieder bei der Wolldecke angelangt, unweigerlich wird man dorthin gezogen, als müßte man sich hinhocken an dieser Stelle, schmerzgekrümmt, und mit einem Ruck die Decke lüften, damit der Tote darunter zum Vorschein kommt.

Sie darf nicht länger hinsehen, sie legt die Zeitung weg, die Toten wollen einem keine Ruhe lassen. Sie bringt den Müll hinaus, der Waschbeton, ein Toter auf dem Waschbeton. Ein Stück Papier löst sich, die Käserinde. Die Toten wollen, daß man ständig schaut, fortwährend horcht, ob sich nicht etwas rührt. Sie fordern einen auf, man solle stehenbleiben, mitten auf dem Weg, im Park, beim Einkaufen, wenn man den Mülleimer hinausträgt. Dann steht man still unter den Bäumen, im Supermarkt, um den Kopf leicht zu neigen und zu horchen. Oder am Gartenzaun, reglos, versunken, ob nicht ein Toter sich da eben meldet, den man beinahe überhört hätte, und starr, den Blick auf Waschbeton, den leeren Eimer in der rechten Hand.

Immer heften sich die Erinnerungen der Lebenden an die Toten, allein von ihnen bleiben Bilder übrig. Noch aus der Totenasche, aus der Friedhofserde werden im nachhinein Erscheinungen geschaffen, der Kiesbelag, der Blumenschmuck genügt, um eine Vorstellung entstehen zu lassen. Doch wer sich lebend unter Lebenden bewegt, wird nicht gesehen. Sie weiß, sie könnte über Nacht verschwinden, bei ihrem Mann würde kein Bild zurückbleiben von ihr.

Sie hat noch nie einen Toten gesehen. Auf Photos, aber nicht in Wirklichkeit. Sogar im Krieg ist sie davon verschont geblieben, nicht einmal eine Hand, die aus den Trümmern ragt, kein Schuh, in dem der Fuß noch steckt, und keinen blutigen Schädel. Sie hat das Glück gehabt, immer im richtigen Moment die Augen zu schließen, sich abzuwenden. Auch ihre toten Eltern hat sie nicht mehr angeschaut. Kein Unfallopfer, keine Wasserleiche. Wie von unsichtbaren Zeichen gelenkt ist sie den Toten ausgewichen.

Mit ihrem Mann hat sie nie darüber gesprochen, doch er muß neben seiner ersten Frau zahllosen weiteren Toten begegnet sein.

Sein erster Toter, wie wird das gewesen sein. War es ein Fremder oder ein Bekannter, lag er auf offener Straße, von einer Wolldecke kaum verhüllt, oder ganz ohne Schutz, der tote Blick in einen klaren Himmel. Ein Zivilist, ein feindlicher Soldat, oder vorher ein alter Nachbar, der gestorben ist, ein junger Mensch, erfaßt von einem Auto.

Das Blaulicht schimmert auf dem Waschbeton, es schimmert in den Haaren und den Augen. Sie sieht sich stehen, das Bild ist wieder da, die Axt nicht mehr in ihren Händen, der Schreibtisch ihres Mannes ist zertrümmert, doch die Gefahr scheint nun gebannt. Ihr Mann, sein Sohn und seine Tochter starren auch nicht länger, nun sind es die Nachbarn vor dem Haus, die einen Krankenwagen umringen. Alle Blicke auf sie gerichtet, als sie, erschöpft, von Sanitätern bis zum Gartentor geleitet wird. Sie hört die Leute unverständlich reden, dann liegt sie auf der Bahre, plötzlich ist es still. Was darauf folgt, weiß sie nicht mehr genau.

Bei ihrer Rückkehr will man den Eindruck erwecken, es sei nichts geschehen. Keine gespaltene Schreibtischplatte, der Briefbeschwerer wieder an seinem Platz, nicht ein einziger Span im Teppich. Die Axt ist fort. Man hat sich vorgenommen, sie zu betrügen, man will sie offenbar über ihre eigene Erinnerung hinwegtäuschen. Sie weiß sich dagegen nicht zu wehren.

Bis heute hat niemand ihr gegenüber ein Wort über den Zwischenfall verloren. Aber es wird Gerüchte geben. Seit jenem Nachmittag werden im Viertel, in der ganzen Stadt Wahnbilder kursieren, die Axt in ihren Händen, der Notarzt und die Polizei, der Auszug beider Kinder bald danach. Sie spürt doch, wie im Supermarkt die Leute warten, bis sie endlich verschwunden ist. Und kaum steht sie mit ihren Einkaufsbeuteln draußen, wird getuschelt. Von einer möglichen Zwangseinweisung wahrscheinlich, die Kassiererin verdreht die Augen, und eine Kundin bemitleidet den armen Mann, während die andere nur den Kopf schüttelt, wie hat er seinerzeit die einmalige Gelegenheit an sich vorüberziehen lassen können, warum hat er nicht seinen Namen unter das nötige Formular gesetzt. Niemand würde es wagen, sie einmal offen mit solchen Lügen zu konfrontieren, auf ihre Sicht wird kein Wert gelegt, weil diese Leute fürchten, ihre erfundenen Geschichten könnten vom einen auf den nächsten Augenblick in sich zusammenfallen.

Der Blumenkittel flattert im leichten Wind, vom Rand der offenen Mülltonne löst sich ein Stück Papier, die Käserinde vom Abendessen fällt heraus, doch sie steht immer noch und horcht, den Kopf schief wie ein kranker Vogel, ob nicht ein Toter eine Nachricht hat, ob er nicht mitteilt, sie solle den Eimer absetzen, damit die Hand frei ist, um ihm, dem Toten, den Gruß zu entrichten.

Die Toten werden den Gruß niemals erwidern, trotzdem soll man die Hand hinstrecken, ihre Hand erwarten, fordern sie. Beim Müll draußen, und niemand meldet sich. Es schneit nicht, schneit schon lange nicht mehr, weil bald der Sommer kommen wird. Dennoch sind Flocken in der Luft. Möglicherweise aber sieht nur sie die Punkte vor den Augen, ein Flimmern und ein leichtes Unwohlsein. Sie atmet etwas Süßliches, die Luft erscheint ihr dicht, mit etwas Unbekanntem angereichert, ihr wird das Atmen schwer, als hätte sich nun doch, nicht mehr erwartet, ein Toter unbemerkt genähert.

Endlich geht sie ins Haus zurück. Sie dreht sich nicht noch einmal um, läßt die Tür ins Schloß fallen, schaut nicht hinaus durch den Spion. Wenn Schnee läge, könnte man möglicherweise neben den Spuren ihrer Hausschuhe weitere, unbekannte Fußabdrücke erkennen.

Vielleicht wird er es nicht mehr lange ertragen, wird noch einmal darüber verrückt, morgens zum Dienst, am Abend dann sofort zurück zu seiner Frau. Er müßte ab und zu andere Menschen um sich haben, er weiß beinahe nicht mehr, wie man spricht. Die gleichen Dialoge jeden Tag, die Worte wiederholen sich, in seinen Akten, in den Heften, mit den Kollegen, zu Hause ohnehin seit Jahren. In einen Sportverein kann er nicht eintreten, seine Frau sieht es nicht gern, wenn er am Abend fort geht. Er braucht nur jemanden, mit dem er sich gelegentlich unterhalten kann, es kommt ihm vor, als könnte er bald nicht mehr richtig atmen.

Er heftet einen Zettel an das schwarze Brett im Supermarkt, ohne damit zu rechnen, daß sich tatsächlich jemand melden wird, doch wenigstens hat er endlich einmal ein Zeichen gegeben. Seiner Frau kann er später davon erzählen, sie wird es früh genug erfahren. Er sucht Nachhilfe in Französisch, alle vierzehn Tage eine Stunde Konversation, abends oder am Wochenende.

Die Fremdsprache wird ihm das Reden sehr erleichtern, er traut sich mehr, gerade gegenüber einem Fremden, schon der Gedanke daran fördert Erinnerungen zutage, die er sonst nie erzählen würde. Früher war sein Französisch ganz passabel, er ist mit Sprachen immer gut zurechtgekommen, sogar einige Redewendungen auf Spanisch sind ihm noch geläufig.

Die üblichen Touristenfragen, die harmlosen Bemerkungen, wie man sie in der Fremde macht, aber auch eine Reihe von Ausdrücken, die er in einer Konversationsstunde besser nicht verwenden sollte. Die militärischen Begriffe sind ohnehin kaum von Interesse, doch bei den Zoten unter Kameraden muß er aufpassen, einige Wörter hat er auf den Lippen, deren Bedeutung er nicht mehr einordnen kann.

Bei seinem ersten Auslandseinsatz hat er tatsächlich einmal einen Spion kennengelernt, oder zumindest einen Menschen, der sich alle Mühe gab, damit man ihn für einen Spion hielt. Natürlich ist ihm klar, daß seine Spionagehefte kaum etwas mit der Wirklichkeit zu tun haben, Spione führen nicht annähernd ein so interessantes Leben, wie es Uneingeweihten scheinen mag. Die unauffälligen Kundschafter erledigen zumeist ganz unauffällige Arbeit, Berichte schreiben, Lochen, Abheften, den Aktenordner wieder ins Regal schieben, und immerzu auf einen Anruf warten. Er sieht sie in ihren Büros sitzen: die Botschaft, eine Wirtschaftskammer, gar ein Amt wie das, in dem er selbst den Tag verbringt. Spione kann man wirklich nicht beneiden. Man könnte meinen, die ganze Heimlichtuerei werde nur betrieben, weil die Geheimdienstmitarbeiter nichts so sehr fürchten, als daß jemand herausfindet, mit welch langweiligen Angelegenheiten sie die meiste Zeit beschäftigt sind.

Jener Spion, dem er vor nun schon vierzig Jahren begegnet ist, wurde von einem zwanghaften Bedürfnis getrieben, sein Leben geheimnisvoll erscheinen zu lassen. In Unterhaltungen war er vorwiegend darauf bedacht, seinen eintönigen Alltag zu verschweigen, indem er die Routine aussparte. Er verlor sich in vagen Andeutungen, lenkte vom Thema ab, und erweckte so bei den Zuhörern den Anschein, der Hauptteil seiner Tätigkeit sei nicht für fremde Ohren bestimmt.

Doch damals wäre jeder gern Spion gewesen, er will gar nicht behaupten, das hätte ihn nicht fasziniert. In Spanien trugen die höheren Dienstränge sogar Decknamen, und anfangs hätte auch er sich nur zu gern einen falschen Namen zugelegt. Lächerlichkeiten, wie er bald begriff. Da gingen Männer mit Decknamen ins Bordell, wo sie auf junge Frauen trafen, die ebenso Decknamen angenommen hatten, sanft klingend, vielversprechend, gerade richtig für den Flüsterton auf einem Nachmittagslager.

Wie sehr sie sich von den gespielten Seufzern, von falschen Wimpern und Perücken beeindrucken ließen, sollte niemand zu Hause je erfahren. Wenn er seine Kameraden mit verschwörerischem Grinsen wieder auf die Straße treten sah, spürte er eine leichte Unsicherheit, die ersten Zweifel. Welche Bedeutung konnte seine Teilnahme an diesem Geheimauftrag haben, wenn für die Kameraden ein Bordellbesuch schon alles war, was sie unter Geheimnissen verstanden.

Heute kann er mit Heimlichkeiten nichts mehr anfangen. Geheimnisse stoßen ihn ab. Um so anstrengender ist es für ihn, daß seine Frau ihm keine andere Wahl läßt. Er macht sich manchmal Sorgen. Irgendwann bekommt sie beim Gedanken an seine erste Frau und seine Kinder tatsächlich noch einen Herzanfall. Sie hat das mehrmals angekündigt, sogar damit gedroht, als er noch zaghafte Versuche unternahm, mit seinen Kindern offen in Kontakt zu treten. Ein Außenstehender könnte womöglich glauben, sie hätte sich solch einen Anfall geradezu herbeigesehnt.

Er würde seine Enkel gern einmal sehen, doch ihm ist klar, daß es niemals zu einer tatsächlichen Begegnung kommen kann. Vielleicht eine Photographie, ein Gruppenbild der vier, damit wäre er schon zufrieden. Er könnte eine Verrücktheit begehen und im Telefonbuch nach der Nummer eines früheren Kameraden suchen. Ein unangenehmer Mensch, der bald nach Kriegsende auf den anderen Hügel gezogen ist, sofern er sich richtig erinnert. Den Namen weiß er noch. Sie sind einander immer aus dem Weg gegangen, nach so langer Zeit aber könnte er ihn vielleicht um einen Gefallen bitten. Auch ohne erst viel zu erklären. Eine eigene Kamera wird er wohl besitzen. Man müßte sowieso warten, bis der eine Enkel die anderen drei einmal besuchen kommt, um dann von einem sicheren Versteck aus ein Bild zu machen.

Er steht im Flur, das Telefon in seinem dunklen Winkel. Tatsächlich ist ein Anschluß eingetragen. Nur eine Spinnerei. Und gar kein Grund zur Eile.

Schon wieder hat er nicht daran gedacht, zuerst durch den Spion zu schauen. Nun steht die Tür bereits weit offen, und er hat eine Fremde vor sich, nur zwei Schritt entfernt. Er weiß nicht, was sie will, hier klingeln keine Unbekannten. Sie stellt sich höflich vor, es kommt ihm wieder in den Sinn: sein Zettel am schwarzen Brett im Supermarkt. Mit einer Konversationsdame hätte er gerechnet, nicht mit einer Schülerin.

Sie sagt, sie wohne auch hier in der Gegend, darum komme sie vorbei, ohne vorher angerufen zu haben. Sie zieht ihre Schulzeugnisse aus einer Mappe, legt den Finger unter die Zeilen, in Sprachen hat sie ausschließlich sehr gute Noten, sie spreche fließend, fehlerfrei. Er kann das nicht beurteilen. Sie holt ihre Französischlehrbücher hervor, und falls er mit der Lernmethode nicht zurechtkäme, könnte sie eigene Übungen erarbeiten, ganz auf ihn zugeschnitten.

Er hat noch immer nichts gesagt, nur ab und zu ein Nicken, ein »Ja«. Die Schülerin spricht ein paar Probesätze, damit er sich von ihrem Akzent überzeugen könne, doch er hört nicht mehr zu, er hat von Anfang an nicht zugehört.

Da ist etwas an dieser Schülerin, er rätselt. Ist es das Kinn, ein Zug um ihren Mund, ist es die Stimme, die Schülerin hat eine gewisse Ähnlichkeit, aber mit wem. Die Anführerin der Gruppe Jugendlicher im Park vor ein paar Tagen. Oder ein Gesicht aus der Vergangenheit.

Er schlägt die Haustür zu. Er hat die Haustür nicht zuschlagen wollen, sie ist wie von allein ins Schloß gefallen. Er hält das Gesicht ans Holz gedrückt, durch den Spion sieht er die Augen. Die Augen seiner ersten Frau, er hätte diese Schülerin sofort erkennen müssen.

Sie steht noch immer da, sie klingelt wieder, jeden Moment wird seine zweite Frau von hinten rufen, warum er denn die Tür nicht endlich öffne. Er schaut durch den Spion in ein verwundertes Gesicht, er atmet kaum, er wartet, er kann dieses Gesicht noch einen Moment genau studieren. Es stimmt.

Sie hat auch ihren Namen gesagt, sie muß bei der Begrüßung einen Namen genannt haben. Er wartet, bis sie endlich das Lehrbuch und die Zeugnisse zurück in ihre Tasche packt. Sie dreht sich um, am Gartentor bleibt sie noch einmal stehen, schaut zurück, zuckt mit den Schultern, knüllt den Zettel aus dem Supermarkt zusammen und wirft ihn ins Gebüsch. Dann sind die Augen fort.

°

Einer der Zweige reicht fast bis ans Haus heran, in diesem Baum sitzen die Toten. Sie hat gelüftet, hat das Bett gemacht, sie schließt das Fenster wieder, kann noch immer nichts erblicken. Vielleicht geschieht es nur bei Nacht, vielleicht zeigt dann der Baum die Tote, während die Zweige vor dem Hintergrund des Dunkels leise beben.

Dann schieben sie sich langsam in den Vordergrund, dann nimmt auch seine erste Frau Gestalt an, dann sieht er ihr Gesicht und ihre Hände, der äußerste Zweig streckt sich ihm entgegen, dann gibt es nichts mehr außer ihm und seiner Toten, hat er alles andere vergessen.

Er nimmt nicht wahr, daß einen Schritt entfernt seine zweite Frau wach liegt, weil sie hat hören können, wie er in die Hausschuhe gestiegen und zum Fenster gegangen ist. Niemals fiele ihm ein, daß ihre Augen offen sind, auf ihn gerichtet schon seit dem Moment, da er sich hingestellt hat, um das Auftauchen seiner Toten zu erwarten. Er glaubt, sie schlafe fest. Sonst wäre er nicht aufgestanden.

Wenn das Licht ausgeschaltet ist, kein weiteres Wort gesprochen wird, dann hören sie einander atmen. Wer einschläft, holt langsamer Luft, sie weiß genau, wie ihr Mann atmet, nachdem er eingeschlafen ist. Genauso wird er ihren Atem kennen, sie läßt die Pausen länger werden, macht einige tiefe Züge, sie weiß, ihr Mann horcht auch. Nach einigen Minuten, in denen sie kaum Luft bekommen hat, wird er die Decke lüften und leise das Bett verlassen. Nie hat er ihr davon erzählt, nie hat er auch nur angedeutet, daß er bei Nacht ans Fenster geht, um nach seiner ersten Frau Ausschau zu halten.

Vielleicht kann sie die Tote im Baum nicht entdecken, weil ihr gar kein Gesicht vor Augen steht. Seine erste Frau hat sie nie gesehen, höchstens auf Photos, anfangs, aber da wollte sie diese vor wenigen Monaten Verstorbene nicht anschauen. Und heute gibt es keine Bilder mehr, ihr Mann hat jede Gelegenheit genutzt, um Photoalben, Dokumente, Andenken an seine frühere Familie verschwinden zu lassen. Jedes noch so unscheinbare Erinnerungsstück hat er heimlich aus diesem Haus entfernt, wollte alles in den Händen seiner Kinder wissen.

Von jenen Dingen, die er zu der Zeit besaß, als sie ihn kennenlernte, ist heute kaum mehr etwas da, nur zwei oder drei wertlose Gegenstände sind erhalten, die er nie weggegeben hat, auch wenn sie nicht versteht, warum er noch an ihnen hängt. Beim Aufräumen im Keller hat sie einmal ein Modellflugzeug entdeckt, zuerst dachte sie, es gehöre seinem Sohn, dann fiel ihr ein, den Jungen hat Kriegsspielzeug nicht weiter interessiert. Ihr Mann muß es erzählt haben, noch in der Anfangszeit, sie waren frisch verheiratet, er glaubte, sie wolle alles über seine frühere Familie erfahren. Von seinem Sohn weiß sie das nicht, freiwillig hätte der nie ein einziges Wort mit ihr gewechselt.

Daneben gibt es eine Puppe, die jahrelang im Wohnzimmerschrank gestanden hat, im Fach neben den Büchern. Eine Frauenfigur aus Plastik oder doch Keramik, mit langen Beinen, das eine auf dem Boden, das andere in der Luft, die Arme über dem Kopf ausgestreckt. Sie trug ein kurzes Kleid, mehr ein Kostüm aus echtem Stoff, man sah die Haut, den hellen Kunststoff, die Glasur durchschimmern. Vielleicht eine Touristenpuppe, am Kleid erkannte man, es sollte eine Spanierin sein, eine spanische Tänzerin, mit geknotetem Haar und halb geschlossenen Augen.

Sie hatte kein richtiges Gesicht, nur angedeutete Züge, in die Glasur verschmolzen, und trotzdem war es immer so, als schaute sie in das Wohnzimmer hinein, als hielte sie alles um sich herum unter Beobachtung. Diese Figur, dieses Gesicht stellt sie sich vor, wenn sie an seine erste Frau denkt, verschwommen, unklar, aber zugleich mit durchdringendem Blick.

Darum heißen sie Verblichene, damit man sich ihr Leben in den schillerndsten Farben ausmalen kann, ausmalen muß, wie bei dem Mann oben am Hügel, der letzte Nacht gestorben ist. Als er noch lebte, hat sich niemand um ihn gekümmert, ein Taubenzüchter oder Veteran, abweisend, wortkarg, wenig umgänglich. Damit fiel er nicht weiter auf, im Viertel wohnen unzählige solche Leute, doch nun nach seinem Tod richtet sich alle Aufmerksamkeit auf ihn. Vermutlich hat er das vorausgesehen, wollte eine Lücke hinterlassen. Im Supermarkt wird man sich wochenlang mit ihm beschäftigen, was war der Tote für ein Mensch, welche fürchterliche Erfahrung brachte ihn dazu, sich mit nichts anderem als seinen Tauben abzugeben, warum stand er immer mit dem Gewehr am Zaun. Was hat ihn in den Tod getrieben.

Und jedes Wort über die Toten bringt die Lebenden dem Tod unmerklich ein Stück näher. Sie ahnen nichts, aber indem sie die Toten besprechen, üben sie sich bereits darin, selber als Tote zu Gehör zu kommen, sie lauschen ihren eigenen Totenstimmen. Sehr früh hat sie sich vorgenommen: kein Wort über die Toten. Und daran hat sie sich immer gehalten, ihr ganzes Leben lang hat niemand sie je über einen Toten sprechen hören.

Ihr Mann hat das Gesicht seiner ersten Frau stets in allen Einzelheiten vor Augen, bald zwanzig Jahre nach ihrem Tod kennt er den Zug um ihren Mund noch sehr genau, er weiß, bei welchen Bewegungen sich welche Falten zeigen, welche Bedeutung welches Lächeln hat, weiß alles über ihren Blick.

Wenn es noch Photos gibt von jener Sängerin, dann liegen sie bei seinen Kindern, die kann er jederzeit danach fragen, falls die Tote im Baum verblaßt. Er läßt die Münzen in die Manteltasche gleiten, ist so sehr mit dem geplanten Telefongespräch beschäftigt, daß er seine Vorsichtsmaßnahmen nicht noch einmal überdenkt. Sie kann doch sehen, daß die Groschen auf dem Teller fehlen. Sie sieht auch seine Manteltasche, ausgebeult, wenn er am Morgen aus dem Haus geht. Er kommt nicht von allein darauf, denkt keinen Augenblick an sie.

Vielleicht ist es nicht wahr, daß er seine Kinder seit Jahren nicht gesehen hat. Vielleicht ist ihr ein Fehler unterlaufen, indem sie das immer so selbstverständlich angenommen hat. Sie hat sich täuschen lassen, er geht nicht zum Postamt, nicht zur Telefonzelle, sondern fährt in die Stadt hinunter, um sich mit seinen Kindern zu treffen. Vielleicht in einem belebten Café, wo er nicht weiter auffällt, wo ihn niemand erkennt, wo keine Gäste zu befürchten sind, die ein sicheres Auge für heimliche Treffen haben. Vielleicht trifft er sich regelmäßig mit seinem Sohn, vielleicht brauchen sie dazu nicht einmal eine geschützte Ecke in der Konditorei, ihr Mann geht einfach zu ihm in sein Haus am anderen Hügel. Am Ende machen die beiden sich noch über sie lustig, weil sie bis heute an diese lächerliche Geschichte mit den heimlichen Telefonaten glaubt.

Dann aber kommen die Anrufe am Vormittag nicht von seinen Kindern. Dann ruft ihn jemand anderes an. Sie weiß nicht, wer sonst ihn erreichen wollte, sie hat ihn nicht gefragt, hat keine Andeutung gemacht. Sie hat ihm nicht einmal erzählt, daß nun das

Telefon seit über einer Woche klingelt. Vielleicht hat er ihr nichts verheimlichen wollen, vielleicht war er am Wochenende tatsächlich im Garten und hat das Klingeln nicht einmal gehört. Er weiß von alldem nichts. Die Anrufe sind nicht für ihn. Sie gelten ihr.

Sie kommt vom Supermarkt, sie ist mit den schweren Einkaufsbeuteln beim Gartentor, sie kramt den Schlüssel aus der Manteltasche, sie ist noch gar nicht an der Haustür, da hört sie schon das Telefon im Flur. Sie stellt die Taschen hin, dreht den Schlüssel zweimal herum, stößt die Tür auf, jetzt klingelt es laut. Sie läßt die Einkäufe stehen, die Tür bleibt offen, den Schlüssel hat sie steckenlassen, sie ist im Winkel beim Telefon angekommen, es klingelt immer noch. Sie hebt den Hörer ab.

Spione

Neun Monate lang bekommt sie ihren Verlobten nicht zu Gesicht. Die Spielstätten wechseln, sie ist nun ständig unterwegs, doch längst nicht mehr durch Kulturhäuser in der Provinz, die das übrige Jahr für andere Darbietungen genutzt werden, die Blaskapelle mit gemischter Trachtengruppe, der Bauernschwank, Gymnastikvorführungen der Jugend und Weltkriegsveteranentanz. Dazu die örtliche Kaninchenschau, und die Gerüche bleiben im Gebäude haften, Stroh, Tiere, Schweiß, da können sie die Dielen noch so heftig schrubben, wenn sie den Saal für einen Abend in ein Opernhaus verwandeln wollen.

Das hat sie hinter sich, sie muß nicht mehr dorthin, wo es oft nicht einmal einen Orchestergraben gibt, wo sich die Stockflekken im Bühnenraum nicht aus dem Blick bannen lassen, unsichtbar für das Publikum, doch für die Sängerin Anziehungspunkte, ungewollt. Da singt sie nicht den Himmel und nicht den Geliebten, da singt sie Wasserflecken an, weil sie dem direkten Scheinwerferlicht ausweichen muß. Niemand behebt die Lichtfehler, die Falltür quietscht, der Boden knarrt bei jedem Schritt, und die Souffleuse scheint den ganzen Abend mit dem Mund zu zucken.

Solche Auftritte muß sie längst nicht mehr bestreiten, sie singt nur noch an eingeführten Häusern, und wenn sie nach Frankfurt, nach München oder Hamburg reist, kann sie sich schon am Bahnhof der Vorstellung nicht erwehren, jeden Moment werde sie dort auf dem Bahnsteig in der Gruppe von Soldaten das Gesicht ihres Verlobten entdecken. Die lachenden, die dicht gedrängt stehenden Männer in ihren gleichen Uniformen, während sie darauf warten, daß ihnen ein Waggon des Sonderzuges zugewiesen wird.

Einige Male schon hat sie an sich beobachten können, daß sie im Gedränge ohne Absicht eine dieser Uniformen streifte, während ihre Begleiter mit einem Seitenblick auf die Soldaten in der Bahnhofshalle fragten, ob denn die Zugfahrt auch bequem und ungestört verlaufen sei. Sie nickt und lächelt und erklärt, das Fußvolk komme nicht in die erste Klasse, da stößt die Handtasche versehentlich an einen Ellbogen, berührt der Begrüßungsblumenstrauß zufällig einen ausrasierten Nacken. Die Soldaten unterbrechen ihr Gespräch mit einem Mal, hören schlagartig auf zu lachen. Alle drehen sich zu ihr hin, sie hört eine höfliche Entschuldigung, während sie selbst noch um Verzeihung bittet, im Vorbeigehen sind sämtliche Soldatengesichter für einen Augenblick auf sie gerichtet, doch das ihres Verlobten ist wieder nicht dabei.

Am Abend kurz vor Vorstellungsbeginn schaut sie wie immer kurz durch den Spion, sie sucht die Ränge ab, mustert nun auch die Gesichter im Parkett, vielleicht will ihr Verlobter sie überraschen, vielleicht kommt er eines Tages von irgendwo mit einer Beförderung zurück und sitzt ganz unvermutet auf einem besseren Platz. Das Licht geht aus, sie wird vom Vorhang fort gezogen, sie hat ihren Verlobten nicht entdecken können, aber es gibt noch freie Plätze, vielleicht kann er seine Beförderungsfeier nicht so unhöflich früh verlassen und schafft es erst zum zweiten Akt.

Dann lehnt sie wieder an der Sperrholzmauer, dann steht sie wieder unter einem Baum mit Rinde aus bemaltem Pappmaché, dann singt sie ihre Arie im zweiten Akt und läßt den Blick durch den Publikumsraum schweifen, macht ein paar Schritte auf die Rampe zu, dahinter Dunkel, kein Gesicht, kein leerer Platz und kein Verlobter.

Die Bäume verlieren ihr Laub, die Bäume stehen kahl, dann kommen schon die neuen Triebe, und sie hört weiterhin die Seidenblätter auf dem Boden rascheln, wenn sie verzweifelt durch das falsche Laub streicht, bald verzweifelt fragt, in was für einer Landschaft sich wohl ihr Verlobter zur selben Zeit lautlos und unerkannt durch echtes Laub bewegen mag.

Neben den üblichen Probenphotos entstehen in dieser Zeit die ersten Porträts namhafter Photographen. Sie hat gelernt, sich mit den anderen Darstellern für ein Gruppenbild in den Kulissen zusammenzudrängen, sie ist daran gewöhnt, daß bei einer Kostümprobe die Hauptrollen nacheinander vor dem Theaterphotographen ihre charakteristischen Posen einnehmen. Und es gibt selbstverständlich auch Porträts, die ihr Verlobter aufgenommen hat, bei einem Ausflug, unter freiem Himmel, sie im Sommerkleid.

Diese Sitzungen aber sind etwas anderes. Sie wird allein zu einem Termin gebeten, es gibt keine Kollegen, die sich beklagen könnten, sie erschienen nicht im richtigen Licht, der Photograph habe ihnen zudem weit weniger Zeit gewidmet als der Sängerin. Das Atelier hat nichts vom weiten Raum der Opernhäuser, hier gibt es keine leeren Reihen, in denen sie sich ein Publikum vor Augen rufen könnte, und kein Verlobter steht vor ihr im Gegenlicht.

Der Photograph scheint fast zu flustern, wenn er seinen Helfern Anweisungen gibt, sie wechseln Filmkassetten, richten Scheinwerfer, es geht um Schatten unter dem Augenbogen und am Hals. Der Rest des Raums ist abgedunkelt, mit schweren schwarzen Stoffbahnen abgehängt, alle Geräusche werden hier geschluckt. Sie hebt den Kopf, sie sieht ins Leere, in den Himmel, wie sie es jeden Abend tut, sie holt tief Luft und öffnet auch den Mund, aber es gibt keinen gesungenen Ton zu hören. Keinen Gesang, nur den Auslöser, die Blende, den Verschluß.

Sie im Profil als junges Mädchen, mit offenem Haar, im Bauernkleid, wie sie einen Tonkrug betrachtet, den sie eben erst abgestellt zu haben scheint, mit einem Ausdruck im Gesicht, der überhaupt nicht zu den übertrieben lebhaft rot geschminkten Wangen paßt. Es ist, als horchte sie, als wäre jeden Moment eine Erscheinung zu erwarten, als rührte sich etwas im Krug, als hätte man sich darin nicht bloß Wasser oder Wein zu denken, sondern einen Geist.

Auf einer anderen Photographie hält sie einen mit Bändern geschmückten Spazierstock in der Hand, ihr Blick kommt unter einem großen Federhut hervor, als wollte sie sich den Anschein einer Halbweltdame geben, man könnte sie für eine undurchschaubare Geliebte halten, die Mörderin eines Polizeichefs oder eine schöne Spionin. Vielleicht aber stören sie nur die Federn in ihrem Gesichtsfeld, weiße, verschwommene Streifen vor den Augen, die sich mit jedem Atemzug bewegen.

Doch dieser ganze Aufputz hat in der Stille eines Photoateliers nichts zu suchen. Alles, was auf der Bühne Inszenierung ist, die den Gesang begleitet, unterstützt, den Blick der Zuhörer auf die Herkunft der Stimme lenkt, ist hier bloß falsch. Es mag zu anderen Sängern passen, daß sie auch außerhalb der Vorstellung wie im Kostüm zu gehen scheinen, aber ihr entspricht das nicht.

Am Ende will der Photograph noch etwas anderes ausprobieren, keine Perücke, keine Maske, kein wallendes Kleid, die Augen hat er gleich bemerkt, nun soll es nur noch um die Augen gehen, nur ihr Gesicht, ganz leicht gepudert und sonst nichts.

Nun braucht es keine dramatischen Gesten mehr, die Hände liegen locker auf dem schlichten Kleid, die Anspannung weicht aus den Gliedern, die Linie vom Hals bis an die Augenhöhlen verrät nicht mehr, wie lang Belichtungszeiten sind, und dann verliert sich in den Augen auch das geheime Mißtrauen angesichts der Beobachtung durch einen Sucher. Allmählich kommt ein ruhiger Blick zum Vorschein, der die Linse durchdringt, bis ins Gehäuse der Kamera hinein zu reichen scheint, den Film berührt, als hätte sie auf dessen Rückseite jemanden entdeckt, als wäre da noch Raum, in dem sich jemand aufhält, den sie, obwohl ein Unsichtbarer, nun aufmerksam und still betrachtet. Und sie hat schon entschieden, von diesen Bildern wird sie eins für ihren Verlobten aufbewahren.

Sie hat Kollegen, sie hat Freunde, sie ist nicht allein. Sie hat genug Menschen um sich, das ist es nicht. Auch ihre Eltern sind immer für sie da, sie sammeln die Besprechungen aus Zeitungen und Zeitschriften, die Photographien und Programme gewissenhaft in einer Mappe. Aber sie würde gerne wissen, was er von diesem oder jenem Abend hält, sind ihre Auftritte wirklich von Mal zu Mal überwältigender geworden, wie es überall behauptet wird, oder klingt sie nicht doch ein wenig müde, manchmal, zwischendurch.

Sie wüßte ihn ganz einfach gern in ihrer Nähe, wenn sie sich für eine neue Rolle entscheiden muß, er müßte gar nichts sagen, es würde ihr schon reichen, ihn nur wie früher dort auf dem Hokker sitzen zu sehen mit einem aufgeschlagenen Libretto auf den Knien.

Wann immer sie eine leichte Unsicherheit verspürt, schaut sie jene Photographien an, die ihr Verlobter früher hat von sich aufnehmen lassen. Auf jedem Lehrgang, bei jedem Ausflug mit der Kompanie fand er Zeit, einem Kameraden den Photoapparat in die Hand zu drücken und hinterher den Film entwickeln zu lassen, jedesmal bekam sie ein Bild, in einem Briefumschlag aus einer fremden Gegend auf den Weg gebracht.

Manche davon sind unscharf, weil der photographierende Kamerad nicht richtig mit der Kamera umzugehen wußte, ihr Verlobter auf einem Sandweg, dahinter Sträucher und ein Lattenzaun, jedes einzelne Sandkorn ist deutlich zu erkennen, aber das Gesicht verschwimmt. Auf anderen Bildern sieht man ihren Verlobten kaum, ein Landschaftsbild, verschneiter Tannenwald, doch da, am Rand, in weißer Winteruniform, auf Skiern, winkt jemand mit den Stöcken, und wenn man sich große Mühe gibt, entdeckt man ein entferntes Lächeln.

Sie hat die Photos in der Handtasche, vor jedem Auftritt schaut sie sich diese Bilder in ihrer Garderobe an. Nachts vor dem Schlafen holt sie noch einmal eins hervor, die Nachttischlampe ist schon aus. Im Dunkeln ihr Verlobter, leicht verwischt, verschwommen, der unerfahrene Photograph hat die Aufnahme verwackeln lassen, es liegt am schwachen Licht oder den Streifen vor den Augen. Im Restaurant steht sie vom Tisch auf, entschuldigt sich für einen Moment und geht mit ihrer Handtasche zur Toilette. Einmal bleibt sie am hellichten Tag in der Stadt mitten auf der Straße stehen, die Leute rempeln, sie kramt in der Tasche, das blendende Sonnenlicht läßt auf dem Schneebild auch das Lächeln noch verschwinden. Im Zug hält sie ein Photo hinter der aufgeschlagenen Illustrierten, dann bei der Einfahrt in den Bahnhof einen letzten Blick, als müßte sie sich das Gesicht erst noch scharf einprägen, bevor sie es mit denen auf dem Bahnsteig dann vergleicht. Von jedem fremden Ort hat ihr Verlobter früher ein Erinnerungsbild geschickt. Manchmal in der letzten Zeit verspürt sie eine leise Furcht, diese Photos könnten tatsächlich zu bloßen Erinnerungsbildern werden.

°

Sie schickt ihm kein Erinnerungsbild, keine der Aufnahmen, auf denen sie mit ruhigem Blick in einem Photoatelier zu sehen ist. Sie hat es tun wollen, gleich mit ihrem ersten Brief, nachdem er sich endlich gemeldet hatte. Doch dann hat sie das Bild aus dem Umschlag wieder herausgenommen, sie weiß nicht warum, es hatte vielleicht keinen Grund. Vielleicht holt sie es nach, es wird noch viele Briefe geben. Er sendet ihr auch kein neues Bild von sich, er schreibt, die Truppenübung lasse ihm und seinen Kameraden zwar genügend Zeit, in der sie sich mit anderen Dingen beschäftigen könnten, aber ein Photo sei nicht möglich, er könne das nicht genauer erklären, sie müsse es einfach verstehen.

Der ganze Briefverkehr läuft über eine Deckadresse. Beim erstenmal hat sie gestutzt, als sie den unbekannten Absender auf dem Umschlag las, doch nun richtet sie jeden Brief wie selbstverständlich an einen Herrn Max Winkler in Berlin. Sie weiß, die Post wird kontrolliert, und sie kann sich nicht erwehren, immer wieder verspürt sie fast einen Anflug von Ekel, wenn ihr bewußt wird, daß jeder Brief auf dem Weg von ihrem Verlobten zu ihr durch fremde Hände gegangen ist, jedes Wort von fremden Augen aufmerksam gelesen.

Sie hat ihren Verlobten immer verstehen können, wenn er zurückhaltend geschrieben hat, Geheimnisse, die seine Fliegerei und Luftwaffe betreffen, doch nun, merkt sie, sträubt sich etwas in ihr dagegen, sie mag ihn nicht verstehen.

Anders als früher manchmal hat sie nun in keinem Brief ihres Verlobten das Gefühl, er wolle ihr etwas mitteilen, das der Zensur verborgen bleiben soll. Sie wartet nicht darauf, daß er verschlüsselt Dienstgeheimnisse vor ihr ausbreitet, das interessiert sie nicht, aber es gibt doch Dinge, die nur sie zwei angehen. Es müssen nicht einmal Geheimnisse sein, vielleicht nur einfache Schilderungen, für sie und sonst niemanden bestimmt. Ihr Verlobter weiß, sie muß immer ein Bild vor Augen haben, das Wetter, seine Kleidung, sein Gesicht, und wie die Landschaft aussieht, dort wo er ist, darum auch die Erinnerungsbilder früher. Nun müßte er, da er ganz offensichtlich nicht photographieren darf, ihr doch darüber schreiben, damit sie sich etwas von seinem gegenwärtigen Leben vorstellen kann.

In keinem Brief aber hat er bisher ein Wort über seinen derzeitigen Aufenthaltsort verloren, sie kann auch keine Hinweise aus den Zeilen lesen, er hätte zumindest Anspielungen auf die derzeitige Witterung, die Lichtverhältnisse, die ungefähre geographische Lage unterbringen können, ihr wäre das umgehend aufgefallen, in solchen Dingen hat sich im Briefverkehr der beiden so etwas wie eine Geheimsprache entwickelt, in unscheinbaren Sätzen. Aber nichts.

Sie könnte glauben, er wüßte selbst nicht so genau, wo er gerade ist, was er tut, und auf das Wetter habe er offenbar seit Tagen nicht geachtet. An keiner Stelle wechselt ihr Verlobter mittendrin das Thema, bricht er einen Gedanken unvermittelt ab, weil ihm bewußt geworden ist, er muß sich hüten, denn andernfalls wird dieser Brief seine Verlobte nie erreichen, und sie kann sich den Rest nun ohnehin ausmalen.

Hier ist nichts auszumalen, nichts zu sehen, kein Satz muß hier zensiert werden, Geheimnisse bleiben so gut verdeckt, daß selbst die Adressatin sie nicht lüften kann, da haben auch die Mitarbeiter der Zensurdienststelle keine Freude, die Briefe dieses Mannes gehen dort bald ungelesen über den Tisch. Und ihren Verlobten scheint es nicht zu kümmern, daß ihr das Bild undeutlich bleiben muß. Das erste Mal hat sie das Gefühl, sie müsse sich von vornherein ohne den geringsten Anhaltspunkt alles selbst zusammenreimen. Das ruhige Porträt mag sie noch immer nicht an seine Deckadresse schicken.

Es gibt Gerüchte. Die hört sie nicht von ihrem Verlobten, die tragen ihr Kollegen zu. Freundinnen machen Andeutungen, die ihr Verlobter in den Briefen unterläßt. Er ist nun schon den ganzen Winter fort, so lange dauert eine normale Truppenübung nicht, das kann sie sich selbst ausrechnen. Doch er hält unverwandt an seiner Tarngeschichte fest, als könnte er sich nicht denken, daß sie mit der Zeit mißtrauisch werden muß.

Sie kann niemanden fragen, sie kann nur zuhören, was andere

hinter vorgehaltener Hand erzählen. Einmal berichtet ein Tenor, der sein Geld vorwiegend mit dem Heruntersingen berühmter Arien auf Kreuzfahrten verdient, wie ihm im letzten Herbst ein Engagement geplatzt ist. Erst haben sie vorübergehend die Fahrten ins Mittelmeer eingestellt, weil in der Straße von Gibraltar die Kriegsschiffe zur Beobachtung des Bürgerkriegs in Spanien kreuzen, und nun noch diese Absage seiner Fahrt nach Skandinavien, vom einen auf den anderen Tag, ohne weitere Angabe von Gründen. Er war der Überzeugung, sie hätten ihn nicht singen lassen wollen, und das hat ihn gefuchst. Er hat sich umgehört, er wollte wissen, wer nun an seiner Stelle mit auf die Reise gehen sollte, aber dann hat er zu seiner Erleichterung herausgefunden, daß diese Kreuzfahrt ganz aus dem Programm gestrichen war.

Ein anderer Kollege glaubt zu wissen, die Dampfer sind aus dem Verkehr gezogen, sie haben eine andere Aufgabe übernommen, im Hafen von Stettin werden Männer eingeschifft, sagt man, doch nicht die üblichen Soldaten nach Ostpreußen, sondern in Zivil, in kurzen Hosen manche und mit Sonnenhüten, als würden sie mitten im Winter tatsächlich in den Urlaub fahren. Reisegesellschaften lediger Herren, doch warum ist dann nicht für ein Programm gesorgt, niemand kennt einen Musiker, der einmal mitgefahren wäre, es müssen Reisen von Gesangsvereinen sein.

Eine Freundin kommt aus Paris zurück, auch dort wird über Spanien geredet, und jemand, der vor kurzem in Madrid gewesen ist, hat nicht verstehen können, warum so viele Männer auf der Straße miteinander deutsch gesprochen haben.

»Deinen Verlobten habe ich auch schon lange nicht mehr gesehen. Hat er etwa von der Oper langsam genug?«

»Er ist auf einer Truppenübung.«

Sie will ihn nicht mit den Gerüchten in Verbindung bringen, sie weigert sich, Schlüsse zu ziehen, die Kreuzfahrten, die Schiffe in Stettin, die Reisegruppen von Männern und dann die Unterhaltungen auf deutsch in Spanien. Vielleicht ist sie nur überreizt, sucht einfach überall nach einer Möglichkeit, ihren Verlobten in Gedanken vor sich zu sehen, und überhaupt ist eine Beteiligung der Luftwaffe am Bürgerkrieg in Spanien ausgeschlossen.

Fast wäre sie so weit, daß sie ins Ausland gehen könnte, es kommt ein erstes Angebot, sie könnte Freundinnen davon erzählen, sie könnte gemeinsam mit ihren Eltern abwägen, ob sie zusagen soll, sie weiß, kein Mensch würde ihr abraten oder versuchen, sie zurückzuhalten. Aber sie möchte von niemand anderem als ihrem Verlobten hören, was er über die mögliche weitere Karriere seiner zukünftigen Frau denkt. In ihren Briefen schreibt sie nichts davon, sie stellt sich vor, ihren Verlobten von Angesicht zu Angesicht mit einem Engagement in Mailand oder Rom zu überraschen.

Sie schiebt eine Entscheidung auf, sie bittet um Bedenkzeit, Bedenkzeit kann sie sich in ihrer Position nicht leisten, sie übt sich im Vertrösten auf die nächste Woche, sie ist für solche Vertröstungsversuche noch nicht alt genug. Sie hofft, die Truppenübung könne nicht mehr lange dauern, sie zählt die Tage und die Nächte, sie sieht ihren Verlobten schon in die Garderobe treten, doch dann ist er nicht rechtzeitig zurück und sie wird vorerst nicht ins Ausland gehen.

In seinen Briefen klingt er nach wie vor so unbeteiligt, als schriebe er gar nicht an sie, als könnte er sich genausogut an jemand anderen wenden, Harmlosigkeiten, die von Brief zu Brief die gleichen bleiben, es gibt nicht den verschwörerischen Ton, an dem die beiden sich früher während der Trennungen erkannt haben, verschworen wie sie miteinander waren.

Briefe wie diese könnte man jemandem schreiben, von dem man schon vor langer Zeit Abschied genommen hat. Sie will ihn nicht in Spanien denken, es gibt keinerlei Anhaltspunkte, aber die einzige Möglichkeit, die sie sich noch ausmalen kann, zeigt ihn beim Schreiben seiner Briefe in der Nähe einer anderen Frau, die jederzeit hereinkommen und fragen kann, wem er da schreibe, die ihm gar über die Schulter schauen mag und ein paar Zeilen lesen, er will vor ihr keine Geheimnisse haben.

Als junge Opernsängerin erhält auch sie bestimmte Angebote, äußerst dezent, vorerst ganz unverfänglich, doch sie kann bald erkennen, wenn es einem Verehrer nicht nur um ihre Stimme geht, und zieht sich in die Höflichkeit zurück. Es ist der übergroße Blumenstrauß, der Sekt in der Garderobe, die eine oder andere Formulierung auf der Glückwunschkarte, ein Anruf, viel zu spät am Abend, mitunter nur ein ungeschützter Blick im Restaurant.

Am Ende vielleicht wirklich eine Spanierin, weil er Frauen mit dunklen Augen mag. Und so schreibt er in einem Ton, der nichts bedeutet, der keine tiefere Verbindung erkennen läßt, schließlich hat er sich von seiner Verlobten längst getrennt, bisher weiß sie nur nichts davon. Er hat die richtigen Worte noch nicht gefunden, vielleicht glaubt sie tatsächlich bis heute an Dienstgeheimnisse und Truppenübung, er darf sie nicht im ungewissen lassen. Er muß ihr heute endlich die Wahrheit schreiben, die Spanierin drängt auch darauf, er hat es ihr versprochen.

°

Die Hitze im Scheinwerferlicht, der Kraftaufwand beim Singen, sie tupft sich das Gesicht mit einem Taschentuch, noch ehe mit dem Abschminken begonnen wird. Sie sitzt im Kostüm vor dem Schminkspiegel, sie ist erschöpft, das Taschentuch berührt die Schläfe, das Taschentuch wandert zur Stirn, es hat schon Flekken, Feuchtigkeit, Theaterschminke, aber sie will die Hand nicht ausstrecken, sie kann keine Bewegung machen, mag auch nicht um ein frisches Tuch bitten, zum Sprechen fühlt sie sich zu müde.

So tupft sie weiter, der Lidschatten, das Rouge, der Schweiß, dann brennt es in den Augen, sie kann schon gar nicht mehr erkennen, daß dieses Taschentuch einmal weiß gewesen ist.

Sie will es ausschütteln, das wird nichts nützen, sie läßt es flattern, damit die Feuchtigkeit sich aus dem Stoff verflüchtigt, sie fächelt Luft, damit zumindest ihr Gesicht ein wenig kühler wird. Ein Taschentuch voll Flecken, Schlieren, als hätte sich jemand Lehm von den Händen wischen wollen, als wäre es nicht Schminke, sondern Gras und Blütenstaub. Sie spürt die Hitze wieder, riecht die Feldblumen und hört das Blätterrauschen, so nah wie vorvergangenen Sommer, mit ihrem Verlobten im gemeinsamen Wiesenlager auf dem Land.

Nun muß sie sich zum Spiegel drehen, das helle Licht, die Wattebäusche und die Abschminkcreme sind schon bereit, sie lehnt den Kopf zurück, sie muß die Augen schließen, an manchen Stellen klebt die Maske in den Poren, an anderen bröckelt die Bemalung ab, nun hält sie das Gesicht ganz still, sie läßt nur noch das Taschentuch ein wenig flattern.

Die Luft war lau an jenem Nachmittag, an jenem Abend, als sie gemeinsam in die Stadt zurück gefahren sind, das Taschentuch wurde ihr vom Fahrtwind aus der Hand gerissen, sie hat es gar nicht halten wollen, hat es fliegen lassen, es war ein Abschiedwinken, doch wovon. Im vorletzten Sommer ging ihr Verlobter noch nicht einmal in Uniform, und nun hat sie ihn seit Monaten nicht gesehen, das hat sie damals nicht geahnt, hat es nicht ahnen können. Es riecht nicht mehr nach Heu, es riecht nach Alkohol, bald ist das Abschminken beendet. Das Taschentuch hängt vielleicht heute noch dort an der Landstraße in einem Strauch.

Sie hat sich so oft vorgestellt, daß er am Ende einer Vorstellung hier auf dem Hocker beim Garderobenständer säße, sie hat beim Schlußapplaus, bei den Begeisterungsrufen aus dem Publikum, beim letzten Vorhang und dem Weg zur Garderobe nur mehr ihn gesehen. Aber sein Bild verwischt, in welcher Uniform soll sie ihn sich vorstellen, mit welchem Ausdruck im Gesicht, blinzelt er leicht, hält er die Augen zusammengekniffen, weil ihn das grelle Sonnenlicht in einer fernen Steppe blendet, ist auch sein Haar gebleicht, die Haut gebräunt, oder sitzt er nicht doch im Schnee, im Norden irgendwo, mit Wintermantel, Handschuhen und Ohrenschützern, weil es klirrt.

Sie braucht ihn trotzdem hier in der Garderobe, sie muß ihn in der Nähe wissen, wenn das Kostüm auf den Ständer gehängt und die Perücke abgenommen wird, wenn sie den Kopf zurücklehnt und die Augen schließt, wenn sie dann endlich den Vorhang beiseite schiebt und ihre Alltagskleider dort vom Bügel nimmt. Und so sieht sie ihren abwesenden Verlobten in der Vorstellung nicht mehr auf diesem Hocker sitzen, sondern hat ihn hinter dem Vorhang zwischen den dicht an dicht hängenden Verkleidungen versteckt. Er schaut ihr zu, er hört die Garderobengespräche mit, er lächelt, zieht die Stirn in Falten oder nickt, wenn durch den Vorhangspalt Besuch zu sehen ist.

Ein Offizier mit Kneifer, kurzgeschorenem Haar und diesem Oberlippenbart, vor zwanzig Jahren schon einmal in Mode, den einige aus Anhänglichkeit an ihren obersten Feldherrn heute wieder tragen. Sie schaut zum Vorhang hin, sie weiß nicht, ob sie den Verlobten nicken sieht, während der Fremde ihr mit ungeschicktem Handkuß seine Aufwartung macht. Außer den üblichen Floskeln scheint ihm kaum etwas einzufallen, nach »ein Triumph« und »unvergleichlich« und »ergreifend« weiß er nicht mehr weiter, und dennoch macht er keine Anstalten, die Garderobe wieder zu verlassen, er zündet eine Zigarette an und fragt, ob er sich auf den Hocker setzen dürfe, er wartet, als wäre es nun ihre Aufgabe, die Unterhaltung nicht versiegen zu lassen, als hätte sie ihn herbestellt, weil sie ihm etwas sagen wollte.

Er räuspert sich, die Garderobiere verläßt den Raum, vielleicht sucht sie nach einem Aschenbecher, vielleicht hat er sie auch bestochen. Der Offizier schaut sich noch einmal um, als wären hinter dem Vorhang geheime Lauscher zu vermuten, sie möchte, daß er geht, sie sagt es nicht, und gleich darauf horcht sie doch aufmerksam, als er ihren Verlobten beim Namen nennt. Er ist im Auftrag ihres Verlobten gekommen, um dessen Grüße zu überbringen, eine Gefälligkeit unter Kameraden, die beiden haben sich vor kurzem noch gesehen, nun ist er zufällig in der Stadt und hat ihren Namen auf dem Plakat entdeckt.

Er bittet um Entschuldigung, was muß sie von ihm denken, das Warten, bis die Garderobiere hinausgegangen ist, der alberne verschwörerische Zug, aber es ist tatsächlich so, daß die ganze Situation ein wenig heikel ist, es wäre besser, wenn sie nicht von dem Besuch erzählen würde, kein Mensch, kein Vorgesetzter darf erfahren, daß ihr Verlobter jemanden geschickt hat. Sie weiß nicht, was sie davon halten soll, sie sieht kein Lächeln und kein Nicken zwischen den Kostümen, sie hofft, der Offizier werde noch mehr erzählen.

Tatsächlich wird er redselig, gibt sich von Satz zu Satz vertraulicher, schweift ab, sie traut sich nicht zu fragen, wo denn ihr Verlobter sei, was die in diesem Ausmaß bislang nicht gekannte Geheimniskrämerei bedeute, sie fürchtet, jede Frage könnte ihrem Verlobten am Ende schaden. Doch von allein kommt dieser fremde Offizier auch nicht darauf zurück, er bleibt an anderen Dingen hängen, im Sommer ist er schon einmal in einer Operngarderobe gewesen, das war in Bayreuth während der Festspiele, und keine schöne junge Sängerin mit solchen Augen saß darin, sondern eine Gesandtschaft aus dem Süden.

Die ganze Geschichte ergibt keinen Zusammenhang, zudem fällt es ihr schwer, den hohlen Formulierungen zu folgen, da ist die Rede vom Führer in der Stunde einer schwierigen Entscheidung, es geht um den Bürgerkrieg in Spanien und die rote Übermacht, das Land dürfe den Roten nicht in die Hände fallen. Die Unterhändler waren seit mehreren Tagen unterwegs, Sevilla, dann Marseille, schließlich Berlin. Dort aber hatten sie sich nicht vertrösten lassen, sie bettelten, wollten mit dem Führer höchstpersönlich sprechen, und so kam es zum Bayreuther Entschluß.

Wie dieser Bayreuther Entschluß nun aber ausgesehen haben soll und was der fremde Offizier bei jener Besprechung zu suchen hatte, erfährt sie aus seinen Worten nicht. Längst ist er bei dem scheußlichen Winterwetter angelangt, sie will das alles gar nicht hören, die Sonne fehle ihm, die Wärme, wie angenehm wäre es, wenn man die dunklen Monate in südlichen Gefilden verbringen könnte.

Von ihrem Verlobten hat er nichts zu berichten. Vielleicht hat er ihn nie gesehen, auch sie kann ihn hinter dem Vorhang nun nicht mehr erkennen, sie will den Mantel anziehen, die anderen Kollegen warten, der Offizier weist noch einmal auf die Vertraulichkeit dieser Begegnung hin und verabschiedet sich mit einem Augenzwinkern, oder ist es nur sein Monokel, das ihn stört.

Nach einem späten Abendessen liegt sie im Hotel im Bett, heute schaut sie sich keines der Bilder von ihrem Verlobten im Dunkeln an, es würde sich nur wieder dieser fremde Offizier dazwischen schieben, die gleiche Uniform, aber dazu das lächerliche Augenglas und das Getue. Sie überlegt, ob ihr Verlobter sich vor anderen vielleicht ebenso produziert, mit Andeutungen und vertraulichem Gespräch, mit falscher Verehrung und insgeheimer Überheblichkeit, sie hat ihn nie auf diese Weise erlebt, aber sie weiß ja nicht, wie sehr er sich verändert haben mag inzwischen.

Sie schläft nicht ein, sie will nicht mehr den fremden Offizier, sie will wieder ihren Verlobten vor sich haben, sie hätte sich doch überwinden sollen, genauer nach ihm zu fragen, und wenn es nur die kleinsten Hinweise gewesen wären, sie hätte sich die Züge selbst ergänzen können, ihr Bild von ihm wäre nun längst nicht mehr so blaß.

Nein, er wird keinen Kneifer tragen, auf seine Pilotenaugen ist er immer stolz gewesen. Er sucht sich auch nicht solche Freunde unter seinen Kameraden. Niemals hätte er diesen Mann damit betraut, ihr eine Nachricht zukommen zu lassen, solche Aufschneider können sie beide nicht gut leiden. Das war kein Freund, auch nicht einfach irgendein ungeschickter, harmloser Verehrer. Im Gegenteil. Mit diesem fremden Offizier hat man ihr jemanden in die Garderobe geschickt, der sie aushorchen sollte, man hat jemanden auf sie angesetzt.

Diese Geschichte mit einem Flugzeug und Bayreuth und Spanien war nur eine Finte, am Ende eine zusammengeschusterte Erfindung, mit deren Hilfe man erfahren wollte, ob sie etwas über den Verbleib ihres Verlobten weiß. Hätte sie eine der vielen Lücken ergänzt, hätte sie bei der Erwähnung Spaniens etwa gelächelt, so wäre klar gewesen, daß ihr Verlobter sein Geheimnis nicht bei sich behalten hat, daß sie über seinen Geheimauftrag im Bilde ist. Sie hat nichts verraten, sie hätte auch gar nichts verraten können, und nun könnte sie stolz sein auf ihren Verlobten, er hat dichtgehalten.

Sie könnte lachen und den Kopf schütteln, der ganze Aufwand mit einem Spion, als würde sie, falls sie demnächst einmal in einem anderen Land auftreten sollte, den ausländischen Kollegen als erstes vom Geheimauftrag ihres Verlobten berichten.

Sie ist nicht stolz, sie schüttelt nicht den Kopf, sie lächelt nicht im Dunkeln und sie schläft nicht ein. Nun weiß sie es. Nun gibt es keinen Zweifel mehr. Dieser so schlecht verschleierte Auftritt eines Spions in der Garderobe hat ihr alles offenbart, die auffällige Geheimnistuerei hat sämtliche Gerüchte nur bestätigt. Keine Geliebte, keine andere Frau. Er ist in Spanien.

 Sie müssen ihn vor die Wahl gestellt haben, entweder in der

Nähe seiner Verlobten zu bleiben, oder auf vorerst unbestimmte Zeit an einem Geheimauftrag teilzunehmen, ohne ein offenes Wort selbst seinen nächsten Angehörigen gegenüber. Als sie noch gemeinsam Pläne machten für die nächsten Monate, das Weihnachtsfest, vielleicht zu zweit ein Winterurlaub und die Hochzeit im folgenden Jahr, da hatte er sich längst für die Geheimnisse entschieden, da wußte er, an einem der kommenden Abende würde sie ihn durch das Vorhangloch nicht mehr auf seinem Platz dort sitzen sehen.

°

Sie weiß ihren Verlobten in der Luft, sie weiß ihn dort mit seiner Fliegermütze auf dem Kopf, er hat das Mikrophon vor seinem Mund und eine Brille auf, die Ohren sind unter den Kopfhörern verschwunden, kein Mensch könnte ihn so erkennen. Sie aber weiß ihn dort in einer Kanzel oder einem Rumpf, ganz gleich, wo man den Bordfunker heute in der Maschine unterbringen mag. Sie weiß ihn in der Luft.

Sie interessiert sich nicht für Kampfflugzeuge, sie hat auch mit den Fliegern aus dem Weltkrieg nichts im Sinn. Sie will davon nichts hören, und trotzdem horcht sie mittlerweile auf, wenn irgendwo am Nebentisch Namen wie von Moreau und von Richthofen fallen. Sie kann nicht anders, als den Gesprächen fremder Männer aufmerksam zu folgen, im Grunde nichts als Orte, Namen, Abkürzungen und Flugzeugtypen, die ihr wenig sagen, und nur der Heldenwortschatz, von dem die Veteranen sich durchs Leben tragen lassen, kittet ihre bedeutungslosen Aufzählungen zusammen.

Sie wird nicht klug daraus, sie kann sich denken, was dahinter steckt, sie verliert den Faden. Wenn sie den Kriegserzählungen am Nachbartisch zu lange lauscht, kann es am Ende noch passieren, daß sie auf ihrem Heimweg die Lippen stumm bewegt. Dann formt ihr Mund die Fliegersprüche nach, den scharfen Gleitflug durch Dunstschleier, heftige Kurbeleien, dann wiederholt er Wörter, die sie niemals laut aussprechen möchte: Kettenflieger. Steilsturz. Belfern. Sie überlegt, ob dieses Frühjahr wieder Persilflugzeuge am Himmel kreisen werden.

Bei ihrem Onkel und ihrer Tante auf dem Land macht sie einen Spaziergang durch die Felder, geht allein, das frische Gras, die Triebe an den Zweigen überall, der erste Blütenstaub ist in der Luft. Die leichten, die formlosen Flocken zerfallen in der Hand zu nichts als einem zähen, etwas rauhen Film. Sie ist sich nicht ganz sicher, ob ihre Hand da wirklich etwas eingefangen hat, sie weiß noch nicht einmal bestimmt, ob wirklich Flocken vor ihr in der Sonne schweben, oder ob das nicht nur etwas in ihren Augen ist. Nur eine leichte Trübung, Punkte, Licht, das ist ihr in der letzten Zeit schon mehrmals aufgefallen.

Vielleicht der Kreislauf, die Erschöpfung, vielleicht ist sie ein wenig überreizt, manchmal, wenn sie etwas betrachtet, kommt es ihr so vor, als würde sich das Bild erst nach und nach aus einzelnen Punkten zusammensetzen. Sie hält die Augen still, sie konzentriert sich auf den frisch gepflügten Boden, die Furche dort, dann einen Streifen Sand, das Bild ist klar, die Flocken sind verschwunden. Beinahe wäre ihr noch schwindelig geworden.

Ein schmaler Schatten reicht über die Felder, sie sieht den Schattenriß eines Flugzeugs näherkommen, die abgerundete Schnauze, die Tragflächen, die Seitenruder, sie erkennt den Flugzeugtyp sofort, dabei hat sie sich nie damit beschäftigt. Sie schaut zum Himmel, sie hat recht gehabt, der Schatten liegt auf ihr, dann ist das Flugzeug schon über dem Dorf, vielleicht hätte sie seine Silhouette nicht einmal gebraucht, vielleicht hätte sie es auch am Brummen der Motoren schon erkannt. Sie schließt die Augen, horcht, und ja, da ist eine Gestalt.

Sie weiß ihren Verlobten in der Luft, aber sie will ihn nicht im Anflug auf spanische Städte sehen, wie er in der Kabine hockt und sich die Richtung noch einmal bestätigen läßt, wie er die Zielkoordinaten weitergibt oder die Zeit bis zum geplanten Abwurf. Sie will nicht hören, wie die Besatzungen einander auf eine Wolkenzeichnung, auf Lichtreflexe oder auch den Mond im klaren Himmel hinweisen, wie sie von Plänen für den Abend reden oder scherzen. Sie will nicht, daß sich jemand über Höhenluft beklagt.

Sie hört die Rufe und Sirenen, wenn sich die deutschen Staffeln nähern, zuerst kaum Punkte, nichts, im fernen Himmel. Sie hört das Einschießen der Flugabwehr, oder auch keine Schüsse, nur Sirenen, weil es keine Flugabwehr gibt. Sie hört das sanfte Brummen, langsam, keinen Lärm, als wäre das Geräusch im eigenen Körper, in Hals und Magen, Händen, Knien, aber nirgends sonst.

Sie will ihren Verlobten nicht da oben sehen, auf einem seiner ruhigsten Flüge der letzten Wochen, ganz ohne Turbulenzen, Wolkenfelder, Tücken. Die Flughöhe, die Windgeschwindigkeit, der kaum sichtbare Ort da unten. Sie weiß nicht, ob die Unterhaltungen versiegen, sobald das Ziel erreicht ist, und nicht, wie die Befehle klingen, sobald der Abwurf vorbereitet werden muß. Das Hin und Her in den letzten Momenten, sind das noch Kameradentöne, sind es die Rufe zwischen Fremden, wird da auf einmal bloß gebellt. Ist nicht sogar unter dem Kopfhörer noch etwas vom Ausklinken zu bemerken, ein leichtes, ein metallisches Geräusch, das die Schläfen zum Vibrieren bringt.

Sie will nicht dieses Pfeifen in den Ohren haben, das nun aus allen Richtungen zu kommen scheint, das Platzen und Zerbersten will sie auch nicht hören, den Krach, vor dem alles andere vergeht. Die Taubheit möchte sie nicht spüren, beim Blick hinauf durch Staub und Rauch und Trümmer, wo nun in der Kabine eines abdrehenden Flugzeugs ihr Verlobter sich nicht einmal mehr erahnen läßt.

Gesehen hat er nichts, kein Dorf und keine Brücke. In den entscheidenden Augenblicken hat er keine Gelegenheit, den Bomben hinterherzuschauen, wie sie sich dem Erdboden nähern, wie sie über dem Dorf zu Punkten werden, fast schon nichts, und während man die Augen zusammenkneifen will, um sie dort unten vielleicht doch noch zu entdecken, erscheinen schon die Wolken, wird da schon alles in die Luft gewirbelt, gibt es die Bomben schon nicht mehr.

Aber die Kamera am Flugzeugrumpf hat jeden Schritt in Einzelbildern festgehalten. Sobald die Filmrollen aus den Kanistern kommen, sobald die ersten Abzüge getrocknet sind, versammelt sich das fliegende Personal, um den zurückliegenden Einsatz zu bewundern, die Aufnahmen werden gleich an die Wand geheftet. Das ist die ausgeklinkte Munition über der Landschaft. Da sind selbst Schatten anderer Maschinen zu erkennen. Es folgt ein stilles Bild, nichts außer den bekannten Punkten. Und dann der Rauch, die Flammen und die Trümmer. Es heißt, die Brücke hätte es sein sollen. Es ist das Dorf geworden.

Das kann auch ihr Verlobter deutlich sehen, obwohl die Luftbilder ein gutes Auge und ein wenig Übung erfordern, der Abstand zwischen Kamera und dem Objekt ist immer ausgesprochen groß. Da sieht er aufgerissene Straßen mit Fahrzeugkolonnen, da sieht er brennende Gebäude und die vielen frischen Lücken, Tote jedoch nicht.

Einmal aber muß auch ihrem Verlobten ein Toter in den Blick geraten, mit Toten hat er bislang keinen Umgang üben können, er ist erst fünfundzwanzig, seinen Eltern steht der Tod noch lange nicht bevor. In Spanien wird er auf seinen ersten wirklichen Toten treffen, nicht jemand, der sich zum Lebensende hinlegt, jemand ohne Kraft, der nicht mehr weiter will, sondern ein Mensch, der eben noch gestanden hat, gelaufen ist, von einer Straßenecke über den weiten Platz, ein Fehler, denn da gibt es keine Deckung, und nun vielleicht die Überraschung in den Augen.

Sie sieht ihren Verlobten schutzsuchend in den Gassen einer unbekannten Stadt, ein Urlaubstag, mit einigen Kameraden wollte er einen Spaziergang durch die alten Viertel machen, doch dann hat man sie ins Visier genommen, von einem Dach aus, schätzen sie, dort oben könnten Nester liegen. Vorerst müssen sie hinter den Säulen bleiben, sobald es aber eine Feuerpause gibt, wollen sie aus der Schußlinie verschwinden. Sie müssen es nur bis zur nächsten Hausecke schaffen, er rechnet aus, wie viele Schritte ihn das kosten wird, er hält die leere Kreuzung fest im Blick, er schätzt den Winkel ab, aus dem die Salven kommen, soll er sich kriechend vorarbeiten oder rennen.

Er prüft noch einmal die Schnürung seiner Stiefel, ein loses Schuhband könnte zum Verhängnis werden. Jetzt erst, da er sich bückt, in Deckung, langsam, und der Knoten ist noch fest, bemerkt er, die Spitze seines linken Stiefels berührt die ganze Zeit schon einen Toten an der Schulter. Die Kameraden schauen auch, sie haben diesen Mann am Boden längst entdeckt.

Da liegt sein erster wirklicher Toter, der Mann hat eben noch gelebt, das Blut am Ohr glänzt in der Sonne. Ihr Verlobter will den Fuß zurückziehen, rührt sich aber nicht, er spürt das linke Bein, das Knie, die Zehen, er hat fast das Gefühl, es gäbe an der Stiefelspitze eine Wärme, die von außen durch das Leder dringt. Die Augen sind weit aufgerissen, als wären sie noch immer auf den schmalen Streifen Himmel, die Dachkanten und Schattenrisse dort im Gegenlicht gerichtet.

Die Lider unbeweglich, die Pupillen klein, die Augäpfel von roten Äderchen durchzogen, das Sonnenlicht erreicht die Wimpern. Gleich wird auch ihr Verlobter hier nicht mehr im Schatten stehen, seit einer Weile ist es still, einer der Kameraden gibt das Zeichen und sie laufen los.

Er möchte unbedingt den linken Stiefel putzen, sie haben die Kreuzung erreicht, es fallen wieder Schüsse, sie sind auf einer Straße angelangt, die sie von vorhin kennen, sie wollen möglichst schnell zurück in ihr Quartier. Im Laufen krümmt er seine Zehen, er spürt die Wärme noch im Leder, er möchte nur kurz stehenbleiben und die Stiefelspitze wischen, ein sauberes Taschentuch hat er immer dabei, sie müssen sich in Sicherheit bringen. Das Tuch ist weiß, er darf es nicht aus der Hosentasche nehmen, darf es nicht auseinanderfalten, schwenken, das könnte hier zu einem Mißverständnis führen.

Sie sieht ihren Verlobten laufen, er macht ungleiche Schritte, tritt mit dem linken Fuß nicht richtig auf, als wäre da ein Stein im Stiefel, als würde er bald anfangen zu hinken. Er ist schon lange außer Atem, die Schießerei liegt weit zurück, er hört nichts mehr außer der eigenen Luft, oder die Stiefel fangen an zu quietschen. Sie sieht ihn endlich vor der Unterkunft, er rennt nicht mehr, er nimmt das Taschentuch und hockt sich hin, er wischt über das dunkle Leder, er wischt die Stiefelkappe blank, das Tuch wird grau, das schwarze Fett auch an den Fingerkuppen jetzt. Er könnte seine Stiefel auf der Stube putzen, da gibt es Wichse, Bürsten, Lappen, aber es muß hier draußen in der Sonne sein, die Wärme ist gewichen und das Taschentuch zu nichts mehr zu gebrauchen. Sie sieht ihren Verlobten, wie er seine Fingerspitzen betrachtet, der Schmutz klebt in den Rillen, die Nägel haben einen Rand.

Er kann sich nicht erinnern, ob er den Fuß zurückgezogen hat, ob es versehentlich ein Stoß gegen die Schulter seines ersten Toten war, er weiß nicht, ob der Tote in die Bauchlage gekippt ist, ob Blut aus seinem Mund geflossen kam, vielleicht Erbrochenes zwischen den Lippen, vielleicht sah alles nur so aus im Mittagslicht.

Die Stiefel sind geputzt, doch an den Händen bleibt noch etwas haften. Die Kameraden holen sich ein Bier, sie essen Wurstbrote im Schatten. Was sieht man an den Händen. Kann man etwas sehen. Er hat ja niemanden berührt. Die Haut ist trocken, eine leichte Hornhaut bildet sich vom Schleppen der Geräte, die Haut ist braun, die dunklen Haare auf den Fingern und Handrücken, er müßte sich nur einmal eincremen, sonst nichts. Das Dosenfleisch, die Sülze, sie schneiden die Brotkanten mit dem Taschenmesser. Er hat mit seinen Händen keinen Menschen angefaßt, hat nichts getan, das nun zu sehen bliebe. Es hat sich nichts verändert. Er will kein Butterbrot und keine sauren Gurken, er hat auch trotz der Hitze keinen Durst. Er ist nur Bordfunker, er übermittelt Nachrichten, er sitzt unter den Kopfhörern am Funkgerät. Es wäre schließlich Wahnsinn, wenn man glauben wollte, daß an den Händen etwas zu erkennen sei.

°

Als sie ihn endlich wiedersieht, hat er Lederhandschuhe an. Er trägt sie eher aus modischen Gründen, als daß er seine Hände wärmen müßte, jetzt im Hochsommer, es ist Juli. Handschuhe trägt man selbstverständlich als Soldat, Handschuhe trägt zudem auch jeder, der in einem Flugzeug sitzt. Natürlich ist es auch auf Rügen heiß gewesen in der letzten Zeit. Das starke Sonnenlicht, dazu ein kühler Ostseewind, auch an den Händen bekommt man leicht Sonnenbrand, und mit verbrannter Haut ist sogar die Bedienung eines Funkgeräts noch schmerzvoll. Er streift die Handschuhe von den Fingern, die Haut an seinen Händen ist fast milchig, bleich, doch sein Gesicht hat eine tiefe Bräune. Ja, er war häufig an der frischen Luft, sie haben sogar manchmal Zeit gehabt, sich an den Strand zu legen und zu sonnen, davon hat er doch in den Briefen auch geschrieben.

Als seinen unbekannten Aufenthaltsort nennt er ihr die Insel Rügen, nun nach dem Ende der geheimen Truppenübung dürfe er es sagen. Und dennoch stimmt da etwas nicht, mit diesen Handschuhen und dieser Bräune im Gesicht, die Haut ist leicht gegerbt, und um die Augen gibt es Sonnenfalten, sie ahnt, die Bräune wird auch über den nächsten Winter nicht ganz verschwinden.

Aber anscheinend glaubt er fast schon selbst an seine Tarngeschichte, die Kreidefelsen, Strandhafer und Sanddornschnaps, es sieht so aus, als wollte er vorerst bei dieser Winterübung auf Rügen bleiben, die noch das ganze Frühjahr und die erste Sommerhälfte in Anspruch genommen hat. Nach neun Monaten sind sie einander natürlich auch ein wenig fremd, so lange waren sie noch nie getrennt, sie haben sich kaum gekannt, als er verschwunden ist. Da helfen Briefe nicht, auch wenn man noch so häufig schreibt, da geht unweigerlich etwas verloren. Vielleicht müssen sie ihre Scheu erst überwinden, vielleicht muß erst eine neue Vertrautheit zwischen ihnen entstehen, und dann will er erzählen, wo er wirklich gewesen ist und was geschah.

Wie gerne hätte er seiner Verlobten Erinnerungsbilder mitgebracht, sie kann sich denken, welche Entbehrung es für ihn gewesen ist, wo er doch immer seine Kamera dabei hat, aber das Photographieren zu privaten Zwecken war den Teilnehmern der Übung streng verboten. Wer diese Weisung nicht begriffen hat, wer glaubte, so ernst könnten sie es damit gar nicht meinen, dem wurde die Kamera schon vor der Abfahrt abgenommen, mancher Kamerad hat sich geärgert und dann die ganze Zeit um seine Ausrüstung gesorgt. Und wem es doch gelungen ist, das eine oder andere Bild vor Ort zu schießen, dem haben sie die Filme konfisziert. Was nicht die Kennung der Stabsbildstelle trug, verschwand sofort, es hieß, die Filmrollen würden unbesehen vernichtet, doch alle wußten es, und manchem war es peinlich, die

Negative wurden selbstverständlich gleich entwickelt, allein schon, um zu kontrollieren, ob jemand etwas Unerlaubtes abgelichtet hatte.

Bilder also kann er nicht zeigen. Das gibt die erste Lücke im Familienalbum der beiden, noch ehe sie überhaupt eine Familie gegründet haben. Für eine Zeit, für ein paar Seiten ist sie da allein, sie im Kostüm, sie mit dem ruhigen Blick, sie auf der Bühne und im Kreis ihrer Kollegen, sorgfältig ordnet ihr Verlobter die Aufnahmen an, er klebt die Photoecken auf den schwarzen Karton, prüft die Seite noch einmal, ein Bild wird ausgetauscht, sie soll nicht immer so ernst dreinblicken.

Als nächstes kommen schon die Hochzeitsphotos. Ein Gartenfest mit unzähligen Gästen, das Brautpaar läßt sich kaum entdekken. Er hat auch Freunde, Kameraden eingeladen, sie hält den ganzen Nachmittag Ausschau nach einem Offizier mit kurzgeschorenem Haar und Kneifer, sie hat immer darauf gewartet, daß er ein zweites Mal in ihrer Garderobe auftauchen würde, aber sie hat ihn nie wieder gesehen. Sie hatte recht, er kann kein Freund gewesen sein, man hat sie lediglich aushorchen wollen, ihrem Verlobten, ihrem Mann hat sie bisher von dieser Geschichte nicht einmal erzählt.

Manchmal hat sie ins Publikum geschaut und dabei denken müssen, alle Zuhörer heute Abend sind Spione, wie in den Abenteuerromanen oder den schlechten Filmen. Sie sind zur Tarnung hier, an einem unverdächtigen Ort zur Abendunterhaltung, haben nur schwaches Interesse am Gesang, sie sind zu keinem anderen Zweck gekommen, als in der Pause unauffällig Informationen auszutauschen. Einer neben dem anderen vor ihren Augen, während sie von der Bühne hinaus ins Dunkel singt, und sie allein erkennt, daß es Spione sind, während jeder Spion die Nachbarn links und rechts und in der nächsten Reihe für Musikliebhaber hält. Wer arbeitet für welche Seite, wer ist mit Gegenspionage beschäftigt, wer ein Doppelagent, sie werden es in ihrem Leben voneinander nicht erfahren. Während der Pause werden sie in der Menschenmenge untergehen und doch erkennbar bleiben, für ihren Gegenpart, von dem sie Auskünfte erwarten, wie auch für alle anderen, die nur gekommen sind, um in der Oper die Spione zu überwachen.

Auch viele Mitglieder aus dem Ensemble sind auf der Hochzeit, es ist zugleich ihr Abschiedsfest, die laufende Spielzeit wird vorerst ihre letzte sein. Die Partner ihrer Liebesszenen scherzen, so wie man auch nach den Auftritten manchmal scherzen muß, wenn sie den fremden Mann mit einem erfundenen Namen angerufen hat, wenn sie die Wangen haben aneinanderschmiegen müssen, die dicke Schminke, der Geruch und das Vibrieren der Schläfenknochen bei einem Duett. In den Armen des einen oder anderen Tenors ist sie auch schon gestorben, nachdem sie sich ihm an die Brust geworfen hat, die letzte Arie, die letzten Atemzüge, bis in den Tod hat sie gesungen.

Und ihre Freundinnen sind gekommen, sie haben ihr immer angesehen, wenn sie Aufmunterung brauchte, getröstet werden mußte, doch nie gedrängt, sie solle etwas über ihren verschwundenen Verlobten verraten. Die eine oder andere Freundin hat nebenbei ein wenig spioniert, welchen Gerüchten war zu trauen, wo kam der Offizier mit Oberlippenbart und Kneifer her, wie lange würde jene Truppenübung nun noch dauern. In einer Runde sitzen sie dort auf den Gartenstühlen, sie flüstern, stoßen einander an, deuten verstohlen auf den einen oder anderen uniformierten Mann.

An diesem Nachmittag erinnert nichts an jene heftigen Auseinandersetzungen, die sie einmal an einem Frühlingsabend bei einer anderen Sopranistin zu Hause geführt haben, nachdem eine von ihnen mit einer Nachricht aus Paris gekommen war. Es hieß, deutsche Luftwaffeneinheiten hätten in Spanien ein Dorf vernichtet, ein Fliegerangriff, wie es ihn vorher nie gegeben habe. Kein Stützpunkt, dieses Guernica, kein Waffenlager, nicht strategisch wichtig, die Bombardierung kam am hellen Nachmittag, die Opfer waren Zivilisten, Frauen, Kinder, es gab keine Gegenwehr.

Die einen meinten, das sei unvorstellbar, es müsse Propaganda sein, was sich schließlich schon daran zeige, daß Deutschland nicht an diesem Bürgerkrieg beteiligt sei. Die anderen beharrten, aufgebracht, die deutsche Luftwaffe, das sei ja die Enthüllung an der ganzen Sache, es kam zum Streit, die einen hielten alles für bewiesen, die anderen wollten kein Wort glauben, zu dieser Gruppe gehörte sie, ganz gleich, ob sie es glaubte oder nicht, sie mußte an ihren Verlobten denken.

Nach seiner Rückkehr hat sie ihn nicht auf jene Meldung angesprochen, vielleicht hätten sich ihre Zweifel schnell zerstreut. Mit der Abwesenheit haben sie sich nicht lange aufgehalten, schon vorher war die Heirat beschlossen, dann immer weiter aufgeschoben worden, jetzt ging es um die Vorbereitungen. Sie mußten zu einer neuen Vertrautheit finden, und nun, da sie ein gemeinsames Leben vor sich haben, werden sie langsam auch auf die Vergangenheit, die Monate der Trennung kommen können.

Bevor es zu dunkel wird, ruft ihr Mann alle Hochzeitsgäste auf der Wiese für ein Gruppenbild zusammen. Die Elternpaare und Verwandten, ihre Kollegen, Freundinnen und seine Kameraden unterbrechen ihre Unterhaltungen in kleinen Gruppen, stellen die Gläser ab, erscheinen zwischen den Bäumen oder kommen aus dem Haus. Sie fragt, wer die Aufnahme machen soll, ihr ist nicht sofort klar, es wird ihr Mann sein, der schon mit seinem Photoapparat hantiert. Er putzt die Linse noch einmal, er dreht sich mit dem Belichtungsmesser von der Sonne weg, er kneift das linke Auge zu und schaut durchs Objektiv. Sie muß sich damit abfinden, er wird auf dem Bild nicht zu sehen sein.

Er ist ganz aufgeregt, nach langer Zeit wieder zu photographieren, einen Moment steht er auf dem Rasen, in die Kamera versunken, als nähme er keinen Menschen wahr, im nächsten ruft und lacht er wieder, dann haben sich anscheinend alle Gäste eingefunden und er arrangiert das Bild. Sie wird gemeinsam mit den Eltern und den Trauzeugen den Mittelpunkt bilden, die Kinder holt er auch nach vorne, die Frauen nehmen auf herbeigeschafften Gartenstühlen Platz, er läßt den einen niederknien, den anderen winkt er ein kleines Stück nach rechts, nimmt eine Uniform hinein in eine Gruppe Sommerkleider, er prüft den Ausschnitt, sie müssen noch einen Schritt zusammenrücken, nun hat er alle gut im Bild, er spannt den Film, er bittet um das Lächeln und den stillen Augenblick.

°

Alles geht weiter wie bisher, nur daß sie nicht mehr auf der Bühne steht, während eine dem Publikum verborgene Windmaschine papierenes Laub über die Dielen weht und bis in die Kulissen treibt, die Haufen dort, das Rascheln, laut, am Felsen fängt die Kreppverkleidung an zu zittern, und vorne in ihrer Kabine die Souffleuse hustet, hüstelt, räuspert sich den ganzen Abend, wischt sich am Auge herum und zuckt tatsächlich mit dem Mund. Nach der Vorstellung empfängt sie niemanden mehr in einer Garderobe, keine Spione kommen zu Besuch. Sie bleibt nicht mehr nach einer Probe noch einige Zeit in dem nun völlig leeren Saal: Die Sitze alle hoch geklappt, die Eingänge geschlossen und kaum Licht, das Bühnenbild mit den Versatzstücken, dem Gartentisch bei einer Trauerweide. Sie streicht nicht mehr durch diese weiten Räume, ein wenig düster, eigenartig ohne den Gesang, und rätselt, horcht, ertappt sich selbst dabei, wie sie die Namen der Figuren austauscht gegen von Moreau, von Richthofen, vielleicht auch Warlimont und Sander, wie sie im Murmeln, leisen Singen vor sich hin versucht, die fremden, wo, aus wessen Mund gehörten Ausdrücke in die gewohnten Tonfolgen zu fügen, die rote Übermacht, den Bayreuther Beschluß.

Ihr Mann auf Lehrgängen wie schon vor den neun Monaten, Peiltrupp, Flugsicherung und Funkerfahrung, mit seinen Kameraden auf welchen Flugplätzen auch immer. Alles geht weiter wie zuvor, den Morgennebel vor den Kreidefelsen haben sie nicht einmal mehr gestreift, die Möwen sind in den Gesprächen nicht mehr aufgetaucht, wie sie auf dem Treibholz gesessen haben sollen und in die ruhige See geschaut. Vielleicht bloße Erfindungen, sie zweifelt immer noch, Gerüchten sollte sie nicht trauen. Und würde sie ihren Mann nach Spanien fragen, so käme das einer Beschuldigung gleich, er habe von Anfang an die Wahrheit verheimlicht und sei ihr gegenüber selbst nach der Hochzeit noch unaufrichtig geblieben. Beschuldigen kann sie ihn nicht, und er soll auch nicht glauben, sie habe ihn die ganze Zeit unter Verdacht gehabt, sei selbst unaufrichtig gewesen, indem sie von ihren Spioninnen Erkundungen einholen ließ, wieweit seinen Darstellungen zu trauen sei.

Sie will keine Andeutungen erkennen, wo keine sind, wenn er in die Sonne hineinblinzelt oder über die Hitze klagt, sie will auch keine Anspielungen vermuten, wenn er sich mit bestimmten Kameraden in einem Ton unterhält, als gäbe es zwischen ihnen eine Übereinkunft, die jeder anderen Freundschaft fehlt. Zu oft schon ist sie überzeugt gewesen, an einem Wort, an einer Pause im Gespräch habe sie denjenigen erkannt, mit dem ihr Mann den Anblick seines ersten Toten teilt.

Sie steht nicht mehr auf einer Bühne, aber zu Hause singt sie noch die eine oder andere Arie vor sich hin, so wie andere Menschen Selbstgespräche führen, wenn sie allein sind, sich allein glauben. Doch sie ist nicht allein, ihr Sohn beginnt langsam zu laufen, er macht die ersten Schritte ohne Hilfe, dann hält er sich an der Mutter fest, sie steht beim Abwasch, steht am Bügelbrett und singt, er schaut von unten zu ihr herauf, sie sieht ihm in die Augen, sie bewegt den Mund, sie bügelt weiter.

Er hört diesen Gesang, er schaut, als wüßte er, er braucht nicht zu entscheiden, ob diese Worte ihm gelten oder an niemanden direkt gerichtet sind, er nimmt die Töne in sich auf, ein weißer Hemdsärmel schlenkert vor seinen Augen, er steht ganz still, die Töne gehen durch ihn hindurch. Die Worte sagen ihm noch nichts, die Abschiedsarie, die eine Hälfte des Duetts beim Wiedersehen, die andere Hälfte summt sie nur.

Sie hat die Töne, nicht den Text des Gegenparts im Ohr, sie kommt mit Versen und Verläufen durcheinander, und dann stellt sie das Bügeleisen ab, um sich des Wortlauts doch zu vergewissern. Sie nimmt ihren Sohn auf den Arm und geht ins Wohnzimmer, mit einer Hand fingert sie im Regal herum, ihre Libretti stehen ungeordnet. Sie schlägt das Textbuch auf Anhieb an der richtigen Stelle auf, die Wechselrede, der Wechselgesang und ihre angestrichenen Zeilen. Nun ist sie still, dafür hat ihr Sohn zu reden angefangen, er summt und spielt mit ihrem Haar.

Früher hat sie die Texte nie so genau wahrgenommen, doch jetzt, als sie aufmerksam ein paar Seiten liest, fällt ihr auf, die Worte sind passagenweise doch ein wenig lächerlich, sofern sie nicht gesungen werden, die Heftigkeiten, Übertreibungen und immer gleichen Bilder. Wenn man den Text geschrieben vor sich sieht, erscheint es überhaupt nur schwer vorstellbar, aus diesen nichtssagenden Worten könnte tatsächlich Gesang entstehen. Als läge in den Textbüchern ein Geheimnis, das kaum ein Mensch erkennen kann. Nicht einmal sie erkennt, worin dieses Geheimnis am Ende besteht, obwohl sie es durchaus zu lösen weiß, sie formt die Wörter, langsam wird die Stimme laut, bald sind es keine albernen Worte mehr, entsteht Gesang.

Alles muß im geheimen vorbereitet worden sein, die Reisebücher und Feriengeschichten sind über Nacht aus den Schaufenstern verschwunden, am Morgen werden die Auslagen von Kriegserinnerungen beherrscht. Die Bände stapeln sich in den Buchhandlungen, kaum daß die Nachricht vom Ende des Spanischen Bürgerkriegs eingetroffen ist, die Veteranen haben im verborgenen geschrieben, nun aber ist es offiziell, können die Gerüchte bestätigt werden: Tatsächlich waren es Einheiten deutscher Freiwilliger, die Franco zum Sieg verholfen haben, überall werden die Mitglieder der Legion Condor stolz herausgestrichen.

Ihr Mann war ebenfalls ein Condor-Legionär, er hat seine damals so lang ersehnte dunkelblaue Uniform bedenkenlos gegen unansehnliches Khaki eingetauscht. Er bringt eines dieser Erinnerungsbücher ins Haus, er reicht es ihr, ist stolz, auch er ist einer von jenen Freiwilligen, die für Franco funkten, das ist seine Maschine auf dem Umschlag. Er drückt ihr das Buch in die Hand, da könne sie seine Erlebnisse in allen Einzelheiten nachlesen, da habe sie es schwarz auf weiß. Zwar keine Erinnerungsphotos an Spanien, dafür aber nun gleich ein ganzes Buch, er könne es noch gar nicht fassen, ein Buch nur über ihn und seine Kameraden, er habe nicht im Traum daran gedacht, daß sie einmal für wert befunden würden, ein ganzes Buch mit ihren Erinnerungen zu füllen.

Auch wenn nun überall herausgestrichen wird, es sei eine Geheimoperation gewesen, auch wenn das Geheimnisumwitterte daran vielleicht gerade den Reiz ausmacht, sei er doch froh, daß er ihr gegenüber nun nichts mehr verheimlichen müsse, nachdem er so lange nicht zu seinem Einsatz habe stehen dürfen. Natürlich habe er ihr immer alles sagen wollen, am Anfang hat er selber nicht gewußt, wohin es gehen würde, ein Zeichen aber wenigstens, hat er gedacht, er müsse seiner Verlobten doch ein Zeichen geben, damit sie wüßte, auf welche Zeitspanne sie sich einzustellen hätte, aber selbst das war ihm verboten.

Sie könne sich denken, wie sehr er mit sich gehadert hat, zwischenzeitlich hätte er am liebsten alles hingeworfen, unter dem Druck dieser Verschwiegenheit ist er auf die absonderlichsten Ideen gekommen, er wollte gleich in seinen ersten Briefen den Aufenthaltsort einfach nennen, in Großbuchstaben sogar wollte er von Spanien schreiben, damit es jeder sähe, nur habe er auch gewußt, sie hätte es als letzte nie zu sehen bekommen.

Von Anfang an habe ihn die Heimlichtuerei gequält, die Briefe, alles falsch, und manchmal hat er sich kaum mehr zügeln können. Nur ein unbeherrschter Moment und er hätte in den Bau wandern können, das stand ihm eben auch vor Augen. Ihre Tapferkeit hat er die ganze Zeit bewundert, sie nahm das alles hin, ohne sich zu beklagen. Welche Vorstellungen hätte sie haben können, während er sie so völlig in der Luft hat hängenlassen müssen, welche unangenehmen Bilder in ihrem Kopf, er möchte gar nicht daran denken.

Er hatte vor, ihr von der Sache gleich nach seiner Rückkehr zu erzählen, aber auch dann blieb noch die Furcht: Was, wenn etwas herauskäme. Mindestens eine Degradierung, gar die unehrenhafte Entlassung aus dem Militärdienst, am Ende eine Anklage wegen Verrat, oder, noch schlimmer, Spionage, und ihnen wäre jegliche Lebensgrundlage entzogen worden. Denn nicht zuletzt durch seine Teilnahme an einem Geheimauftrag hat er schließlich für beide etwas aufgebaut, sie wollten heiraten, doch er sah schon, wie ihre gemeinsamen Pläne sich in Luft auflösten: Als Hilfsarbeiter, als Elektriker hätte sie ihn womöglich nicht zum Mann genommen.

Auch auf der Hochzeitsreise sei er nicht dazu gekommen, es zog sich immer weiter hin, diese Geheimnisse, die Unaufrichtigkeit, und irgendwann erschien es ihm einfach zu spät, sie über diese Vorgänge aufzuklären, zu spät, weil er befürchten mußte, sie könnte ihn beschuldigen, daß er nicht eher offen mit ihr gesprochen hat.

Doch nun habe das zum Glück ein Ende gefunden, er spüre schon kaum mehr etwas von der Anspannung dieser ganzen Zeit. Nun ist er froh, er kann schon wieder leichter atmen. Sie soll nun alles wissen, was sie will, sie soll dieses Erinnerungsbuch aufmerksam lesen, und falls es Lücken gibt, Unsicherheiten, falls sie sich während seiner Abwesenheit etwas ausgedacht haben mag, das mit der Wirklichkeit nicht übereinstimmt, so daß ihr Zweifel bleiben, oder sie einfach Bestätigung braucht, soll sie keine Scheu haben, er wird ihr Rede und Antwort stehen.

°

Er geht zum Kleiderschrank, kramt unter seinen Socken. Er kommt mit einem kleinen Paket zurück, dieses Geschenk hat er für sie aus Spanien mitgebracht, zwei Jahre lang lag es in seiner Schublade versteckt. Mit welcher Ungeduld hat er auf diesen Tag gewartet, an dem er sehen wird, was sie für Augen macht, wenn sie die Schachtel auspackt.

Sie wickelt das Geschenk vorsichtig aus dem Papier, es scheint zerbrechlich, eine Puppe, eine Figur vielleicht, aus Ton oder Keramik. Es ist eine spanische Tänzerin, er habe immer Ausschau nach einem passenden Geschenk gehalten, sie trägt ein kurzes Kleid, mehr ein Kostüm aus echtem Stoff, eine Opernsängerin habe er nicht gefunden, sie steht mit ausgestreckten Armen, die Hände treffen sich über dem Kopf, die Märkte seien natürlich voll mit irgendwelchem Nippes, doch dann habe er diese Tänzerin gesehen, mit dem geknoteten Haar und halb geschlossenen Augen, zum Glück ist sie beim Transport nicht kaputtgegangen.

Ihr Sohn schaut aufmerksam, will die spanische Tänzerin berühren, er streckt die Hände aus, sie scheint ihm zu gefallen, vielleicht faßt er sie als ein neues Spielzeug auf. Er darf mit seinen Fingern einmal vorsichtig über das Kleid streichen, der Untergrund, die helle Haut ist kühl. Daß nur das Kind sie nicht mit seinen Stofftieren zusammenbringt, sie ist zerbrechlich, und falls etwas passiert, läßt sie sich nicht ersetzen. Am besten scheint es, die Figur in den Wohnzimmerschrank zu stellen, dort ist sie gut zu sehen, dort kann auch ihr Sohn sie aus der sicheren Entfernung noch betrachten.

Zum Glück hat sie in den zwei Jahren nie bei seinen Socken herumgewühlt und das Geschenk schon vorher gefunden, zum Glück war das Versteck gut genug gewählt, er hatte das Päckchen in ein Paar Wintersocken eingerollt, doch nun dürfen alle Geheimnisse ein Ende haben.

Annähernd drei Jahre Geheimnisse. Sie hat vom November 1936 bis zum folgenden Juli auf eine Auflösung gewartet, hat daraufhin noch einmal zwei Jahre lang gehofft, es könne nicht bei den Geheimnissen bleiben, und nun sind sie schon mitten im Sommer des Jahres 1939, das Ende der Geheimnisse ist da, sie könnte ihren Mann nun alles fragen. Aber es sind ihr keine Fragen mehr geblieben.

Sie wirft nur immer wieder einen kurzen Blick in die Erinnerungsbücher, sie kann nicht länger darin lesen, es spielt für sie auch keine Rolle, ob ihr Mann in Sevilla oder doch in Avila gewesen ist, es kann ja sein, daß bei der Ankunft alle ganz begeistert von den vielen Palmen waren, aber es spielt am Ende keine Rolle, ob ihr Mann nun Teruel oder allein Madrid beschossen hat, sie kann auch kaum Interesse für die Fragen aufbringen, ob Franco ein gutes Gedächtnis hat und ob die Jahre dieses Krieges ihn gelehrt haben, wachsam zu sein.

Über den Anblick seines ersten Toten wird in diesen Büchern ohnehin nichts stehen. Das wäre eine Frage, die sie stellen könnte, aber darauf verzichtet sie. Sie hätte Angst, ihr Mann wüßte in keinem anderen Ton davon zu sprechen, als dem, der in diesen Erinnerungsbüchern herrscht: Das Überzeichnete, die Munterkeit der Schilderungen, ein lächerlich forciertes Atmen steckt darin, die kurzen Sätze und die vielen Ausrufungszeichen. Als würde jedes Wort gebrüllt.

Sie braucht die Bücher nicht. Sie könnte froh sein wie ihr Mann, daß die Geheimnisse ein Ende haben, sie könnte sich darüber freuen, daß es dann doch nicht so gewesen ist, wie sie es sich anfangs mitunter vorgestellt hat. Ihr Verlobter ist nicht über Nacht verschwunden, weil er sich mit der Heirat nicht ganz sicher war, kein Zögern unvermittelt, keine ausgedehnte Bedenkzeit an der Seite einer spanischen Geliebten, kein nachgeholtes Junggesellenleben, wie man sich eben solch ein Leben denken mag, bevor es mit dem »Ja« am Tag der Hochzeit endgültig vorüber sein wird.

Sie braucht diese Erinnerungsbücher nicht, sie werden ihr keine neuen Aufschlüsse bieten, das ist ja das Verrückte, das Erschreckende, auch ein wenig Enttäuschende daran. Alles ist ganz genau so gewesen, wie sie vermutet, wie sie es sich selbst ausgedacht hat. Nicht eine völlig andere Geschichte, die vor ihr ausgebreitet würde, keinerlei Überraschungen, Erklärungen seiner Abwesenheit, die ihr im Leben niemals in den Sinn gekommen wären. Wie unangenehm solch eine Überraschung auch immer sein könnte, sie hätte doch eine Erleichterung bedeuten können, sämtliche erfundenen Bilder lösen sich vor den Augen auf, das Ganze ist nur Überreizung, Selbsttäuschung gewesen.

Doch nun stellt sich im nachhinein heraus, ihre erfundenen Bilder werden in allen Einzelheiten von der Wirklichkeit bestätigt. Ihr Mann hat Stillschweigen bewahrt, und sie ist ganz allein hinter die Wahrheit gekommen, sie hat ihn nicht dafür gebraucht. Kein angenommener Blick, kein Blinzeln und kein Schatten auf seinem Gesicht würden sich nun noch verändern, wenn er aus seinen Erinnerungen erzählte. Um ihre Phantasie in Gang zu setzen, hat er nicht einmal Andeutungen machen müssen, selbst das hat ihm der fremde, gestelzte und zu gut rasierte Offizier in der Garderobe abgenommen.

Vielleicht möchte ihr Sohn später einmal in den Erinnerungsbüchern lesen, vielleicht will er sich, wenn er alt genug ist, mit diesem Abschnitt im Leben seines Vaters beschäftigen. Es werden Zeiten kommen, wo er nach der Familiengeschichte fragt, wo er sich für die eigene Kinderzeit und noch die Zeit vor der Geburt zu interessieren beginnt, das ist noch lange hin. Sollte er sich dann wundern, warum die Eltern vor der Hochzeit ein Dreivierteljahr in Trennung verbracht haben, so können sie ihm diese Erinnerungsbücher zum Lesen geben.

Doch nein, wenn sie genauer überlegt, wenn sie ihren Sohn als Halbwüchsigen mit einem dieser Bücher vor Augen hat, wie er im Garten sitzt und eine Seite nach der anderen verschlingt, um daraufhin auch noch aus eigenen Stücken diesen Ton begeistert anzunehmen, dann wird ihr klar, daß sie dies unter keinen Umständen erleben möchte, sie würde es ganz einfach nicht ertragen. Schon heute möchte sie die Erinnerungsbücher an den Spanienaufenthalt ihres Mannes nicht einmal im Regal neben ihren Libretti wissen.

Was lange eine Geheimoperation gewesen ist, ließe sich erneut zu einer Geheimoperation machen. Vor ihrem Sohn könnten sie es einfach dabei belassen. Was aufgedeckt ist, kann man ohne große Schwierigkeit auch wieder verschleiern.

Die Spanienpuppe bleibt, die hat der Junge längst ins Herz geschlossen, und immer wieder bettelt er, daß sie vom Schrank heruntergenommen wird, damit er sie aus der Nähe betrachten kann. Die Bücher aber haben seine Aufmerksamkeit nicht auf sich gezogen, den Flugzeugen, den Panzerabwehrkanonen und dem uniformierten Mann auf dem Umschlag hat er bisher keine Beachtung geschenkt. Von alldem weiß er nichts. Die Bücher können ruhig aus dem Regal verschwinden, aus dieser Wohnung überhaupt, ganz aus dem Blick, mögen sie irgendwo im Keller liegen.

Ihr Mann hat nichts dagegen. Sie ist ein wenig überrascht, sie ist erleichtert, es scheint ihr fast, als freute sich ihr Mann, daß es nach Offenlegung der Geheimnisse so bald schon wieder ein neues Geheimnis gibt, diesen Geheimpakt zwischen ihm und seiner Frau, von dem kein Mensch jemals erfahren soll. Sie macht den Vorschlag, er stimmt ohne Zögern zu, sie werden ihrem Sohn, sie werden auch zukünftigen Kindern niemals ein Wort verraten. Die Teilnahme am Bürgerkrieg in Spanien soll auf immer ein Geheimauftrag bleiben.

Nachdem sie diesen Pakt besiegelt haben, kehrt auch ein Zug in sein Gesicht zurück, den sie schon fast verloren glaubte. Das Augenzwinkern manchmal, der verschwörerische Blick, wenn sie sich unterhalten, die Gesten, Andeutungen in der Gewißheit, sie teilen etwas miteinander, das sie mit niemand anderem teilen könnten. Wenn sie zu zweit einen Spaziergang durch die Felder machen und ihre Ellbogen sich zufällig berühren, wenn er sie auf der Straße unvermittelt bei der Hand nimmt oder im Dunkeln über ihren Nacken streicht, ist nun tatsächlich eine neue Vertrautheit zwischen ihnen da.

Sogar seine Marotte mit den Lederhandschuhen legt er ab, denkt nur noch selten daran, sie anzuziehen, wenn er das Haus verläßt, den ganzen Tag liegen sie an der Garderobe, und einmal hätte er die Handschuhe sogar beinahe in einem Gartenlokal vergessen.

Mittlerweile denkt sie vielleicht sogar noch öfter an die Handschuhe als er. Vor seiner Abreise zur Siegesparade der Legion Condor legt sie ihm die Handschuhe zur Sicherheit in seinen Koffer, er würde sie spätestens in Berlin vermissen, wenn er auf seine Kameraden trifft. Und nachher, wenn sie alle unter dem Blick ihres obersten Feldherrn vorbeimarschieren, wenn er zum Abschluß seinen Spanienorden verliehen bekommt, darf er doch nicht der einzige sein, der ohne Lederhandschuh salutiert.

Die Hände an den Schläfen, Hände ausgestreckt zum deutschen Gruß: Sie hätte nach Berlin mitfahren können, doch solche Hände möchte sie nicht sehen. Während die Condor-Legionäre feiern, als hätten sie durch ihren Spanieneinsatz den Frieden nun für lange Zeit gesichert, spricht man überall schon vom nächsten Krieg.

Vielleicht werden in gar nicht ferner Zukunft neue Erinnerungsbücher die Schaufensterauslagen beherrschen: andere Schauplätze, gefährlichere Luftschlachten, noch größere Erfolge. Und Spanien wird vergessen sein.

Boten

Die ganze Zeit schaue ich zur Seite hinaus ins Dunkel, zwischen den Bäumen, im Gestrüpp am Rand kann ich von Zeit zu Zeit ein Tier entdecken, einige Füchse sind mir aufgefallen, die offenbar auf Beute warteten, einmal sogar ein Luchs, als er gerade im Straßengraben verschwand. Tiefer aber geht mein Blick nicht, kaum einen Meter jenseits der Fahrbahnmarkierung verdichtet sich alles zu einer schwarzen Wand.

Ich achte nur auf die äußersten Zweige, die aus dem Nichts auftauchen und gleich wieder verschwinden, ich warte auf leuchtende Augen. Vielleicht könnte ich mehr sehen, wenn wir langsamer wären, bei Nacht läßt sich die Geschwindigkeit kaum an der Landschaft ablesen, und auch der Motor ist zu leise, als daß ich wenigstens ungefähr einschätzen könnte, wie schnell wir sind.

Wenn ich allein Nachtfahrten unternehme, muß ich mich auf die Fahrbahn konzentrieren, sehe die Tachonadel vor mir pendeln, hier aber sitze ich neben Paulina in ihrem Geländewagen und schaue nicht auf die Armaturen. Sie hält den Mittelstreifen fest im Blick, mitunter gibt sie mir ein Zeichen, da kreuzen Rehe weit vor uns die Straße, liegt ein Tier auf dem Asphalt, ein Bündel Fell und Blut und Innereien, schon wieder weg, der Fuchs wird kommen.

In Paulinas Familie haben Autos immer eine andere Rolle gespielt als bei uns, und wenn ich die drei besuchte, wurde ich von ihrem Interesse an Schiebedächern und Getränkedosenhaltern, an höhenverstellbaren Fahrersitzen angesteckt. Ich eignete mir die Fachausdrücke für die neuen Erfindungen an, aber zugleich betrachtete ich das alles doch als Außenstehender, betätigte die Knöpfe und Hebel nie mit der gleichen Selbstverständlichkeit wie sie. Ich konnte mich noch so anstrengen, es war nichts zu ändern, ich hätte diesen Umgang mit dem Wagen immer als fremd empfunden. In etwa so, wie mich auch die Vorstellung von Sex im Auto immer gleichermaßen beschäftigt und befremdet hat, der enge Innenraum, der abgestandene Rauch, die Reißverschlüsse klemmen.

Seit über einer Stunde fahren wir durch die Dunkelheit, wir haben das Waldgebiet verlassen, vor uns liegt eine endlose Allee, die Anzeigen am Armaturenbrett geben Paulinas Gesicht einen tiefseegrünen Schimmer. Wir sitzen in der Nachtbeleuchtung eines Aquariums, hier riecht es nicht nach Schweiß oder Parfüm, sondern nach Neuwagen, die Spraydosen mit dem für jede Automarke passenden Geruch habe ich einmal in einer Tankstelle gesehen.

Zuerst haben wir uns über diesen Geländewagen unterhalten: Farbe, Bezüge, Elektronik, wir haben uns Kurzschlüsse ausgemalt, unergründliche Vorgänge im Innern, auf einmal werden die Türknöpfe von Geisterhand gedrückt und man ist eingesperrt. Wir haben Gruselgeschichten gestreift, die wir uns früher erzählt haben, eine handelt von einer Autofahrt bei Nacht, der Wagen steht im freien Feld, es klopft von oben, da hockt eine unsichtbare Gestalt und schlägt in ruhigem Rhythmus den Kopf des Beifahrers auf das Dach. So sind wir mit der Zeit bei unheimlichen Erlebnissen aus unserer Kindheit angekommen.

Ich bin ungefähr vier, höchstens fünf Jahre alt und allein, ich warte, daß meine Eltern nach Hause kommen oder sich zumindest melden. Langsam wird es dunkel, ich spiele nicht, male nicht, habe auch kein Licht angemacht. Ich sitze nicht weit vom Telefon, nach dem Sonnenuntergang scheint der Apparat zu schimmern, als strahlte er einen Rest Tageslicht ab. Es klingelt endlich. Sofort hebe ich den Hörer ab und sage meinen Namen. Aber am anderen Ende ist nicht mein Vater oder meine Mutter. Es knackt, es rauscht, ich melde mich noch einmal. Es knackt nur wieder, dann das Besetztzeichen und niemand mehr. Ich halte den Hörer in der Hand, im Zimmer kann ich kaum mehr etwas erkennen, aber der Lichtschalter ist zu weit weg.

Paulina sagt: »Das kenne ich, habe ich auch erlebt. Immer am frühen Abend. Eigenartig, weil sich der Anrufer nie entschuldigt hat. Normalerweise macht man doch eine Bemerkung, man sei wohl falsch verbunden, vor allem, wenn ein Kind am Apparat ist. Diese Anrufe haben mir Angst gemacht, ich wollte niemandem davon erzählen, nicht einmal meinen Geschwistern. Wir haben nie darüber gesprochen, dabei hat vielleicht jeder von uns solche Anrufe bekommen. Weißt du, was ich später manchmal überlegt habe?«

Es könnten Anrufe unseres Großvaters gewesen sein. Er hat uns nie gesehen, nie mit uns gesprochen, aber vielleicht hat er manchmal wenigstens kurz unsere Stimmen hören wollen, wenn wir uns am Telefon melden, das hat ihm schon genügt. Er durfte nichts erzählen, nicht zu erkennen geben, wen er angerufen hatte, weil seine Frau immer in der Nähe war. Noch heute könnte er es sein, wenn jemand auflegt, ohne ein Wort gesagt zu haben.

Paulina sagt: »Manchmal habe ich sogar gemeint, es sei etwas zu hören, aus weiter Ferne, wie durch ein Taschentuch gesprochen. Wir werden nie erfahren, ob er nicht doch mit uns reden wollte. Ich stelle mir vor, er hat sich seine Worte zurechtgelegt, wählt die Nummer, und dann ist er so aufgeregt, weil er tatsächlich seine Enkel anruft, zum erstenmal in seinem Leben mit diesen Kindern sprechen wird, daß ihm die Sprache wegbleibt. Er zögert, will endlich beginnen, da ist es schon vorbei, das Kind am anderen Ende hat verunsichert, verängstigt den Finger auf die Gabel gedrückt. Vielleicht haben wir, ohne es damals zu wissen, den Kontakt so immer verhindert.«

Bevor ich Paulina fragen kann, wie sie das meint, drosselt sie die Geschwindigkeit, bringt den Wagen beinahe zum Halten. Ich schaue wieder hinaus, die Landstraße ist schon lange keine Allee mehr, ich sehe nur Gestrüpp, Paulina aber hat rechts etwas entdeckt, schaltet in den zweiten Gang und biegt in einen schmalen Feldweg ein, fast zugewachsen, ich hätte ihn nicht erkannt.

Es ist nicht leicht, mit Paulina über unseren Großvater zu sprechen, ich muß dabei sehr vorsichtig sein. Das gemeinsame Leben der Großeltern ist noch unverfänglich, dazu können wir uns immer wieder neue Episoden, Varianten ausdenken, ohne daß ich auf jedes meiner Worte achten muß. Nach dem Tod unserer Großmutter aber wird es zunehmend schwierig, ich gebe mir Mühe, die Alte nur am Rande zu erwähnen, und je weiter sich die Geschichte unserem gemeinsamen Ferienjahr nähert, desto zögerlicher sprechen wir. Was wir in diesen Wochen über unseren Großvater und die Alte in der Gegenwart geredet haben, über zwei ältere Leute, die in unserer Nähe lebten, ist tabu. Kein Wort. Unsere Schreckensbilder, Erfindungen, Absichten hat es einfach nicht gegeben.

Über die Zeit danach wiederum haben wir in den letzten Jahren oft genug gesprochen, hier bin dann ich es gewesen, der irgendwann kein Wort mehr hören mochte. Paulina ist der festen Überzeugung, wir hätten die Alte auf dem Gewissen.

Ich weiß, wie hartnäckig erfundene Bilder sein können, sie legen sich über einen Anblick, und während man sie anfangs noch wie einen Schleier wahrnehmen mag, der leicht zu lüften wäre, haben sie sich schon festgesetzt, sind ins Gesehene eingedrungen, haften dort wie eine tiefere Schicht. Manchmal ist es, als lenkten Geister meinen Blick, als würde ich von einer geheimen Kraft dazu gezwungen, in einem Menschen, einer Landschaft etwas zu erblicken, das nicht der Wirklichkeit entspricht.

Auf einer Reise durch Marokko habe ich erlebt, daß ich in einer mir bis dahin unbekannten Gegend einen Aufenthaltsort unseres Großvaters sah. Ich fuhr im Sammeltaxi nach Tetouan, die Landstraße zieht sich dort in Richtung Norden durch eine nicht weiter bemerkenswerte Ebene zwischen Rif und Mittelmeer. Das trokkene Gestrüpp, Geröll und Staub, hinter dem Taxi aufgewirbelt, ich schaue durch die schmutzigen Scheiben hinaus, erschöpft, zwischen den anderen Fahrgästen eingeklemmt. Und auf einmal habe ich den Eindruck, in dieser Ebene etwas zu erkennen.

Tatsächlich kann ich bei genauerem Hinsehen ein Rollfeld ausmachen, dazu Öltonnen, Zäune und Baracken, wie man sie nur auf einem Flugplatz findet. Doch wenn unser Großvater im November 1936 der Legion Condor beigetreten ist, kann er nicht schon im Sommer hier gewesen sein, zur Zeit der Truppentransporte für Franco gab es die Legion Condor noch gar nicht.

Ich weiß, marokkanischen Boden hat er nie betreten, und trotzdem sehe ich unseren Großvater dort auf dem Flugfeld stehen, ich kann mich dieses Bildes nicht erwehren. Ein nie geschossenes Erinnerungsphoto, unterbelichtet, um die helle, mittägliche Szenerie wie ein Nachtbild erscheinen zu lassen: unser Großvater als junger Mann, wie er die marokkanischen Soldaten am Rand des Geländes beobachtet. Er ist zum erstenmal in Afrika, die Hitze aber macht ihm kaum zu schaffen, er hat den Mützenschirm tief über die Stirn gezogen. Bei der nächsten Staffel ist auch er wieder dabei, dann besteigen die Soldaten die Transportmaschinen, überqueren die Straße von Gibraltar und werden wenig später zum erstenmal in ihrem Leben europäischen Boden betreten, die Beine ein wenig wacklig nach dem unruhigen Flug.

Für unseren Großvater aber heißt es, so bald wie möglich seine Maschine nach Tetouan zurückzusteuern, er weiß, wie viel von diesen Truppentransporten abhängt, die spanische Armee steht weitgehend geschlossen auf Seiten der Republik, ohne die Marokkaner wäre Francos Unternehmen aussichtslos. Mein Blick wird von Geistern gelenkt, und ich kann ihren Einflüsterungen nichts entgegensetzen: Hier ist unser Großvater als junger Pilot gestartet und gelandet, ich halte wider besseres Wissen daran fest.

Möglicherweise scheue ich genau aus diesem Grund davor zurück, einmal eine Reise nach Spanien zu machen. Denn weil es keinerlei Anhaltspunkte gibt, an welchen Orten unser Großvater sich aufgehalten haben könnte, würde ich mich an jeder Straßenecke fragen, ob er gerade hier durch einen Kugelhagel gelaufen ist, vielleicht würde ich mich sogar unwillkürlich ducken, den Dachvorsprung oben im Auge halten, von wo die Schüsse kommen. Vielleicht würde ich, ein Tourist, dem offenbar das starke Sonnenlicht nicht gut bekommt, in Deckung gehen, und im Schatten unter den Arkaden bliebe mir nichts anderes, als genau die Stelle zu erkennen, wo unser Großvater seinen ersten Toten zu Gesicht bekommen hat.

Ich habe keine Aufnahme von dem Flugfeld vor Tetouan gemacht, es steht mir noch immer in allen Einzelheiten vor Augen. Auf einer Photographie aber wäre weiter nichts zu sehen, nur die bedeutungslosen Steine, Zweige, Staub, nicht einmal ein altes Flugzeug in der Sonne, das zu Spekulationen Anlaß bieten könnte. Was für ein Familienalbum sollte das ergeben.

Wir fahren nun sehr langsam, reden nicht, ich sehe Paulinas Gesicht von der Seite, ich merke, daß sie etwas ganz Bestimmtes sucht, sie ist auf etwas aus. Als gäbe es im Wagen hier ein Knistern, eine elektrostatische Entladung, ein Geräusch unbekannter Herkunft, aber da ist nur das tiefe Brummen des Motors, weit unten irgendwo, ab und zu auch ein schwaches Klopfen, ein Stein gegen den Unterboden.

Um Paulina mache ich mir manchmal Sorgen, weil sie von einer unserer gemeinsamen Erfindungen vollkommen eingenommen ist. Wir haben die Alte nicht getötet. Paulina aber bleibt dabei. Ich habe mir alle erdenkliche Mühe gegeben und die Stichhaltigkeit ihrer angeblichen Indizien immer wieder von neuem hinterfragt. Doch bislang ist es mir nicht gelungen, Paulina von ihrer Vorstellung abzubringen. Wir haben diese Geschichte hinter uns, heute sprechen wir nicht mehr davon.

Es gibt ein Grab, um das sich Paulina seit einigen Jahren kümmert, ihrer Überzeugung nach das Grab der Alten. Und wenn Paulina im Verlauf eines Telefongesprächs andeutet, es sei wohl langsam wieder einmal Zeit, brauche ich keine weitere Erklärung: Ich fahre zu Paulina, um ihr bei der Grabpflege zu helfen, sie will das nicht allein tun müssen.

Wir jäten regelmäßig, legen Blumen auf das Grab und tauschen die Dauerkerze aus, wir wollen uns Unannehmlichkeiten mit der Friedhofsverwaltung ersparen. Bisher ist uns das auch gelungen, obwohl dieses Grab viel Arbeit macht. Vielleicht liegt es am Boden oder an den alten Bäumen ringsum, die Blumen faulen schneller als auf den Nachbargräbern, sogar das Moos hält sich nicht gut, wir mußten es schon mehrfach wechseln. Ich versuche nicht mehr länger, Paulina davon zu überzeugen, daß dort auf keinen Fall die Alte liegen kann, ich helfe einfach mit, bis Paulina mit dem Anblick des Grabes zufrieden ist.

Der Weg wird immer schmaler, ich höre die Zweige über den glänzenden Lack streichen, beide sind wir auf die Fahrrinne vor unseren Augen konzentriert. Da zeigt Paulina auf frische Reifenspuren.

Sie schaltet das Fernlicht aus, auch das Aquariumgrün der Leuchtanzeigen wird so weit wie möglich abgedimmt, ich lege meine Hand auf den Suchscheinwerfer an der Windschutzscheibe, damit ich ihn einschalten kann, sobald Paulina mir ein Zeichen gibt. Wir suchen links und rechts nach Buchten im Gestrüpp, nach einer Ausfahrt auf die Felder. Wir warten, daß die Reifenspuren enden.

Wir haben sie. Der Wagen steht nach links geneigt, die eine Seite in der matschigen Ablaufrinne, die andere auf dem grasüberwachsenen Mittelstreifen, er wird schwer in die Fahrspuren zurückzulenken sein. Paulina hält, sie gibt mir das Signal, sofort liegt unsere Kühlerhaube im Licht, die Zweige und das Laub, der Kotflügel des fremden Wagens, Stoßstange, Kofferraum.

Der Suchscheinwerfer wird schnell heiß, ich lenke den Lichtstrahl auf die Heckscheibe, am fremden Wagenhimmel erscheint das Laub, erscheinen die Zweige als dunkle Muster, verwischt durch das Kondenswasser am Glas. Das scharfe Licht läßt diesen Film aber bereits verdunsten, die Schatten werden klarer, da kommt eine Hand ins Bild und wischt die Tropfen von der Innenseite fort.

Der Hand folgt das Gesicht eines Mannes, über der Hutablage die zusammengekniffenen Augen, verzerrt, verdutzt im ersten Moment, im nächsten aber wütend, die flache, nasse Hand formt sich zur Faust. Der Mann kann uns im Gegenlicht nicht sehen, er ruft, er schreit etwas, wir sprechen nicht. Er hält die Hand jetzt schützend über die Augen, ich habe meine Hand vom Scheinwerfer genommen, diese Einstellung bleibt. Er zieht den anderen Arm hervor und stützt sich auf, etwas bewegt sich neben oder unter ihm, er wendet den Blick nicht ab, schaut unverwandt ins Licht. Der Mann hört auf zu schreien, verharrt, er horcht, da scheint jemand zu ihm zu sprechen.

Jetzt geht es schnell. Das Gesicht verschwindet. Wir sehen zwei Paar Arme, zwei Paar Beine. Wir sehen Knie, die nicht zusammengehören. Beinahe meinen wir sogar, zwei Unterhosen zu sehen. Wir sprechen nicht. Ein Hemd, der Wagen schaukelt sacht, jemand klettert nach vorne auf den Fahrersitz. Der Mann greift unter die Polster ins Gestänge. Die Hand tastet den Boden nach dem Autoschlüssel ab. Nichts rührt sich jetzt mehr auf der Rückbank.

Er läßt den Wagen an, das Licht, versucht zu lenken, hektisch und ungeschickt bringt er sein Auto auf den Weg, gibt zuviel Gas, beschleunigt viel zu heftig.

Paulina schaltet in den ersten Gang. Langsam fahren wir dem Wagen nach, er ist dem Feldweg nicht gewachsen, wir schließen auf, wir hängen hinter seiner Stoßstange. Ich sehe Paulinas Hand am Steuer, sie umfaßt es locker, so wie auch ihre andere Hand den Schaltknüppel locker umfaßt. Sie hat noch immer trockene Haut. Überhaupt scheinen sich ihre Hände in den letzten zwanzig Jahren kaum verändert zu haben.

Der Innenraum des fremden Wagens wird weiterhin vom Suchscheinwerfer hell erleuchtet. Bis wir die Straße erreichen, bleibt es so, das zweite Gesicht aber bekommen wir dennoch nicht zu sehen.

Ich erinnere mich, wie sehr uns seinerzeit der Tod des Taubenmanns überraschte. Am Abend hatte er noch mit seinem durchdringenden Blick am Gartenzaun gestanden, am nächsten Mittag dann, als wir von einem Ausflug zum Hügel zurückkehrten, kam uns auf dem schmalen Pfad zu unserem Haus ein Leichenwagen entgegen. Wir drückten uns in die Sträucher, um ihn vorbeizulassen, die steifen, dunkelgrauen Vorhänge in den Fenstern bewegten sich, und wir wußten sofort, dahinter konnte nur der Taubenmann liegen.

Überall hatten wir das Gerücht verbreitet, der Taubenmann habe sich auf den Hügel zurückgezogen, um hier in Ruhe zu sterben, doch nun begriffen wir kaum, daß er tatsächlich nicht mehr lebte. Nie wieder dieser erbarmungslose Blick, dem nichts entgangen war. Sämtliche Beobachtungen, die er in seinem Kopf zu Ketten von Beweisphotographien gereiht hatte, waren mit einem Mal gelöscht. In Zukunft mußten wir nicht mehr befürchten, der Taubenmann könnte uns irgendwann durchschauen.

In den folgenden Tagen studierten wir die Todesanzeigen. Wir, die sonst nie Zeitung lasen, warteten nun ungeduldig, bis die Eltern der drei beim Frühstück zu Ende gelesen hatten, um die entsprechende Seite aufzuschlagen und nach dem Taubenmann zu suchen. Einerseits waren wir wütend auf ihn, weil er uns nicht mehr zu unserem Großvater führen konnte, andererseits spürten wir nun auch Mitleid mit dem Taubenmann. Er, der sich von der Außenwelt völlig abgeschirmt hatte, zu niemandem Kontakt hielt und kein Lebenszeichen von sich gab, sollte doch wenigstens eine Traueranzeige bekommen.

Es klingt verrückt, aber vielleicht plagte uns auch ein schlechtes Gewissen. Als hätte der Taubenmann den Verlust seiner spanischen Tänzerin nicht verkraftet. Wir wußten nicht einmal, ob es Angehörige gab, Tag für Tag schlugen wir die Zeitung vergeblich auf, wir wären beinahe so weit gewesen, selber eine Todesanzeige für den Taubenmann aufzugeben.

Der Suchscheinwerfer ist schon lange wieder aus, und langsam verlieren wir das Interesse. Der Wagen vor uns auf der Landstraße, in geschlossenen Ortschaften, durch ausgestorbene Gewerbegebiete, auf der Flucht. Wir haben ihn nun sicher eine dreiviertel Stunde nicht aus den Augen gelassen und alle Finten mitgemacht, heikle Abbiegemanöver in letzter Sekunde, das Schrittempo an Taxiständen, die hintere Tür öffnete sich einen Spalt, dann zog der Wagen doch wieder mit Vollgas an.

Wir haben keine Lust mehr, uns zu überlegen, wo die beiden wohnen. Es würde der Verfolgung am Ende auch die Spannung nehmen, wenn wir die Frau auf der Rückbank erkennen könnten, es wäre langweilig und peinlich, vielleicht kauert sich da eine Nachbarin von Paulina zusammen.

Auf freier Strecke lassen wir sie entkommen, Paulina läßt den Wagen zum Fahrbahnrand hin ausrollen und schaltet die gesamte Beleuchtung ab. Die kühle Nachtluft, leichter Wind über die Felder, sonst kein Geräusch. Vor uns in der Dunkelheit sehen wir ein Paar Rücklichter zwischen den Hügeln verschwinden.

°

Einmal wäre sie tatsächlich fast an einer Herzattacke zugrunde gegangen. Das Bild wird wieder klar, plötzlich ist es aus dem bläulichen Lichtschein aufgetaucht, der über die Gesichter streicht, die Augen flackern läßt, den Waschbetonweg abzutasten scheint. Jetzt erkennt sie zwei Blaulichter vorn auf dem Krankenwagen, spürt die kühle Luft. Sie hat sich nicht mehr auf den Beinen halten können, liegt nun auf eine Bahre geschnallt, zwei Sanitäter tragen sie aus der Küche vor das Haus.

Sie hat noch selber vom Küchentisch aufstehen wollen, die Zeitung fiel ihr aus der Hand, es gab ihr einen Stich, so heftig, daß sie sich krümmen mußte, sie konnte nicht mehr weiter. Als sie aufwacht, liegt sie da auf dem Küchenboden, hört die Leute unverständlich reden, die Sanitäter kommen eben durch die Tür, ihr Mann spricht mit dem Notarzt, der hockt neben ihr, sucht etwas in seiner Tasche.

Draußen das Blaulicht, sie schaut hinauf in den Himmel, der Baum vor dem Schlafzimmerfenster verliert seit ein paar Tagen Laub, die Sanitäter machen vorsichtige Schritte, dann die grelle Beleuchtung an der Krankenwagendecke über ihr. Und plötzlich ist es still. Sie sieht sich in der Totenwelt.

Es war die schlimmste Herzattacke ihres Lebens. Dabei hatte der Tag angefangen wie jeder andere, sie war nicht darauf vorbereitet, ausgerechnet an diesem Herbstvormittag umgebracht zu werden. Sie hätte auf der Hut sein müssen, jeden Morgen. Bis heute kann sie sich das nicht verzeihen. Seitdem sie einmal einen kurzen Blick ins Reich der Toten hat werfen müssen, läßt sie sich nichts mehr einreden, wird immer wachsam sein, wird sich bis zum unausweichlichen Ende keinen Moment der Blindheit mehr erlauben. Sie weiß genau, man ist noch immer hinter ihr her.

Wie üblich räumt sie nach dem Frühstück die Küche auf und setzt sich danach an den Tisch, um die Zeitung zu lesen. Ahnungslos sucht sie zuerst die Seite mit den Todesanzeigen, wie jeden Morgen. In ihrem Viertel wohnen viele alte Leute, sie stößt immer wieder auf bekannte Namen. Es ist noch gar nicht lange her, daß die Anzeige für den Taubenzüchter vom anderen Hügel in der Zeitung gestanden hat, mit einem geschmacklosen Vogel oben in der Ecke, die Flügel ausgebreitet und ein Strich quer durch den Schnabel, der offenbar einen Zweig darstellen soll, dazu die üblichen Trauerfloskeln von gleicher Geschmacklosigkeit. Und unten eine Liste seiner Erben.

Eine hingekritzelte Friedenstaube für diesen Mann, von dem es immer hieß, er sei ein Waffenfreund, das ist die Höhe. Sollte sie einmal ein Testament aufsetzen, wird sie sich darin ausdrücklich verbitten, daß jemand eine solche Anzeige in Auftrag gibt. Niemand soll glauben, an ihrem Tod könne er seine Formulierungskünste schärfen. Wenn sie einmal gestorben ist, braucht ohnehin kein Mensch davon zu erfahren, schon gar nicht aus der Zeitung. Sie sieht schon vor sich, wie die Nachbarn, die Kassiererinnen im Supermarkt, womöglich sogar Fremde befriedigt ihren Namen lesen und anfangen zu grinsen, bald erleichtert lachen, endlich können sie diese Frau in aller Offenheit verhöhnen.

Und während sie sich dies noch gar nicht in allen Einzelheiten ausgemalt hat, die Zeitung eben an der richtigen Stelle aufgeschlagen, tritt das Unvorstellbare auch schon ein, wird sie aus dem Leben geworfen, entdeckt sie auf der Seite mit den Todesanzeigen ihren eigenen Namen.

Sie schlägt die Seite zu. Schlägt wieder auf. Ihr Name. Es kann keine Verwechslung geben. Das ist sie.

Es flimmert ihr schon vor den Augen, sie spürt bereits ein Ziehen in der rechten Achselhöhle, aber sie reißt sich noch einmal zusammen, liest die Anzeige genau. Als Todesdatum ist der Donnerstag vergangener Woche angegeben. Kein Geburtsdatum, nur das Alter, zweiundachtzig Jahre, aber das trifft auf sie nicht zu, sie ist noch weit davon entfernt. Schon hofft sie, sich verlesen zu haben, ein weiteres Mal blickt sie auf den Namen, es ist immer noch derselbe. Kein Unterzeichner, kein Beerdigungstermin, nur eine kleingedruckte Zeile mit dem Hinweis, die Beisetzung habe bereits in aller Stille stattgefunden.

Sie spürt das Pochen, sieht die Punkte in der Luft. Sie muß umgehend etwas unternehmen, im Telefonbuch nach einer Frau desselben Namens suchen, in der Anzeigenannahme der Zeitung anrufen, zu allererst muß sie ihrem Mann die Seite zeigen, ist ihm denn diese Niederträchtigkeit nicht aufgefallen, er liest doch auch die Todesanzeigen zuerst. Wo ist er überhaupt, steht er wieder oben am Schlafzimmerfenster, während sie hier in der Küche ihr eigenes Todesurteil lesen muß. Sie steht auf, greift die Zeitung, will den Namen ihres Mannes rufen, aber sie hört die eigene Stimme nicht mehr bei diesem lauten Sausen in den Ohren. Dunkelheit.

Als sie aus dem Krankenhaus entlassen wird, muß sie feststellen, daß ihr Mann sich in der Zwischenzeit um nichts gekümmert hat, weder bei der Zeitung angerufen noch bei der Polizei. Sie sei dem Tod nur um Haaresbreite entronnen, die Ärzte hätten ihm eingeschärft, er solle seine Frau sehr lange schonen, darum habe er ihr keine neuerliche Aufregung zumuten wollen. Aber sie weiß, es hat ihn einfach nicht interessiert, ihm wäre es zu mühsam gewesen, an ihrer Statt ein kurzes Telefongespräch zu führen. Nicht Aufregung, Beruhigung hätte es bedeutet, vielleicht nichts weiter als ein bedauerlicher Druckfehler, am übernächsten Tag hätte schon ein Entschuldigungsschreiben im Briefkasten gelegen, ein Bote überreicht das Buchgeschenk, Pralinen, einen Blumenstrauß.

Nun aber bleibt es an ihr hängen, sich Klarheit zu verschaffen, und das bedeutet neuerliche Aufregung für sie, entwürdigende Telefonate mit dem Einwohnermeldeamt, mit Friedhofsverwaltungen, wo sie von gelangweilten Angestellten abgefertigt wird. Welche Überwindung es sie kostet, den Unbekannten am anderen Ende ihren Namen zweimal nacheinander buchstabieren zu müssen, einmal als Lebende, die sich erkundigt, einmal als Tote auf der Liste.

Sie kommt nicht weit. Man wimmelt sie ab, sie stößt auf Schweigen. Ihr wird nicht geglaubt, die Leute legen auf. Manchmal glaubt sie zu hören, wie eine Hand auf die Sprechmuschel gelegt wird, als könnte jemand ein Kichern nicht mehr unterdrücken. Und bald meldet sich auch das Ziehen wieder, sie hat bei jedem Anruf das Gefühl, ihr Herz setzt aus. Sie stellt die Nachforschungen ein, vielleicht ist es auch besser so, wer weiß, was sie erfahren hätte.

Sie stellt sich vor, sie hätte einen Arzt am Apparat, der laut raschelnd in seinen Unterlagen kramt, um ihr nach einer kurzen Pause zu bestätigen, daß er den Totenschein gefunden habe. Der Name stimmt, das Alter in der Anzeige hat er nicht zu verantworten, er nennt ein Geburtsdatum, einen Ort, als Todesursache habe er altersbedingtes Herzversagen festgestellt, demnach sei alles in bester Ordnung, er habe sich da nichts zuschulden kommen lassen.

Sie sieht sich mit einem Formschreiben vom Briefkasten kommen, an ihren Mann adressiert, aber sie hat den Umschlag aufgerissen, überfliegt die spärlichen Zeilen, während sie in die Küche läuft, eine Entschuldigung in aller Form, es sei bedauerlich, daß ihr Mann erst so spät in Kenntnis gesetzt werden könne, man habe sich vertan, ihn nicht gleich ausfindig gemacht, und nun sei seine Frau leider bereits beerdigt, anbei werde ihm die Grabstelle mitgeteilt, am Ende eine ungelenke Unterschrift und weiter nichts.

Ihr Mann sitzt noch beim Frühstück, blättert in der Zeitung, sie wedelt mit dem Brief vor seinen Augen, liest ihm das Schreiben mehrmals vor, er sieht sie ganz entgeistert an, oder ist das Kaltblütigkeit in seinem Blick, sie muß sich an der Tischkante aufstützen, die Buchstaben werden schwächer, gleiten nach und nach in die Dunkelheit, ihr Mann sagt immer noch nichts. Nein, diese Aufregung könnte sie nicht ertragen, eine weitere Herzattacke und es wäre aus.

Sie hätte nach dem Liegeplatz gesucht und überprüft, welcher Name auf dem Kreuz steht, sofern ein Kreuz da war, später ein Stein. Doch sie betritt grundsätzlich keinen Friedhof, niemals wird sie einen Fuß auf den Zierkies setzen, auf nachgiebigen Totenboden.

Die Stelle muß es heute noch geben, falls es sie je gegeben hat, inzwischen völlig überwuchert oder nur ein ungepflegter Flecken Gras. Die zwanzig Jahre Liegezeit sind noch nicht um, wenn sie sich richtig erinnert. Es müssen zwanzig Jahre sein, oder haben sie die Frist bis zur Aufgabe eines Grabes mittlerweile schon wieder gekürzt, sind bloß siebzehn Jahre geblieben, in denen man den Toten ihre Ruhe läßt.

Ihr Mann hatte das leicht für sie erledigen können, aber er hat sich nicht gerührt, dabei ist er immer mit Begeisterung auf Friedhöfe gegangen, hat keine Gelegenheit ausgelassen, sich dort zwischen den Gräbern herumzudrücken, die Aufschriften zu lesen, den unerträglichen Geruch von Buchsbaum und Stiefmütterchen einzusaugen, sogar den Witwen zuzusehen, wie sie mit ihren Gießkannen hantieren. Zumindest stahl er sich häufig auf den Friedhof, als es das Grab seiner Frau dort noch gab.

Nach seiner zweiten Frau jedoch hat er nicht suchen wollen, das war ihm lästig. Sie weiß, er wird sie nie besuchen, wenn sie tatsächlich einmal im Grab liegt, er wird sich über ihren letzten

Willen hinwegsetzen und auf der Seite mit den Todesanzeigen inserieren. Damit hat sich der Fall für ihn erledigt, kein einziger Gedanke mehr, nicht die blasseste Erinnerung wird bleiben.

°

Wir sind in einer Gegend gelandet, die auch Paulina nicht gut kennt, wir suchen eine Tankstelle und halten in der Nachtlandschaft Ausschau nach hellen Flecken, nach rotem, grünem oder blauem Licht.

Paulina sagt: »Da ist noch etwas, was du wissen mußt.«

Ich spüre eine untergründige Aufregung in ihrer Stimme. Ich kenne diesen Ton von ihr, es hat ihn immer gegeben, ein Ton, der Freude oder Unsicherheit bedeuten kann. Ich kenne ihn seit meiner Kindheit und habe nie auf Anhieb sagen können, ob er das eine oder das andere bedeutet.

Sie sagt: »Ich weiß nicht ganz, wie ich es dir erzählen soll. Ich habe meine Schwester getroffen, stell dir vor, ich habe Nora wiedergesehen.«

Die Unsicherheit ist fort. Paulina freut sich über die Begegnung, sie freut sich auch, daß sie mir davon erzählen kann. Ich hoffe, meine Skepsis läßt sich nicht an meinem Gesicht ablesen, der tiefseegrüne Schein. Zum Glück wendet Paulina den Blick nicht von der Straße ab, ich nicke nur, damit sie weiter spricht.

»Ich war ganz aufgeregt. Zugleich ist mir ein bißchen mulmig, als ich sie im Supermarkt erkenne, mit Sonnenbrille, und der Einkaufswagen voller Lebensmittel, wie sie eigentlich nur alte Leute essen. Ich wußte nicht, ob sie unerkannt bleiben wollte, die Sonnenbrille, und so verschreckt, wie sie in die Regale schaute. Ich gehe auf sie zu, sie hebt den Blick, im ersten Moment wirkt sie verwirrt, als wäre sie nicht richtig ausgeschlafen.«

Mir ist nicht klar, was ich von dieser Geschichte halten soll. Als Erwachsener habe ich Nora nie mehr gesehen, aber ich stelle mir vor, daß jener Zug um ihre Augen tatsächlich eine gewisse Verbitterung anzeigte. Schon im Verlauf unseres Ferienjahres veränderte sich ihr Gesicht, wurde härter, verbissener, verzweifelter. Möglich, daß sie darum heute eine Sonnenbrille trägt.

»Wir stehen da, ihr Einkaufswagen mit dem Breizeug und dem Weichgemüse zwischen uns, die tiefgekühlten Putenstreifen, als hätte sie etwas am Magen. Mir ging durch den Kopf: Sie hat mich gar nicht angerufen. Was macht sie in der Stadt, wenn sie nicht hergekommen ist, um mich zu besuchen. Wären wir nicht zufällig zur selben Zeit im Supermarkt gewesen, hätte ich nichts davon erfahren. Vielleicht ist sie öfters in der Stadt, ohne sich zu melden. Und warum diese Einkäufe, als lebte sie hier. Aber darüber sprachen wir nicht. Nicht im Supermarkt.«

Ich sage nichts dazu, ich spüre einfach, hier kann etwas nicht stimmen. Nora war jahrelang von der Bildfläche verschwunden, und nun soll diese Begegnung Zufall gewesen sein. Sie hat entdeckt werden wollen, davon bin ich überzeugt, sonst hätte sie nicht genau in diesem Geschäft eingekauft, sie wäre in ein anderes Viertel gegangen. Sie muß darauf gewartet, muß gehofft haben, daß Paulina sie entdeckt. Ich erkenne nicht, was sich dahinter verbirgt, aber für mich weist dieses Treffen eindeutig auf einen Plan hin, Nora führt etwas im Schilde. Doch Paulina ist in ihrer Freude über das Wiedersehen anscheinend bislang noch nicht zu diesem Schluß gekommen. Sie überlegt einen Moment.

»Ihre Zurückhaltung kann ich verstehen, wir hatten so lange keinen Kontakt. Aber natürlich hat auch sie sich gefreut.«

Die letzten Worte hat Paulina mit einem leichten Schwanken in der Stimme gesagt. Vielleicht glaubt sie selbst nicht so recht daran, oder sie hat, wie ich, beim Gedanken an Nora unwillkürlich auch wieder unsere Vergangenheit vor Augen, jene Ferien, von denen nicht gesprochen werden soll. Wir schweigen.

Noras Verschwinden hat mich nie besonders beschäftigt, über die Jahre hin habe ich auch nur selten darüber nachgedacht, wie wohl ihr Leben als Erwachsene aussehen könnte. In dem Moment, als sie mit ihren Eltern brach, wurde mir Nora ein bißchen unheimlich. Ich hätte es damals gar nicht erklären können, aber von dem Tag an achtete ich darauf, eine gewisse Distanz zu ihr zu halten. Eine Vorsichtsmaßnahme vielleicht, damit es mich nicht so hart träfe, falls Nora nun bald auch mit uns anderen brechen wollte.

Die Heftigkeit des Streits mit ihren Eltern beunruhigte mich, dabei war es im Grunde nur um eine unbedachte Bemerkung gegangen. Außerdem konnte ich Noras Durchhaltevermögen nicht nachvollziehen, ihre Prinzipientreue. Nachdem sie einmal verkündet hatte, sie wolle mit ihren Eltern kein Wort mehr reden, hielt sie sich tatsächlich mit aller Verbissenheit daran. Paulina, Carl und ich waren die einzigen, mit denen sie zu Hause noch sprach. Den Eltern gegenüber gab sie höchstens ein kurzes »Ja« von sich, ein »Nein«, unwirsch und leise, mitunter der eine oder andere fast formelhafte Satz, als hätte sie sich die Antworten vorher zurechtgelegt, auswendig gelernt. Nora, die immer am stärksten zu den Eltern gehalten hatte, sah sich nun von ihnen verraten. Und dieses Gefühl hat offenbar bis heute nicht nachgelassen.

Ich weiß nicht mehr, um welches Attentat, um welche Geisel jener Jahre es geht, Nora sitzt mit ihren Eltern im Wohnzimmer, sie sehen Spätnachrichten, wir anderen drei verstecken uns im Flur und lauschen. Die splitterübersäten, abgeriegelten Straßenzüge, die schillernden Blutlachen und rostroten Abdrücke schwerer Schuhe auf Asphalt, die matt leuchtenden Sitzpolster eines zerschossenen Wagens können wir uns anhand des Fernsehtons genausogut selbst ausmalen wie gepanzerte Fahrzeuge und schwerbewaffnete Polizisten, die scheinbar unbekümmert inmitten solcher Szenerien stehen.

Mit Sicherheit werde die Todesstrafe bald wieder eingeführt, meint Nora, es klingt, als sagte sie das eher nebenbei. Doch im Verlauf des folgenden Wortwechsels steigert sie sich immer mehr in diese Befürchtung hinein, vom Widerspruch der Eltern angestachelt. Nora wird laut, wirft ihnen vor, auch sie seien insgeheim für die Wiedereinführung der Todesstrafe, trauten sich nur noch nicht, das zuzugeben. Die Mutter regt sich auf, Nora solle sich ihren Eltern gegenüber besser beherrschen. Im Flur ist jedes Wort zu verstehen.

Die Nachrichten sind längst vorbei, im Fernsehen läuft eine Filmmusik mit Geigen, und jetzt erst schaltet sich der Vater ein, er will in ruhigem Ton vermitteln. Nora wisse genau, daß ihm das Töten von Menschen zuwider sei, ob nun durch Attentate oder per Gesetz. Jede Gewaltanwendung erfülle ihn mit Abscheu, dies habe er auch seinen Kindern immer zu vermitteln versucht, sie seien alle drei in diesem Sinne erzogen worden. Doch damit kann er Nora nicht beruhigen.

»Dich interessiert nicht einmal, daß dein eigener Vater bei der Legion Condor war. Behauptest einfach, du hättest keinen Vater mehr, stellst dich im Museum vor Picassos Bild zu Guernica, und damit ist die Sache ganz bequem erledigt.«

Einen Augenblick lang ist es im Wohnzimmer still, sogar der Heimatfilm scheint angehalten zu haben. So still, daß ich mir sicher bin: Die Eltern der drei haben von unseren Nachforschungen nicht das geringste mitbekommen. So still, daß man tatsächlich glauben könnte, sie hätten nie etwas von der geheimen Geschichte unseres Großvaters gehört.

Wäre der Taubenmann nicht gestorben, hätten wir anderen uns vielleicht nie mit Noras Lieblingsbüchern beschäftigt, und hätten wir unseren Großvater jemals getroffen, wären wir seiner Beteiligung am Spanischen Bürgerkrieg vielleicht kaum weiter nachgegangen. Eine Kette von Vermutungen, die sich bis in die Gegenwart weiterführen läßt, denn hätten wir nicht auf Nora gehört, müßte ich heute vielleicht nicht in einer nordmarokkanischen Ebene ein Flugfeld sehen, auf dem unser Großvater gelandet ist.

Ich weiß nicht, ob ich in Münster, Halle, wo er später stationiert war, oder in Bergen, wo er Funkfeuer eingerichtet hat, Bilder von vergleichbarer Leuchtkraft vor Augen hätte, ob es dort auch dieses Erschauern gäbe, ein Gefühl im Magen, als würde ich mit rasender Geschwindigkeit in die Vergangenheit zurück gerufen. Im Fernsehen kommt der Flughafen von Bergen ins Bild, erst aus der Perspektive eines Helikopters, dann vom Tower her gesehen, Flugtaxis transportieren Arbeiter vom norwegischen Festland zu ihren Bohrinseln im Meer. Schulterzuckend sehe ich Anlagen, bei deren Aufbau unser Großvater vor nun bald sechzig Jahren mitgeholfen hat.

Die restlichen Orte seiner Soldatenzeit sind nie ein Geheimnis gewesen, vielleicht hat er darüber sogar Anekdoten erzählt, wenn er im Kaufhausrestaurant seine Kinder traf. Auf einen Kaffee nur, knapp eine Viertelstunde seiner Mittagspause, und er versucht, sich mit Geschichten aus der Segelfliegerzeit und Kriegserinnerungen über Wasser zu halten, weil es doch kaum etwas zu reden gibt, nur ein paar Fremde, die am Resopaltisch in der Selbstbedienung beieinander sitzen. Vielleicht hätte er es einfach nicht ertragen, über unsere tote Großmutter zu sprechen.

Nora hatte ein Erinnerungsbuch an den Spanischen Bürgerkrieg gelesen, das genau den Zeitraum abdeckt, in dem auch unser Großvater sich in Spanien aufgehalten hat. Der Autor muß seinen Bericht im selben Monat geschrieben haben, als unser Großvater sich auf die Heimreise vorbereitete. Hier wurde uns die Sicht der Gegenseite vorgeführt, schlecht ausgerüstete Freiwillige im Kampf für die Republik, die sich von ihrem Einsatz ein Abenteuer erhofft hatten, ohne zu ahnen, wie gleichförmig ein Krieg verlaufen kann. Der Autor beklagt sich über die Langeweile im Schützengraben, er habe während fast drei Wochen nicht mehr als drei Schüsse auf den Feind abgeben können, langsam verliere er seine Hoffnung auf Kämpfe um Leben und Tod, die aber doch der einzige Anlaß dafür gewesen sei, sich freiwillig zu melden. Wenn es so weiterginge, würde er zwanzig Jahre brauchen, bis er seinen ersten Faschisten getötet hätte.

Gemeinsam fieberten wir mit ihm den ersten heftigen Schußwechseln entgegen, wir wünschten ihm mehr Munition, damit er sein Ziel schnellstmöglich erreiche. Und während wir uns seinen ersten Toten vorstellten, kam immer wieder unser Großvater in den Blick, vielleicht hatte er sich bei Aufklärungsflügen gelegentlich auch diesem Schützengraben genähert, und eines Tages mochte seine Maschine dem Freiwilligen ins Visier geraten sein. Aber die tödlichen Schüsse auf einen Faschisten blieben aus.

Wäre die Geschichte anders verlaufen, dann gingen wir heute auf den Friedhof und suchten nach dem Grab eines früh verstorbenen Fremden, von dem niemand in der Familie mehr Genaues weiß. Die Einfriedung aus Buchs, ein widerwärtiger Geruch, Stiefmütterchen vielleicht, der Stein verdeckt von Zweigen, man muß sich anstrengen, wenn man den verwitterten Spruch entziffern will, aber man wird enttäuscht, es ist nur eine der üblichen Kriegerfloskeln. Nein, das ist unmöglich. Ich muß mir immer wieder vergegenwärtigen, daß wir gar nicht am Grab eines Großvaters stehen könnten, schließlich wären wir nie auf die Welt gekommen.

Neuwagenspray gibt es nicht nur für die einzelnen Marken, die Gerüche sind sogar nach Modellen und Baujahr verschieden. Ich würde mir vielleicht ein Spray für meinen Wagen kaufen, ich kenne Marke und Modell, es wird seit Jahren nicht mehr produziert. Beim Baujahr bin ich mir nicht sicher, wahllos nehme ich Spraydosen aus dem Regal und lese Etiketten, ich will auch nicht den Geruch eines anderen Typs in meinem Auto haben.

Offenbar irre ich zu lange im Tankstellengeschäft herum, die Nachtkassiererin hält mich fest im Blick, dabei könnte sie mich genausogut auf dem Bildschirm direkt vor ihren Augen beobachten. Der Wagen ist vollgetankt, Paulina will noch auf die Toilette und holt den Schlüssel dafür an der Kasse ab. Eine seltsame Gepflogenheit, ich weiß nicht, warum die Toiletten heute immer abgeschlossen sind, als wollten sich die Angestellten einer Tankstelle nach Möglichkeit an ein Gesicht erinnern können, wenn hinterher eine verschnürte Geisel in der Toilette liegt.

Der Neuwagengeruch, den ich gebraucht hätte, ist nicht lieferbar. Paulinas Auto ist verriegelt. Ich will noch eine Zigarette rauchen, bevor wir weiterfahren. Auf meinem Weg nach draußen hat mir die Kassiererin nachgeschaut, als wäre ich ein Zombie, der von irgendwoher gerufen wird.

Ich muß mit Paulina über ihre Schwester sprechen, am besten gleich, noch auf unserer Fahrt nach Hause. Morgen wird sich alles um den Friedhofsbesuch drehen, Paulina ist dann schon beim Frühstück aufgeregt, obwohl wir immer erst am Abend gehen. Es soll möglichst dunkel sein, wenn wir den Friedhof betreten, im Sommer müssen wir den richtigen Moment abpassen, bevor das Tor geschlossen wird. Wir wollen nicht, daß irgendwer auf die Idee kommt, es könnten wir sein, die das Grab betreuen. Es liegt nicht weit vom Grab des Taubenmanns, damals war dieses Ende des Friedhofs offenbar neu angelegt. Wir kümmern uns um das Grab einer Person, die wir nicht kennen, nie gesehen haben. Auf dem Stein steht auch kein Name, nur ein Spruch: »Wir werden uns immer an sie erinnern.«

Nora verfolgt Absichten, von denen ich nichts weiß, und ich spüre, ihre Pläne würden mir nicht gefallen. Aus ihren Einkäufen werde ich nicht klug, sie muß sich sehr verändert haben. Andererseits kann ich mir nicht vorstellen, daß ihre Verbissenheit nachgelassen hat, die Strenge mit sich selbst und der Welt, ihre unnachsichtige Suche nach der Wahrheit. Vielleicht ist Nora nur darum wieder aufgetaucht, weil sie mit uns auf den Friedhof gehen will. Ich habe keine Ahnung, wie ich reagieren würde, wenn am Ende auch noch Nora mit der Behauptung käme, wir hätten die Alte umgebracht.

Ich muß ein letztes Mal versuchen, Paulina überzeugend zu erklären, daß unser Großvater und seine zweite Frau nach wie vor nur ein paar Straßen weiter wohnen, daß sich nie etwas geändert hat. Möglicherweise fällt es Paulina einfach schwer, diese Tatsache zu begreifen. Alles ist so geblieben, wie es vor zwanzig, schon vor vierzig Jahren war: Unser Großvater schweigt, es gibt keinen Kontakt. Selbst wenn er sich früher einmal gegen die Vorstellung von einem Leben ohne jede Verbindung nach draußen gewehrt haben mag, sollten wir heute einsehen, daß er sich längst gemeinsam mit seiner Frau in diesem Leben eingerichtet hat.

°

Im Jahr, als der Taubenzüchter starb, muß sie zwischenzeitlich verrückt gewesen sein, denn sie hat etwas Undenkbares getan. Damals war sie der Ansicht, sie nehme ihren ganzen Mut zusammen, obwohl es nichts als Leichtsinn war. Nie vorher und nie wieder danach hat sie mit einem ihrer Grundsätze so verantwortungslos gebrochen. Wenn sie sich nun wieder vor Augen ruft, wie sie zum anderen Hügel hinübergegangen ist, kommt es ihr vor, als sähe sie sich selber zu, beobachtete gar eine andere Person, und alle Ähnlichkeit zwischen ihnen wäre nur ein Zufall.

Es war der Sommer kurz vor ihrer Herzattacke, die dann in der Erinnerung alles überschattet hat. Um Ostern herum hatte es mit den Anrufen begonnen, das Telefon klingelte beinahe jeden Tag, man wollte sie zermürben. Irgendwann hielt sie es nicht mehr aus und nahm den Hörer ab. Sie horchte in den Apparat, meldete sich mehrmals, aber am anderen Ende blieb es still. Genau wie sie erwartet hatte. Dann wurde eingehängt.

Sie dachte an das dumme Zeug von einer Kinderbande. Niemand hat diese Bande je zu Gesicht bekommen, und trotzdem wurde später hinter vorgehaltener Hand behauptet, sie hätte etwas mit dem Tod des alten Taubenzüchters zu tun gehabt. Das Geschwätz der Kassiererinnen im Supermarkt hat sie nie beachten wollen, die Kinderbande war eine Erfindung, um sich vor Kunden interessant zu machen.

Aber sie kam auf einen anderen Gedanken, wußte, daß die Kinder ihres Mannes längst Familie hatten, und so versuchte sie auszurechnen, wie alt ungefähr seine Enkel mittlerweile sein mußten. Die Jahre waren so schnell verstrichen, sie hatte immer noch Kleinkinder vor Augen, wo sie Jugendliche hätte sehen müssen. Die anonymen Anrufe. Wenn es nun diese Halbwüchsigen waren, die das Telefon klingeln ließen, um irgendwann einmal ihren Großvater zu erwischen.

Die Anrufe kamen im Sommer wieder. Am anderen Ende nie ein Ton. Bis sie begriff, daß sie dagegen etwas unternehmen mußte. Zurückrufen erschien unmöglich. Die Polizei hätte ihr nicht geglaubt. Ihr blieb nichts anderes als zu schreiben. Sie hat in ihrem Leben nur sehr selten Briefe geschrieben, keiner davon war lang. Der Kugelschreiber beim Telefon ist weg. Sie sieht sich, wie sie in den Schubladen kramt, um einen Stift zu finden, dann sucht sie nach Papier, es soll nicht von einem dieser billigen karierten Blocks sein, die nur für den Einkaufszettel taugen. Auf dem Dachboden entdeckt sie altes Briefpapier, wer weiß, wie das einmal ins Haus gekommen ist, die Bögen sind mit verschiedenen Hoteladressen bedruckt, dazu die passenden Kuverts.

Den Brief hat sie an die Frau seines Sohnes adressiert, auf dem Umschlag nichts außer deren Vorname. Eine Frau, die auch in diese absonderliche Familie hinein geheiratet hatte, und daher die einzige, bei der sie wenigstens auf einen Funken Verständnis hoffen mochte. Sie weiß nicht mehr genau, was sie geschrieben hat, kein Absender und keine Unterschrift. Einfach nur: »Lassen Sie uns in Ruhe.«

Sie sieht sich noch, wie sie das Haus verläßt, den Weg in Richtung Hügel geht, ein unabsehbares Wagnis, sie mußte immer darauf achten, daß niemand sie verfolgt, daß sie nicht einmal aus der Ferne gesehen wurde. Sie ist noch mehrmals umgekehrt, hat eine bessere Gelegenheit abgewartet.

Den Pfad hinauf, wahrscheinlich in der Mittagshitze, wenn es still ist, die Leute sind zur Arbeit oder schlafen, kein Mensch zu sehen. Hätte doch jemand sie unbemerkt beobachten können, hätte sie sich selber zugesehen, wie sie es jetzt in der Erinnerung tut, wäre sie vor dieser Gestalt zurückgewichen, der starre Blick, der unsichere Gang, den Kopf in einer Haltung, als hörte sie die ganze Zeit etwas: womöglich eine Stimme, die niemand außer ihr vernehmen kann.

Sie weiß, es ist das vorletzte Haus. Die Türen sind so weit außerhalb der Stadt nicht abgeschlossen, sie horcht, sie schlüpft hinein und legt den Umschlag auf den Küchentisch.

Die Anrufe kommen weiterhin. Den nächsten Brief muß sie genauer formulieren, und wie im ersten bemüht sie sich, die eigene Handschrift zu verbergen: »Lassen Sie uns in Ruhe unser Leben führen, meinen Mann und mich.«

Bald kennt sie den Weg, die ruhigen Zeiten, wenn kein Mitglied dieser Familie zu Hause ist. Nie spioniert sie dort herum, will gar nichts weiter sehen, legt immer nur so schnell es geht ihren Brief in der Küche auf den Tisch: »Und sagen Sie das auch ihren Kindern.«

Sie will das Telefon nicht mehr klingeln hören, sie muß noch weiter gehen, ergänzt in der verstellten Schrift: »Er ist nicht Ihr Vater, Schwiegervater oder Großvater, schon lange nicht mehr.«

In der Aufregung hätte sie beinahe den Punkt am Ende des Satzes vergessen. Doch erst, nachdem sie noch ein weiteres Mal gezwungen worden ist, den anderen Hügel hinauf zu gehen, gibt es Ruhe: »Das wissen Sie.«

Eine Antwort auf ihre Briefe hat sie nie erhalten, nicht erwartet. Wenigstens die Belästigung durch das Telefon aber hatte bald nach dem letzten Brief ein Ende.

°

Wir fahren durch die Hügel und die Felder, wo sich die Landstraße schnurgerade bis hin zum nächsten Waldstück zieht. Wir durchqueren Ortschaften, deren Namen mir nichts sagen, kommen an zukünftigen Gewerbeparks vorbei, Asphalt und Fußwege, Bogenlampen, sonst nichts.

Langsam gewöhne ich mich an diesen Geruch im Wagen. Als hätte vor mir nie jemand auf diesem Beifahrersitz gesessen und in die Landschaft hinausgeschaut. Als würde Paulina ihre Nachtfahrten immer allein unternehmen. Das ist kaum anzunehmen, aber danach gefragt habe ich sie nie.

Wenn ich früher am Ende der Schulferien von den dreien nach Hause kam, blieb mir besonders Paulinas Bild noch einige Zeit vor Augen. Ich fragte mich, wie nun ihre Tage aussehen könnten, was sie mit ihren Freundinnen unternahm, mit wem sonst sie sich traf. Es war wie mit der Begeisterung für Autos, das letzte Ferienwochenende, die ersten Schultage vielleicht, dann kamen andere Bilder, Mädchen.

Auch später tauchte Paulina manchmal unerwartet auf, meist, wenn ich unbekannte Mädchen beobachtete, mit denen ich gern zu tun gehabt hätte. Ich sah Paulina als Schülerin, die neben ihrer Freundin in der Telefonzelle stand, lachend, immer wieder nach draußen schauend, ohne aber zu telefonieren. Sie ließ die Finger über das metallene Kabel gleiten, nahm den Hörer in die Hand, zögerte noch einen Moment und wählte erst, als ihr die Freundin den zerknitterten Zettel mit einer Telefonnummer vors Gesicht hielt. Ich wußte, die beiden riefen einen Jungen an.

Ich sehe Paulina von der Seite, die Stirn, die Nase so, als konzentrierte sie sich nur auf einen Punkt. Das lange Autofahren hat sie ermüdet, vielleicht sollte ich besser doch bis morgen warten, um Paulina weiter nach ihrer Schwester zu fragen, ihr noch einmal den Tod der Alten auszureden.

Nun ist es nicht mehr weit, wir haben die Vorstadt erreicht, in höchstens zehn Minuten werden wir zu Hause sein, die Leute schlafen noch, nur durch die Jalousien einer Bäckerei dringt Licht. Ich lasse das Fenster herunter, vielleicht kann man das frische Backwerk auf der Straße riechen, aber das Spray ist hartnäckig. Als hätte ich nicht einmal einen eigenen Geruch. Wir sind im Tal, fahren am Fluß entlang, der leere Blumenladen rechts, und links die ehemalige Waffenfabrik. Wenn das Schiebedach offen wäre, könnte ich über uns die Schanze sehen.

Einmal, als ich mit meinen Eltern in der Stadt war, bemerkte ich im Park eine Gruppe von Jungen, die sich um ein Mädchen scharten. Es wurde langsam dunkel, ich spürte eine Spannung, als warteten die Jungen nur auf ein Zeichen ihrer Anführerin, die völlig gelassen auf der Lehne einer Parkbank saß. So stellte ich mir auch Paulina vor und wäre gern einer dieser Jungen gewesen, zugleich aber wußte ich, daß ich niemals einen ähnlichen Frühlingsabend im Park verbringen würde.

Wir sind im Viertel angekommen, vor dem Supermarkt

wird ein Lieferwagen ausgeladen, Gemüsesteigen unter Neonlicht. Nachdem wir die alten Bauernhöfe passiert haben, schaltet Paulina in den zweiten Gang, das letzte Stück des Hügels geht es steil bergauf. Schon als ich am späten Nachmittag angekommen bin, sind mir die Schächte neben der nun geteerten Straße aufgefallen, und jetzt kommt es mir vor, als hätte sich auch die frühere Kuhweide links von uns völlig verändert.

Paulina sagt: »Sie haben alles aufgerissen, du kannst dir nicht vorstellen, wie es hier bei Tag aussieht. Da sollte eine neue Siedlung gebaut werden, aber schon während sie die Schächte für die Kanalisation aushoben, kam ihnen das Erdreich eigenartig vor, eine wabblige, zugleich poröse Masse. Dann wurden die ersten Bauarbeiter krank, sie husteten ein paar Tage, und nach einer Woche konnten sie sich nicht mehr rühren.«

Wir biegen in den Pfad zum Haus hinauf, Paulina fährt sehr langsam, und im roten Schein der Bremslichter sehe ich hinter uns Warnband um das Gelände schimmern. Das ganze Areal ist eine abgesperrte Grube.

»Sie hatten die Kanalisation gelegt, aber das Wasser war ungenießbar. Falls überhaupt noch eine Siedlung entstehen soll, müssen sie von vorn beginnen. Zunächst wird der ganze Boden abgetragen. Du kommst nie darauf, was das für eine Masse ist, ich selbst habe es erst nicht glauben können: Es ist ein Pilz. Ein riesiger Pilz unter der Erde, ein einziger Organismus, der schon sehr alt sein muß und sich inzwischen über den gesamten Hügel ausdehnt. Von derartigen Pilzen hatte ich noch nie gehört. Man schätzt, daß dieses unterirdische Geflecht mit der früheren Müllhalde zu tun hat, vielleicht wegen der Plastikplane, der Pilz kann sich unter der Abdeckfolie gebildet haben, und die hat sich langsam zersetzt.«

Bei Nacht sieht man alles nur schwarzweiß, aber ich wüßte gern, ob dieser Pilz bei Tag eine bestimmte Farbe hat. Paulina schüttelt den Kopf, das Zeug ist grau, unterscheidet sich farblich nicht vom restlichen Erdreich, sonst wäre es viel früher aufgefallen.

Sie schaltet den Motor aus, neben uns in der Einfahrt steht mein Wagen. Als nach der endgültigen Trennung erst ihr Vater, dann ihre Mutter in eine andere Stadt gezogen ist, hat Paulina das Haus von den Eltern übernommen. Heute ist sie die einzige in der Familie, die noch so nah bei unserem Großvater lebt. Das Haus des Taubenmanns steht leer, nach dessen Tod ist es nie wieder bezogen worden.

»Eigentlich sollen die Anwohner nur noch mit Mundschutz vor die Tür. Alle hier haben solche Atemmasken im Haus. Aber auf die Dauer hält man sich doch nicht daran.«

Paulina meint, nach der Entdeckung dieses unwirklichen Pilzes sei ihr langsam aufgegangen, warum es hier am Hügel immer diesen starken Schimmelbefall gegeben habe. Sie fragt, ob ich mich noch daran erinnern könne, wie wir im Herbst gemeinsam auf Schimmelsuche gegangen seien.

»Nein, daran erinnere ich mich nicht mehr.«

In allen Häusern hätten wir den Schimmel aus den Kellern gekratzt und damit ein zusätzliches Taschengeld verdient. Während der Herbstferien sei dies eine Einnahmequelle gewesen, die den Kindern weiter unten im Tal oder am gegenüberliegenden Hügel nicht offenstand, dort gab es keinen Schimmel. Paulina überlegt, es könnte sein, daß ich tatsächlich nie dabeigewesen bin.

»Ich hatte immer in Erinnerung, daß wir im Herbst beim Kartoffelklauben geholfen haben.«

Aber an die Sporen müsse ich mich doch erinnern, die bei Sonnenuntergang in der Luft schwebten. Die Flocken, von denen der Hügel an manchen Abenden eingehüllt war. Wir nannten sie Sporen, obwohl zu jener Zeit noch niemand von diesem Pilz gewußt hat.

»Vielleicht habe ich es einfach vergessen.«

Ich habe keine Erklärung dafür, daß ich mich an den Schimmel nicht erinnern kann. Ich erinnere mich noch sehr genau, wie die Vögel des Taubenmanns nach dessen Tod auf die Rückkehr ihres Herrn zu warten schienen. Niemand hatte sie abgeholt, sie wohnten weiterhin in ihrem Schlag und flogen herüber in unseren Garten. Man hätte sogar meinen können, es kämen immer mehr Tauben hinzu, als erreichten manche Tiere, vor langer Zeit an fernen Punkten ausgesetzt, erst jetzt ihr Ziel, zu spät, zerzaust und ausgezehrt von den Strapazen auf ihrem langen Weg. Das Dach des Nachbarhauses, der Rasen und der Waschbetonweg verschwanden nach und nach unter einer weißen Schicht. Wir wußten, daß Tauben Krankheiten übertragen, die auch für den Menschen gefährlich sind, und manchmal dachten wir darüber nach, ob es nicht besser wäre, eine Waffe zu besorgen.

Ich weiß noch, daß Polizisten an der Tür klingelten und Flugblätter mit Fahndungsphotos verteilten. Einer der Gesuchten hatte eine gewisse Ähnlichkeit mit dem Vater der drei, aber ich war wohl der einzige, dem das auffiel.

Den Taubenmann hatten wir immer verdächtigt, ein Informant zu sein, wir lasen es aus seinem Blick. Wenn er doch sonst mit niemandem sprach, zu was sollte er sein Telefon benutzen, als bei der Polizei Fremde anzuschwärzen, die seinem Gelände zu nahe kamen.

Ich erinnere mich an die Patronenhülsen, die wir auf der Schanze suchten, an einen unsichtbaren Schützen, hinter dem wir anfangs den Taubenmann vermuteten. Eine falsche Fährte, denn wir fanden noch immer neue Projektile, als der Taubenmann längst begraben war.

Eines Morgens werden wir vier von einem Schepperklang geweckt, den Rufen beinahe unkenntlicher Stimmen, und erst nach mehrmaligem Wiederholen können wir einen Spruch verstehen, der über den gesamten Hügel hallt. Alle Bewohner werden aufgefordert, in ihren Häusern zu bleiben, sich ruhig zu verhalten und sich den Fenstern nicht zu nähern.

Aus unserer Deckung hinter dem Vorhang spähen wir in den Garten, da geht ein Zittern durch die Sträucher, verbergen sich Männer in Uniform, sie tragen Helme. Wir laufen zur anderen Seite des Hauses hinüber, doch das Wohnzimmer dürfen wir nicht betreten, durch die Terrassenscheiben könnte man uns von draußen sehen. Paulina kriecht ein Stück weit in den Raum hinein, bis sie eine Reihe dunkelgrüner Fahrzeuge auf dem schmalen Weg erkennen kann. Von dort sind auch die Anweisungen aus dem Lautsprecher gekommen, nun aber ist es schon seit einer ganzen Weile still.

Vielleicht schlafen die Eltern noch, wir wissen nicht, wie spät es ist. Außer uns scheint niemand im Haus zu sein, vielleicht ist der Vater längst zur Arbeit fort und die Mutter einkaufen gefahren. Wenn tatsächlich der ganze Hügel abgeriegelt sein sollte, steht sie nun möglicherweise unten vor einer Polizeisperre und darf nicht herauf. Die Stille ist unangenehm, nur ab und zu ein fernes Funkgerät, ein leises Rascheln irgendwo im Laub.

Ich weiß nicht, ob wir hier im Halbdunkel des Flurs sicher sind. Paulina schaut bekümmert zu Boden, Carl scheint alle Garderobenhaken nacheinander intensiv zu mustern, und als ich Noras Blick begegne, erkenne ich einen Anflug von Triumph, als hätte sie diese Situation immer vorausgesehen. Als hätte sie gewußt, daß die Sondereinsatztruppen irgendwann auch uns zu Leibe rücken, als bereitete sie sich nun schon darauf vor, den Polizisten ins Gesicht zu spucken, um daraufhin die ganze Nacht verhört zu werden. Sie wird trotz der Erschöpfung standhaft bleiben, trotz aller Drohungen keinen Namen verraten, schon jetzt preßt sie die Lippen aufeinander, doch in ihrem Triumph wirkt sie nicht glücklicher als Carl, Paulina und ich wahrscheinlich auch.

Ich erinnere mich, wie wir aus dieser angespannten Ruhe gerissen werden, von einem Flattern, Rauschen, das mit einem Mal über das Haus hinwegzieht. Im nächsten Augenblick sind wir in der Küche, wo das Geräusch seinen Ausgang genommen hat. Am Haus des Taubenmanns kein Vogel mehr zu sehen. Einzelne Federn, Flaum noch in der Luft. Die Tauben sind vertrieben worden.

Statt dessen haben sich die Sonderpolizisten bis in den Garten auf der anderen Seite des Zaunes vorgearbeitet, sie liegen im Taubenmist, die Waffen sind entsichert. Durchs Fenster in der oberen Etage huscht ein Schattenriß. Dann stürzt ein Stuhl, vielleicht ein Tisch um, hört man dumpf, wie Polster aufgeschlitzt werden. Stoff, Schubladen, Geschirr, und dann Getrampel auf der Treppe, Rufe.

Die Männer im Gras richten die Oberkörper auf. In der Haustür erscheint einer ihrer Kollegen, er läßt das Gewehr sinken. Der Helm, die Weste und die schwarze Uniform, an der noch Daunen haften.

Sie haben tatsächlich geglaubt, das Haus des Taubenmanns sei ein geheimer Unterschlupf, sie würden dort auf Terroristen treffen. Auf einen Wink hin nähern sich die Leute von der Spurensicherung, an ihren Photoapparaten können wir sie erkennen. Es sind Waffen gefunden worden, Gewehre und Pistolen werden aus dem Haus geschleppt, die Träger sind bepackt mit Munition. Nun wird man allen Ernstes überzeugt sein, man habe dort ein Lager ausgehoben, dabei handelt es sich nur um die Waffensammlung eines längst gestorbenen alten Mannes.

Ich erinnere mich noch gut daran, wie die Gewehre in der Sonne glänzen. Ein Polizist nimmt den Helm ab, sein Haar darunter ganz verschwitzt. Wenig später eine weitere Lautsprecherdurchsage, die Entwarnung.

Ich weiß noch, wie verwundert wir darüber waren, daß wir seit jenem Tag auf der Schanze nie wieder eine leere Patronenhülse finden konnten. Von unserer gemeinsamen Suche nach Schimmel aber ist mir kein Bild haftengeblieben, und sei es noch so schwach.

Ich sollte nicht mit nackten Füßen gehen. Ich habe gewartet, bis Paulina eingeschlafen ist, und als ich ihren ruhigen Atem hören konnte, bin ich wieder aufgestanden. Festes Schuhwerk in der Wohnung mitten im Sommer, das kann niemand von einem verlangen.

Paulina hat das Haus nach ihren Vorstellungen eingerichtet, die Wände sind in einer anderen Farbe gestrichen, neue Möbel hinzugekommen, aber in den Grundzügen hat sich natürlich nichts verändert. Sogar der Plattenspieler steht noch an derselben Stelle im Wohnzimmer. Ich sehe unseren Hauch an den Terrassenscheiben, als wären wir seit damals nicht gewachsen.

Die schwarzen Falken mit ihren unregelmäßigen Flügeln, mit ihren Fehlern in den Zacken und verschnittenen Köpfen sind schon lange von den großen Terrassenscheiben gekratzt und durch gekaufte Folienraubvögel ersetzt. Der Teil des Gartens vor der Terrasse ist mit Warnband abgezäunt, da stehen sogar Totenkopfschilder, man hat den Boden ausgehoben und alles alte Gerümpel unter der Terrasse fortgeschafft. Es müssen auch noch Sachen von uns vieren dabei gewesen sein, Heftchen mit Glanzphotos, verrottet, unkenntlich mittlerweile, im Zwischenraum unter der Terrasse hatten wir früher ein geheimes Lager.

Bislang ist man nicht ganz sicher, wartet auf die Analyse, es könnte sein, der unterirdische Pilz reicht bis zu Paulinas Haus herauf. Es wäre möglich, daß sich der Pilz von diesem Haus her ausgebreitet hat. Aber das trifft auf jede Parzelle am Hügel zu, und überall wird gegraben. Das Warnband und die Schilder mit dem Totenkopf sind nur zur Vorsicht angebracht. Bis man Genaueres weiß, besteht kein Grund zur Sorge.

Bei unserer Verfolgungsjagd hat der Wagen ein paar Kratzer abbekommen, außerdem will Paulina morgen mit ihm in die Waschanlage fahren. Nachmittags werden wir nicht im Garten sitzen können, weil es genaugenommen keinen Garten mehr dort draußen gibt. Ich starre in das aufgehäufte Erdreich, die freigelegten Stauden, pelzigen Gladiolen. Draußen kann ich Fetzen einer schwarzen Plastikfolie entdecken, Schrauben, verschmorte Frischhalteboxen, Spielzeugteile und anderen Müll. Der Oberschenkel eines Kalbs, ein Schulterblatt im Lehm, vermutlich haben Hunde diese Knochen dort vergraben.

Am frühen Abend werden wir zusammen auf den Friedhof gehen, das Werkzeug liegt bereit, die Gummistiefel, Paulina wird noch frische Blumenerde kaufen. Vorhin, während ich ihr zusah, wie sie sich nach dem Zähneputzen die Hände gründlich eincremte, hat sie mich im Spiegel angeschaut und eine Überraschung angekündigt, für morgen abend, wenn alles andere erledigt ist. Mehr wollte sie mir nicht sagen.

Der erste Schimmer zeigt sich in den Wolken, bald wird die Sonne aufgehen. Ich werde mich nicht hinlegen. Ich könnte doch nicht schlafen.

°

Heute steht sie nicht mehr am Schlafzimmerfenster, die Zeiten sind vorbei. Sie kann sich nur noch unter größter Anstrengung länger auf den Beinen halten, so oft es geht, setzt sie sich in ihren Sessel, legt die Füße hoch, die Taubheit, nicht einmal ein Kribbeln. Auf ihre Knie kann sie sich immer weniger verlassen, die Beine knicken einfach ein. Vielleicht hat das begonnen, als sie einmal mit einer Herzattacke auf dem Küchenboden zusammengebrochen ist, vielleicht zeigte sich damals die erste leichte Unsicherheit. Sie sitzt im Wohnzimmer, der Flur so unübersichtlich wie je, sie telefoniert nicht mehr. Ab und zu hört sie es noch klingeln, ihr Mann wird hingehen und den Hörer abheben.

Auch er verbringt nicht mehr seine Nächte damit, im Baum vor dem Schlafzimmerfenster nach der Toten Ausschau zu halten. Nicht, daß er es von allein aufgegeben oder irgendwann genug gesehen hätte. Er würde heute noch dort stehen und die Hand zum Totengruß ausstrecken, wenn es nicht die Jalousien gäbe. In der Zeit, als jeden Tag neue Terroranschläge zu befürchten waren, als ständig Banken überfallen, Autos gestohlen wurden und Tote auf den Straßen lagen, als überall die Angst umging, bald würde auch in ruhigen Wohngebieten in die Häuser eingebrochen, haben sie an den Fenstern Jalousien anbringen lassen, aus schwerem Kunststoff, dicht, kein Lichtstrahl kommt bei Nacht herein.

Bald nach seiner Pensionierung hat ihr Mann wieder mit dem Photographieren angefangen. Vielleicht hatte er einfach das Bedürfnis, sich von seiner Toten abzulenken, die er nachts nicht mehr vor dem Fenster sehen konnte. Anders kann sie sich das kaum erklären, denn es gibt hier doch nichts, das zu photographieren lohnt, sie bekommen keinen Besuch, fahren auch nicht in Urlaub. Im Grunde verschwendet ihr Mann bloß Filme, sie möchte gar nicht sehen, was er für Bilder macht, womit er seine Alben füllen will. Er geht durchs Haus und knipst immer wieder dieselben Ecken, die Blumen auf der Fensterbank, die Küche, richtet seine Kamera auf die Polstergarnitur.

Die Filme kommen vom Entwickeln, es müssen unzählige Aufnahmen von ihrem Sessel sein, einmal sitzt sie darin, einmal ist er leer, aber ansonsten sind die Bilder doch wahrscheinlich fast identisch. Als sähe ihr Mann Dinge, die nicht vorhanden sind. Als würde er getrieben, etwas Unsichtbares einzufangen, als wäre er auf der Suche nach Geistern. Manchmal stellt sich ihr Mann vors

Haus und knipst die Tür, was will er mit den Photos vom Spion. Vielleicht läuft er sogar bei Nacht mit seiner Kamera durchs Haus, um Bilder von der völligen Dunkelheit zu machen.

Kein Mond, kein Sternbild, keine Straßenlaterne, nur eine schwarze Fläche auf der anderen Seite der Scheibe, und wenn man die Jalousie ganz herunterläßt, muß man nicht einmal mehr das Rauschen dieses Baumes hören.

Früher ist sie manchmal mitten in der Nacht hochgeschreckt, weil sie glaubte, ein Einbrecher stehe vor dem Bett und wolle sie im Schlaf überraschen. Sie hatte seine Schritte gehört, das leise Knarren der Treppenstufen, die Sohlen auf dem Teppichboden, und jedesmal waren es nur die Zweige, die von außen an der Scheibe kratzten. Nach dem Einbau der Jalousien hat sie solche Träume nicht mehr gehabt, aber sie weiß, es wäre gleichwohl trügerisch, sich in völliger Sicherheit zu wiegen. Wenn man tatsächlich darauf aus ist, einen Menschen umzubringen, halten einen auch Jalousien nicht davon ab.

Es ist nicht nötig, sich in die Nähe seines Opfers zu begeben, mit einem Einbruch brächte man sich schließlich selber in Gefahr. Sie weiß von einer leichteren Methode, ohne Spuren, ohne Verdacht, den Mörder wird man niemals finden, kein Mensch wird auch nur etwas von einem Mord ahnen, auf dem Totenschein ist altersbedingtes Herzversagen angegeben.

Man braucht nichts anderes als Worte, um jemanden zu ermorden. Sie weiß das sehr genau, schließlich wäre sie einmal fast ins Totenreich befördert worden. Die Todesanzeige war kein Versehen. Irgendwer hatte die Absicht, sie auf niederträchtigste Weise aus der Welt zu schaffen. An der vorhersehbaren Herzattacke sollte sie zugrunde gehen. Eine Verwechslung gab es nicht. Sie war gemeint. Sie ist es immer noch.

Sie weiß, wie man Menschen mit Worten tötet. Ihrem Mann

hat sie nie etwas davon gesagt, sie sprechen über solche Dinge nicht. Niemand würde ihr Glauben schenken, wenn sie ihre Befürchtung einmal formulierte. Verfolgungswahn, sie solle in Behandlung gehen, oder nur ein Schulterzucken, die Alte hat noch nie richtig getickt. Niemand nähme diese Gewißheit ernst: Ihr zukünftiger Mörder hat bis heute nichts vergessen, er wartet nur darauf, noch einmal zuzuschlagen.

So hat sie immer aufmerksamer werden müssen, um den lauernden Gefahren auszuweichen, die Seite mit den Todesanzeigen liest sie seit jenem Tag nicht mehr. Zeitschriften nur mit äußerster Vorsicht. Bücher grundsätzlich nicht. Dem Telefon ist sie ohnehin von jeher immer nur mit äußerster Skepsis begegnet. Und wenn sie in den Supermarkt gegangen ist, hätte sie sich am liebsten etwas in die Ohren stopfen wollen, damit sie keinen Klatsch mehr mitbekommt. Vielleicht hat sie tatsächlich manchmal zwischen den Regalen gestanden und die Hände vor die Ohren gepreßt, wenn sie ein Flüstern hörte. Denn man benötigt keine Todesanzeigen, es müssen nicht einmal anonyme Anrufe sein, die so lange wiederholt werden, bis sich das Opfer nicht mehr melden kann. Gerüchte reichen vollkommen aus.

Wenn sie zum Beispiel erfahren müßte, daß es im Viertel heißt, die Alte habe Menschenleben auf ihrem Gewissen. Wenn sich die Leute seit Jahren erzählten, die Alte habe sich zurückgezogen, von ihrer Außenwelt weitgehend abgeschirmt, weil sie befürchte, es könnte noch einmal ein Mensch von ihrer Hand zu Tode kommen. Wenn alle davon ausgingen, sie sei von vornherein hierhergezogen, um zu sterben. Dann, spürt sie, wäre mit einer weiteren Herzattacke zu rechnen, ihrer letzten.

Sie wundert sich bis heute, wie schnell es ihr damals gelang, den Mörder ausfindig zu machen. Da hätte sie mit mehr Geschicklichkeit gerechnet, mit Tarnung, Finten, Schattenmännern gar, doch nichts dergleichen, es spielte sich alles offen vor ihren

Augen ab. Sie hatte einfach viel zu lange nicht richtig hingeschaut. Niemand wird je aus ihr herausbekommen, wer es auf sie abgesehen hat. Das hat sie sich geschworen. Den Namen nimmt sie mit ins Grab.

°

Die Gruben und die Schilder mit dem Totenkopf, der blanke Schädel, zwei gekreuzte Knochen, sie sehen aus wie handgemalt, aber ich weiß, sie sind fabrikgefertigt. Ich sehe mir die Absperrungen genauer an, bin in den Feldern, langsam wird es hell. Ich habe die Gummistiefel angezogen, einen Mundschutz nicht, wahrscheinlich sollte man zur Sicherheit noch Gummihandschuhe tragen, am Ende sogar eine Plastikhaube auf dem Kopf.

Den Pilz werde ich nicht berühren. Ich lasse in der Dämmerung das Warnband eine Weile durch die Finger gleiten und krabbele dann unter der Absperrung hindurch. Ich rutsche von allein in den Schacht hinunter, der Boden ist nicht bröckelig, wie ich es in der Sommerwärme erwartet hätte, sondern fast schlammig, feucht.

Paulinas Überraschung beschäftigt mich. Sie hat davon gesprochen, als wäre sie nicht ganz sicher, ob ich mich darüber freuen werde. Da war wieder der Ton in ihrer Stimme, den ich nicht einordnen kann. Es könnte eine Überraschung sein, die ebenfalls mit Nora zu tun hat, möglicherweise, stelle ich mir vor, hat Paulina mit ihrer Schwester ausgemacht, daß Nora vorbeikommt, wir uns zum Abendessen treffen, weil sie auch mich einmal wiedersehen will.

Ich hätte Paulina doch hartnäckiger fragen sollen, möglicherweise sogar dazu drängen, mir die geplante Überraschung vorher zu verraten. Sie hat eine Andeutung gemacht, daß die Begegnung im Supermarkt nicht die einzige geblieben ist, die beiden werden sich womöglich öfter treffen, halten zumindest regelmäßigen telefonischen Kontakt. Und wenn Paulina am späteren Tag in die Autowaschanlage fährt, während ich im Haus allein bleibe, wird das Telefon klingeln.

Ich kann nicht ausmachen, woher das Klingeln kommt, suche den tragbaren Apparat überall, finde ihn in der Couchecke, es klingelt immer noch, ich werde abheben und einfach »ja« sagen, dann warten. Ich nenne Paulinas Telefonnummer, bestätige »ja, das ist dieser Anschluß«, im selben Atemzug aber ergänze ich »trotzdem haben Sie sich verwählt« und drücke den Knopf, auf dem ein durchgestrichener Telefonhörer zu sehen ist. Wenn Paulina nach Hause kommt, wird sie als erstes fragen: »Hat jemand angerufen in der Zwischenzeit?«

Ich werde überlegen müssen, was ich antworten soll. Auf dem Weg zum Friedhof wird Paulina mir erzählen: »Vorhin hat meine Schwester angerufen, sie hatte es am späten Vormittag schon mal probiert, aber da hat anscheinend etwas nicht gestimmt mit ihrem Telefon, sie wurde falsch verbunden. Dabei war sie sich mit der Nummer absolut sicher, auf der Anzeige war sie schließlich zu sehen.«

Es wird herauskommen, daß sich der eigenartige Ton in Paulinas Stimme geschlichen hat, weil sie nicht von Anfang an die ganze Wahrheit sagen wollte. Vielleicht werde ich schon beim Frühstück erfahren, Nora und Paulina stehen bereits viel länger wieder miteinander in Kontakt, als ich hätte ahnen können, die Begegnung im Supermarkt liegt Monate zurück. Und weil Paulina nicht wußte, wie ich reagieren würde, mein Unbehagen schon voraussah, hat sie mir nicht erzählt, daß die beiden sich längst im geheimen trafen, als ich zu Ostern hier war.

Als Nora mit ihren Eltern gebrochen hatte, fand Carl seine Einschätzungen bestätigt, ich sah ihm die Zufriedenheit an. Nora war aus dem Wohnzimmer gelaufen, die Eltern saßen immer noch wortlos da, wir anderen drei hatten uns längst in unser Zimmer zurückgezogen. Nora warf sich aufs Bett und wiederholte leise ihren Satz: »Mit denen werde ich nie wieder ein Wort reden.«

Endlich hatte Carl uns alle auf seiner Seite, war auch seine ältere Schwester davon überzeugt, wir müßten schweigen. Wenn ich an Nora denke, merke ich, daß sie mir bis heute unheimlich geblieben ist. Ich möchte sie überhaupt nicht wiedersehen.

Der Boden ist weich, gibt als Ganzes nach, die Gummistiefel sind verdreckt. Ich folge dem Verlauf des Schachts, überall sind Bodenproben entnommen worden, die Schächte ergeben ein weit gespanntes Netz. Es sieht so aus, als wenn am Hügel Fernmeldekabel verlegt werden sollten.

Ich erinnere mich an eine Stelle in Noras Lieblingsbuch, wo der Autor erzählt, im Spanischen Bürgerkrieg seien auf bestimmten Frontabschnitten Feuerwaffen ohnehin weit weniger wichtig gewesen als das Megaphon. Da es nicht möglich schien, den Feind zu töten, die lang ersehnten Schüsse auf einen Faschisten auszubleiben drohten, begann man, zwischen den Gräben hin und her zu rufen. Nicht mit Gewehrkugeln, sondern mit Worten machte man den Gegner mürbe, in günstig gelegenen Stellungen tauschten die Freiwilligen ihre kaum funktionstüchtigen Waffen gegen Megaphone, ließen sich zum Schreidienst abkommandieren und brüllten nächtelang Parolen zum Feind hinüber, meist festgelegte Texte, die den einen oder anderen müden, ausgezehrten Wehrpflichtigen auf Nachtwache zum Desertieren bringen sollten.

Besonders eine Formulierung aus dem Repertoire der Megaphonsprüche hat mich beeindruckt, einfach nur: »Toast mit Butter.«

Jener Propagandist, der die Geschichte von gebutterten Toastbrotscheiben in sein Megaphon sprach, wollte die Kämpfer auf seiten der Faschisten glauben machen, die Republikaner seien noch im tiefsten Stellungskrieg mit Friedensrationen ausgestattet. Und obgleich er wußte, daß es im Schützengraben weder

Toast noch Butter gab, die er und seine Kameraden hätten essen können, bekennt der Autor am Ende der Passage, daß sogar ihm beim Hören der erlogenen Worte das Wasser im Mund zusammengelaufen sei.

Ich stelle mir ein zerklüftetes Tal in der Umgebung von Región vor, kein Licht und kein Geräusch, der kalte Himmel, Felsen, irgendwo versteckt lauern die Gegner aufeinander, und durch das Dunkel hallen die drei Wörter, immer von neuem »Toast mit Butter«, bald werden sie zurückgeworfen, niemand weiß bei dem Echo mehr, aus welcher Richtung dieser Ruf zuerst erklungen ist.

Mir fällt erst jetzt auf, daß es hier am Hügel in diesem Sommer keine Mücken gibt. Vielleicht hat man das ganze Gebiet mit Chemikalien gespritzt, weil der Pilz am Weiterwachsen gehindert werden soll. Es liegt auch kein Geruch in der Luft, ich rieche kein Gras, keinen Staub, keine frische Erde.

Es wäre mir unheimlich festzustellen, daß Nora heute noch von einem fanatischen Wahrheitswahn besessen ist. Wenn sie mit der Idee käme, wir sollten endlich einmal zum Haus unseres Großvaters gehen und an der Tür klingeln, wir dürften diese Konfrontation nun als Erwachsene nicht länger scheuen, dann würde sie nicht lockerlassen, bis Paulina überredet wäre. Was hätten wir denn zu befürchten, wird sie fragen, wenn wir unseren Großvater mit den Tatsachen konfrontieren, wenn wir der Heimlichtuerei ein für allemal ein Ende setzen und uns bei ihm nach den Einzelheiten seiner geheimen Geschichte erkundigen.

Hätte Paulina nicht die Wirklichkeit völlig aus den Augen verloren, wäre manches einfacher. Wir könnten gemeinsam auf Nora einwirken, ihrem Plan etwas entgegenhalten. Aber auf Paulina kann ich nicht zählen, sie sähe gar keine Gefahr, weil ihrer Überzeugung nach die Alte längst vom Erdboden verschwunden ist.

Wie hätten wir als Jugendliche eine Beerdigung organisieren

sollen, wie in der Eile so viel Geld beschaffen? Wir hatten keinerlei Erfahrung mit den Formalitäten, ein Totenschein, ein Liegeplatz, wir wären schon mit der Auswahl eines Sarges überfordert gewesen, wie hätten wir uns überhaupt entscheiden sollen zwischen Erde, Urne und See. Keiner von uns vieren hat je ein Bestattungsinstitut betreten.

Warum hätte nie jemand außer uns davon erfahren, zumindest unser Großvater müßte doch wissen, daß seine Frau gestorben ist. Man hätte unsere Eltern informiert, vielleicht sogar einen Verdacht geschöpft und uns vernommen. Erinnert sich Paulina etwa an Polizeibesuche, an Verhöre, ein Gerichtsurteil, unseren Aufenthalt in einer Jugendhaftanstalt? Doch gleich, wie ich es zu erklären versuche, am Ende sagt Paulina immer nur: »Trotzdem.«

Ich bin am Rand der Siedlung angekommen, ohne daß ich den Schacht hätte verlassen müssen. Hier schluckt das Schwarz des Umlandhimmels nachts den roten Schimmer über der Stadt. Die Sonne ist längst aufgegangen, doch ich erinnere mich, von diesem Punkt aus kann man genau erkennen, wie weit sich die Lichtglocke über die Stadt und ihre Ausläufer erstreckt, hier sieht man, wo sie am Hang über den Feldern endet.

Paulina hat richtig bemerkt, daß Noras Einkäufe im Supermarkt eher etwas für alte Menschen waren, doch ich bezweifle, daß dies mit einer Magenkrankheit zusammenhängen kann. Ich kann mir einfach nicht vorstellen, daß Nora Putenragout im Reisrand aufwärmt, um selbst davon zu essen. Als hätte sie keine Zähne mehr. Am Ende kommt noch heraus, daß Nora sich um unseren Großvater und die Alte kümmert. Dann wäre die Begegnung im Supermarkt tatsächlich kein Zufall gewesen, Nora ist in dieses Viertel zurückgezogen, um diesen zwei alten Leuten den Lebensabend komfortabel zu gestalten.

Vielleicht hat sie Mitleid bekommen, hat unsere ganze Geschichte auf einmal so gesehen, als würden wir unseren Großvater und seine zweite Frau vernachlässigen. So wie ich Nora kenne, würde der Anflug eines schlechten Gewissens genügen, damit sie sich immer weiter hineinsteigert. Bis sie schließlich keinen anderen Ausweg mehr sieht, als alle Vorbehalte fallenzulassen, sich bei den beiden zu melden, vorsichtig erst, dann in immer kürzeren Abständen, und sich nach deren Befinden zu erkundigen, schließlich auch Hilfe anzubieten. Fahrten zum Arzt, die Formulare für die Krankenkasse, der Gang zur Apotheke, mit der Zeit kommt Nora der Alten näher, nach und nach legen sie die Scheu voreinander ab, vergessen alle früheren Mißverständnisse, die Abneigung in Unkenntnis des anderen, die ganze Qual über so viele Jahre hinweg.

Nora begreift inzwischen manches besser, die Radikalität der Alten kann sie nachempfinden, und als sie irgendwann zu dritt am Kaffeetisch mit der Möglichkeit spielen, Nora könnte ins Haus einziehen, damit sie nicht täglich solche langen Wege fahren muß, ist sie selbstverständlich dazu bereit, gewisse Regeln zu beachten. Natürlich sieht sie ein, daß man auf die Vorstellungen alter Menschen Rücksicht nehmen sollte, auch wenn ihr manches merkwürdig erscheinen mag. Warum etwa dieses Kontaktverbot immer mit aller Härte durchgesetzt worden ist, hat sie bis heute nicht begriffen, aber es hat kaum einen Sinn, Menschen in diesem Alter noch davon abbringen zu wollen.

So läßt sich die Begegnung mit Paulina im Supermarkt erklären. Melden konnte Nora sich nicht, das war unmöglich, aber ihre zufällige Entdeckung war nicht zu verhindern, dafür kann sie auch kaum zur Verantwortung gezogen werden. Bisher haben unser Großvater und seine Frau noch keinen Verdacht geschöpft, sie wissen nichts von den geheimen Treffen mit Paulina. Nora macht den beiden ihr Abendessen, hilft ihnen beim Waschen und bringt sie zu Bett, danach läßt sie im Wohnzimmer leise den Fernseher laufen, so lange, bis der ruhige Atem zweier Schlafender zu hören ist. Sie geht noch einmal hoch zum Schlafzimmer und vergewissert sich, wirft eine Jacke über, zieht die Haustür leise zu, sie hat gelernt, den Schlüssel ohne ein Geräusch zu drehen.

Hier ist der Schacht zu Ende, die Bagger stehen bereit, aber die Ausgrabung hat noch nicht begonnen. Im Abstand von mehreren Metern sind Pfähle mit roten und weißen Kreidemarken eingerammt, die eine Fluchtlinie ergeben, vom letzten Haus hinunter in die Senke. Tatsächlich hat die Luft nun etwas Milchiges, fast wie ein Flimmern vor den Augen, da schweben Flocken über dem Feld, das könnten jene Sporen sein, von denen Paulina mir erzählt hat.

Falls es sich bei der geplanten Überraschung wirklich um ein Treffen mit Nora handeln sollte, wird Paulina möglicherweise versuchen, mich neugierig zu machen, damit ich meine Abneigung gegen die Begegnung einfach vergesse: »Wir können sogar herausfinden, ob es tatsächlich unser Großvater gewesen ist, der angerufen hat, als wir noch Kinder waren. Weißt du, die seltsamen Anrufe, ohne daß jemand spricht. Du könntest meine Schwester fragen, vielleicht erkundigt sie sich einmal bei ihm, vielleicht erinnert er sich noch.«

Auf der anderen Seite, am gegenüberliegenden Hügel, sehe ich, ist schon gegraben worden, es fehlt nur noch die Verbindung zwischen den beiden Abschnitten. Drüben sind zur Absperrung hüfthohe, grobe Kunststoffnetze angebracht, wie sie im Winter Felder gegen die Landstraße abgrenzen, damit Schneeverwehungen nicht über die Fahrbahn ziehen.

Was, wenn ich meinen Wagen nähme, ihn langsam rückwärts aus der Einfahrt rollen ließe, den Pfad hinunter, um noch vor dem Frühstück zu verschwinden? Paulina wird noch länger schlafen, nichts bemerken. Bevor sie mich in diesen Wahnsinn hineinziehen kann, bin ich schon fast wieder zu Hause. Von unterwegs könnte ich anrufen, damit sie sich keine Sorgen macht. Ich werde mich entschuldigen, einmal müsse sie nun eben allein zum Friedhof gehen.

Normalerweise müßten jetzt Amseln und Lerchen singen, aber selbst bei Sonnenaufgang habe ich keine Vögel hören können, eigenartig. Gleich drehe ich um. Ich schaue nur noch einen Moment, ob ich erkennen kann, wie die Absperrungen am anderen Hügel verlaufen. Der Streifen zieht sich erst geradewegs hinauf, dann scheint er abzubiegen und zwischen den Häusern zu verschwinden, wo an der nächsten Straße rechts das Haus der Alten liegen muß.

Verschwiegene

Es sieht so aus, als würde die Möwe am Rand der Uferpromenade die anderen Möwen aufmerksam beobachten. Sie sitzt schon eine ganze Weile, fast bewegungslos, dreht nur den Kopf, verfolgt die Flugbahnen der Artgenossen über dem Wasser. Wahrscheinlich ist sie krank, sonst würde sie die Flucht ergreifen, wenn ein Fußgänger kommt. Ich wäre längst hinuntergegangen und hätte sie mir aus der Nähe angeschaut. Vielleicht sind ihre Flügel lahm. Aber ich weiß, man soll verletzte Tiere nicht berühren.

In diesem Novemberlicht scheint ihr Gefieder untergründig zu leuchten, der Schnee am Fahrbahnrand hingegen nicht, sein Grau bleibt stumpf. Über Tag habe ich immer wieder von neuem das Gefühl, es werde jeden Moment dunkel, morgens im Schneehimmel ein Sonnenschimmer, und als ich nach dem Frühstück auf die Straße trat, kam es mir so vor, als seien mehrere Stunden unbemerkt an mir vorübergezogen, nun folge schon der Sonnenuntergang.

Ein angenehmes Licht. Vermutlich ist es sogar zu dunkel zum Photographieren, man bräuchte einen sehr empfindlichen Film. Den ganzen Winter herrscht ein solcher Dämmer, es heißt, bei manchen Einheimischen führe er zu tiefer Niedergeschlagenheit. Möglich, auch ich könnte den Zustand nicht lange ertragen. Ich bin das erste Mal in Stockholm, war vorher nie so weit im Norden.

Einmal, als Kind, war ich mit meinen Eltern an ihrem Grab, wir gingen heimlich hin, es wurde dunkel. Ich habe diese Heimlichtuerei damals nicht begriffen, die zaghaften Blicke in Seitenwege und die Deckung hinter Buchsbaumhecken auch nicht als Abenteuer verstanden, dafür war die Atmosphäre bei unserem Besuch zu drückend. Wir spionierten nicht, wir waren eher auf der Flucht.

Als wir das Grab gefunden hatten, blieben wir einige Minuten stehen, der Stein, das pflegeleichte Grün, doch keine Dauerkerze oder frische Blumen, wenn ich mich richtig erinnere. Es dauerte nicht lange und wir mußten zurück, der Friedhof würde bald geschlossen werden, und vor uns lag ein Weg, der Finten, Ablenkungsmanöver durch das Gewirr der Kiespfade einschloß, bis wir endlich wieder zum Tor gelangten.

Ich kann noch nicht sehr alt gewesen sein, denn daß die Vorsichtsmaßnahmen mit der Alten und unserem Großvater zusammenhingen, war mir nicht klar. Wir machten die verwirrenden Umwege auf dem Friedhof, weil wir unserem Großvater nicht begegnen durften, der nach der Arbeit manchmal das Grab unserer Großmutter aufsuchte. So hätten wir am Ende beinahe die Schließzeit des Haupteingangs verpaßt.

Es lag kein Schnee, Fußspuren gab es nicht. Ich bin mir nicht einmal sicher, ob es Winter war, wahrscheinlich war ich von der Sorge besessen, wir könnten eingeschlossen werden und müßten über das Tor hinausklettern, zwischen zwei Grabsteinen über die hohe Friedhofsmauer steigen. Eins aber hat sich mir seltsamerweise eingeprägt: der Weg, den meine Eltern zum Grab unserer Großmutter einschlugen. Ich könnte ihn noch heute Stück für Stück nachverfolgen, dabei hatte ich, während wir seinerzeit durchs Dunkel liefen, keinerlei Orientierung, sämtliche Gräber erschienen gleich, auch die Bepflanzung und die alten Bäume hätten mir kaum Anhaltspunkte bieten können, falls ich etwa allein zum Tor zurückgeschickt worden wäre.

Vermutlich hat sich mein Blick in jener bedrohlichen Stimmung an die kaum erkennbaren, für mich bedeutungslosen Zeichen geklammert, ohne daß ich dies überhaupt bemerkt habe. Und trotzdem wirkt es im Rückblick so, als hätte das Kind den umständlichen Weg ganz bewußt behalten, dann über Jahre hin beim Einschlafen jeden einzelnen Schritt vor dem inneren Auge wiederholt, damit der Erwachsene ihn noch einmal gehen könnte. Das Grab im Halbdunkel hat mich auf eine Spur gebracht. Dreißig Jahre später suche ich noch immer nach dieser Frau, die unsere Großmutter gewesen ist.

Es beginnt wieder zu schneien, die Flocken fallen naß und grau, das Bild wird griesig. Die Uferpromenade ist leer, ich kann die Möwe nicht entdecken, sie hat ihren Platz verlassen, war offenbar doch nicht verletzt. Auch die anderen Vögel werden nicht mehr lange kreisen, schon lassen sich einige unter heftigem Flügelschlagen auf dem Wasser nieder. Schneeflocken wirbeln eine Augenblick herum, werden von einer Welle eingefangen und verschwinden.

Im Schneetreiben gleiten ein paar Möwen vor meinem Fenster auf und ab, es kommt mir vor, als hielten sie das Hotel im Blick, als suchten sie nach Schutz. Das Leuchten ihres Gefieders läßt allmählich nach, kein klares Weiß mehr in der nun endgültig hereinbrechenden Dunkelheit. Vielleicht hockt die einzelne Möwe längst neben meinem Fenster auf dem Sims und wartet hier, bis es nicht mehr schneit.

Ich bin in Stockholm wegen Carl. Daß ich ihn immer als Soldaten gesehen habe, hängt vielleicht in erster Linie mit der Möglichkeit zusammen, im Militär spurlos zu verschwinden: ein Leben abgeschlossen in einer Kaserne, womöglich auch noch im Ausland, ohne daß die Familie je davon erfahren müßte.

Gerade bei den Bildern der vergangenen Zeit hatte ich mir manchmal vorgestellt: noch ein, zwei Kameraeinstellungen, dann erkenne ich im Fernsehen plötzlich meinen Cousin, im Hintergrund, am Rand, nur flüchtig, während ein General die Reihen abschreitet. Oder wenn der Verteidigungsminister seine Truppen vor Ort inspiziert und von den Nachrichtenjournalisten gefilmt wird beim Versuch, ein zwangloses Gespräch mit den Soldaten anzufangen. Das leicht verbissene Lächeln, die Worte hört man nicht, was sollen die Soldaten reden, ich schaue mir ihre Gesichter an, einer von ihnen hat sich gerade abgewandt, es könnte Carl gewesen sein.

Doch er ist kein Soldat, nimmt nicht an Auslandseinsätzen teil. Wahrscheinlich habe ich Paulina nicht immer aufmerksam zugehört, oder sie hat tatsächlich kaum von ihrem Bruder erzählt. Bei meinem letzten Besuch aber habe ich aufgehorcht, als sie wie nebenbei sagte, Carl fühle sich in Stockholm wohl, er habe sich dort offenbar innerhalb kürzester Zeit eingelebt.

Was hätte Carl als Mitglied des Militärs in Stockholm zu tun, überlegte ich einen Moment. Dann verschwamm das Bild eines Uniformierten vor meinen Augen, und mir fiel wieder ein: Carl hat eine Laufbahn im diplomatischen Dienst eingeschlagen. Darunter hatte ich mir früher kaum etwas vorstellen können, Arbeit in einem Amtsbüro, steife Empfänge und höfliche Konversation mit Fremden interessierten mich nicht, nun aber kam mir diese Wiederentdeckung gerade recht. Carl würde mir bei meinen Nachforschungen mit Sicherheit behilflich sein können.

Als Botschaftsmitarbeiter kann Carl sich leicht Zugang zu Archiven verschaffen, die mir nicht offenstehen. Das erste Telefonat nach den vielen Jahren war nicht leicht, ich durfte, wenn ich höflich sein wollte, nicht umgehend auf mein Anliegen kommen. Zugleich aber war uns doch beiden klar, daß ich Carl nicht ohne Grund angerufen hatte, und so lavierten wir einige Minuten zwischen alten Erinnerungen und völliger Fremdheit herum, bevor ich endlich mit der Frage herausrückte, ob Carl mir den Gefallen tun könne, die Datenbanken nach dem Namen unserer Großmutter zu durchforsten, vielleicht sogar auf dem Dienstweg eine Anfrage an die geheimen Archive zu richten. Er zögerte, bat sich Bedenkzeit aus, doch schließlich ist es mir gelungen, ihn zu überreden.

Mein Gesicht juckt noch von der Rasur, als ich vor das Hotel trete. Ich sehe keine Möwen auf den Simsen an der Fassade sitzen. Der Schnee ist an den Straßenrändern festgefroren, ich habe mir den Weg zum vereinbarten Restaurant auf dem Stadtplan markiert. Um sicherzugehen, daß wir uns am Treffpunkt auch erkennen, hat Carl vorgeschlagen, im Lokal beim Fischbassin stehenzubleiben, seiner Beschreibung nach ein kahles, helles Becken vorn am Eingang, in dem die Hummer und Aale liegen. Derjenige von uns beiden, der zuerst angekommen ist, wird dann dem anderen ein Zeichen geben.

Er hat kein Wort darüber verloren, ob er in den Archiven fündig geworden ist. Vielleicht wird es eine förmliche, befangene Begegnung werden, als wären wir zwei Geschäftsleute, die noch nicht sicher sind, ob sie einen Vertrag miteinander schließen werden. Und nach dem Essen wird Carl mir ohne weitere Erklärung eine Mappe mit Unterlagen überreichen, woraufhin wir das Restaurant verlassen, draußen noch einen Moment in der Kälte stehen, während wir nach Abschiedsworten suchen, die nicht verraten, was wir beide wissen: Wir werden uns nie wieder sehen.

°

Nicht einmal an das Schimmelsuchen konnte ihr Cousin sich erinnern. Manchmal hat er ein solches Beharrungsvermögen, daß sie bald selbst an ihren eigenen Erinnerungen zu zweifeln beginnt. Aber sie weiß doch ganz genau, wie sie mit ihren Geschwistern im Herbst von Haus zu Haus gezogen ist, als sie noch Kinder waren.

Die Sporen in der Luft haben ihrem Cousin damals immer besonders gefallen. Wenn er zu Besuch kam, wollte er gleich am ersten Abend bei Sonnenuntergang hinaus und warten, bis die Sporen erschienen. Nora, Carl und sie haben die Flocken kaum beachtet, beinahe nicht mehr wahrgenommen, sahen diese Erscheinung jeden Tag. Nur durch ihren Cousin sind sie wieder darauf aufmerksam geworden: er zeigte mit dem Finger auf die Punkte in der Luft, kaum zu erkennen, schwach, aber er hatte sie entdeckt, als erster, lange bevor sie dicht wie Schneefall über dem Hügel schwebten.

Ohne ihn hätten sie manche Beobachtungen vielleicht nie gemacht, er hatte einen anderen Blick. Das fing schon an, als sie noch kleiner waren und Steine am Wegrand umwendeten, um die Asseln aufgescheucht herumkrabbeln zu sehen. Dabei hat er sich vor Asseln, Spinnen, Würmern immer geekelt, wollte nicht einmal mit nackten Füßen durch die Wiesen streifen.

Wenn sie zu viert den Hügel erkundeten, wußten sie von vornherein, ihr Cousin würde die meisten Fundstücke anschleppen, mitunter mehr als Nora, Carl und sie zusammen. Sie haben nie solch ein gutes Auge für ungewöhnliche Dinge gehabt, sie waren zu dritt, sahen aber weniger als er. Vielleicht schauen Einzelkinder einfach aufmerksamer, haben mehr Ausdauer, lassen sich nicht so leicht ablenken wie Geschwister. Wenn sie auf der Suche nach nützlichen Gegenständen im Boden gruben, stieß er schon bald auf einen Puppenkopf, auf einen zinkenlosen Kamm aus Perlmutt, oder er fand nicht bloß einen einzelnen, sondern gleich eine Handvoll Plastiksoldaten.

Das Aufspüren von interessantem Müll im Untergrund hätten sie ihm fast allein überlassen können, im Grunde wurden Nora, Carl und sie erst dann wieder gebraucht, wenn es darum ging, auch weniger auffällige Funde interessant zu machen. Ihr Cousin legte etwa Scherben frei, die sie zu einem Teller zusammenfügten, und schon waren sie damit beschäftigt, sich eine Geschichte auszudenken, dem an sich wertlosen Teller eine Bedeutung zu geben. Die Prägung auf der Unterseite war kaum mehr zu entziffern, ein Stück Anstaltsgeschirr vielleicht, doch was für Insassen mochten davon gegessen haben, Irre, Todkranke, und zu welcher Zeit? Wie tief erst wären sie in eine gemeinsam erfundene Geschichte eingetaucht, wenn aus dem Erdreich einmal Splitter von Schellackplatten zum Vorschein gekommen wären.

Ihr Cousin war es auch, der immer darauf bestand, daß sie keine Photos von ihren geheimen Entdeckungen machten. Dabei besaßen sie eine kleine Kamera, einen einfachen, alten Apparat, den Nora zur Konfirmation geschenkt bekommen hatte. Niemand hat je herausgefunden, von wem dieses Geschenk stammte, keine der Glückwunschkarten ließ sich dem Paket zuordnen. Die Kamera war gebraucht, jedoch vom Vorbesitzer immer gut gepflegt worden, und manchmal machte Nora Aufnahmen von der Landschaft um den Hügel, vom Haus und ihren Geschwistern. Wenn aber in den Ferien ihr Cousin kam, blieb der Apparat in seinem Karton unter dem Bett, egal, welche Beobachtungen sie zu viert machten. Gerade bei vorübergehenden Erscheinungen, die unwiederbringlich verschwinden sollten, beharrte ihr Cousin: es sei besser, das Gesehene im Kopf zu behalten, als irgendwelche vordergründigen, am Ende auch noch falsch belichteten Photographien zu sammeln.

Um so seltsamer, daß er sich bei seinem letzten Besuch nicht ans Schimmelsuchen erinnert hat. Als kostete das aufmerksame Beobachten in der Gegenwart seine ganze Kraft, und es bliebe zum Erinnern einfach keine Energie mehr übrig. Dann wieder gibt es Momente, wo sie meint, er lebe ausschließlich in der Vergangenheit. Sie kann sich diesen Widerspruch nur so erklären, daß für ihn Gegenwart und Vergangenheit ineinander übergleiten, vielleicht sieht er da keinen Unterschied, betrachtet das Vergangene auf dieselbe Weise wie das, was ihn im Augenblick umgibt.

Für ihn ist es nicht mehr als ein kleiner Schritt von der einen in die andere Welt, ohne daß er sich fragt, ob andere ihm dabei folgen können. Eben ist er noch wach gewesen, hat aufmerksam geschaut, Bemerkungen gemacht und zugehört, in der nächsten Minute aber sitzt er versunken da, den Blick ins Nichts gerichtet, brütend, nicht mehr ansprechbar. Als würde er von irgendwoher gerufen, als hörte er eine Stimme, die niemand außer ihm vernehmen kann. Bei diesem Anblick wird ihr schwindelig, ihr Cousin wirkt beinahe, als wäre er umnachtet, und sie weiß nicht, soll sie ihn aus seiner düsteren Verfassung herausreißen oder darin belassen.

Gäbe es Photographien aus den gemeinsamen Ferien vor über zwanzig Jahren, hätte sie ihm auch Bilder von den Sporen zeigen können. Er hätte sich erinnern müssen. Zumindest könnte sie sich nun noch einmal vergewissern. Aber wer weiß, vielleicht hätte er recht behalten, und bei dem schlechten Licht nach Sonnenuntergang, dem schwachen Schimmer unzähliger Punkte in der Luft wäre heute auf einer Photographie nur das belanglose Nebeneinander mehr oder minder grauer Flecken zu erkennen.

Als sie wußte, ihr Cousin würde zu Besuch kommen, legte sie jenes alte Photoalbum bereit, das sie alle damals so beschäftigt hat. Sie wollte ihn damit überraschen, es war ihr erst kurz zuvor wieder in die Hände gefallen, und sie hatte sich verkniffen, auch nur einen flüchtigen Blick hinein zu werfen, das sparte sie sich auf, wollte es in aller Ruhe tun, gemeinsam mit ihrem Cousin. Doch dazu ist es nicht gekommen.

Am Morgen nach seiner Ankunft war er verschwunden, ohne eine Nachricht zu hinterlassen. Es muß ein überstürzter Aufbruch gewesen sein, nicht einmal seine Sachen hat er mitgenommen. Das Auto stand nicht in der Einfahrt, sie dachte, er sei Brötchen holen gefahren, kochte Kaffee, deckte schon den Tisch, und wartete darauf, vom Pfad her das Motorengeräusch zu hören.

Dann sah sie im Flur seine Schuhe, dafür waren die Gummistiefel weg, und das hat sie beunruhigt. Sie strich durchs Haus, vielleicht hatte er im Wohnzimmer, auf der Terrasse, oder sogar im Schlafzimmer doch eine Notiz für sie hinterlassen, aber nichts.

Auf dem Nachttisch, sah sie, fehlte eine Figur, nichts Wichtiges, eine alte Keramikpuppe, doch gerade weil diese spanische Tänzerin im Grunde belanglos war, wunderte sie sich. Ihr Cousin hatte sein Gepäck liegenlassen, diese Figur hingegen mitgenommen, ohne erst zu fragen.

Sie stellt sich vor, wie er still in der offenen Schlafzimmertür steht und seinen Blick durchs Zimmer gleiten läßt, über den Schlaf seiner Cousine wachend, als wäre er der Kobold in einem Bilderbuch, an das sie sich manchmal erinnert: Den Tag verbringt er versteckt in der Scheune, bei Nacht aber zieht er über den Hof, spricht zu den Tieren, die den schweren Winter im Stall verbringen müssen, und schaut im Haus nach den schlafenden Bewohnern. Kein Mensch hat ihn je zu Gesicht bekommen, am Morgen finden sich nur seine Fußspuren im Schnee.

Sie weiß nicht, ob auch ihr Cousin diese Bilder nach wie vor in Erinnerung hat, früher haben sie das Buch oft zusammen angeschaut: der Nachthimmel, der viele Schnee, die Dunkelheit im Stall, die Kinder in ihrem warmen Bett. Ganz ähnlich wird sie dagelegen haben, ohne zu hören, daß ihr Cousin die Figur vom Nachttisch nahm. Und wie der Kobold, den alle Kinder gerne einmal sehen würden, ist ihr Cousin verschwunden, während sie fest schlief.

Seit jenem Tag hat er sich nicht mehr bei ihr gemeldet, bald ein halbes Jahr. Dabei haben sie sonst regelmäßig telefoniert. Vielleicht taucht er nie wieder auf. Das Photoalbum liegt noch immer unbesehen in der Schublade.

°

Hätte er mich nicht an den Tisch gewunken, wäre ich beim Fischbecken stehengeblieben und irgendwann wieder gegangen. Ich habe die männlichen Gäste einen nach dem anderen angesehen, jedes Gesicht studiert, Carl aber nicht erkennen können. Unsere Blicke waren sich schon mehrmals begegnet, und endlich gab er mir ein Zeichen. Erst habe ich gemeint, er hätte mich nach meiner Ankunft noch eine Weile in Ruhe beobachten wollen, dabei hat er gezögert, weil ihm mein skeptisches Umherschauen rätselhaft erschien. Er hat sofort gewußt, daß ich es bin, in dem Moment aber vergessen, wie sehr er selbst sich verändert hat, seitdem wir uns zuletzt begegnet sind.

Ich habe ihn mir völlig anders vorgestellt, bin davon ausgegangen, daß er noch immer schlaksig sei, ein ernster Mensch, dessen Bewegungen äußerste Selbstbeherrschung erkennen lassen, dazu eine gewisse Starre des Gesichtsausdrucks, vielleicht sogar ein stechender Blick. Doch nicht einmal an seinen Augen hätte ich Carl erkannt. Es sind keine Italieneraugen mehr, niemandem auf der Straße würden sie noch auffallen. Von diesen Augen muß sich kein Mensch beobachtet glauben, im Gegenteil, ich bin mir sicher, daß Kinder sich behütet fühlen, wenn sie wissen, daß Carl über ihren Schlaf wacht. Sein Gesicht strahlt Ruhe aus, der ganze Körper läßt eine Gelassenheit erkennen, die sich unwillkürlich auf die Menschen in Carls Umgebung überträgt.

Gleich bei unserer Begrüßung habe ich das gespürt. Ich hatte nicht damit gerechnet, daß wir einander in die Arme fallen würden, eher einen zurückhaltenden Handschlag erwartet, doch Carl hat mich mit aller Selbstverständlichkeit an sich gezogen. Und nun, da er mir gegenübersitzt, kommt es mir vor, als hätte ich meinen älteren Bruder wieder getroffen, den ich lange vermißt habe.

Während er beim Reden gestikuliert, versuche ich, mir seine Hände genauer anzuschauen. Auch sie erinnern nicht an den Menschen, als den ich Carl einmal gekannt habe. Ich entdecke keine Warzen, nicht einmal Narben sind zurückgeblieben, statt dessen ist die Haut auf den Handrücken außergewöhnlich weich, was zu den Bewegungen der Hände paßt. Carl hat nicht im entferntesten etwas von einem Soldaten, seine frühere Neigung zur Verschlossenheit, seine Faszination für Schweigegelöbnisse und Schwüre ist ihm nicht mehr anzumerken. Er redet mit einer Offenheit, zu der ich niemals fähig wäre.

Nachdem wir bestellt haben, kommt Carl ohne Umschweife auf unsere Jugend zu sprechen, die gemeinsamen Ferien, und ich spüre bald, daß er nicht vorhat, sich in angenehmen Erinnerungen zu verlieren. Vielmehr habe ich den Eindruck, er möchte mir etwas erklären, will auf etwas hinaus, das ich nicht gleich erkenne. Ob ich mich an den Sommer erinnern könne, als sich die Trennung seiner Eltern ankündigte, die nächtelangen Diskussionen, dafür dann über Tag kein Wort? Ja.

Eines Morgens entdeckten wir, daß der Vater im Wohnzimmer auf der Couch übernachtet haben mußte, er war immer seltener zu Hause, es gab keine gemeinsamen Mahlzeiten mehr, wir alle vier wußten mit der Situation nicht umzugehen, die Ungewißheit, was aus der Familie werden würde, keine schöne Zeit. Im Rückblick sieht Carl es so, daß damals etwas begann, das irgendwann außer Kontrolle geraten mußte. Wir mühten uns, den Eltern vom Gesicht abzulesen, ob diese Krise nur vorübergehend sei, wir schauten hilflos zu, uns blieb nicht mehr, als fortwährend nach aufschlußreichen Veränderungen zu suchen. Carl erinnert sich genau an den Vormittag, als wir herausfanden, daß ihr Vater das Haus offenbar bereits vor einiger Zeit verlassen hatte, die Zahnbürste stand noch im Becher, das Rasierzeug war noch da, aber die Reisetasche fort. Er hatte sich also längst neue Klingen und einen neuen Pinsel zugelegt. Wir kamen uns betrogen vor.

Weder der Vater noch die Mutter hatten ein Wort gesagt, die beiden waren viel zu sehr mit sich beschäftigt, wir mußten uns alles selbst zusammenreimen. Bislang waren wir untätig geblieben, es wäre uns auch keine Möglichkeit eingefallen, die Eltern miteinander zu versöhnen. Doch nun, als es zu spät schien, verspürten wir einen solchen Groll auch gegen uns selber, daß wir entschieden, bei der nächstmöglichen Gelegenheit auf das Geschehen einzuwirken. Wir hatten keine Vorstellung, in welcher Form wir Einfluß nehmen würden, uns den Eltern gegenüber bemerkbar machen, mit welchem unbestimmten Resultat auch immer. Und dann kamen die Briefe ohne Absender. Ob ich mich an die noch erinnern könne? Ja.

Wir kehren vom Großeinkauf nach Hause zurück, und während die Mutter der drei draußen am Wagen noch die Tüten sortiert, tragen wir Wasserkästen in die Küche. Da sehen wir den weißen Umschlag auf dem Tisch. Im selben Augenblick ist uns klar, daß er vom Vater kommt, der Vorname der Mutter vorn auf dem Kuvert, kein Nachname und keine Anschrift, kein Absender. Der Brief steht an ein Glas gelehnt, damit die Mutter ihn bei der Rückkehr sofort entdeckt, wir wissen, dieses Kuvert dürfen wir nicht berühren. Im Hintergrund hören wir, wie die Mutter das Haus betritt, doch ehe sie die Küche erreicht, greift Nora nach dem Brief und läßt ihn in der Hosentasche verschwinden.

Keiner von uns sagt etwas, als die Mutter in die Küche kommt, wir räumen die Einkäufe in den Kühlschrank, ins Regal, dann ziehen wir uns zurück. Doch lesen mögen wir die Zeilen nicht. Nur langsam begreifen wir, wie unüberlegt Nora gehandelt hat, sie kann den Brief nicht mehr herausrücken, was würde ihre Mutter von ihr denken. Erst in der Woche darauf wird es möglich sein, den Umschlag wieder auf den Küchentisch zu legen, wenn wir vom nächsten Großeinkauf zurückkehren, bis dahin kommt er in unser Versteck unter der Terrasse.

Doch dann lehnt schon der zweite Brief am Wasserglas. Es bleibt keine andere Möglichkeit, als auch ihn abzufangen, der Vater wird sich darin auf den ersten Brief beziehen, den die Mutter nie erhalten hat. Noch mehrmals paßt der Vater Momente ab, wenn keiner zu Hause ist, und immer wieder nehmen wir die Briefe an uns, ohne je einen davon aufzureißen. Die Mutter der drei geht auf der Terrasse unruhig hin und her, seit Wochen fehlt jede Nachricht von ihrem Mann, während unter ihren Füßen, dem Parkett, der dünnen Decke aus Beton die Briefe liegen.

Carl schaut mich an, nun erkenne ich auch seine Augen wieder. Ich erinnere mich nicht gern an diese Episode, aber so ruhig, wie Carl davon erzählt hat, bin ich gar nicht auf den Gedanken gekommen, ihn zu unterbrechen, auf ein anderes Thema hinzulenken. Unser Essen haben wir kaum angerührt, Carl schneidet jetzt an seinem kalten Fleisch herum. Noch immer ahne ich nicht, mit welcher Absicht er mir diese Geschichte ins Gedächtnis zurückgerufen hat. Und während Carl eine Weile schweigt, werde ich unruhig, spiele mit meinem Besteck herum, vielleicht erwartet er, daß ich es allein herausfinde.

Früher haben wir geglaubt, einander gut zu kennen, doch nun stelle ich fest, selbst von dem Kind, das Carl gewesen ist, weiß ich im Grunde nichts. Carl hat meine Unruhe gleich bemerkt, und als er endlich weiter spricht, kommt es mir vor, als hätten wir uns nur getroffen, damit ich ihm zuhören kann, ohne selber viel zu sagen. Sobald er redet, werden auch meine Hände wieder still, lasse ich Messer und Gabel auf den Teller sinken.

Für ihn, sagt er, sei damals etwas zerbrochen. Die endgültige Trennung der Eltern lag zwar in ferner Zukunft, der Kinder wegen versuchten sie noch einmal einen Neuanfang, aber wann immer er später an die Briefe dachte, meinte er, wir hätten zu der Trennung beigetragen, wir hätten sie vielleicht verhindern können. Carl glaubt, alle späteren Spannungen zwischen ihm, Nora und Paulina seien auf das gedankenlose Verschwindenlassen jener Briefe zurückzuführen, ihre Beziehung wurde davon beherrscht, auch wenn sie nie wieder darüber gesprochen haben.

Nach und nach wurden gemeinsame Unternehmungen der

Geschwister seltener, und wenn sie sich sahen, waren sie meist gereizt, als hätte jeder dem anderen die Schuld zuschieben wollen. Nach der Schule verließ Carl das Haus und zog in eine andere Stadt, sein Leben als Erwachsener hatte mit dem zu Hause kaum etwas gemein, er legte keinen Wert auf einen Kontakt mit seinen Schwestern oder Eltern. Eines Tages merkte er, sämtliche Verbindungen waren abgebrochen. Er hatte seine Familie vergessen wollen. Und es war ihm gelungen. Nicht in der Weise, daß ihm bloß Ereignisse und Daten durcheinandergerieten, die Bilder mit der Zeit verschwommen wären, sondern er hatte tatsächlich jede Erinnerung an seine Familie verloren.

Als ihm dies aufgegangen war, fürchtete er, nun werde er jeden Augenblick von einem heftigen Schwindelgefühl befallen, er müsse, da er sich selber seiner Kindheit und Jugend beraubt hatte, in einen Abgrund stürzen, haltlos. Doch es passierte nichts. Kein Schwindel, keine Trauer, kein Verlust. Längst führte er ein eigenes Leben mit eigenen Erinnerungen, ein dichtes Netz, in dem er sich bewegen konnte, seine Frau, ihre gemeinsamen Kinder, die Freunde. Und was ein gut gehütetes, gefährliches Geheimnis gewesen war, von dem er nicht einmal seiner Frau erzählt hatte, kam ihm nur noch ab und zu beiläufig in den Sinn: Wir haben zur Trennung unserer Eltern beigetragen, ohne daß wir es jemals zugegeben hätten.

Nachdem einmal alles vergessen war, konnte sich Carl nun langsam wieder an die Vergangenheit herantasten, erst jetzt erkannte er, wie lächerlich diese Behauptung klang, von der seine Jugend im Rückblick überschattet worden war: Ganz gleich, ob ihre Mutter die Briefe nun gelesen hätte oder nicht, die Eltern hatten sich längst auseinandergelebt, der weitere Verlauf war vorgezeichnet, eine Trennung unausweichlich. Und mit der Zeit traten ihm die Gesichter seiner Schwestern immer deutlicher vor Augen, begann er, ohne Verbitterung an sie zu denken, wurde neugierig auf ihr heutiges Leben, bis er eines Tages tatsächlich die Nummer von Paulina heraussuchte.

°

Bei Paulina hat sie noch nicht angerufen, aber ihre Schwester soll so bald wie möglich erfahren, daß ihrem Cousin nichts zugestoßen ist, sie braucht sich keine Gedanken mehr zu machen. Anstatt wütend auf ihn zu sein, weil er ohne ein Wort verschwunden ist, hat Paulina sich um ihn gesorgt. Dabei hätte sie ihn einfach vergessen sollen, abschreiben, sein unverständliches Verhalten nicht auch noch rechtfertigen.

Carl hat sich bei ihr gemeldet und von ihrem Cousin erzählt. Carl suchte Rat, wie er sich ihm gegenüber verhalten solle, ein Treffen stehe unmittelbar bevor. Ob der Cousin etwa auch mit ihr in Kontakt getreten sei. Nein, bislang nicht, sie weiß nur, was Paulina ihr berichtet. Sie ist gespannt, was bei dem geplanten Abendessen herauskommen wird, welche eigentümlichen Hoffnungen ihr Cousin wohl daran knüpfen mag. Carl hat versprochen, hinterher gleich wieder anzurufen.

So häufig wie in der letzten Zeit haben die Geschwister selten telefoniert. Sie hatten sich aus den Augen verloren, sind einander eher aus dem Weg gegangen, schlimmer noch, sie haben jahrelang nicht mehr miteinander geredet. Sie selbst hat sich früh von der Familie abgesetzt, sie war die erste, da lebten ihre Schwester und ihr Bruder noch bei den Eltern. Später sind Paulina und Carl in einen Streit geraten, der dann auch den immerhin sporadischen Kontakt zwischen den beiden endgültig abbrechen ließ.

Sie hat das nur am Rande mitbekommen, weil sie ohnehin kein Interesse daran gehabt hätte, wieder ins Haus der Eltern einzuziehen. Auch ausbezahlen lassen wollte sie sich nicht, wie hätten denn die Eltern das Erbe flüssig machen sollen, woher ihre

Geschwister soviel Geld auf einmal nehmen. Das Haus stand nach dem Auszug der Eltern eine ganze Weile leer, weder die Mutter noch der Vater gaben sich mit der Sache weiter ab, so blieb es an den Kindern hängen.

Die Auseinandersetzung zwischen Carl und Paulina zog sich über Jahre hin, sie sahen einander nur noch zum Gerichtstermin, und schließlich fiel das Wohnrecht Paulina zu, wahrscheinlich unter anderem auch, weil Carl vorwiegend im Ausland lebt. Bis heute ist sie froh, daß sie sich aus allem herausgehalten hat, es wäre ihr schwergefallen, sich auf eine Seite zu schlagen, genau das jedoch hätten Paulina und Carl von ihr verlangt, wenn auch vielleicht nicht ausdrücklich, nur indirekt, mit Andeutungen, Fragen, sie hätte sich für eines ihrer Geschwister entscheiden sollen.

Sie mußte die Beziehung zu Carl und Paulina ruhenlassen, ein schmerzhafter Entschluß, ohne daß sie hätte abschätzen können, wieviel Zeit vergehen würde. Wie ungeduldig hat sie auf ein erstes Telefongespräch gewartet, ein erstes Wiedersehen, und sei es zufällig, so wie es dann im Supermarkt tatsächlich stattgefunden hat.

Mit Paulina steht sie schon länger wieder in Kontakt, und nun hat Carl sie angerufen. Kein Wort mehr über frühere Auseinandersetzungen. Statt dessen ihr Cousin. Am Ende werden sie es womöglich noch ihm und seiner hartnäckigen Phantasie zu verdanken haben, daß alle drei Geschwister nach Jahren wieder ohne Vorbehalte miteinander sprechen.

Das Haus hätte sie um nichts in der Welt wieder bewohnen wollen, der Hügel war mit unguten Erinnerungen verbunden, sie dachte nicht mehr gern an ihre Jugendzeit zurück. Gleichwohl hat es sie immer insgeheim zu diesen Orten hingezogen, schon damals, als sie von zu Hause abgehauen war, und genauso in der Zeit, als sie jeden Kontakt mit Paulina und Carl vermied. Bis zum

Haus der Eltern ist sie manchmal am späteren Abend hinaufgegangen, sie wollte nur ein paar Minuten dort auf dem Pfad stehen, die Wagen in der Einfahrt sehen und das Licht hinter den großen Terrassenscheiben. Geklingelt hat sie nie.

Der Lichtschein drang vom Wohnzimmer weit bis in den Garten, doch sie blieb immer außerhalb dieses erleuchteten Gevierts. Wenn man bei Nacht von innen schaut, das wußte sie, wirkt die Dunkelheit jenseits des Schimmers draußen wie eine schwarze Wand, als endete die Wiese dort abrupt, als gäbe es die Sträucher nicht und keinen Pfad. So ist es ihr gelungen, unsichtbar zu bleiben, als Jugendliche vor den Eltern und Geschwistern, als Erwachsene dann vor Paulina allein, selbst während sie in allernächster Nähe stand.

Als sie sich wieder getroffen hatten, war dies das erste, was sie Paulina erzählte: im Dunkeln vor dem Haus stehen und warten. Sie wartete nicht einmal, sie stand nur eine Weile dort. Dann drehte sie wieder um und lief den Hügel hinunter, streifte vielleicht noch durch die Straßen, zurück zur Schanze hin.

Nie hat sie daran gedacht, daß ihr Großvater auf der Schanze vorbeikommen und sie womöglich dort erkennen könnte, ein ehemaliger Soldat auf seinem Spaziergang durch ein ehemaliges Scharfschützengelände. Hatten sie nicht, als sie damals zu viert Patronenhülsen aufsammelten, insgeheim gewünscht, ihr Großvater hätte sie hier liegenlassen?

Im Dunkeln dann die Dauerläufer, wie sie nach Feierabend hechelten, und daraufhin mußte sie wieder an die Heftchen denken, die sie zu viert in den Papierkörben gefunden hatten. Einerseits fand sie es zum Lachen, andererseits auch ein wenig eklig, sich die damalige Szenerie in Erinnerung zu rufen, auf einer Parkbank, atemlos, über die ausgerissenen Blätter gebeugt. Wie mögen ihre Geschwister, ihr Cousin sie seinerzeit gesehen haben, als Älteste. Vielleicht war es für die drei beim Betrachten der rohen Gesichter, des überall verriebenen Spermas und der immerzu bereiten Geschlechtsteile so, als blickten sie in eine fremde Welt, von der sie aufgrund ihres Alters getrennt waren, zu der aber die Älteste längst Zugang haben mochte. Darüber haben sie damals natürlich nie geredet, sie haben nicht einmal gesprochen, während sie die wenig variantenreichen Darstellungen von Paaren auf Sofas oder Tischen mit immer neuer Aufregung anschauten.

Als Älteste war sie ihren Geschwistern immer ein Stück voraus. Carl und Paulina bemühten sich, den Abstand aufzuholen, doch wenn sie ihr ersehntes Ziel erreicht hatten, mußten sie jedesmal feststellen, die ältere Schwester war ihnen schon wieder davongezogen. Und sie hätte als Jugendliche nie zugegeben, daß ihr die Glanzphotos genauso fremd waren wie ihren jüngeren Geschwistern, vielleicht noch fremder. Es gab Situationen, in denen sie erschrak: Carl und Paulina hatten sie unbemerkt überholt und taten mittlerweile Dinge, die ihr bislang nicht in den Sinn gekommen waren.

Als sie etwa in jenem Sommer von Paulinas nächtlichen Ausflügen an den Teich erfuhr, spürte sie einen Stich, denn sie selbst war nie mit Nachbarsjungen zum Baden in den Wald gefahren, und nun, da ihre jüngere Schwester so etwas unternahm, war es für die Älteste längst zu spät.

Sie hätte das nicht nachholen können, die Chance war ein für allemal vertan, schließlich konnte sie nicht Paulina bitten, mitgehen zu dürfen. Und später, an einem anderen Teich, mit anderen Jungen, hätte sie sich immer daran erinnert, daß ihrer Schwester alles so vertraut sein mußte, als kenne sie es seit jeher: das schwarze Wasser, die verhaltenen Rufe, dann das Hinausschwimmen zu zweit, weit über die Mitte hinaus, wo es keinen Boden, keine Algen gab, und schließlich in der Dunkelheit Berührungen, die nicht mehr den verwirrten Fischen zuzuschreiben waren.

Gemeinsam machen sie einen Spaziergang durch das Viertel, sie hat das Gefühl, zum erstenmal mit Paulina ein Gespräch unter Erwachsenen zu führen, ein Abstand zur gemeinsamen Vergangenheit, der aber nichts mit Ablehnung zu tun hat. Sie sind sich einig, daß es in gewisser Weise fast unheimlich ist, wie verschieden Geschwister die Zeit erleben können, die sie in ihrer Jugend tagtäglich nebeneinander verbringen.

Manche Erinnerungen stimmen kaum überein, mitunter stoßen die beiden sogar auf Widersprüche, die sich trotz aller Anstrengung nicht zur Deckung bringen lassen. Das mag mit dem unterschiedlichen Wissen über die Eltern zusammenhängen, als Älteste ist sie in Vorgänge eingeweiht worden, von denen die beiden Jüngeren nichts erfuhren, hat Auskünfte erfragt, für die sich ihre Geschwister einfach noch nicht interessierten.

Als sie auf der Schanze angekommen sind und ins Tal hinunterschauen, stellt sich heraus, daß Paulina bisher gar nicht wußte, unter welchen Umständen sich ihre Eltern kennengelernt haben: als Aushilfsarbeiter in der Waffenfabrik, die vor einigen Jahren stillgelegt worden ist. Paulina ist erstaunt, sie hat noch nie darüber nachgedacht, und nun hört sie ihrer Schwester aufmerksam zu, zeigt sich mit einem Mal wieder der Altersunterschied, besitzt die Ältere einen Vorsprung.

Ihr Vater und die Mutter ihres Cousins hatten unabhängig voneinander eine befristete Stelle in der Fabrik angenommen. Der Sohn hatte das Elternhaus bereits verlassen, die Tochter aber lebte noch bei ihrem Vater und der Alten. Jeglicher Umgang mit dem verstoßenen Bruder war untersagt, und die Spione der Alten lauerten überall. Daß die Geschwister vom neuen Arbeitsplatz des anderen überhaupt erfuhren, hatten sie dem Betriebsarzt zu verdanken: Bei der Einstellungsuntersuchung fiel ihm die Namensgleichheit auf. Die beiden hielten Ausschau nacheinander, morgens vor Schichtbeginn am Werktor eine letzte Zigarette, mittags in der Kantinenschlange, nach Arbeitsende an der Straßenbahn, doch nichts.

Sie würden Verbündete brauchen. Die Schwester faßte Vertrauen zu einer Kollegin, während der immer gleichen Handgriffe im Akkord erzählten sie einander, über den Lärm hinweg. Die Kollegin kannte bald die ganze unerträgliche Familiengeschichte und bot sich als Vermittlerin zwischen den Geschwistern an.

In der Nachbarhalle sucht sie nach einem Gesicht, das zur Beschreibung passen könnte. Sie läßt die Zigarettenpausen aus, wird keine Ruhe finden, bevor sie den Bruder nicht irgendwo entdeckt hat, bei der Zieloptik, der Funkausrüstung, im Haubitzenlager. In der Abteilung, wo die Fahrwerke zusammengesetzt werden, nimmt ein Arbeiter eben die Schweißermaske vom Gesicht, sofort ist klar: Das muß er sein, die Italieneraugen.

Ein heimliches Treffen der Geschwister wird arrangiert, nach Dienstschluß bei der Telefonzelle vor der Fabrik. Damit ist die Aufgabe erledigt, die Kollegin könnte wieder Zigarettenpausen machen, das Männergesicht mit den dunklen Augen aus ihrem Gedächtnis streichen. Aber vielleicht ist sie beim Anhören der Geschichten schon viel zu tief in diese Familie hineingezogen worden, gehört inzwischen längst dazu, bevor sie überhaupt bemerkt: Sie hat sich in den jungen Schweißer, den Bruder ihrer Kollegin verliebt.

Tatsächlich wurden die zwei noch während ihrer Zeit in der Waffenfabrik ein Paar, den Rest kann sich die jüngere Schwester nun selbst ausmalen, wenige Jahre später sollten sie Eltern werden. Das erste Kind nannten sie Nora, das nächste Carl, dann kam Paulina.

°

Wir sitzen in der Lobby meines Hotels, wir sprechen leise, der Nachtportier schläft hinter seinem Tresen. Nach dem Essen waren wir in einer Bar, dann hat mich Carl bis zum Hotel begleitet. Tatsächlich konnte ich von außen die Möwen auf den Simsen hocken sehen. Wir hätten uns längst voneinander verabschieden wollen, mein Zimmerschlüssel liegt zwischen unseren Gläsern und der Flasche auf dem Tisch.

Ich habe Carl gefragt, ob er sich an ein Bild in dem alten Photoalbum erinnern könne, das unseren Großvater zeigt, als jungen Mann, offenbar während einer Opernaufführung aufgenommen: Er sitzt im Dunkeln mit dem Opernglas und sucht die Bühne ab.

Vielleicht hätte ich diese Frage besser nicht gestellt, denn Carl fixiert mich so, daß ich zum ersten Mal wieder in seine Kinderaugen sehe. Es ist der gleiche durchdringende Blick, mit dem wir früher Menschen ungewollt verunsichert haben.

Für mich, antwortet er, spiele es doch im Grunde mittlerweile keine Rolle mehr, ob solch ein Photo jemals existiert hat oder nicht. Sonst wäre mir zumindest aufgefallen, daß eine derartige Aufnahme nur unter schwierigsten Bedingungen hätte entstehen können. Sie wäre bei dem schlechten Licht verwackelt, vermutlich wäre kaum eine Ansammlung von grauen Schlieren festgehalten worden. Und dann ein Objektiv, mit dem sowohl der erste Rang als auch die Bühne zu erfassen ist, damit neben dem jungen Mann die Sängerin erscheint: Dieses Erinnerungsbild kann es nie gegeben haben.

»Du glaubst noch immer, die Geschichte unserer Großeltern aus einer gewissen Distanz zu betrachten, du meinst, die Bilder anschauen zu können, als wären es wirkliche Photographien, die du mit Fingern greifst, vor deine Augen hältst und danach wieder in das alte Album steckst. Ich fürchte aber, diese Vorstellung ist falsch: Du hast dich, ohne es zu merken, über die Jahre tief in die Geschichte unserer Großeltern verstrickt und bist schon lange nicht mehr in der Lage, das Photoalbum zuzuklappen, die Bilder in die Dunkelheit zurücksinken zu lassen, zwischen die Seiten aus schwarzem Karton.

Nach deinem ersten Anruf war ich beunruhigt, es kam mir eigenartig vor, daß dich die Geschichte unserer Großeltern bis heute nicht losgelassen hat. Wir haben mehr als zwanzig Jahre kein Wort gewechselt, und dann willst du am Telefon über nichts anderes als über unsere Großmutter sprechen. Du bist nicht mehr derjenige, den ich gekannt habe, hier sehe ich dich vor mir, gehetzt und ausgezehrt. Nicht einmal deinen früheren Italienerblick kann ich mehr erkennen.

Dir ist inzwischen sicherlich aufgefallen, daß ich nichts mitgebracht habe, kein geheimes Dossier, bestünde es auch nur aus einem Zettel mit undeutlich hingekritzelten Notizen. Doch darfst du jetzt nicht meinen, ich hätte nichts gefunden. Ich habe vielmehr erst gar nicht nach unserer Großmutter gesucht. Glaub mir, du machst dir etwas vor, wenn du nach Dokumenten fragst, nach Angaben zu ihrem Leben, um mir im selben Atemzug zu versichern, du brauchst nur noch wenige Beweise, um ihre Geschichte endgültig zu klären.

Welche Information erwartest du? Unsere Großmutter hätte Gastspiele in Barcelona gegeben, während ihr Verlobter am selben Ort im Einsatz war? Sie hätte von seiner Mitgliedschaft in der Legion Condor immer gewußt, seine freiwillige Meldung auch noch gutgeheißen? Oder wartest du gar darauf, daß sich herausstellt, unsere Großmutter sei niemals Opernsängerin gewesen, es habe zwar Pläne, Überlegungen, Wünsche gegeben in ihrer Jugend, die aber nie zur Ausführung gekommen seien? Wird dies der Schluß sein, den du ziehst, falls es nirgendwo in den Unterlagen Hinweise auf ihre Gesangskarriere gibt? So wirst du nie zur Ruhe kommen, jede neue Spur wird einen weiteren Verdacht nähren, genau wie jeder neue blinde Fleck.

Ich kenne dieses Gefühl, deswegen spreche ich mit dir. Vielleicht hat unsere Entdeckung jenes Photoalbums im Frühjahr für dich eine ähnliche Bedeutung wie für mich der Sommer mit den versteckten Briefen: Du weißt, ich bin davon nur sehr schwer losgekommen. Darum darfst du mich nicht mißverstehen, es ist nicht als Vorwurf gemeint. Viel eher könnte ich mir selber Vorwürfe machen, denn schließlich waren wir drei es, die dir jene ausgedachte Geschichte unserer Großmutter erzählt haben.

Eine berühmte Opernsängerin, die heute in Italien lebt: Meine Schwestern und ich hatten dies nur erfunden, damit die Nachbarskinder uns in Frieden ließen, wie hätten wir damals ahnen sollen, daß es dich so beschäftigen würde. Wir haben die Macht der Worte unterschätzt, vielleicht waren wir noch nicht alt genug, um zu begreifen, wie vorsichtig man mit Worten umgehen muß. Und du warst vielleicht noch zu jung, um die erfundene Geschichte einfach Erfindung bleiben zu lassen, die irgendwann ganz von allein ihre Bedeutung verliert, weil sie durch andere Erfindungen ersetzt wird.

Vielleicht hätten wir alles für uns behalten sollen. Heute bereue ich, daß wir dich eingeweiht haben, seit deinem ersten Anruf mache ich mir um dich Sorgen. Du hast dich dieser Geschichte ausgeliefert, bist selbst eine Figur darin geworden. Und irgendwann wirst du vielleicht auf die Idee kommen, es gebe keine Toten in unserer Familie, in Wirklichkeit sei niemand gestorben, weil dir unsere Großmutter so lebendig erscheint wie du selbst.

Im Rückblick denke ich, vielleicht wäre es tatsächlich besser gewesen, wenn jenes Photoalbum ausschließlich verwakkelte, kaum belichtete Aufnahmen enthalten hätte. Du mußt, wie ich, diese Geschichte vollkommen vergessen. Die Bilder müssen nach und nach verwischen, dann löst sich die Gestalt unserer Großmutter allmählich auf, du darfst nichts mehr vor Augen haben außer formloser Helligkeit und Dunkel. Du mußt unsere

Kindheitserfindungen hinter dir lassen, endlich erwachsen werden.

Falls du nun mißtrauisch sein solltest, falls du meinst, ich wollte dir etwas wegnehmen, ich gönnte dir die lebhaften Vorstellungen von unserer Großmutter nicht, dann möchte ich dich inständig bitten, dir einmal Paulinas Zustand vor Augen zu führen. Ihr trefft euch regelmäßig, und du weißt besser als ich, sie läßt sich nicht von ihrer Überzeugung abbringen, wir hätten die zweite Frau unseres Großvaters umgebracht.

Man könnte behaupten, es sei nichts weiter als ein unbedachter Jugendstreich gewesen, eine Todesanzeige für die Alte in die Zeitung zu setzen. Ein makabrer Scherz, aus heutiger Sicht geradezu widerwärtig, aber doch ohne schlimme Folgen. Die beabsichtigte Wirkung ist glücklicherweise ausgeblieben, die Alte lebt noch immer. Wären wir vier nicht derart haßerfüllt gewesen, könnte man heute über unsere damalige Fixierung auf die Alte beinahe lachen.

Paulina aber gelingt das nicht. Als wäre ein Fluch, den wir vor langer Zeit gegen jemanden ausgesprochen haben, am Ende auf uns selber zurückgefallen. Und stellvertretend für uns alle pflegt meine Schwester nun schon seit Jahren ein fremdes Grab, wie unter einem Bann: Ihr Leben als Erwachsene wird von Ereignissen zerstört, die wir als Jugendliche erfunden haben.

Bestimmt hast du seinerzeit mitbekommen, wie heftig Paulina und ich um das Haus unserer Eltern gestritten haben. Wenn ich an jene Prozesse zurückdenke, erkenne ich mich selber kaum wieder: Warum wollte ich meine Schwester nicht in Ruhe dort wohnen lassen? Heute bin ich sogar froh, daß mir das Haus nicht zugesprochen wurde, denn vielleicht hätten mich unsere Erfindungen ebensowenig losgelassen, wenn ich noch in der Nähe unseres Großvaters und der Alten leben würde. Vielleicht stünde ich an Paulinas Stelle vor jenem fremden Grab.

Im vergangenen Sommer hast du, wahrscheinlich ohne es zu wissen, meiner Schwester einen großen Dienst erwiesen, als du einfach über Nacht verschwunden bist, obwohl ihr gemeinsam zum Friedhof gehen wolltet. Du hast immer gemeint, du müssest ihr wenigstens eine Stütze sein im Umgang mit ihrem Wahn, wenn es schon unmöglich war, sie davon abzubringen. Worin auch immer der Grund für deine Flucht gelegen haben mag: Indem du Paulina den Beistand versagt hast, hast du ihr geholfen. Sie ist seitdem nicht wieder am Grab gewesen. Ich bin mir sicher, es dauert nicht mehr lange, und der Bann wird gebrochen sein.

Vielleicht verstehst du jetzt besser, warum ich dir keine Dokumente über unsere Großmutter habe mitbringen wollen. Es geht mir dabei nur um dich. Ich hoffe, irgendwann werden wir alle vier wieder zusammensitzen, ohne daß die Vergangenheit auf uns lastet, weder unsere Familiengeschichte noch das unheilvolle gemeinsame Ferienjahr. Doch vorher wirst auch du unsere Großmutter vergessen müssen.

Sonst kann es dir passieren, daß du den Toten immer näher rückst. Nora, Paulina und ich werden noch nach dir rufen, wir werden alles daransetzen, dich zurückzuholen, aber du hörst uns schon nicht mehr, du gehst verloren.«

Ich werde mich immer an die Worte erinnern, die Carl beim Abschied sagt: »Wenn es dir nicht gelingt, unsere Großmutter zu vergessen, wird der Abstand zwischen euch beiden immer geringer werden, und irgendwann werdet ihr näher beieinander sein, als es ein lebender Mensch verkraften kann.«

Er zieht die warmen Handschuhe an, ich sehe ihn aus dem Hotel auf die Straße treten, der Schnee fällt dicht. Carl dreht sich nicht noch einmal um, geht mit gesenktem Blick, die Pelzmütze tief ins Gesicht gezogen, im Schneegestöber ist er bald verschwunden.

Auf meinem Weg hinauf zum Zimmer nehme ich kaum mehr etwas wahr, einzelne Sätze Carls klingen mir nach im Ohr, aus ihrem Zusammenhang befreit, ein leises Murmeln nur: »Du wirst nicht durchkommen. Mit deinen Vorstellungen wirst du scheitern.«

Vielleicht werde ich tatsächlich verlorengehen und mich schon bald mitten im Schnee finden, an einem Ort, wo ich noch nie gewesen bin. Schneefelder, Schneehimmel, auf freier Strecke, weit weg von Stockholm. Die Straßenkarte ausgebreitet auf dem Kühler, die Finger eisig, als sie über Linien fahren. Der Atem eisig, während ich in die Landschaft schaue, kein Haus, kein Rauch und keine Straße. Die Füße eisig, als sie am Rand der Fahrspur stehen. Dann merke ich, daß meine Lippen Worte formen: »Du wirst es zu nichts bringen.«

Ich steige wieder in den Wagen, fahre langsam weiter, habe nichts vor mir außer einer weiten weißen Fläche. Anscheinend hat es in dieser Gegend noch am Nachmittag geschneit, es gibt keine frischen Spuren. Ich werde vor mich hin murmeln: »Niemand ist gestorben.«

Dann auf der Seite ein Gehöft, kein Licht, ich sehe nur die Scheune und den Schornstein auf dem Haus. Die Menschen schlafen längst. Der Neuschnee knirscht unter den Reifen, nun ist es mir mit dem Wagen nicht mehr geheuer, das letzte Stück zum Hof möchte ich laufen. Der Himmel ist fast schwarz, dennoch werfe ich im Schnee vor meinen Füßen einen Schatten.

Kein Mensch, nur Stiefelspuren vor dem Stall. Doch dann bewegt sich etwas, dunkel, nicht sehr groß, vor meinen Augen. Da überquert jemand den Hof. Wie unbemerkt setzt er einen Fuß vor den anderen in den tiefen Schnee. Und er sieht aus, als hätte ihn noch nie ein Mensch erblickt.

Anrufe

Dieses Gesicht kommt ihr bekannt vor. Flüchtig, entfernt, zugleich aber doch klar. Sie hat den Mann schon einmal irgendwo gesehen. Natürlich fällt er auf im Dorf, den Anblick junger Männer ist man hier nicht mehr gewohnt. Die Frauen wissen ihre Männer an der Front, jeden Moment kann es mit ihnen zu Ende sein, da taucht in einer Frühlingsnacht ein einzelner Soldat auf. Und dabei werden in den letzten Wochen überall sogar die Kinder und Greise eingezogen, weil man wohl mittlerweile auch in Berlin begriffen hat, daß der viel beschworene Endsieg auf der Kippe steht.

Eine auffällige Gestalt. Er kommt nicht mit einem der vielen Flüchtlingstrecks, hat sich anscheinend ganz allein von Osten hierher durchgeschlagen, ist immer nur im Schutz der Nacht gelaufen. Als würde er verfolgt. Doch weiter will er offenbar nicht mehr. Er wird beäugt, man redet über ihn, wenn er nicht in der Nähe ist. Kein Mensch weiß, woher genau er kommt, warum er sich von seiner Einheit entfernt hat. Vermutlich gibt es sie nicht mehr. Aber dann hätte er sich einer anderen Einheit anschließen müssen. Vielleicht ist er ein Deserteur. In dem Fall wäre seine erste Sorge gewesen, schleunigst die abgerissene Uniform loszuwerden. Er hat sie aber bis heute anbehalten.

Der Mann wirkt unberechenbar. Er trägt noch immer seine Waffe. Die Kinder fürchten sich vor ihm, die Angst steht ihrem Sohn ins Gesicht geschrieben, wenn die Rede auf den Fremden kommt. Weil er in der Molkerei Unterschlupf gefunden hat, traut sich ihr Sohn kaum mehr dorthin. Die Frauen in der Molkerei finden den Soldaten auch unheimlich. Wenn sie morgens die Halle betreten, ist ihnen, als wäre er die ganze Nacht in den Räumen herumgewandelt. Sie spüren das beim Anblick der Geräte. Er hat sich eben erst auf seinen Dachboden zurückgezogen. Noch vor ein paar Minuten hat er im Dunkeln den Käse angestarrt.

Er geht der Arbeit aus dem Weg. Für einen Mann von Mitte Dreißig gäbe es im Dorf anderes zu tun, als sich bloß um die Singvögel zu kümmern. Der Frau des Züchters aber ist es recht, wenn sie die Volieren nicht auskehren muß, sie fürchtet sich vor den Tieren. Jemand will herausbekommen haben, daß der Fremde in der Armee für Tauben zuständig gewesen ist. Er hat Brieftauben ausgebildet, und manchen Vögeln wurde eine Kamera unter den Bauch geschnallt, damit sie Aufklärungsflüge unternehmen konnten. Luftbilder, automatisch ausgelöst, ohne daß der Feind etwas ahnte. Keiner weiß, was von der Geschichte zu halten ist, Tauben mit Photoapparaten. Aber es würde zu diesem Soldaten passen.

Wo kann sie ihm vorher begegnet sein. Vielleicht ein Kamerad ihres Mannes, sie haben ungefähr das gleiche Alter. Wenn es nach ihr gegangen wäre, hätte er eine andere Bleibe finden müssen, aber sie hat sich da nicht eingemischt. Schließlich ist sie mit ihrem Sohn bei den Verwandten selbst nur zu Besuch, seit immerhin anderthalb Jahren. Nach der Bombardierung des Hauses in der Stadt hat sie keinen anderen Ort gewußt, wohin sie hätte gehen können.

Doch nicht nur darum ist sie froh, hier zu sein. Sie sieht es deutlich vor sich: Das Wiedersehen mit ihrem Mann wird sie dort erleben, wo sie ihren ersten gemeinsamen Nachmittag verbracht haben. Wie damals im Feld wird es warm sein, werden sie in der hellen Sonne blinzeln müssen. Sie weiß, es dauert nicht mehr lang. Wenn dieser Krieg erst einmal zu Ende ist, möchte sie noch ein zweites Kind, ein Mädchen.

Woher sie diese Zuversicht hat, wüßte sie nicht zu sagen. Ihr Mann könnte in Gefangenschaft geraten und nie wieder zurückkehren. Er könnte umkommen, noch in den letzten Wochen. Zu keiner Zeit des Krieges sind die Verluste höher gewesen, nie hat es wahnsinnigere Befehle gegeben als in der letzten Zeit. Je klarer es wird, daß es zum pausenlos herbeigeredeten Endsieg nicht mehr reicht, desto kaltblütiger werden die Generale. Jetzt, genau in diesem Augenblick könnte ihr Mann sterben. Aber die Zuversicht ist da. Es wird ihm nichts geschehen.

Sie erinnert sich, wie sie im Morgengrauen das zerstörte Haus gesehen haben. Zu dritt standen sie auf der Straße. Sie hatten überlebt. Ihr Mann photographierte die Ruine, den Schutt hinter den Fensterlöchern, ihr Sohn war einerseits benommen, doch andererseits, spürte sie, wäre er gern ins Haus geklettert und hätte seine Spielsachen aus den Trümmern gegraben. Die Wohnung mit allen Möbeln, das Porzellan noch von den Großeltern, die Opernprogramme, Libretti, Partituren, auch die Erinnerungsbücher an seinen Spanienkrieg. Alles war fort, verloren. Nur ein halbvolles Photoalbum blieb, ein Nachbar fand es weiter unten auf der Straße, Aufnahmen aus der Zeit, als sie sich kennenlernten, dazu verstreute Einzelbilder. Es war zu Ende.

Sie sieht sich dort inmitten der Trümmer stehen, nicht weit entfernt wird Zittermokka ausgegeben, die Leute schreiben ihre Namen und die zukünftige Bleibe auf noch stehende Fassaden, die Aufräumarbeiten beginnen, Menschen mit Karren voller Hausrat überall, jeder versucht, zu retten, was übrig ist. Sie hält ihren Sohn an der Hand, ihr Mann läuft mit der Kamera umher, auch sie sollte nun helfen, den anderen wenigstens nicht den Weg versperren. Aber sie rührt sich nicht. Alles, was sie bislang umgeben hat, liegt vor ihren Augen begraben. Und mit diesem Gedanken kommt eine Leichtigkeit: Sie spürt, sie wird nichts vermissen.

In dem Moment hat sich das Licht verändert. Vielleicht der Trümmerstaub, vielleicht die neuen Häuserlücken. Sie sieht noch die Oktobersonne. Seit jenem Tag fürchtet sie sich vor nichts mehr. Mit dem Anblick des ausgebombten Hauses haben auch ihre früheren Ängste an Bedrohlichkeit verloren, manche erscheinen heute beinahe lächerlich. Wäre nicht der Verlust aller ihrer Habe gewesen, hätte sie das nie erkannt.

Als ihr Verlobter kurz vor der geplanten Hochzeit für neun Monate verschwand und sie im ungewissen ließ, kannten sie sich vielleicht noch nicht lang genug, waren sie beide auch noch zu jung, als daß die Zeit der Trennung ohne Mißverständnisse durchzustehen gewesen wäre. Sie wurde mißtrauisch, sie fühlte sich fast schon von ihm verraten, da sie nichts über seine Tätigkeit erfuhr, sie mußte seinen Aufenthaltsort erraten. Die Heimlichtuerei versetzte sie in Angst. Erst sehr viel später ist ihr aufgegangen, daß ihr Verlobter sich genauso hätte Sorgen machen können. Ob sie nicht längst mit einem öligen Tenor durchgebrannt sei, ohne den Mut, es ihrem Verlobten ungeschminkt zu sagen. Er hätte sich in Spanien die schlimmsten Dinge ausmalen können. Doch nicht der leiseste Verdacht: Er hat ihr ganz vertraut.

Nach seiner Rückkehr hat sich ihre Abneigung gegen Geheimnisse eher noch verstärkt, sie wollte nichts damit zu tun haben, ganz gleich, worum es bei einem Geheimnis geht. Darin sah sie einen grundsätzlichen Unterschied zwischen sich und ihrem Mann, der nie verschwinden würde. Sie richtete sich darauf ein, ihr Leben mit einem Geheimniskrämer zu verbringen, dessen unangenehme Neigung sie übersehen wollte, so gut es eben ging. Damals hat sie es nicht begreifen können, wie sie es heute begreift: Im Unterschied zu vielen anderen Menschen besitzt ihr Mann die Fähigkeit, Geheimnisse zu wahren.

Sie hätte nie ertragen, mit einem Mann verheiratet zu sein, der nichts für sich behalten kann. Es gibt Menschen, denen sieht man schon an, daß sie sich leicht ausquetschen lassen, die leiseste Andeutung genügt, und sie beginnen zu reden, bereitwillig sogar. Noch tiefere Verachtung empfindet sie für Menschen, die sich den Anschein der Verschwiegenheit geben und jemandem Geheimnisse entlocken, nur um sie zu verraten, sobald sich die Gelegenheit dazu ergibt. Mehr als einmal hat sie sich in einem Menschen getäuscht, bei dem sie ein Geheimnis sicher glaubte. Dieses Gefühl im Magen, als fiele man aus großer Höhe, selbst wo es nur um Kleinigkeiten, persönliche Probleme geht. Und welchen Zorn, richtigen Haß hat sie verspürt, wenn einem Kollegen sein Vertrauen zum Verhängnis wurde. Noch heute könnte sie denen ins Gesicht spucken, die sich mit ihrem Geheimwissen hervorgetan haben, um jemanden ans Messer zu liefern. Sie weiß, ihr Mann würde so etwas niemals tun.

Lange Zeit ist sie ihm gegenüber ungerecht gewesen. Er hat nie ein Aufsehen darum gemacht, für ihn ist es eine Selbstverständlichkeit, und so hat sie gebraucht, bis sie erkannte, daß sie sich auf ihren Mann immer hat verlassen können. Keine Affären, keine gebrochenen Versprechen, keine Heimlichtuerei in der Familie. Er mag Geheimnissen zugetan sein, an seiner Aufrichtigkeit jedoch ist nicht zu zweifeln.

Mit Mitte Zwanzig wäre sie nie darauf gekommen, daß gerade seine Neigung zum Geheimnisvollen ein Grund gewesen sein kann, warum sie sich von Anfang an zu ihm hingezogen gefühlt hat. Nach außen hin mag er gewirkt haben wie jemand, der einfach froh war, bei der Wehrmacht untergekommen zu sein, der ganz aufgeht in seinem Stolz, eine Uniform tragen zu dürfen. Auf den zweiten Blick aber gab es eine verborgene Seite an ihm, etwas Untergründiges schimmerte in seinem Gesicht. Sie kennt sich selbst doch gut genug: Wäre er nichts weiter als ein langweiliger Offiziersanwärter gewesen, hätte sie ihn keines Blickes gewürdigt. Sie interessiert sich nicht für Menschen, die alles, was in ihnen steckt, schon an der Oberfläche zeigen.

Seine Ausstrahlung war die eines Menschen, der um etwas Dunkles weiß und darauf wartet, einem anderen Menschen zu begegnen, mit dem er dieses Dunkle teilen kann. Und sie war diejenige, der er Zugang gewähren wollte: Er brachte sie dazu, seine unsichtbaren Züge zu erforschen, er forderte sie heraus, in Augenschein zu nehmen, was er keinem anderen Menschen gegenüber auch nur angedeutet hätte.

Geheimnisse, und dies ist ihr erst aufgegangen, als sie über Dreißig war, bedeuten nicht zwangsläufig, daß etwas Unheilvolles verschwiegen werden soll. Nicht nur der unerkannte Mörder hat ein Geheimnis. Verräter und Spione sind nicht die einzigen, die etwas zu verbergen haben. Geheimnisse können auch etwas sein, das zwei Menschen miteinander teilen: ein Liebesschwur, unausgesprochene Treue und Dinge, die kein anderer Mensch je zu erfahren braucht. Etwa ein Sommerausflug, wenn zwei zu einem Spaziergang durch die Felder aufbrechen, ohne zu ahnen, daß sie sich wenig später in die Augen sehen werden, wie sie noch niemandem in die Augen gesehen haben. Wie sie am Blick des anderen erkennen, auch er möchte sich auf der Stelle ins Gras sinken lassen. Wie sie kein Wort mehr brauchen, um es tatsächlich zu tun. Wie sie mit einer ungekannten Offenheit füreinander ihr erstes gemeinsames Geheimnis entstehen lassen.

Bis heute weiß kein Mensch, daß sie sich nie verlobt haben, es blieb gar keine Zeit, darüber nachzudenken, und so war die Verlobung nicht mehr als eine willkommene Erfindung ihrer Tante. Auch dies ist ein Geheimnis, ohne daß es irgendwen verletzen könnte. Nein, man darf den dunklen Bereich der Geheimnisse nicht denen überlassen, die unaufrichtig sind und anderen Menschen Schaden zufügen wollen. Sie kennt den Platz noch sehr genau, manchmal geht sie mit ihrem Sohn dort spazieren, er sammelt Steinchen, streicht herum, ohne zu ahnen, welche Bedeutung dieser Ort für seine Eltern hat.

Als sie im Sommer 1939 endlich auch aus dem Mund ihres Mannes erfuhr, daß er in Spanien gewesen war, ahnte sie gleich, es würde nicht sein letzter Krieg gewesen sein. Der Geheimauftrag im Spanischen Bürgerkrieg hatte sie dahin gebracht zu glauben, ihr Mann halte sein Luftwaffendasein für wichtiger als alles andere. Kaum zwei Monate später war es tatsächlich schon wieder soweit, und sie befürchtete, ihr Mann wolle den Rest seines Lebens im Kampf verbringen. Bis ihr die Lederhandschuhe einfielen. Er hatte beinahe vergessen, sie nach Berlin zur Siegesparade der Legion Condor mitzunehmen. Das sah sie nun als erstes Zeichen. Der Reiz der Luftwaffe ließ langsam nach. Er hatte sich vielleicht bereits in Spanien nach und nach erschöpft, und alle Veteranenseligkeit war nichts weiter als ein letzter Versuch, dieses Gefühl zu überspielen.

In den langen Kriegsjahren hat sich ihr Mann tatsächlich auffällig verändert. Anfangs noch in bester Ausflugslaune, der Blitzkrieg und die raschen Siege, ein Jahr, dann ist er wieder zu Hause. Die unbekannten Orte, fremde Sprachen, alles versprach so aufregend zu werden wie der Spanieneinsatz. Dann stellte sich heraus, daß Krieg auf Dauer nicht spannend ist, nach und nach schlich sich die Müdigkeit in die Glieder. Langsam wurde der Krieg zum Warten auf den nächsten Fronturlaub, zur bloßen Hoffnung, daß man zu dem Termin noch lebe. Die Hoffnung auf den großen Sieg wich ersten Zweifeln, ob alle Fronten zu halten wären. Mit dem Schwinden der Aussichten aber wurde ihr Mann nicht zunehmend niedergeschlagen, wie sie erwartet hätte, sondern sein Interesse an militärischen Dingen ließ stetig nach.

Als gehörte der Stolz auf die Uniform zu einem früheren Leben, zu einem Mann von Mitte Zwanzig, den es nicht mehr gab. Nun war er Anfang Dreißig und zeigte manchmal einen Humor, den sie ihm nie zugetraut hätte. Er konnte über sich selber lachen, über seine Besessenheit, mit der er sich in die Luftwaffenkarriere hineingegeben hatte: Soldatenehre, Vaterland und Kampfmoral. Niemand hätte davon erfahren dürfen, es hätte seinen Tod bedeutet. Noch ein Geheimnis, das sie miteinander teilen.

Bei seinem letzten Besuch haben sie sich einen zugegeben makabren Scherz erlaubt. Als ihnen die Idee kam, konnten sie nicht mehr aufhören zu lachen. Die Anspannung der letzten Zeit, die Wohnung und alles verloren, die Ungewißheit, wie lang sich dieser Krieg noch hinziehen mag, sie haben auf ihrem Spaziergang lachen müssen, bis sie sich vor Erschöpfung setzen mußten. Im Übermut haben sie ein Modellflugzeug mit einem Zwirn so an die Stehlampe gehängt, daß dieser Bomber nun Tag und Nacht über dem Stubentisch zu kreisen scheint. Es gab Nachbarn im Dorf, die darin einen Ausdruck unbedingten Durchhaltewillens sahen. Inzwischen wäre es auch denen lieb, wenn Nachtangriffe, Wunderwaffen und die letzten heroischen Verteidigungsschlachten zur Vergangenheit gehörten.

Das Flugzeugmodell über dem Tisch haben sie photographiert, sie wird die Aufnahme ins übriggebliebene Album kleben, gleich, wenn der Krieg zu Ende ist. Der letzte Krieg ihres Mannes, und dann ist auch die Uniform verschwunden, in der er auf den ersten Albumseiten stolz posiert. Über das Photo mit dem Bomber in der Stube werden sich noch ihre Enkel wundern, wenn sie später einmal in alten Alben blättern sollten. Sie werden ihre Großmutter danach fragen: Warum dieses Flugzeug mitten im Krieg, ihr hattet sogar eure eigene Wohnung durch einen Luftangriff verloren. Und sie wird ihnen erzählen, wie es zu diesem Bild gekommen ist.

Vorerst aber kann davon noch keine Rede sein. Alle warten auf das Kriegsende. Sie wartet auf ihren Mann. Vielleicht wird er den Fremden im Dorf erkennen, vielleicht sind sie zusammen in Spanien gewesen. Möglich, er war zur Hochzeit eingeladen, hat dem Brautpaar kurz gratuliert und ist dann gleich in der Menge verschwunden. Wieso wäre ihr dieses Gesicht dann aber im Gedächtnis haftengeblieben?

Sie sieht die Uniform vor Augen, keine Mütze auf dem Kopf. Es muß am späteren Abend gewesen sein, das weiß sie noch. Und nicht im Freien. Er hatte kurzgeschorenes Haar. Nun sieht seine Frisur eher verwahrlost aus, solche Kleinigkeiten können einen Menschen sehr verändern. Ein Bart vielleicht. Und eine Brille. Nein, ein Kneifer. Jetzt hat sie es: der Fremde, der sich im Dachboden der Molkerei vor irgendwem versteckt zu halten scheint, ist niemand anderes als jener Spion.

Er ist der Offizier, der sie einmal in der Garderobe aufgesucht hat, mit seinem lächerlichen Kneifer, seinem geschmacklosen Oberlippenbart. Mit brennender Zigarette im Mundwinkel saß er auf einem Hocker und versuchte auf undurchsichtige Weise, sie in ein Gespräch zu verwickeln. Er war gekommen, um sie auszuhorchen, doch das ging ihr erst später auf, sonst hätte sie ihn umgehend hinauskomplimentiert.

Dieser Mann wollte sie ins offene Messer laufen lassen. Wie hätte sie vor sich selber dagestanden, wenn sie versehentlich den Aufenthaltsort ihres Verlobten preisgegeben und ihm dadurch alles zunichte gemacht hätte. Schließlich ist sie erst später am Abend dahintergestiegen, daß sie es mit einem Spion zu tun hatte. Wie gern wollte sie glauben, der unbekannte Offizier sei tatsächlich im Auftrag ihres Verlobten gekommen. Wären der Bart und der Kneifer nicht gewesen, hätte sie der Geschichte womöglich getraut. Um nichts in der Welt hätte sie ihren Verlobten verraten wollen, dennoch hätte sie sich verplappern können. Ein Glück, daß sie nichts wußte. Damals war sie verzweifelt, fast schon wütend, nun aber erkennt sie: indem er ihr nichts mitteilte, hat er sie vor allem geschützt.

Nun hat sich der Spion hier in der Molkerei ihres Onkels verkrochen, und sie begreift, warum er tagsüber selten auf der Straße zu sehen ist. Er will ihr ausweichen, er fürchtet sich, er hat sie längst erkannt. Wahrscheinlich nicht auf den ersten Blick, sondern erst ein paar Tage nach seiner Ankunft, als er sich eingenistet hatte. Weiterziehen will er nicht mehr, er weiß, daß sie ihm nichts anhaben kann, aber es wäre ihm doch unangenehm, ihr zu begegnen. Sie könnte ihn in aller Öffentlichkeit bloßstellen. Vielleicht spürt er, sie würde das nicht tun. Er weiß genau, daß sie Geheimnisse für sich behalten kann.

Das Kriegsende liegt sechs Wochen zurück, der Spion hat sich noch am selben Abend aus dem Staub gemacht. Alle waren froh, als er endlich verschwunden ist. Auch sie würde ihn nur zu gern vergessen, aber sie spürt, dieser Mann wird ihr immer in Erinnerung bleiben. Sie sieht die Szene in allen Einzelheiten vor sich. Ihr Mann ist zurück, sie haben ihn nur ein paar Tage in Gefangenschaft gehalten. Nun sitzen sie im Garten der Molkereivilla und er hört ihr geduldig zu, während sie nur langsam Worte findet.

Als sich herumsprach, daß die Amerikaner spätestens am folgenden Morgen das Dorf erreichen würden, sah sie die Erleichterung in den Gesichtern. Allein der Fremde hatte in den letzten Wochen immer fanatischer gefordert, man müsse kämpfen bis zum letzten Mann. Gerade er, der sich doch offensichtlich von der Front abgesetzt hatte, um die eigene Haut zu retten. Nun war er nur noch ein Getriebener, mit wirrem Blick und verzerrtem Mund, als er die Dorfbewohner mit Ansprachen, am Ende mit Befehlen auf seinen deutschen Überlebenswillen einzuschwören hoffte.

Niemand nahm den Verrückten mehr zur Kenntnis, der unverändert seine Durchhalteparolen schrie, als schon die ersten weißen Laken hervorgeholt wurden. Er lief die Straße auf und ab, er fuchtelte mit seiner Pistole in der Luft herum und drohte mit dem Standgericht, falls er in einem Fenster ein Bettuch zu sehen bekäme. Niemand hätte damit gerechnet, daß er tatsächlich schießen würde. Es ging so schnell, man hat nicht einmal mitbekommen, wie er auf die Nachbarin zielte. Einen Moment war alles still, kein Mensch bewegte sich. Das Laken kam herunter, glitt aufs Pflaster, die Frau stand nicht mehr im Schlafzimmerfenster.

Wenige Stunden später kamen die Amerikaner, der Fremde war schon fort, die Dorfbewohner hätten ihn sonst vielleicht umgebracht. Am Tag darauf haben sie das letzte Opfer dieses langen Krieges begraben.

Tatsächlich kennt ihr Mann den Offizier, es könnte sogar sein, daß er ihm einmal von der Molkerei erzählt hat. Sie sind zusammen in Spanien gewesen, doch Freunde waren sie nicht, sind sie auch später nie geworden. Es ist immer gemunkelt worden, daß dieser Mann an mehreren Fronten beschäftigt war. So jemanden hätte er bestimmt nicht mit Grüßen zu seiner Verlobten geschickt.

°

Einen Moment lang kann er die Stimme der Sängerin kaum mehr hören, aber das Bild sieht er weiterhin klar vor Augen, es flimmert nicht, kein Schnee, kein Rauschen, allein der Ton ist leiser geworden. Hätte er von einem Spion gewußt, wäre er gegen eine derartige Behandlung mit aller Schärfe vorgegangen. Er horcht: der Ton kehrt nach und nach zurück, die Lippen seiner ersten Frau bewegen sich schon nicht mehr stumm.

Einen Spion zu schicken, der seiner Verlobten Geheimnisse entlocken soll: das hätte seinen Überzeugungen widersprochen. Vielleicht ist es ein Glück gewesen, daß seine Frau bis zum Kriegsende gewartet hat, um ihm die Geschichte mit dem Besuch in ihrer Garderobe zu erzählen. Er hätte sich hinreißen lassen können, diesen Spion vor den Augen aller Kameraden zur Sau zu machen. Er hätte sich mit ihm geprügelt. Er hätte ihm den Lederhandschuh hingeworfen. Und wäre wegen Wehrkraftzersetzung erschossen worden.

Diese Gefahr muß seine erste Frau immer gesehen haben, sie kannte ihn genau und wußte, wie sehr ihm an Aufrichtigkeit liegt. Und so hat sie ihm gewissermaßen das Leben gerettet, indem sie ihn vor einer folgenschweren Kopflosigkeit bewahrte. Sie hat geschwiegen, während seiner ganzen Zeit beim Militär.

Nun endlich hat der Ton wieder die volle Lautstärke erreicht. Nicht, daß diese Sopranistin tatsächlich Ähnlichkeit mit seiner ersten Frau hätte, aber er wünscht es sich. Wenn eine Oper gezeigt wird, die seine erste Frau einmal gesungen hat, gelingt es ihm sogar halbwegs, sich die Gestalt dort auf der Bühne vorzustellen. Er muß das Bild zum Flimmern bringen, und dazu starrt er in eine bestimmte Tiefe, genau hinter der Glasscheibe des Bildschirms. Er hält den Blick fixiert, bis er die einzelnen Punkte sieht, dann löst sich das unbekannte Gesicht ganz langsam auf. Wenn er seine Augen wieder scharf stellt, hat sich ein anderes Gesicht ins Bild geschoben.

Der Gesang aber behält etwas Unnatürliches, klingt nach wie vor verzerrt. Es handelt sich hier nicht um eine gewöhnliche Störung, es hätte keinen Sinn, an der Antenne zu drehen. Leise beschleicht ihn der Verdacht, seine zweite Frau könnte wieder einen Draht gelockert haben. Er wird es langsam leid. Als bräuchte sie von Zeit zu Zeit einen Beweis, daß er tatsächlich einmal Nachrichtentechniker war. Wann immer eine Opernübertragung angekündigt ist, verschwindet seine zweite Frau gleich nach der Tagesschau hinauf ins Schlafzimmer, sie habe Kopfschmerzen, er habe sie den ganzen Tag so sehr getriezt, sie müsse schlafen. Dann sieht er sie wachliegen und horchen, ob er unruhig zwischen den Programmen wechselt, mit der Faust auf den Fernsehapparat hämmert und endlich fluchend ausschaltet.

Es kann kein Zufall sein, daß diese eigentümlichen Störungen nur auftreten, wenn eine Oper übertragen wird. Seine zweite Frau muß schon am Vormittag in der Fernsehzeitschrift nachschauen, und wenn ihr das Programm nicht paßt, hantiert sie mit dem Küchenmesser an der Rückseite des Geräts herum. Sie arbeitet an einer Schraube, die Schraube löst sich nicht, kurzerhand wird ein Draht durchtrennt. Oder er kommt von der Arbeit nach Hause und die Röhre ist kaputt. Am Ende bringt sie ihn dahin, daß er schon bei den ersten Ouvertüretakten von allein den Stecker zieht.

Auch seine Opernalben hat er nicht mehr angehört. Zumindest aber ist es ihm gelungen, die Reste der umfangreichen Sammlung, sofern er sie dem Zugriff der Alten entziehen konnte, rechtzeitig aus dem Haus zu schmuggeln. Darunter einige Aufnahmen unserer Großmutter, noch aus den dreißiger Jahren, Schellackplatten voller Rauschen. Viel hat er nicht retten können. Wenn man zusammenzählt, was unter der Treppe, im Keller, auf dem Dachboden versteckt gewesen ist, wenn man auch die Platten dazu rechnet, die draußen im Verschlag gelagert wurden, um Opfer der Feuchtigkeit, der Fäulnis und der Winterkälte zu werden, kommt man kaum auf ein Dutzend Alben. Die Alte ist einfach zu wachsam, regelmäßig streicht sie durchs Haus und kontrolliert die Schränke, Schubladen und Schachteln, schaut noch hinter den Vorhängen, im Spülkasten der Gästetoilette nach.

Die Alte hat unseren Großvater gezwungen, alle Erinnerungsstücke fortzugeben, er konnte sich nicht wehren. Gleich nach der Heirat haben sie, anstatt auf Hochzeitsreise zu gehen, eine Woche lang das Haus ausgeräumt und sind mit Kisten voller Briefe, Photos, Nippfiguren den gegenüberliegenden Hügel hinauf zur Müllkippe gefahren. Die Kleinmöbel, das Bettgestell, die Uhren und den größten Teil des Porzellans haben sie über Kleinanzeigen angeboten, es sollte alles weg, egal zu welchem Preis. Auch ich hätte gern dieses Bild vor Augen, zugegeben.

Noch lieber wäre mir, die Alte würde unseren Großvater von Anfang an täuschen und den Müllmännern jede Woche ein neues, zusammengeschnürtes Päckchen mit Erinnerungen an unsere Großmutter in die Hand drücken, so daß er anfangs gar nichts merkt. Es wäre möglich, daß sie ihm heimtückisch volle Beutel überreicht, die er zum Abfalleimer trägt, ohne etwas zu ahnen. So arglos, wie er ist, dauert es eine ganze Weile, bis er seine zweite Frau annähernd durchschaut und seinerseits nun am Tag der Müllabfuhr rasch den Inhalt der Tonne überprüfen muß, mit einem Stock durch Essensreste fährt, um nach verlorenen Gegenständen zu forschen, hastig, mit halbem Blick, während er den Spion in der Haustür nicht aus dem Auge lassen darf.

Die Alte ihrerseits begreift recht schnell, warum er stets so lange draußen bleibt. Sie wirft einen Blick durch den Spion: Da steht ihr Mann und starrt in den offenen Abfalleimer, beinahe krankhaft. Sie muß noch vorsichtiger vorgehen. Sobald ihr Mann morgens das Haus verlassen hat, schließt sie sich im Keller ein, schlägt ein Tuch um den Hammer, damit es keinen Krach gibt, und zertrümmert mit einigen gezielten Schlägen eine Keramikfigur, die ihr seit langem ein Dorn im Auge gewesen ist. Sie weiß nicht, woher diese spanische Tänzerin stammt, welche Bedeutung sie für ihren Mann und seine erste Frau gehabt hat, es hat sie lange gequält, doch nun spielt es schon keine Rolle mehr. Sie nimmt den Lappen vom Hammer und wickelt die Scherben darin ein, das gibt ein gut gepolstertes Paket, ihr Mann wird keinen blassen Schimmer haben, mit welchem Müll sie ihn nach dem Abendessen vor die Tür schickt.

Natürlich besteht nicht der geringste Anlaß, an der Geschichte mit der Axt zu zweifeln, an jenem Satz: »Ich bringe euch alle um.«

Doch bin ich mir schon lange nicht mehr sicher, inwieweit davon die Rede sein kann, unser Großvater sei der Alten vom ersten

Tag an hilflos ausgeliefert gewesen. Ich glaube nicht mehr an gemischte Abfallbündel mit Einzelteilen von Modellflugzeugen und mutwillig zerbrochenen Schellackplatten. Bei Nacht werden zerschnittene Photos in den Ofen geworfen, sämtliche Erinnerungsstücke werden verbrannt, gespickt mit Holzspänen, wie jene Püppchen, die man zur Beeinflussung unliebsamer Personen mit Nadeln durchsticht: So kann es nicht gewesen sein.

Er steht im Flur beim Telefon, damit er seine zweite Frau nicht überhört, wenn sie die nächste Anweisung herunter ruft. Dann läuft er ins Wohnzimmer, um alle übrig gebliebenen Programmhefte, Libretti und Opernalben aus dem Schrank zu holen. Im ganzen Haus liegen schon vollgestopfte Säcke. Hat nicht auch einmal seine erste Frau davon gesprochen, nach der Ausbombung habe für sie ein neues Leben angefangen?

Mitunter hört er ihre Stimme, wenn auch nicht mehr so laut und klar wie damals auf der Opernbühne. Nicht einmal fest, aus nächster Nähe, wie sie später zu Hause für die Kinder sang. Inzwischen ähnelt diese Stimme eher der, die seine erste Frau gegen Ende hatte, schwach, von ferne. Es bleiben Pausen, die Stimme setzt seit der zweiten Heirat gelegentlich aus, zieht sich zurück, wird irgendwann verschwunden sein.

Er ist dabei, ein neues Leben zu beginnen. Am späten Abend fährt er mit seiner Frau zur Deponie hinüber, die bald so hoch gewachsen ist, daß sie einen weiteren Hügel bildet. Seine Frau ist sich nicht zu schade, ihm beim Schleppen zu helfen. Sie versichern sich noch einmal, daß niemand in der Nähe ist, dann werfen sie die schweren Säcke einen nach dem anderen über den Zaun. Nun sind die Opernalben fort. Er spürt: von seiner ersten Frau wird er in Zukunft keinen Ton mehr hören.

°

Den ganzen Winter habe ich im Ohr behalten, was Carl mir zugeflüstert hat, nach unserem Treffen in Stockholm verstummte seine Stimme einfach nicht, und bald konnte ich nicht mehr erkennen, ob sie sich nun in drohendem oder besorgtem Ton an mich wandte: »Du wirst verlorengehen.«

Über die Monate hin ließen die Bilder an Schärfe nach, die dunkle Zeit, der Schnee. Ich wehrte mich, wollte nicht zulassen, daß die Gestalt unserer Großmutter verwischt, bis nichts mehr von ihr bleibt, nur Flimmern zwischen Helligkeit und Dunkel. Doch meine Kräfte ließen nach, und so wäre ich den Einflüsterungen vielleicht bald erlegen, hätte unsere Familiengeschichte vollständig vergessen.

Im Frühjahr aber, als das Licht zurückkam, der Schnee getaut war und die Farben kräftig wurden, begann die Stimme immer lauter einen Satz zu wiederholen, den ich seit jenem Abend nicht noch einmal gehört hatte, die anderen hatten ihn lange übertönt: »Wir haben die Macht der Worte unterschätzt.«

Carl hatte mich in Stockholm beschworen, ich müsse endlich erwachsen werden, und vielleicht hat er mir mit diesem Satz dazu verholfen, daß es gelingt: Unsere Worte sind genug, nichts geht verloren. Ich brauche keine Beweise, hätte nicht einmal den Grabstein unserer Großmutter sehen müssen. Es ist nichts zu befürchten, ich kann auf meine erfundenen Bilder vertrauen. Niemand wird unsere Großmutter zum Verschwinden bringen können. Und selbst wenn ich damit den Toten unweigerlich näherkommen sollte, werde ich mich immer an die Erfindung halten.

Es spielt endgültig keine Rolle mehr, ob unser Großvater und seine zweite Frau alle Erinnerungsstücke weggeworfen haben, sie sahen offenbar keine andere Möglichkeit. Wenn sie ein gemeinsames Leben beginnen wollten, durfte es keine Erinnerungen geben. Mein Zorn darüber ist verflogen, mögen die beiden nun auch

 die verbleibenden Jahre ungestört nach ihren Vorstellungen leben, egal wie unverständlich mir diese immer gewesen sind. Ich verspüre nicht mehr das Bedürfnis, sie davon abzubringen, daran etwas zu ändern. Vielleicht werde ich irgendwann auch meine unerklärliche Angst vor der Alten verlieren, mich eines Tages ihrem Haus nähern und an der Tür klingeln können.

Mein Blick auf unsere Großmutter wird nicht mehr von der Alten verdeckt. Der Kampf ist ausgestanden, jede der beiden Frauen lebt in ihrer eigenen Welt. Ich kann die jungen Hände unserer Großmutter beobachten, sie liegen da, als würden sie sich schon im nächsten Augenblick bewegen, ein leichtes Zucken in den Fingern, dann streichen sie behutsam über die Bettdecke hinweg.

Von Tag zu Tag ist es nun länger hell, es wird wärmer, bald werden die Osterferien beginnen. Langsam erholt der Boden sich vom Frost, die grauen, ausgelaugten Areale sind mit Grün durchsetzt. Das nächste Bild zeigt eine Wiese, das Gras ist hoch gewachsen, das Kleid der Frau wird von den Büscheln fast vollständig verdeckt, man sieht nur ihre Schultern, ihren Kopf, den Sommerhut. Sie sitzt zurückgelehnt, die eine Hand wird flach auf dem Boden liegen, während die andere die Augen schirmt, das Sonnenlicht muß grell gewesen sein, als diese Aufnahme gemacht wurde.

Dann eine Hafenansicht, die Frau steht auf der Mole, hinter ihr sieht man Möwen kreisen. Vielleicht Triest. Weder auf diesem noch auf den anderen Photos finden sich Ortsangaben, sie könnten alle in Italien aufgenommen worden sein. Keines der Bilder ist datiert, sie decken einen großen Zeitraum ab, anhand des fortschreitenden Alters der Photographierten ließen sie sich zumindest in eine halbwegs genaue Reihenfolge bringen.

°

Seit einer Weile ist es still, schauen sie nur über den Tiber hin, zum anderen Ufer mit seiner sanften Anhöhe, wo die Zedern stehen. Ihre Hände ruhen auf den Sessellehnen, nun sind es alte Hände, mit hervortretenden Adern und Altersflecken. Sie kennt den Ausblick von der Terrasse, sieht jeden Tag von diesem Punkt aus in die Ferne. Doch er ist hier zum ersten Mal, er weiß vielleicht, welches Bild der Fluß bietet, wenn man auf der Uferpromenade steht, doch aus dem vierten Stock hat er die gegenüberliegenden Bezirke vorher nie gesehen.

Sie war immer fest davon überzeugt, sie hätte keine Spuren hinterlassen, nicht den geringsten Anhaltspunkt. Dessen war sie sich so sicher, daß sie bald keinen Gedanken mehr daran verschwendet hat, man könnte sie entdecken. Bis zu den Anrufen dieses Mannes, der ihr nun gegenübersitzt, die Unruhe in seiner Stimme, die vorsichtigen Fragen, zuerst hatte sie keinen blassen Schimmer, worum es ihm ging. Seine Nachforschungen, vom anfänglichen leisen Zweifel zum immer stärker werdenden Verdacht, die Reisen durch Europa, nach Mailand, nach Triest, mehrmals auch schon nach Rom. Nun aber sei er endlich an den Punkt gekommen, wo er sich nur noch vergewissern müsse, daß seine Suche nicht einem Phantom gegolten hat. Wenn es ihr recht sei, wolle er sie zu ihrer Vergangenheit befragen, um seine letzten Zweifel auszuräumen.

Als er am frühen Nachmittag vor ihrer Tür stand, war sie überrascht, seiner Stimme am Telefon nach hatte sie ihn sich jünger vorgestellt, ungefähr Mitte Zwanzig, aber er ist schon zehn Jahre darüber hinaus, mit müden Augen. Er hat sich für die Verspätung entschuldigt, sein Stadtplan sei nicht gut. Mehrmals ist er am Haus vorbeigelaufen, ohne es zu erkennen, von außen sieht dieser Palazzo trübe aus, der dunkle Stein, die Gitter am Tor und an den Erdgeschoßfenstern, als würde einem der Atem genommen. Man könne auf Anhieb sehen, daß hier keine armen Leute wohnen, aber man sei sich nicht ganz sicher, ob sie überhaupt noch leben. Von vorn hätte er ihr ein anderes Haus gewünscht, dann aber diese Terrasse, die Palmen und das warme Frühjahrslicht: als wäre es nicht dieselbe Adresse.

Er hat sich nach den Polizisten erkundigt, die weiter unten auf der Straße stehen, nach den Motorrädern und gepanzerten Limousinen mit getönten Scheiben, ihm ist die angespannte Ruhe aufgefallen. Auch ihr ist immer ein wenig unheimlich, wenn sie die Zentrale der Antimafia passiert, neben den uniformierten Polizisten stehen dort meist noch einige Männer in unauffälliger Kleidung herum, bei deren Anblick sie jedesmal schwankt, ob sie nun zur Antimafia oder zur Mafia selbst gehören. Nie sieht sie ihnen ins Gesicht, versucht aber aus den Augenwinkeln ihre Oberkörper zu mustern, vielleicht zeichnet sich unter dem Jackett eine Bleiweste ab, kann sie unter der Achsel das Pistolenhalfter erkennen.

Sie stehen dort den ganzen Tag, als wären sie zufällig in der Gegend, sie gehen ein paar Schritte hin und her, die Hände auf dem Rücken, locker ineinander verschränkt, doch man sieht ihnen an, daß jeden Augenblick eine Pistole in diesen Händen liegen könnte. Manchmal gerät die Szene in Bewegung, wachsame Blicke, alles springt beiseite, ein Staatsanwalt oder Geheimdienstmann fährt vor. Dann weiß man hier im Viertel, noch bevor die Meldung in den Nachrichten kommt, es hat ein Attentat gegeben, oder es ist ein Anschlag zu erwarten in den nächsten Stunden.

Sie sagt: »Ich weiß noch, wie ich nach der Entführung Aldo Moros sein Bild in der Zeitung sah, ich saß hier auf der Terrasse, wie wir heute sitzen. Dieser erschreckende Gesichtsausdruck, als wüßte er, daß alle, die das Photo betrachten, ihn betrügen, ohne daß er etwas dagegen unternehmen könnte.«

Er wendet sich vom Panorama ab und sieht sie an, in seinen Augen hat sie gleich zu Anfang etwas bemerkt, das sie nicht zu deuten weiß, eine leichte Unsicherheit vielleicht, oder doch eher der Wunsch nach Übereinkunft.

Sie sagt: »Die Toten bleiben im Gedächtnis haften. Die Lebenden verschwinden leicht.«

Seit Ewigkeiten hat sie kein Interview mehr gegeben, das Ende ihrer Karriere liegt weit zurück, auch besitzt sie keine Erinnerungsstücke mehr, Programmhefte oder Photographien aus der Zeit, und so hat es ihr erhebliche Mühe gemacht, sich auf das Treffen vorzubereiten. Doch nach den Daten, Rollen, Auftrittsorten hat er bisher kaum gefragt, es scheint, als habe er derartige Dinge längst selbst herausgefunden, in erster Linie interessiert er sich offenbar für ihre Person.

Sie hat ihm aus ihrer Kindheit erzählt. Die Eltern hatten immer etwas für Musik übrig, sangen selbst im Chor, zu Hause gab es ein Klavier. Sonntags kamen befreundete Pianisten zu Besuch, manchmal ein ganzes Streichquartett, Musiker gab es im Bekanntenkreis genug. Später, viel später sind viele Freunde ihrer Eltern emigriert, andere warteten ab, wollten den Gerüchten keinen Glauben schenken, verpaßten den richtigen Moment und wurden nie wieder gesehen.

Sie war ein stilles Kind, hörte von klein auf zu. Die Gäste hoben jedesmal hervor, wie brav sie sei, kein dazwischengeredetes Wort, während die Erwachsenen sich unterhielten, kein ungeduldiges Gezeter und Geplärr während der Darbietung im elterlichen Wohnzimmer. Wenn sie dann aber selber singen wollte, wurde sie von allen ermutigt, das stille Mädchen durfte seine eigene Stimme zu Gehör bringen, egal wie unbeholfen, schief.

Eine Scheu der eigenen Stimme gegenüber hat sie darum nie entwickelt, auch das Wissen um Zuhörer hat ihr nie etwas ausgemacht. Sie weiß, wie vielen Menschen der Umgang mit ihrer eigenen Stimme Schwierigkeiten bereitet, und selbst professionelle Sänger leiden Höllenqualen, wenn sie das Publikum im Dunkeln jenseits der Bühne erahnen. Als sie eine Gesangsausbildung ins Auge faßte, rieten ihr die Eltern und Bekannten zu: Niemand hatte etwas anderes erwartet.

Sieht man von ihren Geschwistern ab, war sie als Kind vorwiegend von Erwachsenen umgeben. Die Nachbarskinder mochten nicht mit ihr spielen, der sogenannte Künstlerhaushalt war vielen in der Gegend nicht geheuer, es hieß, dort gehe die Halbwelt ein und aus. Kaum jemand konnte das verstehen, wo doch der Mann, genauso wie sein Bruder auf dem Land, ein ordentlicher Käsereimeister war, der die großen Kaufhäuser belieferte. Später mag es geheißen haben: Kein Wunder, daß sein Geschäft bankrott gegangen ist, er hat sich schließlich immer mit den falschen Leuten abgegeben.

Mit Kindern ihres Alters hatte sie also wenig Umgang, von den Raufereien auf der Straße hielt sie sich lieber fern, Geschrei war ihr zuwider. Und sie will gar nicht ausschließen, daß sie den anderen Kindern ein wenig hochnäsig begegnet ist. Sie hat die eine Ausnahme erwähnt, den stillen Nachbarsjungen, der es genoß, wenn er gemeinsam mit ihr den Musikvorführungen lauschen durfte, anstatt draußen die Grabenkämpfe des Weltkriegs nachzuspielen.

Durch welchen Zufall sie sich als Erwachsene wieder begegnet sind, weiß ihr Besucher auch. Noch immer waren sie zusammen wie stille Kinder, doch Fremden gegenüber verhielten sie sich längst nicht mehr so zurückhaltend wie in früher Jugend: Sie sang nun jeden Abend vor einem unbekannten Publikum, seine Stimme schallte über den Kasernenhof.

Sie hat von den folgenden Jahren erzählt, bis in die Nachkriegszeit. Gelegentlich hat der junge Mann vorsichtig nachgefragt, wo Lücken blieben, die sie nicht bemerkte. Nun steuern sie auf ihre Krankheit zu, sie zögert noch, er drängt sie nicht. Die lange Pause im Gespräch, als müßten sie beide tief Luft holen, bevor sie zu den schwierigen Fragen kommen.

Sie sagt: »Vielleicht erinnern Sie sich noch daran: Als Aldo Moro überfallen wurde, fand man nur seinen leeren Wagen. Kein Mensch glaubte, daß er noch leben könne. Es gab keinen Zweifel: Aldo Moro war tot. Seine Entführer gerieten in Panik und photographierten ihn mit einer aktuellen Zeitung in der Hand. Dennoch gelang es ihnen nicht, den allerersten Eindruck der Menschen zu korrigieren. Die Lebenszeichen haben an der ursprünglichen Überzeugung nichts mehr ändern können.«

Der junge Mann nickt verständnisvoll, ohne daß er verstanden hätte. Sie hat sich noch einen Moment Aufschub verschafft. Jetzt aber wird sie alles erklären müssen, so gut es geht.

Mit Ende Dreißig wurde sie schwer krank. Sie war noch jung, nur wenig älter als ihr Besucher heute. Nichts hatte auf diese Krankheit hingedeutet, Krebs lag nicht in ihrer Familie, ihre Vorfahren waren alle über achtzig Jahre alt geworden, ohne mit größeren gesundheitlichen Problemen zu kämpfen. Auch sie selbst brauchte, nachdem die Kinderkrankheiten überstanden waren, nur äußerst selten einen Arzt. In ihrer Gesangskarriere hat sie sich nicht ein einziges Mal eine Kehlkopfentzündung zugezogen, hat nie Polypen von den Stimmbändern entfernen lassen müssen. Keine Probleme während der zwei Schwangerschaften. Um ihren Körper mußte sie sich nicht sorgen.

Sie weiß nicht mehr, aus welchem Grund sie zur Untersuchung gegangen war, sie sieht nur noch den älteren Herrn vor sich, der seine Hände in den Kitteltaschen verbirgt, während er sich um eine klare Antwort herumdrücken will: es sei etwas gefunden worden, zur Sicherheit werde er ihr Blut genauer untersuchen lassen. Vorerst kein Anlaß zur Unruhe, doch sie solle binnen einer Woche wiederkommen. Bei der Verabschiedung ist ihre Handfläche verschwitzt und kalt.

 Eine Sekunde lang sieht sie den eigenen Tod vor Augen. Aber

dieses Bild darf nicht stehenbleiben, es wird sofort von anderen Bildern überlagert: Zuerst hofft sie, es handele sich um eine Fehldiagnose, dann malt sie sich gemeinsam mit ihrem Mann die Aussichten auf Heilung aus, berechnen sie wider besseres Wissen Überlebenschancen. Operationen, neuartige Therapien. Immer ist nur von Vorstellungen die Rede, nie von der Wirklichkeit, auch wegen der Kinder, die nicht erfahren sollen, wie ernst es um ihre Mutter steht.

Doch mit den Jahren schimmert das ursprüngliche Bild wieder durch, wird immer deutlicher, als hätte sie sich erst daran gewöhnen müssen. Noch nie hat sie einen Toten gesehen, die bleichen, reglosen Hände auf der Bettdecke sind keine Erinnerung an eine sterbende Verwandte, sondern ein Zukunftsbild: Sie betrachtet die eigenen Hände, der erste Tote ihres Leben ist sie selbst.

Ihr Mann wehrt sich dagegen, will davon nichts hören, aber sie müssen nun den Tatsachen ins Auge blicken: Wie wird es mit der Familie weitergehen, wenn die Kinder ihre Mutter verloren haben? Sie nimmt ihm das Versprechen ab, nach ihrem Tod so bald wie möglich wieder zu heiraten. Gemeinsam überlegen sie, welche alleinstehende Frau aus ihrem Freundeskreis in Frage kommen könnte. Sie muß die Kinder mögen. Er muß sich ein Leben mit ihr vorstellen können. Wann immer der Sohn und die Tochter nicht in der Nähe sind, sprechen sie darüber, finden aber keine zufriedenstellende Lösung. Ihr Mann wird sich an eine Partnerschaftsvermittlung wenden.

Die neue Frau soll den Kindern nicht nur über den Verlust hinweg helfen, sie muß ihnen sogar eine bessere Mutter sein. Denn seit dem Ausbruch der Krankheit vor fast fünf Jahren haben sie kaum mehr etwas von ihrer Mutter, keine Ratschläge, keinen Beistand, keinen Trost. Im Gegenteil, das Familienleben konzentriert sich ganz auf die Kranke, die Kinder müssen Rücksicht nehmen, bei der Pflege helfen, eine Stütze sein.

Vom ersten Schuljahr an ist der Tochter nichts anderes geblieben, als sich mit ihren Sorgen an den Vater zu wenden, die Mutter hörte nur von Lieblingslehrern, Freundinnen und guten Noten. Nun kommt das Mädchen aufs Gymnasium, die Umstellung geht vielleicht nicht ganz reibungslos vonstatten, aber auch damit wird niemand sie belasten wollen.

Ihr Sohn ist neunzehn, er geht in die Lehre, hat zweimal eine Klasse wiederholen müssen. Sie weiß, mit einer gesunden Mutter wäre das nicht passiert. Seit langem schwelt eine Auseinandersetzung zwischen ihnen, sie hätte sich für ihn mehr schulischen Erfolg gewünscht, er aber wollte sich von ihr nichts sagen lassen. Einmal ist es beinahe zum Streit gekommen: Er hatte ihr den Nachmittagstee eingeschenkt und hielt die Tasse in der Hand, da brach es aus ihm heraus. Er schrie sie an, begann zu zittern, die ganze Anspannung, Unsicherheit, er habe es satt, sich ständig nur um sie zu kümmern, die Teetasse fiel auf das Bett. Sie wollte ihn beruhigen, er hatte ja recht, aber sie war zu schwach zum Reden, der Vater jagte ihn mit einer Ohrfeige aus dem Krankenzimmer.

Eine klärende Aussprache hat es bislang nicht gegeben, die schieben sie immer weiter vor sich her, Geduld, nur noch ein wenig Geduld, dann ist die Mutter wieder bei Kräften. Sie weiß, die Aussprache wird nie erfolgen, sie kann ihrem Sohn nicht mehr helfen.

Die Kinder sind im Grunde ohne Mutter aufgewachsen, in den wichtigen Jahren blieben sie auf sich gestellt, sind längst daran gewöhnt, sich nur auf einen Elternteil verlassen zu können. Die zukünftige Ersatzmutter wird es mit den zweien nicht leicht haben. Ein Anzeigentext ist bereits entworfen, damit der Witwer etwas in der Hand hält, wenn er zur Partnerschaftsvermittlung geht. Nichts soll dem Zufall überlassen bleiben, gemeinsam haben sie an Formulierungen gefeilt. Nach ihrem Tod wird er allein dazu nicht in der Lage sein, die Trauer, die Verwirrung, dann hat er anderes im Kopf.

Auch hinsichtlich des endgültigen Abschieds ist eine Abmachung getroffen. Sie möchte nicht, daß ihre Kinder miterleben, wie sie stirbt. Den Anblick einer Toten will sie ihnen nicht zumuten. Sie wird so lange wie möglich zu Hause bleiben, doch wenn das Ende abzusehen ist, sorgt ihr Mann dafür, daß sie in die Klinik kommt. Wahrscheinlich ist sie zu diesem Zeitpunkt nicht mehr bei Bewußtsein. Vorher will sie die Tochter und den Sohn noch einmal gesehen haben, ins Krankenhaus darf dann nur noch ihr Mann.

Ihm ist es nicht geheuer, den Ablauf bis in jede Einzelheit festzulegen, doch respektiert er ihren Wunsch, merkt, wie das Planen sie beruhigt. Erst nachdem alle Fragen geklärt sind, erlaubt sie ihm, das Schmerzmittel so hoch zu dosieren, daß es tatsächlich hilft. Die Qualen lassen nach. Sie dämmert ein.

Der Blick des jungen Mannes hat die ganze Zeit auf ihr geruht. Nun bewegt er den Kopf, ein leichtes Nicken, als begreife er allmählich, was er zu hören bekommt, als ahne er zudem, wie die Geschichte weitergeht. Sie hat noch nie jemandem davon erzählt, jene Ereignisse sind über vierzig Jahre lang eine verborgene Geschichte gewesen, die sie auch vor sich selber verborgen hat. Ohne einen fremden Zuhörer würde man sich die verlorenen Familiengeschichten niemals in Erinnerung rufen.

Sie sagt: »Ich habe nie erfahren, wieviel Zeit vergangen war, als ich das Bewußtsein zurückerlangte. Vielleicht nur eine Nacht, vielleicht lagen auch Wochen hinter mir. Ich sehe meinen Mann am Bett sitzen, ein Krankenhauszimmer, die Sonne scheint herein. Vielleicht bin ich nur einen Moment aufgewacht und dann gleich wieder ins Dunkel zurückgesunken. Der traurige, verzweifelte Gesichtsausdruck, dahinter ein Stück klarer Himmel. Ich sehe, mein Mann redet auf mich ein, aber ich höre nichts. Ich weiß nicht, ob ich schon gestorben bin.«

Der Besucher schaut sie fragend an. Ebenso fragend beantwortet sie seinen Blick. Was während ihres langen Klinikaufenthalts zu Hause geschah, hat sie sich im nachhinein selbst zusammenreimen müssen, doch zu einem geschlossenen Bild reichte es nie. Sie will ihrem Mann keine Vorwürfe machen, wahrscheinlich hat er ihr die Lage wiederholt erklärt, hat sie um Rat gebeten, angefleht, ohne daß sie auch nur ein Wort begriffen hätte. Sie war in einem andauernden Dämmerzustand, geschwächt von neuen Operationen und Medikamenten. Sie konnte ihrem Mann nun nicht mehr helfen. Es war alles vorausgeplant. Er hielt sich an die Pläne.

»Ich glaube bis heute nicht, daß er unseren Kindern gegenüber behauptet hat, ich sei gestorben. Nein, so etwas paßt nicht zu ihm. Viel eher wird es umgekehrt gewesen sein: Sie haben ihn am Ende vom Tod ihrer Mutter überzeugt. Er wurde zwischen zwei Welten aufgerieben, es gab die eine Wirklichkeit im Krankenhaus, wo er seine Frau vor sich sah, lange Zeit dem Tod näher als dem Leben, und eine andere Wirklichkeit zu Hause, wo die Kinder durch nichts davon abzubringen waren, die Mutter lebe längst nicht mehr.

Mein Mann und ich haben jede Einzelheit durchdacht, sämtliche Vorkehrungen getroffen, die letzten Löcher abgedichtet. Dabei übersahen wir, daß uns der größte Fehler gleich zu Beginn der Überlegungen unterlaufen war. Wir hätten unseren Kindern nicht verheimlichen dürfen, wie schwer meine Erkrankung war, wir wiegten sie in falscher Hoffnung, behaupteten über die Jahre hinweg immer von neuem, bald werde die Krankheit durchgestanden sein und alles besser werden. Irgendwann haben sie unsere Lügen durchschaut, den Tröstungen keinen Glauben mehr geschenkt. Anstatt sich aber den Eltern gegenüber zu offenbaren, stiegen sie mit in die Lügengeschichte ein. Vater und Mutter brauchten den Trost vielleicht dringender als die Kinder, hätten ohne ihre Selbsttäuschung den Kampf gegen die Krankheit schon viel früher aufgegeben.

Als sie sich dann von mir verabschiedet hatten, als sie sehen konnten, wie mein regloser Körper aus dem Haus getragen wurde, brach das Lügengebäude endgültig in sich zusammen. Und wenn ihr Vater nicht den Mut aufbrachte, ihnen die Wahrheit ins Gesicht zu sagen, so mußten eben sie ihn damit konfrontieren.

Sollte er wieder mit den Aussichten auf Genesung anfangen, von einer unerwarteten Wendung sprechen, der plötzlichen Besserung ihres Zustands? Das hatten die Kinder nun schon oft genug gehört, und immer wußten sie, wie wenig solchen Formulierungen zu trauen war.«

Sie sieht ihren Mann durch die Wohnung laufen, den Kindern hinterher, sie hört ihn mit erstickter Stimme rufen: »Nein, sie ist nicht tot.« Er hält die Tochter an den Schultern, schüttelt sie, verzweifelt, ungläubig, und wiederholt nur immer diesen einen Satz: »Sie ist nicht tot.« Langsam wird er vom Sohn zurück ins Wohnzimmer geführt, die Kinder setzen sich zu ihm aufs Sofa, nehmen ihn in den Arm, versuchen ihn mit seinen eigenen Worten zu beruhigen: »Sie ist nicht tot, das wissen wir. Für uns wird sie immer weiterleben.«

Am nächsten Morgen geht er wieder ins Krankenhaus, er fragt die Kranke, ob er die Kinder herbringen soll, damit sie ihm endlich glauben, doch seine Frau antwortet nicht, sieht ihn nur mit halb geschlossenen Augen an. Sie haben abgemacht, daß die Kinder sie nach der Verlegung in die Klinik nicht noch einmal zu Gesicht bekommen, sie sollen sich so schnell wie möglich an ein Leben ohne ihre Mutter gewöhnen. Er fragt, ob es bis auf weiteres bei den Plänen bleiben soll. Sie scheint zu nicken. Schließlich kann derzeit keine Rede davon sein, der Krankheitsverlauf hätte sich unwiderruflich zum Guten entschieden.

»Als mein Zustand soweit wieder stabil war, daß ich zwischenzeitlich mit schwächeren Schmerzmitteln auskommen konnte, durchdachten wir alles noch einmal von vorne. Und gelangten wieder zu unserem alten Ergebnis. Abgesehen davon, daß ich nicht gestorben war, hatte sich nichts verändert: Ich war ein Pflegefall, die Kinder hätten sich noch weitere fünf Jahre um mich kümmern können, ohne Aussicht auf ein eigenes, unbeschwertes Leben, und ohne eine Mutter an der Seite, die ihnen den Weg in dieses Leben hätte weisen können. Ich wäre ihnen immer eine Last geblieben.

Sie hielten mich für tot, und auch wenn sie sich damit sicherlich noch nicht abgefunden hatten, so ließ sich doch keine bessere Voraussetzung denken, um nach einer Ersatzmutter zu suchen. Mein Mann sträubte sich gegen diese Idee, ich redete auf ihn ein, versuchte ihn zu überzeugen, er hielt andere Vorschläge dagegen, am Ende aber gab er nach. Auch ihm war klar, irgendwann mußte er sich für eine von den beiden Welten entscheiden, zu Hause glaubten ihm die Kinder nicht, hier saß er an meinem Krankenbett, irgendwann würde dieser Zwiespalt ihn zugrunde richten. Er willigt in die Scheidung ein.

Zu jener Zeit zählte ich mein Leben nicht nach Wochen oder Tagen, ich zählte nur von einem bis zum nächsten wachen Augenblick. Es konnte jeden Moment zu Ende sein. Ich sah doch nicht voraus, daß ich noch mehr als vierzig Jahre vor mir haben würde.«

Sie hält inne und schaut nun wieder über den Fluß hinaus. Seit einer Weile hören sie im Hintergrund die Autohupen, den Feierabendverkehr unten auf der Uferstraße. Im vierten Stock kommen einem diese Geräusche fast unwirklich vor, sie stören kaum.

 Dagegen könnte sie es nicht ertragen, wenn Bäume vor dem Haus den Blick versperrten. Sie braucht diese weite Aussicht, die Landschaftsflecken und den Himmel.

Ihr Besucher setzt vorsichtig zu einer Frage an, er möchte wissen, wie es gelungen ist, die Pläne praktisch umzusetzen, ohne daß die Kinder davon erfahren haben. Ihr falscher Tod, die Scheidung, schließlich ihr Verschwinden: So etwas läßt sich doch wohl kaum geheimhalten, zumindest nicht auf Dauer.

»Damit stellen Sie eine Frage, die ich auch nie eindeutig habe klären können. Ich rätsele genau wie Sie, immer wieder zerbreche ich mir darüber den Kopf, nun schon mein halbes Leben lang. Und es gibt keinen Menschen, der mir eine Antwort geben kann.

Ich gehe davon aus, daß mein Mann unseren Kindern irgendwann die Wahrheit gesagt hat. Anders ist es nicht vorstellbar. Wenn er ihnen diese Geschichte tatsächlich hätte verheimlichen wollen, wäre am Ende nur eine Möglichkeit geblieben: Überhaupt nicht mehr mit den Kindern zu sprechen. Jedes Wort hätte ihn in Gefahr gebracht, sich zu verraten. Und spätestens als Erwachsene hätten sie sich nicht mehr mit ausweichenden Erklärungen abfinden lassen. Sie hätten nachgebohrt. Antworten eingefordert. Schweigen? Nein, er mußte reden.

Falls er, wie es besprochen war, bald eine neue Ehe eingegangen ist, so wird er zunächst seine zweite Frau in unser Geheimnis eingeweiht haben. Ich bin mir sicher, sie hätte nicht mit einer solchen Lüge leben können. Vielleicht warteten sie ab, bis sich die Kinder an die Ersatzmutter gewöhnt hatten, bis sie in ihr eine richtige Mutter sahen, und dann haben sie ihnen diese Geschichte offenbart.

Es war beschlossene Sache, daß ich mich von der Familie fernhalten würde. Keine leichte Entscheidung, das können Sie mir glauben. Ich habe meinen Sohn und meine Tochter nie wieder gesehen. Aber ich wollte mich nicht einmischen, keine zusätzlichen Probleme mehr bereiten. Meine Spuren wurden gelöscht, um es den Kindern leichter zu machen. Die Todkranke sollte aus ihrer Erinnerung verschwinden. Mein Mann und ich brachen den Kontakt ab. Darum weiß ich bis heute nicht bestimmt, wie alles abgelaufen ist.«

Ihre Kinder müssen die Wahrheit erfahren haben. Von der eigenen Mutter verraten. Im Stich gelassen. Während diese Frau an einem unbekanntem Ort ein neues Leben angefangen hat. Sie werden ihre leibliche Mutter verachten. Wollten mit ihr nichts mehr zu tun haben, sei es in Wirklichkeit oder in der Erinnerung. Ihr Sohn und ihre Tochter werden sie tatsächlich irgendwann vergessen haben.

»Ich aber sehe die beiden heute noch vor mir: dieses Entsetzen, die hilflose Wut in ihren Augen. Ich sehe sie so deutlich, fast glaube ich, von diesem Anblick gebe es eine Photographie: meine zwei Kinder genau in dem Moment, als sie alles begreifen. Dieses Bild wird sich bis zu meinem Lebensende nicht verändern.«

Die beiden Welten sind ein für allemal voneinander getrennt. In ihren Träumen sieht sie sich vor ihrem eigenen Grabstein stehen. Manchmal erkennt sie auch ihre Kinder, die sich vom Friedhofstor her nähern, gekleidet wie zu einer Beerdigung. Sie wacht auf. Gerade hat sie sich hinter den Sträuchern verstecken wollen. Nein, soweit wird es nicht kommen. Der Gedanke an solch ein Grab läßt auch ihren Mann zurückschrecken, er muß den Kindern alles erzählen.

Sie weiß nicht, was zu Hause geschieht. Kein Lebenszeichen mehr. Das hat sie entschieden, als sie der Überzeugung war, ihr blieben nur noch wenige Tage zu leben. Doch nun werden die wachen Phasen immer länger, ist sie gezwungen, sich alles genau auszumalen. Sie hält es kaum mehr aus.

Seit ein paar Wochen runzeln die Ärzte nicht mehr die Stirn, verfallen nur noch ab und zu in ihren gewohnten Flüsterton, wenn sie mit der Kranken sprechen. Man verlegt sie in ein anderes Zimmer. Sie fragt sich, ob ihr Mann die Anzeige schon aufgegeben hat. Sie will daran nicht denken, sucht in ihrer Erinnerung nach weniger schmerzhaften Bildern, verfolgt die Zeit zurück und bleibt an einer Szene hängen: Ganz deutlich eine Opernbühne, ehe die Vorstellung beginnt. Sie wirft schnell einen Blick durch den Spion im Vorhang, dann muß sie hier verschwinden.

Sie liegt im Sanatorium auf der Terrasse und faßt einen Entschluß: Falls sie tatsächlich überlebt, wird sie noch einmal neu beginnen. Sie macht sich keine falschen Vorstellungen, weiß sehr genau, daß sie nicht bruchlos an das Ende ihrer Karriere vor zwanzig Jahren anknüpfen kann. Wenigstens ist sie später nie ganz aus der Übung gekommen, war immer im Chor und hat gelegentlich im Freundeskreis die alten Arien gesungen. Sie rechnet nicht damit, daß ihr noch einmal Hauptrollen angeboten werden, aber so weit geht ihr Ehrgeiz gar nicht. In erster Linie möchte sie einfach wieder singen.

Während der folgenden Jahre hat sie große Künstler und Diplomaten, vermutlich auch Geheimdienstleute kennengelernt. Der eine oder andere hohe Politiker hat ihr die Hand geküßt. In den Hotels bekam sie eine Suite, die Zimmer voller Blumen, die Karten der Verehrer leuchtend weiß im Blättergrün. Sie hat über die Dächer von Paris geschaut und mit einem Fremden Champagner getrunken, die restlichen Gäste waren bereits fort. Sie weiß, es gibt gewisse Herren, denen die Grenze zwischen Umwerben und Anwerben immerzu verwischt. Die Semperoper kennt sie von Gastspielen, geisterhaft die Stadt bei Nacht.

Aber das alles sind für sie kaum mehr als Begleiterscheinungen gewesen, im Vordergrund hat immer der Gesang gestanden. Sie hat das sogenannte Künstlerleben stets aus einer gewissen Distanz betrachtet, sie war keine junge Frau mehr, sie hatte schon eine Familie hinter sich. Nicht, daß sie es nicht hätte genießen können, aber zugleich war sie auch immer ein wenig amüsiert.

Gerade diese Haltung hat sie davor bewahrt, die Bühnenkarriere im Rückblick zu verklären, als sie ins Unterrichtsfach gewechselt ist. Die Anekdoten aus der großen Zeit, die bald keiner mehr hören kann, in immer denselben Formulierungen, haarklein denselben Worten, und maßlos übertrieben, als könnte einen das unablässige Wiederholen in jenen verlorenen Zustand zurückversetzen, als läge in den Worten diese Macht.

Ihr Besucher kennt bestimmt auch solche Fälle, wo Menschen lächerlich werden, ohne es zu bemerken. Er hat derartige Entgleisungen sicher schon selbst mit angehört: »Und dann habe ich in Bayreuth die Walküre gesungen, als Adolf Hitler in der Loge saß.« Wenn sie der Vergangenheit nachzutrauern beginnen, werden die Menschen geschmacklos, sie trauern um sich selbst, als wären sie längst gestorben. Oder sie reden sich ein, sie wären alterslos: »Was machen Sie an Ihrem hundertsten Geburtstag?« – »Da schnorchele ich zwischen den Korallenriffen.« Mit so jemandem möchte sie nicht tauschen.

Und außerdem sind sich am Ende doch jedesmal alle einig, daß die toten Sänger immer die besten Sänger bleiben werden. Kein Lebender könne sich mit diesem verstorbenen Tenor, mit jener Sopranistin messen, von der nie eine Tonaufnahme gemacht wurde.

Sie hat immer mit jungen Menschen zu tun gehabt, später in den Gesangsklassen, im Einzelunterricht, und manchmal dachte sie, falls sie Enkel haben sollte, verschlägt es vielleicht einen von ihnen auch in dieses Fach. Eine Vorstellung, die ihr gefallen hat: Jemand aus der Familie schlägt den gleichen Weg ein wie sie, ganz unabhängig von der Großmutter, ohne überhaupt von ihr zu wissen. Eine junge Sängerin, ein junger Sänger mit der Kraft, die sie in ihrem Alter nicht mehr hat. Als bliebe der Gesang über die

Generationen hinweg aufrechterhalten, als gäbe es dazwischen keine Stille.

Und falls sie dann auch noch die gleichen Rollen sängen, die Töne und Worte ihrer Großmutter wiederholten: An dieses Bild hat sie sich klammern können, wenn die traurige Erinnerung an ihre Kinder sie manchmal überkam. Es wird eine unsichtbare Verbindung entstehen, mehr noch, die Grenze zwischen Großmutter und Enkelin verschwimmt, als wären sie nicht länger zwei verschiedene Personen.

Mit seinem ersten Ton wird der Sänger zu einer erfundenen Figur. Für die Dauer seines Gesangs befindet er sich in einem Zwischenraum, ihm ist bewußt, er ist nicht derjenige, als dessen Verkörperung die Zuhörer ihn erkennen mögen, und zugleich weiß er auch, er ist nicht mehr derselbe wie noch eben in der Garderobe. In diesem Zwischenraum, wo eine Sängerin sich selbst als Erfindung begreifen muß, könnten Großmutter und Enkelin zusammentreffen. Das würde sie sich wünschen.

Die Pausen zwischen ihren Sätzen werden länger, sie strengt sich an, einen Gedanken fortzuführen, findet aber nicht jedesmal sofort die richtigen Begriffe. Dann versucht ihr Besucher mit einem Wort auszuhelfen, er hört ihr immer noch aufmerksam zu, die Müdigkeit ist nach und nach aus seinem Blick gewichen. Sie hingegen ist nun erschöpft. Den ganzen Nachmittag hat sie geredet, hat sich auf seine Fragen hin ihr Leben bis in die kleinsten Einzelheiten ins Gedächtnis zurückgerufen, und beim Erzählen war sie zwischenzeitlich immer wieder überrascht, kam es ihr vor, als spräche sie mitunter von den Erinnerungen eines anderen Menschen.

Jetzt fröstelt es sie ein bißchen, es wird noch kühl nach Sonnenuntergang. Sie will aufstehen und eine Decke holen, da steht auch ihr Besucher auf, er müsse sich langsam verabschieden. Sie weiß noch immer kaum etwas von ihm, doch daß er kein Journalist ist, hat sie längst begriffen. Er hat kein Aufnahmegerät dabei, keine Notizen gemacht. Als Journalist hat er sich nicht einmal ausgegeben. Aber sie ist zu müde, um sich seine Geschichte heute noch anzuhören. Gemeinsam gehen sie zur Tür, beim nächsten Treffen wird sie weniger reden, dafür soll er von sich erzählen. Er lächelt, damit ist er einverstanden. Er wird sie anrufen.

Sporen

Manchmal habe ich mir vorgestellt, ich stünde dort am Schlafzimmerfenster und schaute auf den Baum hinaus. Das Fenster, an dem ich die Alte gesehen habe, das Schlafzimmer in ihrem Haus, der Baum, in dem die Toten sind. Einer der Zweige reicht fast bis ans Fenster heran, im Wind kratzt er sacht an der Scheibe. Die Gardinen sind zur Seite gezogen oder längst abgehängt, der Blick ist frei. Ich halte Ausschau nach den Toten, doch außer Blättern, Ästen, Himmelsflecken ist nichts zu erkennen.

Ich habe keinerlei Anhaltspunkte dafür, daß die Alte tatsächlich jemals an ihrem Schlafzimmerfenster gestanden hat, um einen Baum zu betrachten. Es ist nur eine Erfindung, um mir ein Bild von ihr zu machen.

Ich stehe da und warte auf ein Zeichen. Ich sehe nichts. Ich werde eine Weile stehenbleiben. Würde ich mich umdrehen, käme das Bett in meinem Blick. Ich weiß, die sauberen Laken sind straff gezogen, Kissen und Oberbetten aufgeschüttelt, eine unauffällig gemusterte Tagesdecke liegt darüber, die Kanten akkurat unter der Matratze eingeschlagen.

In meiner Vorstellung bin ich immer allein in diesem Haus. Daran besteht kein Zweifel, weil man doch spürt, wenn hinter einem jemand atmet. Und sei es Atmen in der Tür, im Nebenzimmer, auf der Treppe. Das ganze Haus wirkt unbewohnt. Doch erst seit kurzem. Als hätte dort noch vor wenigen Tagen jemand gelebt.

Ich weiß nicht, warum ich so sicher bin, daß niemand außer mir im Haus ist. Vielleicht wegen des Geruchs, die Luft steht still, das Fenster ist lange nicht mehr geöffnet worden. Mit dem Auftauchen Lebender ist nicht zu rechnen. Ich habe alle Zeit zu warten, bis im Baum vor dem Fenster eine Tote auftaucht.

Es ist nur eine Vorstellung. Weder habe ich das Haus tatsächlich jemals betreten, noch steht es heute leer. Es wäre auch nicht möglich, sich Zugang zu verschaffen, um an das Schlafzimmerfenster zu treten. Man mag den Eindruck haben, es stecke kein Funke Leben mehr in der Alten, aber gestorben ist sie nicht.

Sie scheint schon lange so gut wie tot zu sein. Seit ihrem Schlaganfall vegetiert sie nur noch vor sich hin, von der Umgebung nimmt sie nichts mehr wahr, kann offenbar weder sehen noch hören. Auf Ansprache reagiert sie nicht. Sie kann sich nicht mehr anziehen, nicht allein essen, nicht laufen. Jeden Morgen muß sie aus dem Schlafzimmer ins Erdgeschoß getragen werden. Den ganzen Tag sitzt sie zusammengesunken in ihrem Sessel, die Lider halb geschlossen, der Blick darunter ins Nichts gerichtet. Der Fernseher läuft, möglicherweise ohne Ton. Man könnte ihr genausogut ein Schneebild einstellen.

Die Alte, wie ich sie von Kindheit an gesehen habe, existiert nicht mehr. Ein schwacher Gegner, unterlegen und bedauernswert. Jegliche Überlegung, den ausdrücklichen Wunsch der Alten zu mißachten und ihr vor Augen zu treten, ist hinfällig geworden, in die Vergangenheit verbannt. Klingelte ich an der Tür, würde die Alte es wahrscheinlich nicht mehr hören. Noch weniger könnte sie sich aus eigener Kraft zur Tür bewegen. Die Lebensgeister ziehen sich zurück. Es ist nur eine Sache von Monaten, Wochen, Tagen. Vielleicht gerade jetzt.

Doch jedesmal, wenn dieser Moment gekommen scheint, wenn niemand mehr damit gerechnet hätte, erwacht die Alte aus ihrem todesähnlichen Schlaf. Ein Zucken der Lider, der Hände auf den Sessellehnen, und im nächsten Augenblick bäumt sich auch schon der ganze Körper auf. Von Lähmungserscheinungen keine Spur. Die Alte schlägt um sich, sie brüllt, erhebt sich aus dem Sessel, schwankt zur Tür, will aus dem Zimmer fliehen. Als

 hätte sie soeben den Tod abgeschüttelt, als hätte er sie lange Zeit im Griff gehalten und wäre kurz vor dem Ende doch zurückgeschreckt.

Die Beine machen nicht lange mit. Die überstürzte Flucht endet stets mit einem Schritt vom Wohnzimmer in den Flur, links im Winkel das Telefon, rechts führt die Treppe hinauf zum Schlafzimmer, dazwischen liegt die Alte am Boden. Sie ruft, sie schreit, sie wehrt sich noch, wenn unser Großvater, die Haushilfe, die Sanitäter sie zurück zu ihrem Sessel tragen. Niemand kann sagen, welchen Weg sie eingeschlagen hätte, auf die Straße hinaus oder in die obere Etage.

Zum Erstaunen des Arztes ist der Blutdruck auf einen normalen Wert gestiegen, sämtliche Körperfunktionen sind wieder intakt, für einige Tage könnten sogar die üblichen, seit Jahren eingenommenen Medikamente eine gewisse Gefahr bedeuten. Beim Fluchtversuch hat der Körper seine Dienste versagt, die Muskelschwäche und die ungewohnte Anstrengung, aber der Kopf ist nach solchen Ausbrüchen klar. Die Alte hat ihr volles Bewußtsein zurückerlangt, sie äußert Wünsche, hat Appetit, fordert ein anderes Fernsehprogramm und dazu den Ton. Man könnte sich mit ihr fast wie mit einer Gesunden unterhalten. Auf Fragen aber antwortet die Alte schroff wie immer, oder sie sagt kein Wort. Das eingefallene, verzerrte Gesicht, die trüben Augen: Zwischenzeitlich wirkt es, als hörte sie nicht zu, als horchte sie auf etwas anderes im Raum.

Woher kommt diese Kraft. Die Ursachen der vorübergehenden Genesung liegen im Verborgenen. Kein Medikament, keine Therapie führt auch nur annähernd zu solch einem Erfolg. Die Lähmung gilt als unheilbar, dafür ist es zu spät. Der Arzt kann sich die Alte nicht erklären, vergleichbare Fälle sind nicht bekannt. Er fragt nach Vorzeichen. Hat es keine gegeben. Er fragt, ob sich etwas an der Ernährung geändert habe, ein neuer Joghurt, eine andere Marke Knäckebrot. Ist ein Medikament versehentlich nicht eingenommen worden. Gab es ein außergewöhnliches Ereignis, Besuch vielleicht, Geräuschbelästigung durch Nachbarn, eine bestimmte Fernsehsendung. Nichts.

Die Alte sitzt in ihrem Sessel, zur Seite geneigt, reglos, die Augen geschlossen. Gesicht und Körper strahlen deutlich aus, daß keine Erscheinung die Macht hätte, die Alte aus ihrer Taubheit herauszureißen. Und doch ist sie nicht ohne Leben, schläft sie nicht. Die angespannten Züge lassen vermuten, daß die Alte nach innen horcht, als lauschte sie einer Stimme, als erblickte sie unter ihren Lidern Bilder, die kein Mensch je gesehen hat.

Wenn ich mir vorstelle, daß die Alte ihre Tage vor sich hindösend verbringt, unansprechbar und zugleich in schwer faßbarer Weise aufmerksam, dann muß ich an die Geisterphotographie denken, wie sie gegen Ende des vorletzten Jahrhunderts in Mode kam. Bilder von spiritistischen Sitzungen, von übernatürlichen Phänomenen und Geistersehern haben mich immer eigentümlich berührt, vor allem, wenn neben dem Medium auch die Erscheinung eines Verstorbenen abgebildet ist.

Die Alte sitzt in sich versunken im Wohnzimmer. Was wäre, wenn sie um Erscheinungen wüßte, die niemand sehen kann. Weder ihr Mann noch die Personen, die regelmäßig kommen, um zu helfen, haben je etwas bemerkt. Außer ihnen ist kein Mensch im Haus. Der Arzt, die Krankenschwester und unser Großvater richten ihre ganze Aufmerksamkeit auf die umnachtete alte Frau, auf ihren angestrengten Gesichtsausdruck, aus dem erraten werden muß, ob sie nun Hunger hat oder schlafen will.

Die Betreuung der Alten läßt keine Zeit für andere Gedanken. Unter solchen Alltagsbedingungen kommt selbstverständlich niemand auf die Idee, das Zimmer zu photographieren, schon gar nicht regelmäßig. Jeden Tag bietet sich der gleiche Anblick, Familienalben gibt es nicht. Nie werde ich erfahren, ob sich auf Bildern von der Alten in ihrem Sessel die Spuren unsichtbarer Kräfte zeigen könnten.

Auf den ersten Blick ist nichts Außergewöhnliches zu sehen, nur eine anscheinend schlafende Frau vor einer Schrankwand, links der Streifen eines Vorhangs über der angeschnittenen Polstergruppe. An manchen Stellen aber scheint der Abzug ungleichmäßig belichtet, als hätte jemand über dem Photopapier gewedelt. Nach und nach ergeben sich Umrisse, der schwache Schein hinter der Sessellehne erweist sich als Figur.

Auf einem anderen Bild die gleiche Erscheinung: Mitten im Zimmer steht jemand mit erhobenem Arm, weit schlechter zu erkennen als die Frau im Sessel. Es muß sich um versehentliche Doppelbelichtungen handeln. Beide Figuren haben die Augen geschlossen. Die Hände der Älteren hängen schlaff von den Sessellehnen, die erhobene Hand der Jüngeren hält eine Axt. Beim genaueren Hinsehen zeigen sich zwischen den Figuren gewisse Ähnlichkeiten, wenn auch nur entfernt. Man könnte glauben, daß die alte Frau dieselbe ist wie jene, die vor der Polstergruppe steht: das Kinn, der Zug um ihren Mund, etwas Verbittertes, zugleich ein Zorn, der keine Grenzen kennt. Zweimal dieselbe Frau, aber in einem Abstand von vielleicht vierzig Jahren aufgenommen. Es kann keine Doppelbelichtung sein.

Das nächste Photo zeigt die schlafende Frau unverändert, doch die Erscheinung neben ihr hat nun ungefähr dasselbe Alter, sie wirkt sogar ein wenig älter. Im Unterschied zur Schlafenden ist sie hellwach, hier sind die Augen aufgerissen, der ganze Körper scheint eben zu einer heftigen Bewegung anzusetzen. Als hätte der Photograph sie auf sich aufmerksam gemacht, als hätte er sie aufgefordert, ein paar Schritte in seine Richtung zu gehen. Sie hat ein Ziel vor Augen, das hier nicht zu sehen ist, ihr Blick fixiert etwas neben der Kamera, vielleicht die Wohnzimmertür, vielleicht eine Person, die noch um einiges weiter entfernt steht.

Die Frau im Sessel wird von den Vorgängen um sich herum in ihrem Dämmerzustand nicht gestört. Auf keinem Bild hält sie die Augen offen, liegen die Hände anders da. Sie läßt auch nicht erkennen, ob sie mitbekommt, daß sie bereits mehrfach photographiert worden ist.

Wenn die Alte sich tatsächlich immer unbändig vor dem Tod gefürchtet hat, dann kann ich mir ihre Abneigung gegen Paulina, Carl, Nora und mich vielleicht ein Stück weit damit erklären: In ihrer Vorstellung müssen wir vier eng mit dem Tod verbunden sein.

So ließe sich begreifen, warum die Alte nie etwas von uns hat wissen wollen, warum sie rigoros darauf bedacht gewesen ist, jeden Kontakt zu vermeiden, gleich ob er nun von unserer Seite aus hätte geknüpft werden sollen, oder ob es ganz unbeabsichtigt zu einer Begegnung gekommen wäre. Nicht einen einzigen Blickwechsel hat sie in Kauf nehmen wollen. Obwohl sie uns noch nie gesehen hat, sieht sie in unseren Augen den Tod.

Die Enkel ihres Mannes sind die ersten in der Familie, die den Tod in sich tragen, ohne ihm je begegnet zu sein. Sie wissen es nicht, das macht sie unberechenbar. Ihr Mann, sein Sohn und seine Tochter kennen den Tod von Angesicht zu Angesicht, aus nächster Nähe haben sie das langsame Sterben der Mutter miterlebt. Eine solche Erfahrung prägt sich tief in einen Menschen ein, sie muß auf Dauer Spuren hinterlassen. Spuren, die in die nächste Generation hineinreichen, sich in den Kindern finden, verborgen nun, doch um so tiefer eingegraben, von Geburt an schon. Die Enkel ihres Mannes sind mit dem Tod behaftet auf die Welt gekommen, sie hätten nichts dagegen unternehmen können.

Sie wachsen auf, sie wenden sich dem Leben zu, ohne um den Spion zu wissen, der sich in ihnen eingenistet hat. Er flüstert ihnen zu, lenkt jede ihrer Taten, will sie mit aller Kraft auf die andere Seite ziehen. Hätten sie ihn erkannt, wären sie seinem Werben umgehend erlegen und hätten ihren Lebenswillen schon mit der ersten Einflüsterung verloren.

Den Tod im Rücken und mit Totenblick lernen die vier im Lauf der Zeit, die Stimme der Gegenseite zu überhören. Sie wissen nicht, von wo gerufen wird, doch merken sie, daß sie vor dem Tod nicht erschrecken. Tagtäglich müssen sie sich des Spions erwehren, inzwischen sind sie abgehärtet, haben im Kampf gegen das Flüstern ihre Lebenskraft sogar gestärkt. Irgendwann stehen sie dem Tod ohne jede Regung gegenüber: Er kann ihnen nichts mehr anhaben.

Sie sind gewappnet. Bis heute verstehen sie nicht, wovor sich andere Menschen fürchten. Sie hören den Spion nicht mehr, dabei ist er noch immer nicht verstummt. Er spricht aus ihnen. Er zeigt sich in ihren Augen. Er sucht mit ihren Augen die Umgebung ab.

Falls es einmal zu einer Begegnung mit diesen Enkeln ihres Mannes käme, wäre auch sie den Einflüsterungen ausgesetzt. Der Blick aus einer Tiefe heraus, in der etwas verborgen liegt. Die vier kennen keine Abneigung gegen den Tod, betrachten Sterbende ohne die Scheu eines Erwachsenen, und arglos streicht ihr Blick noch über die entsetzlichste Massenkarambolage hin.

Es darf niemals zu einer Gegenüberstellung kommen. Die vier träten ihr mit offenem Totenblick entgegen. Sie wäre gezwungen, dem Tod direkt in die Augen zu sehen. Es käme zu einem Kräftemessen, dessen Ausgang sie nicht abschätzen kann.

°

Als Kind glaubt man den Eltern jedes Wort, man käme nicht auf die Idee, an ihren Worten auch nur im geringsten zu zweifeln. Wo sich ein Abgrund auftut, werden die Eltern ihn überbrücken, darauf vertraue ich. Ich habe das Bedürfnis, etwas zu erfahren, und weiß: ich kann mich an die Eltern wenden, denn ihre Worte werden eine Lücke schließen. Was immer ich mir nicht erklären kann, lasse ich stehen, ich lasse Widersprüche gelten, später, glaube ich, werden sie sich in nichts auflösen, ich bin nur noch nicht alt genug, sie richtig zu begreifen.

Ich lasse mich von den Worten der Eltern tragen. Ich wiege mich in Sicherheit, so wie ich auch darauf vertrauen kann, daß mich die Eltern am Ende einer langen Nachtfahrt in ein Hotel, zu den Verwandten oder nach Hause bringen werden. Sie kennen den richtigen Weg, die Autobahnabfahrt und Umleitungen, lesen Straßenkarten. Anfangs habe ich noch aus dem Fenster sehen wollen, um unseren Weg mit eigenen Augen zu verfolgen, doch dann habe ich mich auf der Rückbank mit einem Mantel zugedeckt und bin bald eingeschlafen.

Die Eltern sprechen leise. Ich spüre, daß wir angehalten haben, von vorne kommt ein kühler Luftzug, das Fahrerfenster wird heruntergedreht. Das Handschuhfach klappt zu, Papiere rascheln, wir sind in eine Polizeikontrolle geraten. Der Innenraum wird aus der Dunkelheit gerissen, ein Taschenlampenstrahl fährt mehrmals langsam über mich hinweg. Ich muß nicht aufwachen, ich brauche nichts zu sagen, als draußen jemand fragt, was dort hinten unter der Decke sei. Der Ton ist hart, ich könnte Angst bekommen, wenn nicht meine Eltern wären. Ich weiß, ich brauche mich nicht zu zeigen, kann mich ganz darauf verlassen, daß meine Eltern eine richtige Antwort geben werden.

Irgendwann aber bricht diese Sicherheit in sich zusammen, glaubt man den Eltern nichts mehr. Man horcht nur auf das Zögern, auf Pausen, wittert Auslassungen in jedem Satz und widerspricht, ohne auch nur zu überlegen. Die Eltern wissen nichts zu antworten, es ist ein leichtes, sie zu verunsichern. Längst haben die Elternworte ihre Macht verloren. Nun ist man ausschließlich damit beschäftigt, die Macht der eigenen Worte zu erproben.

Als Nora, Carl, Paulina und ich unsere Ferien gemeinsam verbrachten, standen wir genau an diesem Punkt. Alles, was wir von den Eltern zu hören bekamen, zogen wir in Zweifel, hatten kein Interesse daran, uns in Sicherheit wiegen zu lassen. Statt dessen beschäftigten wir uns mit der Gefährlichkeit von Worten, wir fragten uns, wie weit man im äußersten Fall mit Worten gehen könne.

Ich erinnere mich daran, daß wir uns damals in den Kopf gesetzt haben, wir müßten die Alte aus dem Weg schaffen, damit wir unseren Großvater besuchen und endlich nach den Augen unserer Großmutter fragen könnten. Wir glaubten, die Geschichte unserer Familie mit ihren Einschnitten, den abgebrochenen Verzweigungen, sei ausschließlich wegen der Alten so verlaufen. Darum waren wir der Überzeugung, Kontaktverbot und Schweigen ließen sich nur auf eine Weise überwinden.

Daß man einen Menschen mit Worten verletzen, daß man ihn kränken und krank machen kann, daß man ihn mit Worten aus der Bahn werfen, zugrunde richten kann, darüber hat für mich nie ein Zweifel bestanden. Doch ob es möglich wäre, einen Menschen mit Worten tatsächlich zu töten, so wie man ihn mit Gift, mit einem Messer, einer Axt umbringen kann, wüßte ich nicht zu sagen.

Könnten sich auf Photographien wirklich Spuren niederschlagen, die als Geister Verstorbener oder Lebender zu erkennen wären, dann sähe man auf einer solchen Geisteraufnahme vielleicht uns vier als Jugendliche, wie wir neben dem Sessel der Alten stehen. In unseren Anoraks, mit staubigem Gesicht und aufgerissenen Augen, während die Alte dösend sitzt und nichts zu merken scheint.

Aber Paulina, Nora, Carl und ich sind längst keine Jugendlichen mehr, die Alte jedoch dämmert erst seit zwei oder drei Jahren in ihrem Sessel vor sich hin. Weil die zweite Frau unseres

Großvaters für uns nur die Alte hieß, sahen wir in ihr auch eine alte Frau. Wir sahen Runzeln an den Händen dieser Unbekannten, obwohl die Haut in Wirklichkeit noch straff und von ebenmäßiger Farbe gewesen sein mag. Wir sahen die Handrücken zu einer Zeit mit Altersflecken übersät, als möglicherweise eben erst einzelne, auf den ersten Blick kaum wahrnehmbare Punkte zum Vorschein gekommen waren.

Das unberechenbare Erwachen der umnachteten Alten läßt sich medizinisch nicht erklären. Wer aber von der Geschichte unseres Großvaters und der Alten auch nur in Ansätzen weiß, kommt nicht umhin, ein Muster zu erkennen. Denn jeder Ausbruch aus dem Dämmerzustand der letzten Jahre hat denselben Auslöser gehabt. Das Herz schlägt schneller, die Hände greifen wieder, die Beine tragen eine halbtote Frau bis vor die Treppe immer nur in solchen Momenten, wenn unser Großvater einen Versuch unternimmt, mit einem Mitglied seiner früheren Familie in Verbindung zu treten. Er geht ans Telefon, wählt eine Nummer. Sofort fährt Leben in die fast schon tot geglaubte Frau.

Genau besehen wirft die plötzliche Rückkehr ins Leben noch eine Reihe weiterer Fragen auf. Nimmt sie die restliche Zeit tatsächlich nichts mehr wahr. Muß nicht der umnachtete Zustand als bloße Täuschung angesehen werden. Stellt sich die Alte dösend, taub, um besser mithören zu können, wenn unser Großvater telefoniert und dabei mit der Zeit nachlässiger wird, die Vorsichtsmaßnahmen im Kontakt mit seinen Kindern nicht mehr mit aller Strenge einhält. Wenn er nicht nur den Hörer abnimmt, sondern sogar von sich aus anruft, um immer wieder zu beteuern, die Alte bekomme schon lange nichts mehr mit, wir könnten uns bedenkenlos bei ihm melden. Lediglich eine Wunschvorstellung. Die gefährlich werden könnte. Ich rufe dort nicht an.

 Nicht, daß die Alte die ganze Zeit im Vollbesitz ihrer Kräfte wäre. Vielmehr hat es den Anschein, als konzentriere sie die übriggebliebene Energie auf einen Punkt, mit einer solchen Vehemenz, daß alle anderen Körperfunktionen zu erlahmen drohen. Sie ruhen aber nur, sie können jeden Augenblick wieder in Gang gesetzt werden, sobald die Alte sich bedroht sieht. Und selbst wenn sie einige Tage später erneut in ihre Dunkelheit zurücksinkt: Die Alte lauert immer.

Nein, es ist ihr nicht entgangen, daß sie ihrem Mann mittlerweile völlig gleichgültig ist. Daß er viel öfter telefoniert und dabei lauter spricht als früher. Er hat jede Achtung vor seiner Frau verloren, seitdem ihr körperlicher Verfall nicht mehr zu übersehen ist, seitdem es keine falschen Hoffnungen mehr gibt: Sie geht langsam zugrunde. Ihr Mann nimmt keine Rücksicht mehr auf ihre Ängste, darin sieht sie das schlimmste Zeichen. Denn was bindet zwei Menschen enger aneinander, als daß der eine auf die Angst des anderen Rücksicht nimmt, sei sie auch noch so wenig nachvollziehbar, unbegründet, kindisch.

Er muß der Überzeugung sein, sie merke nicht, wenn er einen Brief wie beiläufig unter die Zeitungen von letzter Woche schiebt, während er zur Ablenkung Möbelprospekte und Angebotsblätter vom Supermarkt vor ihren Augen auf den Couchtisch legt. Früher hat er nur im geheimen Briefe geschrieben und empfangen, er hat alle erdenkliche Mühe auf ein umständliches, gleichwohl leicht zu durchschauendes Geflecht von Deckadressen, Zwischenstationen und Umkuvertierungen verwendet. Es hat ihn Jahre gekostet, dieses System zu erarbeiten, mit Finten, Leerläufen, mit einkalkulierten Sendepausen, wann immer er mit seinen Kindern aus erster Ehe Briefe wechselte.

Vom einen auf den anderen Tag hat er alles fallenlassen, nicht einmal an den falschen oder fehlenden Absenderangaben hält er fest. Er kommt vom Briefkasten, bleibt vor ihr stehen und liest die

Zeilen in aller Ruhe, murmelt sogar dabei, als wollte er ihr demonstrieren, daß er sie für umnachtet hält.

Er unterschätzt ihre Geistesgegenwart genau in dem Maße, in dem er seine eigene überschätzt. Sonst würde er darauf achten, daß er die an ihn adressierten Päckchen nicht offen im Wohnzimmer liegen läßt. Sie sieht, jemand hat ihm ein Buch geschickt. Natürlich kennt sie auch den Namen auf dem Buchumschlag, sie weiß, wer sich dahinter verbirgt, wer dieses Buch geschrieben hat. Es ist auch nicht das erste. Zwei oder drei Bücher desselben Verfassers hat sie vor längerer Zeit im Wohnzimmerschrank entdeckt. Dabei liest ihr Mann keine Bücher, er blättert nur in Illustrierten, schaut abends einmal ins Fernsehprogramm. Und trotzdem will er diese Bücher in seiner Nähe haben, er stellt sie in die zweite Reihe des Regals, als wären sie eine Brücke in die Welt der Toten.

Gerade dort aber liegt ihre größte Angst verborgen. Sie hat mit ihrem Mann niemals darüber gesprochen, sie hätte nicht darüber sprechen können, aber Hinweise hat sie doch genug gegeben. Zweiundvierzig Jahre lang hat sie Andeutungen gemacht, hat, wenn auch nicht mit Worten, ihre Angst zum Ausdruck bringen wollen, das muß ihr Mann doch wahrgenommen haben. Wenn zwei Menschen eine solch lange Zeit miteinander verbunden sind, weiß der eine vom anderen unmißverständlich, welche Ängste ihn umtreiben, auch wenn es sich als unmöglich erweist, die Angst mit Worten zu fassen. Immer ist sie vor dem Tod zurückgeschreckt, und vor der Toten im Baum, die sie niemals gesehen, aber doch erwartet hat. Sie hätte sich der Toten stellen wollen, hat sich keine Flucht, kein Wimpernzucken erlaubt, sondern allen Mut zusammengenommen und am Schlafzimmerfenster gewartet, aber die Tote ist ihr nicht erschienen, hat sich nie gemeldet.

Nun ist es mit ihr selbst auch bald soweit, sie weiß den Tod in ihrer Nähe, und ihre größte Angst kann sie mit niemandem teilen, nicht einmal mit ihrem Mann. Doch damit nicht genug. Die Telefongespräche, Briefe, Bücher, die ausschließlich um eine tote Sopranistin kreisen. Sie käme inzwischen gut damit zurecht, wenn sie mit ihrer Angst allein gelassen würde, wenn ihr Mann sie in Ruhe ließe, doch selbst das gesteht er seiner Frau nicht zu. Er muß bei jeder Gelegenheit beweisen, daß er diese Angst nicht kennt, daß er den Tod nicht fürchtet, sondern sich von jeher zu ihm hingezogen fühlt.

Nein, ihre Ängste kümmern ihn nicht mehr. Früher hat ihr Mann verzweifelt jeden günstigen Moment genutzt, um Gegenstände aus dem Haus zu schaffen, die ihn an seine erste Frau erinnerten, Andenken, Photos, Dokumente. Heute bringt er Erinnerungsstücke an die Tote mit einer Sorglosigkeit ins Haus zurück, als wäre seine zweite Frau schon nicht mehr hier, als lebte er allein.

Was kann ich einem Menschen wünschen, den ich nie gesehen, mit dem ich kein einziges Wort gewechselt habe, von dem ich nicht viel mehr weiß, als daß er existiert. Ein Mensch, der niemals in Erscheinung getreten ist, doch ohne ihn hätte mein Leben von Anfang an vielleicht ganz anders ausgesehen. Ein Mensch, mit dem ich mich in keiner Weise verbunden fühle, und trotzdem erscheinen unsere Leben aufs engste ineinander verstrickt.

Wenn ich versuche, einen Blick auf dieses beinahe unsichtbare Leben der Alten zu werfen, wenn ich die wenigen mir bekannten Momente zusammennehme, dann fällt ins Auge, daß sich seit zweiundvierzig Jahren eine Spur durch dieses Leben zieht. Der Tod unserer Großmutter und die Erinnerung an sie haben die Alte niemals losgelassen. Sie hat es nicht ertragen können, daß unser Großvater und unsere Eltern sich an jene früh verstorbene Frau erinnerten, daß sie noch an ihr hingen, als sie nicht mehr da war, daß Bilder jener Sopranistin nicht verblaßten.

Nicht nur die nach dem Tod zurückgebliebenen Andenken haben die Alte gequält. Bei jedem Wort, bei jedem Blick zwischen unserem Großvater und seinen Kindern sah die Alte sich an unsere Großmutter erinnert. Ganz gleich, ob tatsächlich von der verstorbenen Mutter die Rede war, ob sie im Raum zu stehen schien. Die Alte hat ein Erinnerungsverbot über alle Familienmitglieder verhängt, sie selbst aber ist nie von der Erinnerung an unsere Großmutter losgekommen. Sie kann nicht anders, als sich seit zweiundvierzig Jahren unter Qualen an die Opernsängerin zu erinnern. Sie muß an alles denken, was mit dieser verstorbenen Frau zu tun hat, an alle, die sie gekannt haben und die mit ihr in einer Verbindung stehen, wie weit entfernt auch immer.

Ihre Abneigung gegen jede Erinnerung an unsere Großmutter hat eine Spur gezogen, hat sich bald verselbständigt und sich wenig später auf die Enkel, uns vier übertragen. Sobald Nora, Carl, Paulina und ich geboren waren, standen wir gleichermaßen unter dem Erinnerungsverbot, wurden auch wir in diese qualvolle Abneigung gegen alles einbezogen, was mit unserer Großmutter zusammenhängt. Und das, obwohl unsere Großmutter längst nicht mehr lebte, als wir auf die Welt kamen. Wir haben keinerlei Erinnerung an sie, wir könnten uns beim besten Willen nicht an sie erinnern.

Trotzdem ist die zweite Frau unseres Großvaters von ihren Ängsten immer weiter verfolgt worden, die Ängste sind nun fast das einzige, was ihr geblieben ist. Noch in der völligen Entkräftung, der Umnachtung wird sie vom Gedanken an uns gequält. Kein anderes Familienmitglied steht unter einem solchen Bann, unser Großvater, unsere Eltern und wir vier denken nur von Zeit zu Zeit einmal an unsere Großmutter, und selten aneinander.

Sie aber kann nicht mehr, kann diese Bilder nicht verscheuchen, Erinnerung zehrt ihre Kräfte auf. Jeder, der die zweite Frau unseres Großvaters so vor Augen hat, könnte verstehen, wenn sie keinen sehnlicheren Wunsch hätte als den, sich endlich nicht mehr erinnern zu müssen.

Und nun ist ein erfundenes Familienalbum entstanden, in dem nicht nur unsere Großeltern, unsere Eltern und wir zu sehen sind, sondern genauso auch die Alte, die immer unsichtbar hat bleiben wollen. Eine Sammlung ausgedachter Bilder, auf denen man verzerrte Gesichter und Altersflecken, sogar an manchen Stellen Geister sieht. Verwischte Szenerien darunter, zum Teil verwackelte Aufnahmen, doch keine unter ihnen mit der Absicht einer Retuschierung undeutlich gemacht, im Gegenteil: Jedes einzelne Bild scheint gewisse Züge ohne jedes Erbarmen ans Licht zu bringen, ungerührt. Fast wie die scharf gestochenen Illustrationen in einem Märchenbuch: Die Kinder werden aus dem Haus gejagt. Die Kinder sitzen verloren tief im Wald. Das Reh, der Bruder an der Wasserstelle. Das tote Kind flattert als Vogel über dem Haus. Auf einem anderen Stich keine Figur, bloß sorgfältig gezeichnete Menschenknochen.

So scheint das ausgedachte Familienalbum auf den ersten Blick eine Gefahr zu sein. Das mögliche Wissen um solche Bilder könnte sich als das Schlimmste erweisen, was der zweiten Frau unseres Großvaters jemals zugestoßen ist: Sie ist ans Licht gezerrt worden. Alle Erinnerungen brechen erneut aus ihr hervor. Sie wird aus der Ruhe herausgerissen, in die sie vielleicht langsam doch geglitten ist. Ihr bleibt nichts anderes, als sich noch einmal aufzubäumen, in Stellung zu gehen gegen die tote Sängerin, uns vier. Vor allem gegen mich, da ich derjenige bin, der sie herausgefordert hat.

Genau betrachtet gegen niemand anderen als mich. Ich habe mir die Photographien ausgedacht, ich habe alle Geheimnisse verraten, jede Einzelheit vor aller Augen ausgebreitet, jeder kann diese Bilder sehen. Sollte die zweite Frau unseres Großvaters von unserem erfundenen Familienalbum erfahren, sollte sie es gar zu sehen bekommen, wird dies unweigerlich ihren Untergang bedeuten.

Diese Befürchtung habe ich lange gehabt, inzwischen aber frage ich mich, ob das Familienalbum nicht etwas ganz anderes bewirken könnte. Nun, da es keine Geheimnisse mehr gibt, keine verborgenen und versteckten Erinnerungen, kann auch das Mißtrauen verschwinden. Die zweite Frau unseres Großvaters braucht nicht mehr ihre ganze Kraft, um Geistern standzuhalten. Sie könnte ins Leben zurückkehren, die Augen wieder öffnen, ohne sich einer Gefahr auszusetzen. Keine quälende Erinnerung mehr, keine ängstliche Erwartung, die Toten könnten erscheinen. Sie sind erschienen.

Nachdem wir damals der Alten den Tod gewünscht haben, ohne zu bedenken, was das bedeutet: Was könnte ich ihr heute als Erwachsener wünschen? Mein Wunsch für sie wäre, daß sie sich nicht länger erinnern muß. Daß sie sich nie hätte erinnern müssen.

°

Paulina, Carl und Nora erwarten mich vielleicht bereits. Wir haben unzählige Telefonate geführt, bis wir einen Termin gefunden hatten, an dem wir uns nach dreiundzwanzig Jahren alle vier wieder treffen werden.

Der Vorschlag kam von Carl. Wir haben vor, einige Tage miteinander zu verbringen, wie wir es früher getan haben. Wir werden durchs Herbstlaub streichen, den Hügel und die Umgebung erkunden. Vielleicht besuchen wir sogar die alte Schaumzuckerfabrik. Bis spät in die Nacht werden wir im Dunkeln sitzen und uns Geistergeschichten ausdenken, Untote schleichen um das Haus, irgendwo in den kahlen Sträuchern blinkt eine Axt. Alles wird wieder so sein, wie es war, ehe wir erwachsen wurden. Und ich werde den anderen von meinem Besuch in Rom erzählen.

Bevor ich aber zum Hügel hinauffahre, will ich endlich einmal zum Haus der Alten. Jeden einzelnen Schritt habe ich mir über Jahre ausgemalt und kenne den genauen Ablauf der Bewegungen im Schlaf: Ich werde auf der Straße halten, den Motor abstellen, aussteigen, den Vorgarten durchqueren, vor der Tür stehen und endlich klingeln. Was wir als Kinder nicht gewagt haben, wovor sogar unsere Eltern zurückgeschreckt sind, als sie in unserem jetzigen Alter waren, soll nun geschehen. Ich weiß nicht, was passieren wird, ich sehe diese Bilderfolge immer nur bis zu dem Punkt vor Augen, an dem die Tür geöffnet wird.

Ich hatte nicht mehr in Erinnerung, daß die Straße keine Durchgangsstraße ist. Wo die Bebauung endet, schließt sich unmittelbar die Schanze an, ich werde umkehren müssen. Die Häuser auf beiden Seiten sehen alle ähnlich aus, und wüßte ich die Nummer nicht, würde ich das Haus der Alten nicht finden.

Ich klingele nicht an der Tür. Ich stehe nicht dort auf dem Waschbeton. Ich trete nicht durchs Gartentor. Ich halte nicht einmal den Wagen an. Im Schrittempo fahre ich am Haus vorbei, ich wage nichts außer einem verstohlenen Seitenblick. Wieder nähere ich mich der Alten nur wie ein Spion.

Tatsächlich werde ich als Spion erkannt. Als ich den Wagen nach dem Wenden langsam die abschüssige Straße hinunterrollen lasse, erscheint im Rückspiegel ein Mann, der eben noch nicht dagewesen ist.

Und in den folgenden Minuten verhalte ich mich gerade so, wie man es von einem Spion erwartet. Bevor ich unten in die Nebenstraße biege, halte ich doch noch an, lasse den Motor laufen, steige aus und photographiere über das Autodach hinweg die Szenerie, wie sie im Rückspiegel zu sehen gewesen ist: Die Asphaltdecke bis zur Wendestelle vor der Schanze, der alte Mann nun mitten auf der Fahrbahn, und in der Reihe rechts das Haus der Alten.

Das Kameraobjektiv steckt nicht als Abzeichen getarnt über dem Mützenschirm, man greift sich nicht hinters Ohr, um den Auslöser zu betätigen. Der Apparat ist nicht in einer Aktentasche eingebaut, an deren Zahlenschloß man nur beiläufig drehen muß, damit ein Bild entsteht, undurchschaubare Hundephotos im Vorübergehen. Die Kamera liegt offen auf dem Wagendach, und jeder Mensch kann zuschauen, wie ich ein Photo mache, wenn auch aus sicherem Abstand, wenn auch bei laufendem Motor, falls ich am Ende doch zur Flucht gezwungen sein sollte. Ich photographiere nicht heimlich. Und dennoch ist dieses Bild die Aufnahme eines Spions.

Da steht ein alter Mann im Freizeitanzug auf der Straße, mit ausgebeulten Hosentaschen. Er hält den Blick dem unteren Ende der Straße zugewandt, dem unbekannten Wagen dort, dem Fahrer und dem Photoapparat. Hinter dem alten Mann sind Kiefern, Buchenzeilen zu erkennen, wo es vor vielen Jahren einen längst vergessenen Trimm-dich-Pfad gegeben hat. Vielleicht kommt der Mann eben vom Abendsport, er kennt den Trimm-dich-Pfad, er ist im Kiefernwald gelaufen. Trotz Freizeitanzug und Sportschuhen aber halte ich es für wahrscheinlicher, daß er gerade erst aus dem Haus getreten ist. Er hat ein fremdes Fahrzeug langsam vorbeifahren sehen und muß nun überprüfen, was es damit auf sich hat. Ein verdächtiges Geschehen vor der Tür. Das Nahen eines Spions.

Soweit ich mich an den Moment erinnere, als ich dieses Bild gemacht habe, ist mir schon da eine merkwürdige Geste des alten Mannes aufgefallen: Er hält sich beide Hände an den Kopf. Ich habe den Film noch nicht entwickeln lassen, doch selbst, wenn das Photo jetzt vor mir läge, würde ich zögern, es genauer zu betrachten. Schon beim Gedanken daran scheue ich zurück, die Hausreihen und der graue Himmel kurz vor Sonnenuntergang, davor ein alter Mann.

Es könnte sein, daß es unser Großvater ist. Es wäre möglich, daß ich, ganz ohne Absicht, ohne vorherige Überlegung, eine Aufnahme von unserem Großvater gemacht habe, das Alter stimmt, der Ort und auch der Blick.

Er hebt die Hände an den Kopf, man kann, man könnte das auf dem Photo nicht genau erkennen, aber vielleicht hält er ein Fernglas vor den Augen. Nein, eher wird es sich um eine Kamera handeln. Genau in dem Moment, als er photographiert wird, macht er seinerseits eine Aufnahme von einem Wagen unten auf der Straße, die Fahrertür steht offen, und jemand stützt sich auf das Dach, mit einer Kamera in den Händen.

Zwei Menschen wechseln einen Blick, doch ihre Augen sieht man nicht, das linke kneifen sie zu, das rechte ist hinter dem Sucher verborgen.

Wenn es sich tatsächlich um unseren Großvater handeln sollte, dann hat er mich erkannt, am Autokennzeichen oder allein daran, daß auf der Straße ein unbekannter Wagen aufgetaucht ist und gewendet hat.

Vielleicht halten die Hände des alten Mannes auch nichts. Vielleicht preßt er die Hände gegen die Ohren, als sähe er sich entsetzlichem Lärm ausgesetzt, vom einen auf den anderen Augenblick ein Krach, dessen Herkunft nicht auszumachen ist. Kein Mensch mäht Rasen vor dem Haus um diese Zeit, kein Mensch läßt den Fernseher zu laut laufen. Der Lärm, vor dem der alte Mann sich schützen will, muß lauter sein als Motorenheulen vor einer Garage oder der bis zum Anschlag aufgedrehte Ton eines Fernsehers irgendwo in der Nachbarschaft. Vielleicht ist es nicht einmal ein Geräusch. Es könnten Worte sein, gegen deren Ansturm der alte Mann sich beide Hände gegen die Ohren preßt.

Die eigenartige Haltung lenkt die Aufmerksamkeit des Betrachters ganz auf den alten Mann, obwohl er nur eine winzige

Figur in diesem Straßenbild ist, weit hinten, fast am Ende. Wendet man sich aber von ihm ab und nimmt den Rest des Bildes in Augenschein, erkennt man ungefähr auf derselben Höhe, wo der Mann steht, rechts vor einem Haus möglicherweise einen alten Baum, dessen äußerste Zweige weit über das Dach hinausreichen. Nun im Frühherbst steht er da mit wenig Laub, so daß man hinter ihm im ersten Stock den Umriß eines Schlafzimmerfensters zumindest erahnen kann.

Oder dieser Baum steht nicht mehr, ist gefällt worden, weil er von einer Krankheit befallen war. Er hat die Sicht auf die Straße versperrt. Die Vögel hatten ihn sich ausgesucht und Lärm gemacht. Er hat Erinnerungen geweckt, unangenehm.

Falls es den Baum heute nicht mehr gibt, kann man vielleicht im Fenster dort einen Schattenriß erkennen, ganz schwach, hinter der Gardine. Man muß das Photo sehr genau betrachten, um die Silhouette wahrzunehmen. Nur eine leichte Verdunkelung im Bild, als wäre der Abzug nicht gleichmäßig belichtet.

Das Gewebe der Gardine bildet ein Muster, und wenn man dort oben im Schlafzimmer steht, liegt die Gardine wie ein Schleier, wie Spinnweben über der Aussicht vor dem Fenster. Einen Spalt weit wird die Gardine aufgezogen, denn der Beobachter möchte die Szene jetzt in aller Klarheit sehen, den fremden Wagen unten vor der Kreuzung und den alten Mann, der sich mitten auf der Straße die Ohren zuhält, als herrschte unerträglicher Lärm. Dabei ist es so still wie immer hier am frühen Abend.

Wenn man das Fenster angestrengt fixiert, ist möglicherweise eine Hand erkennbar, die den Gardinenstoff beiseite hält. Vielleicht lassen sich noch die Finger voneinander unterscheiden. So scharf aber kann im Grunde kein Photo sein. Der Ausschnitt zu klein, der Film zu grob, es sind vielleicht nur ein paar Punkte, die eine Hand darstellen sollen. Aus der Entfernung stelle ich mir eine Hand vor, wo ich nichts weiter als einen hellen Fleck vor

Augen habe, der gegen die restliche Fensterfläche abzustechen scheint. Eine faltige Hand, mit hervortretenden Adern und Altersflecken, es ist nicht möglich, daß ich sie erkenne. Die Hände der Alten habe ich nie gesehen.

Er hat die Kamera genommen und ist vor die Tür gegangen, seine Frau hat den unbekannten Wagen nicht bemerkt. Sie dämmert mit geschlossenen Augen. So hat sich die Szenerie dargeboten, als er das Wohnzimmer verließ. Inzwischen aber ist eine weitere Figur erschienen, die kaum erkennbar neben dem Sessel steht. Ein Abbild seiner Frau, nur schwächer, aber mit offenen Augen und einem Ausdruck im Gesicht, als wären Worte unbekannter Herkunft an ihr Ohr gedrungen.

Das nächste Geisterphoto zeigt die Treppe, die Frau bewegt sich ins Obergeschoß, sie ist fast durchsichtig, matt leuchtet die gemusterte Tapete. Jemand hat sie gerufen, sie soll ans Schlafzimmerfenster treten. Sie hört die Worte jetzt sehr klar. Sie weiß nicht, wer da zu ihr spricht, die Stimme kommt aus weiter Ferne, vielleicht aus der Vergangenheit. Die Stimme hat lange darauf gewartet, die Frau zum Schlafzimmerfenster zu rufen. Es ist anscheinend eine Kinderstimme, ihr Klang läßt ahnen, daß der Stimmbruch in der Zukunft liegt. Die Stimme eines Kindes, das es nicht mehr gibt, mittlerweile muß es erwachsen sein.

Die Frau lauscht aufmerksam, sie hat den Treppenabsatz hinter sich, kommt an die Tür. Sie weiß, wohin sie gehen soll, sie hat es schon beim ersten Ruf begriffen. Trotzdem spricht diese Stimme weiter, das Kind, das zu ihr spricht, ist heute ein Erwachsener, aber die Stimme ist unverändert geblieben. Die Frau sieht aus dem Fenster auf die Straße, dort steht ein Wagen mit offener Fahrertür, ein Unbekannter stützt sich auf das Autodach, er macht ein Photo, die Stimme ist noch immer nicht verstummt.

Auf der Photographie, die ich noch nicht habe entwickeln lassen, sind sicher keine Geister zu erkennen. Vielleicht ist nicht einmal der Schattenriß im Schlafzimmerfenster darauf abgebildet. Keine Gardine, keine Hand, das Fenster leer. Hätte ich den Auslöser nur einen Augenblick früher gedrückt, wäre gerade noch zu sehen gewesen, wie etwas durch den Fensterausschnitt gleitet, ein heller Streifen nur, keine Gestalt. Verwischt, ein Schleier, eine leichte Trübung. Wie eine Gardine, die mit der Hand bewegt wird, heftig, schnell. Die Hand hält sich an der Gardine fest und reißt sie mit.

Ich habe mein Photo gemacht. Ich steige wieder in den Wagen, fahre los, der Mann steht immer noch hinten auf der Straße und hält sich die Ohren zu. Seinerzeit haben unsere Worte ihr Ziel verfehlt. Heute würde ich alles tun, um das Gelingen unserer damaligen Pläne zu verhindern. Aber ich fürchte, unsere Worte werden ihr vor vielen Jahren gesetztes Ziel am Ende doch erreichen, sei es ein lebendes oder ein totes.

Bei allen Figuren und Ereignissen im vorliegenden Roman handelt es sich um freie Erfindungen des Autors. Ähnlichkeiten mit der Wirklichkeit sind nicht beabsichtigt und wären Zufall.

Ich danke dem Deutschen Literaturfonds e. V. für die Unterstützung meiner Arbeit an diesem Buch.